藤原と大伴

藤原不比等
- 南家・武智麻呂
  - 豊成⑪大宰府左遷——継縄（安殿皇太子傅）＊＊＊
  - 仲麻呂（恵美押勝）……⑪㊂仲麻呂の乱敗死
- 北家・房前
  - 永手
  - 八束（真楯）（家持親友・後年の藤原摂関家）
- 式家・宇合
  - 広嗣……②広嗣の乱・斬殺死
  - 良継——乙牟漏（桓武皇后）……⑯急死
  - 清成——種継……⑮㈡暗殺死
  - 百川——旅子（桓武夫人）……⑯急死
- 宮子（聖武帝生母）

藤原不比等＝県犬養橘三千代
- 光明子（聖武帝皇后）＊＊

県犬養橘三千代＝三努王
- 橘諸兄——奈良麻呂……⑩㊃奈良麻呂の乱刑死

大伴旅人
- 家持——永主……⑮㈡家持遺骨と隠岐流罪・⑰復位
- 書持
- 留女（藤原継縄の妻）＊＊＊

重鎮大伴牛養

大伴古慈斐⑩㈠土佐配流・復位　大伴古麻呂、大伴池主……⑩㊃橘奈良麻呂の変・刑死

山上憶良——○——船主……⑮㈡隠岐流罪　⑰復位

高安王（大原高安）——大原今城（家持親友）　大中臣清麻呂（家持庇護者）

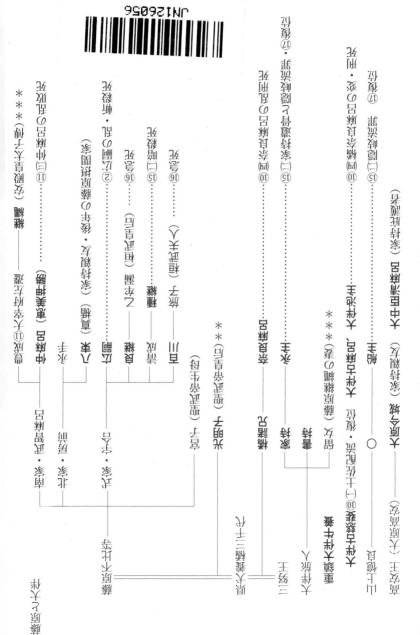

貴族の官位相当表

官庁 位階	神祇官	太政官	中務省	一般の省	寮	衛府	大宰府	国
正・従一位		太政大臣						
正・従二位		左・右大臣						
正三位		大納言						
従三位		**中納言**					帥	
正四位上			卿					
正四位下		**参議**		卿				
従四位上		**左・右大弁**						
従四位下	伯							
正五位上		**左・右中弁**	**大輔**			**衛門督** 左・右衛士督	大貳	
正五位下		左・右少弁		**大輔** 大判事				
従五位上			少輔		頭	左・右兵衛督		**大国守**
従五位下	大副	**少納言**	侍従 大監物	**少輔**		衛門佐 左・右衛士佐	**少貳**	**上国守**

太字は家持叙任

国の分類

大国（13） 従五位上	大和 常陸＊	河内 近江	**伊勢** 上野＊	武蔵 陸奥	**上総**＊ 越前	下総 播磨	 肥後
上国（35） 従五位下	山城 **相模** 越後 備前 讃岐	摂津 美濃 丹波 備中 伊豫	尾張 信濃 但馬 備後 豊前	三河 下野 **因幡** 安芸 豊後	遠江 出羽 伯耆 周防 筑前	駿河 加賀 出雲 紀伊 筑後	甲斐 **越中**（注） 美作 阿波 肥前
中国（11） 正六位下	安房 土佐	若狭 日向	能登（注） 大隅	佐渡 **薩摩**	丹後	石見	長門
下国（9） 従六位下	和泉 壱岐	伊賀 対馬	志摩	伊豆	飛騨	隠岐	淡路

＊親王任国　　　太字　家持任命国　上総・相模は兼任

（注）家持赴任時は越中

太政官制と四等官制の関係図　**太字家持経歴**　（この栞は本書のみにご使用下さい）

大宰府

一等官 師―二等官 大貳・**少貳**―三等官 監―四等官 典

国

守―介―掾―目

中央官庁

一等官 左大臣・太政大臣・右大臣
- 二等官 大納言・**中納言**
  - **参議**
    - 三等官 **左弁官**（左大弁・左中弁・左少弁・大史少史）
      - **中務省**（天皇の側近事務・詔勅作成）
        一等官 卿・二等官 大輔少輔・三等官 大丞少丞・四等官 大録少録
        （職位名は各省同じ）
      - 式部省（文官人事・朝儀・学校行政）
      - 治部省（氏姓・葬儀・仏事・外交）
      - **民部省**（戸籍租税など民政）
    - 三等官 **少納言**
      - 四等官 外記（大外記・少外記）
    - 三等官 **右弁官**（右大弁・右中弁・右少弁・大史少史　四等官）
      - **兵部省**（武官人事・軍事一般）
      - 刑部省（裁判・刑獄）
      - 大蔵省（財政・出納・物価・度量衡）
      - **宮内省**（宮中庶務・調度）

鎮守府

一等官 **将軍**―二等官 副将軍―三等官 軍監―四等官 軍曹

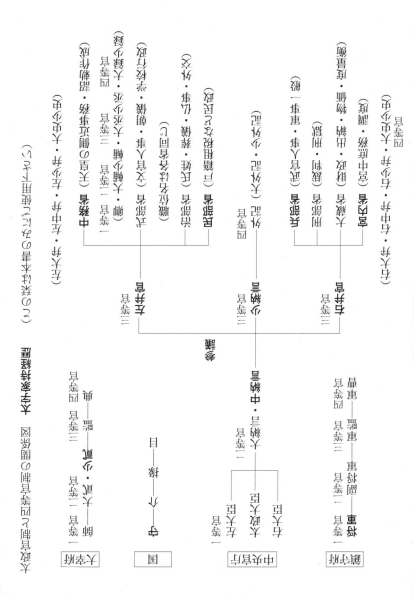

図②-○　高麗王室略系図　　○数字は即位の順序を示す

○数字は即位の順序を示す

王建（太祖）

王武（惠宗）②

王堯（定宗）③

王昭（光宗）④

王伷（景宗）⑤

王治（成宗）⑥

王誦（穆宗）⑦

王詢（顯宗）⑧

王欽（德宗）⑨

王亨（靖宗）⑩

王徽（文宗）⑪

王勳（順宗）⑫

王運（宣宗）⑬

王昱（獻宗）⑭

王顒（肅宗）⑮

王俁（睿宗）⑯

王楷（仁宗）⑰

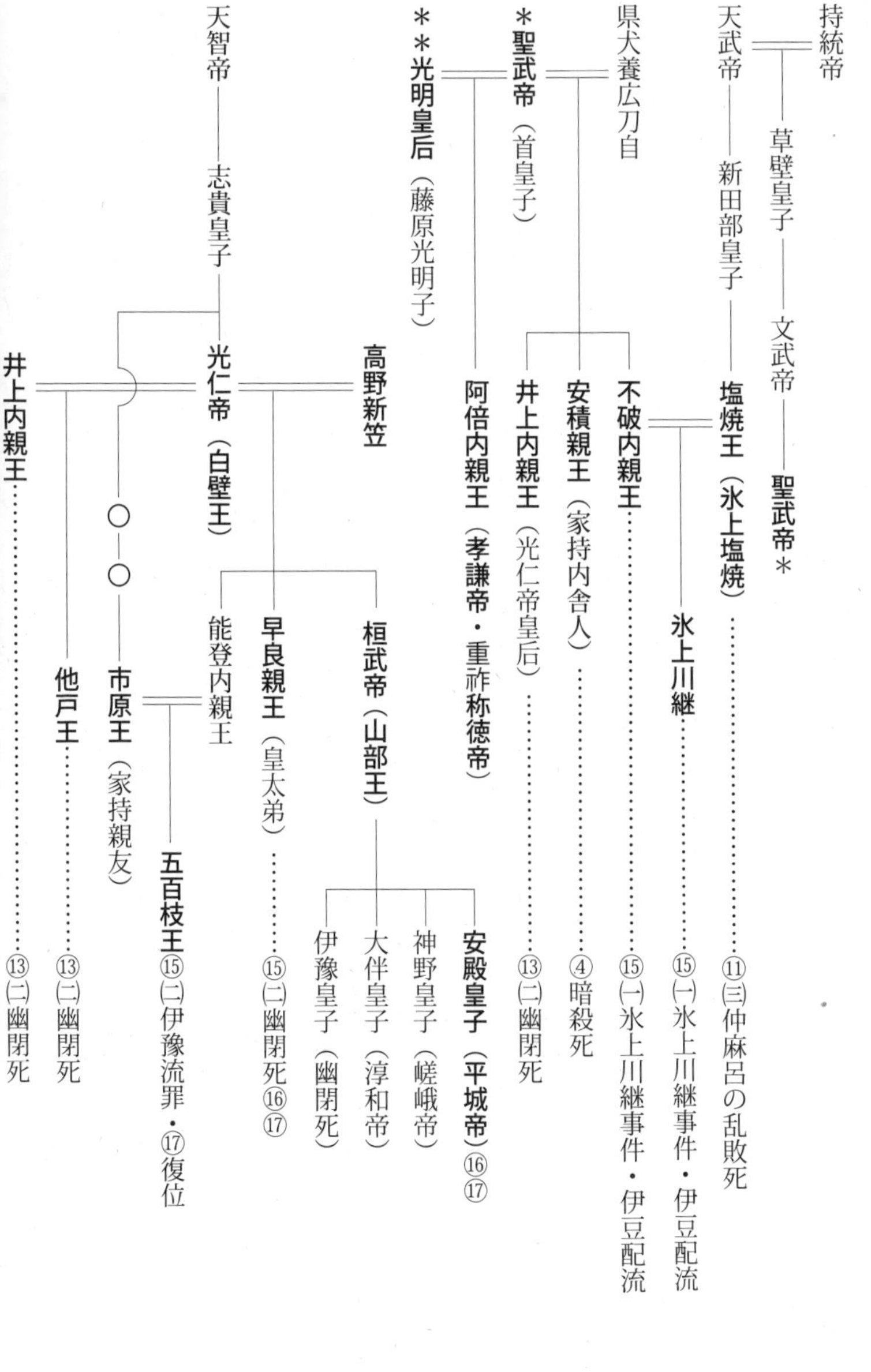

令和万葉秘帖

～いや重け吉事～

大杉 耕一

郁朋社

令和万葉秘帖　いや重け吉事／目次

令和万葉秘帖

――いや重け吉事――

第一帖　貴公子の青春

ますらをもかく戀ひけるを手弱女《たわやめ》の戀ふる情《こころ》に比《たぐ》へらめやも
（大伴坂上大嬢《おほいらつめ》　万葉集　巻四・五八二）

（一）初恋

佐保の大伴館《やかた》の庭のひと隅に萩の花が咲き誇っていた。故人となった旅人の好きだった花である。時折、裏の佐保山から吹き下ろす風が、優しく揺らしていた。服喪の一年が過ぎ、律令の規定で、大納言の職位と従二位の官位の身分に応じ配属されていた資人《しじん》、すなわち護衛と雑役の従者百八十名が、一斉に式部省に引き揚げられた。広大な屋敷は、急にひっそりとなった。

これまで大伴宗本家の嫡男として、けなげに振舞ってきた家持ではあったが、まだ十五歳の少年である。両親を失った寂しさは隠しきれなかった。ぽつねんと庭の萩を眺めている家持の脳裏に、ふっと清楚な乙女の姿が浮かんだ。一年前、通夜の席に来た坂上大嬢《おおいらつめ》である。喪主であった家持は、大人たちの挨拶に忙しく、大嬢とゆっくり言葉を交わす暇もゆとりもなかった。

（叔母に連れられて太宰府にきた時にはまだ童女であった。帰京して二年ほど逢っていないうちに、随分背丈も伸び、乙女の顔になっていたな。……そうか、大嬢も十一歳か……――通夜の女人は美しく見える――というが、叔母に似て美人になりそうだ……）

十二歳で育ての母、郎女を失い、十四歳で尊敬する父、旅人を野辺に見送った家持の心には、ぽっかりと空洞ができていた。急に大嬢を身近に感じた。

（そうだ、大嬢に歌を贈ろう）

少年家持は大人のように背伸びして、流布《るふ》している恋歌を使った。

今は吾《あ》は死なむよ吾妹《わぎも》あはずして思ひわたれば安けくもなし

（作者不詳　万葉集　巻一二・二八六九）

（父が逝ったからとて――今は吾は死なむよ――は、大袈裟でちょっと女々しいかな……）

暫くして大嬢から返歌が二首届いた。

生《い》きてあらば見まくも知らず何しかも死なむよ妹と夢《いめ》に見えつる

（大伴坂上大嬢　万葉集　巻四・五八一）

――あなたが夢に出て「生きていたら逢わないとも限らないのに、何で死ぬる必要があろうか。ねえ大嬢よ」と言った。そこで目が覚めてしまった――

ますらをもかく戀ひけるを手弱女《たわやめ》の戀ふる情《こころ》に比《たぐ》へらめやも

――なるほど、あなたの仰る通り、武人の男児も恋をなさるでしょうが、か弱い女の焦がれる心には、比べることはできないでしょう――

（十一歳の少女の作とは思えない出来栄えだ。叔母上が少し手を入れられたな）

従妹の大嬢が家持を慕う気持ちがよく分かった。だがその頃、家持には多くの姫君たちから次々と恋の歌が届いていた。また身近に心を奪われる乙女が現れた。ついつい大嬢への便りを失念していた。ついに大嬢から恨み言の歌が届いた。

つき草のうつろひやすく思へかも我が思《も》ふ人の言《こと》も告げ来《こ》ぬ

（大伴坂上大嬢　万葉集　巻四・五八三）

――褪《あ》せ易い露草の花のような気持ちで私を思っていたのですね。私が恋い慕っている方は、何も言ってこない――

大嬢が母の坂上郎女と住む坂上の里は、春日山の麓にあった。つき草は露草である。夏に清楚な小さい青い花を咲かせる。

春日《かすが》山朝立つ雲のゐぬ日無く見まくのほしき君にもあるかも

（大伴坂上大嬢　万葉集　巻四・五八四）

――春日山に毎朝かかる雲を見ているように、あなたを毎日見たいと思っています――

間もなく天平五年（七三三）となった。家持は十六歳である。早春、大嬢に歌を贈った。

わが屋外《やど》に蒔きしなでしこいつしかも花に咲きなむ比《なそ》へつつ見む

（大伴家持　万葉集　巻八・一四四八）

――わが家の庭に蒔いた撫子の花が、いつか花咲いたら、恋しい人に見立てて見よう――

しかし大嬢からは返歌が来なかった。家持の初恋は終わったかに見えた。

（二）　愛燦々《さんさん》

――名門貴族大伴の御曹司《おんぞうし》、背は高く、美男の貴公子。剣技は抜群、学識は碩学《せきがく》山上憶良の直弟子。うるさい父母はない――

とあって、家持は貴賤を問わず、平城京の女人の注目の的であった。今流に申せば人気抜群のアイドルであった。多くの姫君が恋焦がれて、逢いたいと歌を届けてきた。なかでも笠女郎《かさのいらつめ》が熱心であった。笠氏は大きくはないが古来の名門豪族であった。一度妻問いして女郎を抱いたが、それっきりにしていた。次々と、二十首余り、激しい情熱の恋歌が届いた。

わが形見《かたみ》見つつ偲《しの》はせあらたまの年の緒長く吾も思《しの》はむ

（笠女郎　万葉集　巻四・五八七）

――今この品をお逢いした記念に差し上げます。どうかこれを見ながら、私のことを思い出してください。私も末永くあなたのことを思っていましょう――

昔も今も、恋しい男に惜しげもなく財宝を貢ぐ女の心理と行動に変わりはない。

君に戀ひ甚《いた》も術《すべ》なみ平山《ならやま》の小松が下《もと》に立ち嘆くかも

（笠女郎　万葉集　巻四・五九三）

――家持様に恋い焦がれ、奈良山の小松の下にぼんやり立って、ため息をついています――当時は亥《い》（午後十時）の刻に就寝の鐘が打たれていた。――しかし私はとても寝てはいられません――と、内に燃える情熱を絶唱していた。

皆人を寝よとの鐘は打ちつれど君をし思《も》へば寝《い》ねかてぬかも
（笠女郎　万葉集　巻四・六〇七）

年上の歌人、笠女郎に押しまくられて、家持は内心困惑《こんわく》していた。笠女郎は遂に家持を諦めて故郷に帰った。しかしそれでも家持を諦めきれず、遠くから送ってきた。

情《こころ》ゆも我《あ》は思《も》はざりき又更にわが故郷《ふるさと》に還り来《こ》むとは
（笠女郎　万葉集　巻四・六〇九）

家持は、笠女郎と結婚できるわけでもないので遂に別れの歌を送った。

なかなかに黙《もだ》もあらましを何すとか相見そめけむ遂《と》げざらなくに
（大伴家持　万葉集　巻四・六一二）

――こんなことなら、あの時、いっそものも言わず、手出しもせず、そのままでいたらよかったのに、結婚できるというわけでもないのに、何で逢い始めたのであろうか――

王族の山口女王からも、素晴らしい歌が届けられた。

葦《あし》べより満ち来《く》る潮のいやましに思へか君が忘れかねつる

（山口女王　万葉集　巻四・六一七）

――海の潮が葦の生えている辺りに次第に満ちてくるように、月日がたつほど、あなたのことが忘れられません――

口やかましい説教をする父母がいない十六歳の家持は、本能の赴くままに、身分の低い女官などとも奔放に遊んだ。女たちは家持を忘れかね、妻問いの夜を詠んだ。

ぬばたまのその夜の月夜《つくよ》今日までに吾は忘れず間《ま》なくし思《も》へば

（河内百枝娘子《かふちのももえをとめ》　万葉集　巻四・七〇二）

――家持様とお会いしたあの月夜の様子は今日まで忘れません。絶え間なくずっとあなたを恋い慕っていますので――

家持は、大三輪《おおみわ》神社の神主氏族や、祭祀を司る巫部《かむなぎべ》氏の神子《みこ》とも交わった。

さ夜中に友よぶ千鳥もの思ふとわびをる時に鳴きつつもとな
（大神《おほみわ》女郎　万葉集　巻四・六一八）

吾背子を相見しその日今日までにわが衣手は乾《ふ》る時も無し
（巫部麻蘇娘子《かむなぎべのまそのをとめ》　万葉集　巻四・七〇三）

麻蘇娘子と逢った後はつれなかった。麻蘇娘子は家持に、――誰か聞いたでしょうか。わが家の上を、飛んでいき、妻を呼ぶ雁がまことに羨ましい。私に聲をかけてください――と、燃ゆる思いを歌にして家持に送った。

誰《たれ》聞きつ此《こ》間ゆ鳴き渡る雁が音《ね》の妻呼ぶ聲のともしくもありき
（巫部麻蘇娘子　万葉集　巻八・一五六二）

家持は――あなたから聞いたかと問われた雁の声は、私は聞きましたよ。しかし何となく誠意がないようで、雁は遠くに消えていきました――と、まことにつれない返歌をした。

聞きつやと妹が問はせる雁が音《ね》はまことも遠く雲隠《がく》るなり
（大伴家持　万葉集　巻八・一五六三）

一方、家持が長い道のりを、難渋しながら参上して、やっとのこと妻問いをしたが、相手の娘子《おとめ》に断られて、すごすごと引き返した苦い経験もあった。恋の道は、——追えば逃げ、逃げれば追いかけてくる——という。

斯《か》くしてやなほや退《まか》らむ近からぬ道の間《あひだ》をなづみ参来《まゐき》て
（大伴家持　万葉集　巻四・七〇〇）

ふっと、大嬢《おおいらつめ》のことを思い出した。
（吾が遊び惚けているように、大嬢が他の男と寝ていなければよいが……心配だ）
冗談半分に「童女《をとめ》に」と歌を送った。家持は大嬢をまだ幼女扱いしていた。

はねかづら今する妹を夢《いめ》に見て情《こころ》のうちに戀ひわたるかも
（大伴家持　万葉集　巻四・七〇五）

——初めて男と寝ているお前を夢に見たが、心配だ。私は心の中でお前を恋しているのだよ。ほかの男と寝なさんな――

受け取った大嬢は呵々《かか》と笑った。勝気な母、坂上郎女の愛娘である。

（家持兄さんったら、いやらしい。噂ではあちこち遊び散らしているようだけど、馬鹿馬鹿しいわ。

童女からお返ししましょう）

と、家持を揶揄《やゆ》する歌を返してきた。

葉根蘰《はねかづら》今する妹は無かりしをいづれの妹ぞここだ戀ひたる
（大伴坂上大嬢　万葉集　巻四・七〇六）

――家持兄さんは、初めて男としている女が心配だ、と言いましたが、それは私ではありません。ご心配されているのはどこかほかの女の方ではありませんか――

「兄上は、大嬢に一本お面を取られましたな」

と、書持《ふみもち》が冷やかした。

この時、十六歳の家持は、密《ひそ》かに召使の乙女に心惹かれていた。閨《ねや》に引き入れた。

（三）　出身

家持はいつまでも女遊びに呆けてはいられなかった。十七歳になると貴族の子弟は、将来の官人の見習いとして、宮仕えしなければならなかった。当時の言葉で「出身」といった。

天平六年（七三四）正月。朝廷から呼び出しがあって、聖武天皇の内舎人《うどねり》を命ぜられた。

無位ではあるが官人になった。聖武帝に挨拶に伺った。

「おう、家持か。大伴家は伴造《とものみやつこ》として歴代の天皇によく仕えてくれている。とりわけそちの父、旅人は大納言兼大宰帥として朕《ちん》を支えてくれた。こたびはそちが内舎人として出仕するとは、喜ばしい限りじゃ」

と、声がかかった。家持は緊張に身を震わせて、かすれた声で、「はい」と、応《こた》えた。

「すでに承知のことであろうが、朕は皇太子の頃、山上憶良に様々な教育を受けた。とりわけ、憶良の編んだ『類聚歌林《るいじゅうかりん》』での和歌の教えは大いに益するところがあった。聞くところでは、そちは太宰府で憶良に個人指導を受けたそうじゃな」

「はい」

「さすれば朕が兄弟子、そなたは弟弟子になる。ははは。ただの内舎人ではないぞ。碩学に学んだことを、朕にも教えてくれ」

「ありがたきお言葉でございます。不肖大伴家持、祖先同様に誠心誠意お仕え致します」

月並みの表現であったが、家持の心底から出ていた。

この瞬間、並みいる侍従や内舎人たちの中で、最末席ながら家持の立ち位置が決まった。

帝《みかど》が退席すると、大粒の汗が噴き出て、家持の肌着はぐっしょりと濡れていた。

内舎人は帝の警備のため帯剣して身近に侍《はべ》る。誰がどのような用件で奏上するかよく分かる。機密は厳守せねばならない。警備の合間には連絡や雑務を処理せねばならない。将来の高級官人の心得が自然に身に着く。大伴の若氏上の名誉を背負い、夢中で仕事に励んだ。

もはや妻問いするような物理的な時間も、心の余裕もなかった。

しかし二年もすると宮廷生活に慣れてきた。女官たちの顔も覚えてきた。むずむずと遊び心が湧いてきた。ある女官に懸想《けそう》して歌を詠んだ。


ももしきの大宮人は多かれど情《こころ》に乗りて思ほゆる妹

（大伴家持　万葉集　巻四・六九一）

——宮廷に仕えている女官の方は多いけれども、私の心にのしかかって離れず思わしく愛しい人よ

しかし、返歌はなかった。無職の少年の頃は持てていたのにと、自尊心を傷つけられた。

表邊《うはへ》なき妹にもあるかもかくばかり人の情《こころ》を盡《つく》す思へば

（大伴家持　万葉集　巻四・六九二）

——愛想のないつれないあなたですね、私をこんなにまで気苦労させるとは——

歌心《うたごころ》は成長を重ねていた。

（四）橘家の歌宴

勤めて四年目、天平九年（七三七）二十歳の春、都を震撼させる事態が発生した。天然痘の大流行であった。

四月　参議　藤原（北家）房前卿　薨去（家持友人藤原八束の父）
六月　中納言　多治比縣守　薨去（家持の生母、多治比郎女の父）
七月　参議　藤原（京家）麻呂　薨去
〃　右大臣　藤原（南家）武智麻呂　薨去
八月　参議　藤原（式家）宇合　薨去

権勢を極めていた藤原四家の当主四人が、揃って病死した。長屋王の遺臣たちが、天然痘流行の機をとらえ、仇討ちをしたとは、家持は知らない。世人も知らない。（令和万葉秘帖　長屋王の変）

台閣を構成していた五人の高官が病死したので、急遽新人事が公表された。

大納言　参議　橘諸兄（葛城王）

中納言　参議　多治比広成

皇親派の諸兄が、中納言を経《へ》ずに大納言として急場の政局を担うことになった。

家持は、もと宮廷歌人であった山部赤人の紹介で、諸兄とはすでに面識があった。赤人の裏の顔は山上憶良配下の山辺衆候《うかみ》「硃《あか》」、今は出家して沙弥閼伽《しゃみあか》である。閼伽は大伴館《やかた》のひと隅で、弟の書持《ふみもち》と共に、憶良の館から運び込まれた『万葉歌林』の編集に没頭していた。

大納言の諸兄は、毎日聖武帝と打ち合わせをする。当然、家持と話す機会が多かった。

天然痘が収束した翌天平十年（七三八）の初冬十月。二十一歳となっていた家持に、諸兄から声がかかった。もはや内裏では存在感のある堂々たる青年貴公子であった。

「家持、疫病の心配もなくなり、世の中が落ち着いてきた。今月の十七日に、それがしの旧宅で、息子の奈良麻呂が和歌好きの若い男女の仲間を集めて歌の宴を催す。年寄りはいない。内舎人の県犬養吉男《あがたいぬかいのよしお》も来る。そちも書持《ふみもち》を連れて来るがよい」

（奈良麻呂殿は確か十八歳だ。気楽な歌会だろう）

「ありがとうございます。歌の宴ならば、何か題が……」

「題は『黄葉《もみぢ》』のようだ」

「分かりました。お招きありがとうございます」

当日集まる顔ぶれは、奈良麻呂の女友達、すなわち愛人の久米女王や、下級官人の娘、家持の知らぬ無名の青年数名のほか、県犬養一族の吉男、持男《もちお》などであった。

大伴一族の若い官人もいた。東宮坊（阿倍内親王の事務所）で四等官の大伴池主《いけぬし》だった。

「県犬養は諸兄卿の母方、三千代殿の実家筋です。諸兄殿が、歌会にかこつけて、さりげなく奈良麻呂殿の将来の仲間造りを始めたようですな」

と、助が囁いた。隣で閼伽が頷いた。

当日、時雨《しぐれ》があったが宴は華やかであった。奈良麻呂はなかなかの歌人であった。若い素直な歌が多かった。

手《た》折らずて散りなば惜しとわが思《も》ひし秋のもみちをかざしつるかも
（橘奈良麻呂　万葉集　巻八・一五八一）

もみち葉《ば》を散らす時雨にぬれて来て君がもみちをかざしつるかも
（久米女王　万葉集　巻八・一五八三）

あしひきの山のもみち葉今夜《こよひ》もか浮び去《ゆ》くらむ山川の瀬に
（大伴書持　万葉集　巻八・一五八七）

十月《かむなづき》時雨に逢へるもみち葉の吹かば散りなむ風のまにまに
(大伴池主　万葉集　巻八・一五九〇)

もみち葉の過ぎまく惜しみ思ふどち遊ぶ今夜《こよひ》は明けずもあらぬか
(大伴家持　万葉集　巻八・一五九一)

――黄葉が無くなってしまうのが惜しくて、気の合った仲間が楽しく遊ぶ今夜は、このまま明けずにいてほしいものだ――

家持の率いる大伴氏族が、橘諸兄を支える名門豪族、県犬養一族と、肝胆相照らし、提携を深めた隠れ山里の宴会であった。しかし、奈良麻呂との縁が、大伴氏族崩壊を惹起《ひき》すことになろうとは、この時家持は夢想だにしなかった。

この宴に出席していた大伴池主は、後日、越中《えっちゅう》国の掾《じょう》(三等官)として、家持に仕える。

(五)愛妾《あいしょう》の死

家持が手を付けた召使は、事情があって落魄《らくはく》した身分のある家の娘であった。あやという名であった。素直で優しく、気立ての良さが、家持だけでなく大伴氏族の重臣たちにも好まれていた。当時の律令の規定では妻は一人と定められていた。

――吾ら大伴宗本家の家刀自《いえとじ》にはできぬが、あやは妾《めかけ》として大目に見よう。正妻は、若氏上がもう少し大人になって、相応の豪族か、下降した王族の子女から探せばよい――

と、一族も認めた乙女であった。家持の女遊びはぴたりとやんだ。あやとのくつろいだ日々を楽しみ、男と女の二児も生まれていた。内舎人としての勤務も五年を過ぎ、順風満帆の穏やかな日々が過ぎた。

ところが天平十一年（七三九）夏六月、急な病であやは二児を残して永眠した。

若き夫、家持は深く悲しんだ。秋が近かった。

「書持よ、寂しくて仕方ないよ」

と、家持は弟に歌で示した。

今よりは秋風寒く吹きなむをいかにかひとり長き夜《よ》を宿《ね》む

（大伴家持　万葉集　巻三・四六二）

書持は昔から兄思いであった。

「兄さんの気持ちは私が一番よく分かります。今は追懐こそ故人の供養になりましょう」

と、落ち込む兄を、歌で慰めた。

長き夜《よ》をひとりや宿《ね》むと君がいへば過ぎにし人の思ほゆらくに

（大伴書持　万葉集　巻三・四六三）

庭には、撫子《なでしこ》が開花し始めた。家持が好きな花だというので、あやが春先植えこんで、雑草を抜き、夏には水を撒き、手入れしていた。しかし、ある日、

「秋になったら花を見て私を偲《しの》んでください」

と、言ったことがあった。その時は聞き過ごしたが、今となっては気になった。

（――秋さらば――とは自らの死を予期していたのであろうか？　自分を抑える女であったので、病を我慢していたのか……不憫《ふびん》だ）

涙が溢れた。

秋さらば見つつ思《しの》へと妹が植ゑし屋前《にわ》のなでしこ咲きにけるかも

（大伴家持　万葉集　巻三・四六四）

すぐに秋七月となった。家持は少年の日、太宰府で愛妻郎女《いらつめ》を失った父の心境を、旅人に代わり詠んでくれた山上憶良の挽歌を想い出していた。観世音寺の沙弥満誓の無常の歌が頭を過《よ》ぎった。仏前で詠んだ。

うつせみの代は常なしを知るものを秋風寒み思《しの》ひつるかも

（大伴家持　万葉集　巻三・四六五）

まだ二十二歳というのに、青年貴公子は老成の境地にいた。初めて長歌の挽歌を詠んだ。（妾《をみなめ》という身分を甘受して、よく吾の身辺の世話をしてくれた）二児を遺して逝ったあやの心情を悼《いた》み、冥福を祈り、捧げた。

時はしもいつもあらむを情哀《こころいた》くい去《ゆ》く吾妹《わぎも》か若子《みどりご》を置きて

（大伴家持　万葉集　巻三・四六七）

――死ぬときは、何も今に限ったことでもないのに、悲しいことに、吾が愛しい人は、幼い子供も残して逝ってしまった――

あやは佐保山で火葬され、大伴の墓地に埋葬された。佐保の館の裏山に霧が立ち込めると、家持は葬儀の煙を想い出した。

佐保山にたなびくかすみ見るごとに妹を思ひ出《で》泣かぬ日は無し

（大伴家持　万葉集　巻三・四七三）

幼児を抱え悲嘆にくれる家持を、心底《しんそこ》心配したのは叔母の坂上郎女であった。彼女は若い時から夫運がなく、三度目の良き夫、大伴宿奈麻呂《すくなまろ》の遺児である大嬢《おおいらつめ》と二嬢《おといらつめ》を抱えて未亡人となっていた。それだけに、家持の状況がよく分かった。

――気分転換に、私の竹田別荘にお出でなさい――

と、誘った。

（六）結婚

坂上郎女の別荘は、平城京から五里（二十キロ）あまり南下した、大和国十市郡竹田村にあった。現在の橿原《かしはら》市東竹田町である。大化の改新は、公地公民を柱としているが、例外措置として、古来の豪族には若干の私領が認められていた。私領は「庄」と呼ばれていて、田畑や別荘があった。竹田庄は耳成《みみなし》山の東北、すぐ近くの場所であった。

秋八月になって、家持は少し落ち着きを取り戻した。

（叔母の別荘を訪ねてみるか。大嬢にもずいぶん長く逢っていないいな）

平城京から廃都藤原京の方へはまっすぐな大道が伸びていた。道端には、ところどころ魔除けや村の入り口の表示のために背の高い陽石が立っている。玉鉾《たまほこ》とも呼ばれて、道の枕詞《まくらことば》になっていた。

竹田庄の別荘に着くと、挨拶代わりに一首詠んだ。

玉ほこの道は遠けどはしきやし妹をあひ見に出でてぞわが来《こ》し
（大伴家持　万葉集　巻八・一六一九）

――道程《みちのり》は非常に遠いけれど、可愛い人（大嬢）に逢ってみたいと、出かけてきました――

大嬢に代わって母の郎女が和《こた》えた。

あらたまの月立つまでに来まさねば夢《いめ》にし見つつ思ひぞわがせし
（大伴坂上郎女　万葉集　巻八・一六二〇）

――月が替わり八月になってもお出でにならないので、（大嬢は）あなたのことを夢に思っておりました。よく来てくれました――

「叔母上、穏やかな耳成山を借景に取り入れて、良い場所でございますな。心が安らぎます」

「ありがとう。家持、ゆっくりと過ごしなされ」

するすると襖《ふすま》が開いた。大嬢が目の上に白湯の椀と菓子の乗った盆を捧げて入ってきた。

「お久しゅうございます。家持兄さん」

家持は驚いた。六年前の大嬢は童女から乙女になりかけのまだ子供であった。その大嬢が三日月眉を引いた、見違えるような麗人に変貌していた。

（そうか……大嬢も十八歳になったか……叔母上にそっくりの美女だ）

坂上郎女は、家持が愛妾を亡くして悲嘆に暮れていたので、慰めると同時に、この機会に大伴氏族の統領として身を固めさせたいと考えていた。従妹《いとこ》としてではなく、正妻の候補として、娘の大嬢を家持に見合いさせたのである。

家持は内舎人の勤めがあるので、長逗留はできなかったが、太宰府以来の気心の知れた叔母と従妹の、心のこもった接遇に、悲嘆は次第に消えゆき、平常心に戻っていた。

九月になって、竹田庄の大嬢から、稲の穂先で編んだ蘰《かづら》と歌が贈られてきた。

わが業《なり》なる早田《わさだ》の穂立《ほだち》造りたるかづらぞ見つつ偲《しの》はせ吾背

（大伴坂上大嬢　万葉集　巻八・一六二四）

——これは私が蒔《ま》いた早稲田の穂の立ったものを編んで作ったかづら（髪飾り）です。どうぞこれを見て、私を想い出してください——

（歌は幼稚だが、大嬢の気持ちがこもっている。そうか……高官だった叔父宿奈麻呂殿を失くされて、収入の激減した叔母一家は、竹田庄で農作業もされているのか。このかづらは机上に飾っておこう。すぐ返歌を送ろう）

吾妹子が業《なり》と造《つく》れる秋の田の早稲《わさほ》のかづら見れど飽かぬかも

（大伴家持　万葉集　巻八・一六二五）

――見れど飽かぬかも……いつまでも見飽きない――当時の和歌では最高の賛辞であった。

折り返し大嬢から、彼女が平素着ていた衣を脱いで贈ってきた。衣は、愛する人への最高の愛の表現であった。「形見」といった。家持は大嬢の恋心を喜び、歌で報《むく》いた。

秋風の寒きこのころ下《した》に著《き》む妹が形見とかつも偲《しの》はむ

（大伴家持　万葉集　巻八・一六二六）

――下に着て秋の寒い風を防ぐだけではない。着ることによって、さらにお前を愛しく想い出そう――

家持と大嬢の相聞《そうもん》が復活し、多くの歌がやり取りされた。

大嬢が坂本の里に帰ってきた時には、人目を忍んで家持と逢引をした。

亡妾の喪が明けた天平十二年七月、大嬢は晴れて家持の正妻、大伴宗本家の家刀自《いえとじ》となった。二人の遺児の世話も引き受けた。大嬢の亡父は大伴宿奈麻呂。旅人の異母弟であり、従四位下、右大弁《うだいべん》の要職を務めた高官であった。大伴氏族の全員が、似合いの夫婦として二人の結婚を祝福した。

第二帖　聖武帝彷徨《ほうこう》

> 河口の野邉にいほりて夜の歴《ふ》れば妹が袂《たもと》し思ほゆるかも
>
> （大伴家持　万葉集　巻六・一〇二九）

（一）藤原広嗣《ひろつぐ》の反乱

家持が内舎人《うどねり》として聖武帝に仕えて六年目の天平十二年（七四〇）秋、八月二十九日。この日を境に、大嬢との甘い新婚生活は、僅か一カ月ほどで終わり、家持の職場生活は激的に一変して、戦時体制に突入する。

西国大宰府から帝《みかど》に宛てて直訴の封書が届いた。差出人は大宰少貳藤原広嗣《ひろつぐ》であった。広嗣は藤原四兄弟のうち「式家」と呼ばれていた故宇合《うまかい》、前参議式部卿兼大宰帥《だざいのそち》の嫡男である。宇合は藤原不比等の三男であったから、広嗣は聖武帝の生母宮子と、皇后の光明子にとっては甥になる。

それゆえに平素から権勢を鼻にかけ、自己主張が強く、藤原内部でも折り合いがよくなかった。

聖武帝は二年前の天平十年（七三八）四月、従五位下の広嗣を、式部少輔《しょうふ》（次官）兼大養徳《やまと》（大和）守に任命していたが、――少し頭を冷やせ――と、その年の十二月に大宰少弐《しょうに》に転勤させていた。しかし、広嗣は、

（国家の儀礼、選叙、人事考課、録賜《ろくし》を取り扱う中枢官庁の次官から、こともあろうに西国大宰府の次官とは明らかに格落ちの左降だ。これも父たち四兄弟が薨去して、急遽、橘諸兄《たちばなのもろえ》が天下の実権を握った所為《せい》だ。諸兄の藤原一族追放策の一環だ）

と、不満を募《つの》らせ、

（帝は我が身内だ。献策を容れるであろう。しかし、無視されるようであれば、やむをえない。吾が配下の防人《さきもり》軍団や西国九カ国の国司や兵を率いて東上し、君側《くんそく》の奸《かん》を討つべし）

と、息巻いていた。

聖武帝は何事かと封を切った。

――昨今天変地異が多発しているのは、右大臣橘諸兄卿が信任重用されている下道《しもつみち》（吉備《きび》）真備《まきび》と僧玄昉《げんぼう》の所為《せい》であります。直ちに朝政から排除なさるべきであります。お聴き入れない場合、広嗣東上し、直言致したい――

広嗣が――直言致したい――と、書いたのは、重大な背景があった。

帝の生母宮子のうつ病を治した留学帰国僧の玄昉は、僧正に任命され、内裏に道場を持つほど優遇

された。宮廷を我が物顔に闊歩《かっぽ》していた。僧職にありながら、宮子と密通し、さらには皇后とも関係した。広嗣はこの証拠を握っていた。しかし後宮の秘め事ゆえに、書面には書けなかったのである。帝はおののいて諸兄に相談した。諸兄は即断した。

「無視なされまし」

しかし、九月三日、上奏文を追いかけるように、「広嗣挙兵」の報が届いた。

聖武帝は周章狼狽《しゅうしょうろうばい》した。

「落ち着きなされまし。すべてこの諸兄にお任せくだされ」

諸兄は家持を呼んだ。

家持の顔は、この数日の間に、貴公子から、きりりとした若武者に変貌していた。

(さすがは大将軍、大伴旅人卿の嫡男だ)

公卿の諸兄は驚きを隠せなかった。

「大宰少弐の藤原広嗣が反乱を起こした。隼人《はやと》も加えて防人軍団や西国の国司の兵や農民兵など一万の大軍を率いているとのことだ。余は公卿の出であり軍事には疎《うと》い。そなたの父、旅人は、昔大隅隼人の大乱を短期間で鎮圧した名将だ。そなたは大伴氏族の氏上として、旅人よりその折の体験談や、軍略、兵法を伝授されていよう。余に何か参考になる助言はないか。遠慮なく申せ」

と、下問した。

「分かりました。それがし少年の折、父が大宰帥として赴任する船旅で、大隅隼人の大乱をいかにして鎮圧したか、詳細に教えを受けております。また父は平素から、一族の幹部に『大伴は言《こと》の職《つかさ》ぞ』

と申して、『言戦《ことだたかい》』の重要さを説いております。その知見を基に、今回の反乱に対処するには、次のような戦略になろうかと思います」

そう言って、家持は用意していた半紙と筆を、懐から取り出した。家持は一瞬、――家庭教師だった憶良先生の仕草を真似している――と、内心苦笑した。諸兄は身を乗り出した。

第一　相手を圧倒する大軍の編成

と書いた。

「西国の防人《さきもり》軍団など一万の兵を率いているとすれば、征討軍は少なくとも一万五千、できれば二万の兵が必要でしょう。京師《みやこ》を守る衛門《えもん》の兵団は動かせないでしょうから、東海、東山、山陰、山陽、南海の五道の軍団を総動員せねばなりませぬ」

「なるほど」

諸兄は無駄のない回答に内心舌を巻いていた。家持は再び筆を走らせた。

第二　実戦を知る大将軍と、腹心となる副将軍の任命

「この大軍を統率して、僻地で戦うには、衆目の認める実戦経験豊かな将軍の任命が不可欠でございます。皇族や王族の方の形式的な、名目大将軍の肩書では兵は動きませせぬ。さらに、即断即決できる

よう、大将軍には節刀の授与が必要です」

節刀の授与とは、天皇の権限を委譲することを意味する。

「よく分かった。しからば、大伴の氏上として、そなたが推薦するのは誰ぞ？」

「大野東人《おおののあずまびと》殿のみでしょう」

「やはりそうか」

（女遊び好きの貴公子と思ってきたが、平素から大人たちを観察していたか……）

大野東人。壬申《じんしん》の乱で大友皇子軍の将であった大野果安《はたやす》の子である。果安は戦後赦されて天武帝、持統帝に仕えた武人である。東人も武人一筋で生きてきた。若い時から蝦夷《えみし》鎮圧に従事し、多賀《たが》柵（後の多賀城）や出羽柵の構築などに功績があった。蝦夷と戦い、あるいは鎮撫してきた実績が評価されて、現職は参議、陸奥按察《むつあぜち》使兼鎮守府将軍であった。

「しかし肝要なのは副将軍でございます」

「ほう。それはどういうことか？」

「東人将軍は長らく陸奥の蝦夷鎮圧に従事されています。衆目の認める大将軍に相応《ふさわ》しい戦績と実力をお持ちです。しかし今般は西国での戦いになります。東人将軍が、これまで指揮されていない五道の大軍を意のままに動かすには、大将軍の戦略、戦術を理解して、迅速果敢に五道の長官たちを指揮できる副将軍が必要でございましょう。公家や文官畑の名目的な地位の方ではなく、根っからの武門の豪族の出身で、諸兄様の意を汲《く》まれて、東人将軍を輔佐できる、柔軟なお方が良かろうかと思います」

「なるほど。東人は畿内や西国も経験がないわな。よく分かった」

(東人には東奔西走《とうほんせいそう》になるが、国難だ。やむをえない)

諸兄は冷静であった。

「では次に参りましょう」

家持の筆を追って、諸兄はさらに驚いた。

第三　言戦　勅使の派遣

「家持、先ほど耳にした『大伴の言戦《ことだたかい》』と勅使の派遣とは、いったい何ぞ?」

「弓矢で戦うのは最後の手段でございます。父旅人は、常々——実際に弓矢や刀で戦う前に、相手を説得し、戦う前に勝つのが上策だ——と申していました。そのために大伴氏族の幹部には、——『大伴は言の職《ことつかさ》』と心得よ。理路整然と人を説得する論法を、平素から心掛けよ——と訓示していました。此度《こたび》の反乱は、広嗣殿の個人的な怨念《おんねん》の挙兵です。大義がございませぬ。防人軍団や、西国の国府の兵や農民兵は、大宰少弐の命でやむなく参戦している者が多いと推測します。戦意は低いでしょう。したがって然るべき高い地位と身分の方を、広嗣殿ではなく、防人や国司郡司の説得に当ててはいかがでしょうか。防人には武官を、国司や郡司には文官の勅使がよろしかろうと愚考します」

「いやいや愚考ではない。妙案だぞ」

公卿の諸兄にはない発想であった。

家持はさらに書いた。その言葉に諸兄は意表を突かれていた。

第四　言戦　隼人には隼人を

「――広嗣殿は勇猛な薩摩や大隅隼人を動員されている――との情報でした。以前、父は帰順した隼人たちを、衛門《えもん》の警備兵として採用することを提案し、現在多くの隼人が朝廷に仕えています。彼らのうち数十名を登用し、広嗣軍の隼人には、隼人の方言で降伏を説得させてはいかがでしょうか」

二十三歳の青年とは思えぬ行き届いた回答であった。

「さすがは武門の誉れ高い大伴の若氏上だ。見事な献策だ。直ぐに手を打とう」

右大臣橘諸兄が、家持を政事《まつりごと》で重用する切掛けとなった諮問であった。

諸兄はその日のうちに朝議を開き、対策を諮《はか》った。

人事

　征西国持節大将軍　従四位上　参議、鎮守府将軍　大野東人

　副将軍　従五位上　散位（無官職）　紀飯麻呂《きのいいまろ》

　勅使　従五位上　衛門督《えもんのかみ》　佐伯常人《つねひと》

　勅使　従五位下　式部少輔　阿倍虫麻呂《むしまろ》

　傭兵隼人（氏名略）二十四名　然るべき位階を授与し、隼人説伏および討伐に参加。

軍団編成

東海、東山、山陰、山陽、南海の五道の軍団より、一万七千名を派遣。弩弓《いしゆみ》その他最新武器を多数携行させる。

戦略

㈠戦闘に先立ち、詔勅を発布し、降伏を勧め、帰順者は処罰しないことを徹底する。

㈡紀飯麻呂（壬申の乱の功臣紀大人《うし》の孫）が、大将軍と五軍の調整役となる。

㈢防人《さきもり》など武人には佐伯常人が、国司郡司には阿倍虫麻呂が説得に当たる。

㈣反乱隼人には官兵隼人が説得する。

㈤藤原広嗣と幹部は断罪とする。

十月九日、広嗣は一万の兵を率いて、板櫃川《いたびつがわ》（北九州市）に陣を敷いた。先方には勇猛な隼人兵が配置されていた。政府軍はまず傭兵隼人が説得した。すると反乱軍の隼人たちが川を渡って投降してきた。続いて勅使の武官佐伯常人と文官阿倍虫麻呂の説得で、多数の兵士が川を渡ってきた。それでも広嗣は抵抗した。政府軍の突撃に、戦意無き反乱軍は四散した。広嗣は敗走し、僅かな兵と肥前国松浦郡値嘉島《ちかのしま》（五島列島の宇久島《うくじま》）に逃げた。新羅《しらぎ》に亡命しようと試みたが、逆風に戻され、再び島に隠れた。

十月二十三日、広嗣は逮捕され、肥前国唐津《からつ》に護送された。

十一月一日、大野東人大将軍は広嗣に斬殺を命じた。

式家の嫡男、広嗣の大義なき無謀な反乱は、中央政府軍の一方的な勝利で終わった。

しかし、この二カ月間、平城京で予期せざる異常な事態が起きていた。

（二）聖武帝彷徨《ほうこう》

広嗣征討の大軍を派遣しても、聖武帝は不安だった。

「諸兄、治部《じぶ》卿の三原王を呼べ」

「何事でございますか？」

「伊勢大神宮に勝利祈願の幣帛《へいはく》（供物）を捧げさせよ」

「かしこまりました」

（心配性の帝《みかど》の病癖が出たな）

と思いながら、諸兄は帝の命ずるまま、九月十一日、三原王を伊勢に派遣した。

それでも聖武帝はまだ落ち着かなかった。西国を除く諸国の国守たちに、

——大宰少弐藤原広嗣の反乱を鎮圧するため、討伐の大軍を差し向けた。しかし念のため、御仏の助けも得て、民心を安泰にさせたい。そのため高さ七尺（約二米余）の観世音菩薩像を造り、観世音経十巻を写経せよ——

と命じた。

大将軍大野東人からは、——戦略通り投降勧誘作戦を展開して、投降者は増えている——との報告

はあったが、決定的な勝利の報告はまだ来ていなかった。

帝は神仏にすがりたかった。

「諸兄、九州豊前国には武の神、宇佐八幡宮がある。東人自ら勝利祈願に参拝させよ」

と勅を出した。

「帝はこの平城京にどっしりとみ腰を落ち着かせて、朗報をお待ちくだされ」

「諸兄、落ち着けと言われても、そうはいかぬぞ。実は朕《ちん》の耳に、――広嗣軍はしぶとく、討伐は進んでいない――とか、――この平城京の中で、一部の者が広嗣の意見に同調して、隙を見て立ち上がる動きがある――との、不穏《ふおん》な情報が入っている。藤原四兄弟が一挙に薨《こう》じて、そちを右大臣に登用したことに反感を持つ者たちもいよう。五道の軍勢すべてを派遣したので、京師の防衛は手薄だ。暫く奈良を離れたい」

「どちらへ参られますか？」

「東国、伊勢美濃方面だ」

聖武帝は一旦言葉にしたら、なかなか考えを変えない頑固な性質があった。

(伊勢や美濃とは、壬申《じんしん》の乱の折の大海人《おおあま》皇子の足跡ではないか。ひょっとすると、曽祖父天武帝の霊力も得ようとの御心か……)

諸兄は逆らわずに、

「承知しました」

と応えて、直ちに行幸の編成をした。藤原式家の広嗣に同調する者たちの襲撃や反乱を未然に防止するため、重臣たちを総動員した。

「家持、そなたは他の内舎人と異なり、いずれ政事や軍事の中枢を担わねばならぬ身だ。これは極秘であるが、今回の行幸の編成表だ。手の内を明かすからよく吟味せよ」

諸兄は大伴の氏上、家持を若き参謀、将来の要人として育てようとしていた。

行幸編成表

前衛騎兵大将軍	従五位下	藤原仲麻呂（南家次男）	騎兵二百騎
御前《みまえ》長官	従四位上	塩焼王（天武帝孫）	内舎人、文官百人
天皇車駕陪従《べいじゅう》	右大臣	橘諸兄ほか重臣	
御後《みあと》長官	従四位下	石川王	内舎人、文官百人
後衛騎兵大将軍	従五位下	紀麻呂《きのまろ》	騎兵二百騎

平城京（元正太上天皇および光明皇后の警備）

留守長官	知太政官事　正三位	鈴鹿王（長屋王の異母弟）
留守長官	兵部卿兼中衛大将	藤原豊成（南家嫡男）

藤原仲麻呂は南家武智麻呂の次子であり、後に諸兄と権力を争うことになる曲者《くせもの》である。塩焼王は新田部《にいたべ》親王の皇子で、天武帝の孫になる。後に皇籍を辞し、氷上塩焼《ひかみしおやき》を名乗る。

紀麻呂は、壬申の乱で大海人皇子側の功臣紀大人《うし》の孫。紀氏は大伴、佐伯と並ぶ大軍事豪族である。

「強大な藤原南家が、広嗣の式家と合流しないように、うまく分担なされました」

「実は豊成卿に、――帝が平城京を離れた後に、式家の広嗣に同調する意見の者たちを、密かに調べ上げてほしい。調査が終わり次第、それがしに密使を送ってほしい。一網打尽に逮捕したい。その後に帰京の途に就く。それまでは半ば心狂いの彷徨のように装い、反乱の者を誑《たぶら》かし、時間を稼ぐ。皇統のかかる秘事ゆえくれぐれもご内密に――と申して、卿の誓約をとっている」

政事《まつりごと》の頂点に立つ諸兄の周到な配慮と決断に、家持は身の引き締まる思いがしていた。

（毒を以って毒を制す……か）

と実感していた。

九月、十月と日は経ち勝報は来るが、反乱を鎮圧したとの報は、平城京に届かなかった。

十月二十九日、いらいらしていた帝は、ついに京師を出発した。この日は大和国山辺《やまべ》郡竹谿《つげ》村堀越に泊まった。雨露を凌ぐだけの粗末な頓宮《かりみや》であった。

十月三十日、伊賀国名張《なばり》郡。

十一月一日、伊賀国安保《あほ》（現、青山町阿保）。

〃　二日、伊勢国壱志《いちし》郡河口《かわぐち》の関宮《せきのみや》（現、一志郡白山町川口）。関宮はまずまずの宮殿であった。

帝は少納言の大井王を伊勢大神宮へ代参させた。

入れ違いに、西国から朗報が届いた。

――逆賊広嗣を十月二十三日に肥前国松浦郡等値嘉島《ちかしま》（現、五島列島福江島）で、捕縛しました——

〃　五日　追報が来た。

——十一月一日、広嗣を肥前国唐津にて斬刑執行。反乱鎮圧終了——


諸兄は帝に伺った。

「広嗣を処刑しました。平城京へ戻りましょうか？　皇后さまもお待ちでしょう」

帝は寂しそうに首を振った。

「いや、帰らぬ。朕は思うところあって旅を続ける」

（帝は何を考えておられるのだろうか。京師《みやこ》での反乱や暗殺を怖れているのだろうか？）

諸兄は黙って頭を下げた。

広嗣捕縛処刑の報に、一行に漲《みなぎ》っていた悲壮感は消え、緊張が少しほぐれた。

帝は関宮に延べ十日間滞在した。

家持は寒気深々とする仮小屋で、佐保の妻大嬢《おおいらつめ》を想い、一首詠んだ。


河口の野邊にいほりて夜の歴《ふ》れば妹が袂《たもと》し思ほゆるかも

十一月十二日、河口関宮を出発して壱志郡に泊まった。
〃　十三日、鈴鹿郡赤坂に到着した。赤坂に一週間逗留して、重臣の昇格を発表した。

反乱鎮圧、行幸関係などの主な功労褒賞であった。

正二位	従二位	右大臣	橘諸兄
正四位下	従四位上	御前長官	塩焼王
正四位下	従四位上		大原高安《たかやす》（旧名高安王。旅人親友）
従四位上	従四位下	御後長官	石川王
正五位上	正五位下	後衛騎兵大将軍	紀麻呂
正五位上	正五位下	前衛騎兵大将軍	藤原仲麻呂
正五位下	従五位上	陪従	下道《しもつみち》（吉備《きび》）真備《まきび》（諸兄寵臣）
正五位下	従五位上	討伐軍勅使	佐伯常人
従五位上	従五位下	陪従	大井王（伊勢大神宮代参）
従五位上	従五位下	討伐軍勅使	阿倍虫麻呂
従五位上	従五位下		橘奈良麻呂（諸兄の嫡男）
従五位上	従五位下		藤原八束《やつか》（北家房前次男）

家持は、少年の日難波で会った高安王、今は臣籍降下した大原高安や、酒宴、歌宴を共にする奈良麻呂や八束の昇叙を喜んだ。

十一月二十三日、一行は赤坂を出発、朝明郡《あさけ》（現、四日市）に到着。

〃　二十五日、桑名《くわな》郡石占《いしうら》（現、多度町）に着いた。

〃二十六日、美濃国当芸《たぎ》郡（現、養老郡）に宿泊。暦は師走となった。

多芸の行宮がある多度河は、古くから滝と清流で有名である。

――元正太上天皇が帝《みかど》の頃、この滝に行幸され、手や顔を洗ったところ滑らかになり、痛みが取れた。この滝水を飲むと白髪が黒くなり、禿げ頭に毛が生え、病気も治ると聞いて、天の賜りものを年号にされた。養老の改元である――との故事を目の当たりにした。まさに家持好みの題材である。

（昔からこの滝の野辺に行宮《あんぐう》を設営されたのは、この多度河の瀧の景色が、爽やかであるからであろう）

と、見事な滝と故事を目の前に詠んだ。

田跡《たど》河《かは》の瀧を清みかいにしへゆ宮仕《みやづか》へけむ多藝《たぎ》の野の上《へ》に

（大伴家持　万葉集　巻六・一〇三五）

十二月一日、不破《ふわ》郡不破（現、垂井町府中）に入った。

（聖武帝は明らかに曽祖父天武天皇が、大海人皇子の当時、逃亡し挙兵された足跡を辿っておられる。壬申の乱の巡礼の旅によって、天武帝の霊力とご加護を求められているのか）

と、家持は解釈していた。東国と畿内を分ける不破の関には、遠くまで来たという感慨がある。郷愁を詠んだ。

関無《せきな》くは還《かへ》りにだにもうち行きて妹が手枕まきて宿《ね》ましを

（大伴家持　万葉集　巻六・一〇三六）

（関所がなければ、ちょっと帰宅して新妻大嬢《おおいらつめ》の手枕で一寝入りするところだが、あいにく此処は不破の関だ。関所破りはできないな）

十二月四日、留守長官の豊成から密使が来た。諸兄は騎兵大将軍二人に命じた。

「筑紫の反乱は収束し、五道の軍はそれぞれ任地に戻った。懸念された平城京の反乱は起こらなかった。しかし留守長官二人に内々吟味させたところ、広嗣に同調した思想の者や、反乱を策謀したものが多数いると判明した。そちら二人は直ちに帰京し、留守長官と協議して、これらの不届き者たちをすぐ捕縛せよ」

十二月六日朝、帝は諸兄を帰京させた。

二人の間では、密かに遷都が協議されていた。候補地は山背《やましろ》国相楽《そうらく》郡恭仁郷《くにのさと》瓶原《みかのはら》であったが誰にも漏らしていない。恭仁は諸兄の本貫地（本籍地）である。平城京のように広い土地ではない。猫の額のような狭い地形である。しかし、諸兄にとっては、――万一の場合、領民たちが兵士となって、帝と諸兄を守ってくれるであろう――との自信と安心感があった。諸兄には帝を恭仁に迎える仮の宮殿などを準備する必要があった。

「家持、恭仁遷都はまだ極秘の案件ぞ。吾は先立ちするが、帝はゆっくりと壬申の乱の戦跡を辿《たど》られる。都人《みやこびと》も陪従《べいじゅう》の供人《ともびと》も全員を騙《だま》さねばならぬ。その間に、留守長官と騎兵大将軍たちで、平城京の不穏の者たちを漏れなく逮捕する」

（そうであったのか。平城京に帰るにはまだまだ不安があるのか）

家持は政事《まつりごと》の難しさをひしひしと感じていた。

諸兄が出発した後、一行はゆっくりと近江国坂田郡横河《よかわ》（現、米原《まいはら》町醒ケ井《さめがい》）に着いた。

横河は壬申の乱の時、高市《たけち》皇子率いる主力の舎人《とねり》軍団と、大友皇子軍の先鋒が激突した古戦場であった。家持の脳裏に、少年の日、碩学山上憶良が講談のように語った講義の一言一句が、みずみずしく浮かんできた。高麗剣《こまつるぎ》を振りかざして指揮を執る高市皇子の姿を瞼に描いていた。――皇子は十九歳であった！　――身が引き締まった。筑前守山上憶良に家庭教師を懇望した亡き父、旅人の配慮を、あらためて感謝していた。


十二月七日、横河を発って犬上《いぬかみ》（現、彦根市高宮町）に向かった。

一行の左手には古戦場の鳥籠《うろ》山が見えてきた。ここでも舎人軍団が活躍して大友皇子軍の将軍を斬っていた。

（――犬上川では数万の大友皇子軍が待ち受けていたが、内紛があって将軍が切られたり、自殺したり、あるいは投降するなど、防衛陣が自滅していた――との憶良殿の講話であった。今は静かな田園風景だが、吾の眼には――兵《つわもの》どもの夢の跡――壬申の乱がまざまざと甦《よみがえ》るわ。……そうか、ひょっとしたら聖武帝は、首《おびと》皇太子時代に、憶良殿より壬申の乱の講義を受けていたのかもしれぬ。いや受けていたであろう。……とすると、……供奉《ぐぶ》の者たちが秘かに囁いている『気の病からくる彷徨の旅』ではなく、『大海人皇子の逃亡と反撃にご自分を重ねようとしている求道《ぐどう》の旅』か）

家持は国家の頂点に立つ帝の置かれている厳しい現実を、まざまざと感じた。

十二月九日、蒲生《がもう》郡に入った。さすらいの旅は四十日を超えていた。供奉の文官たちは疲れ果てていた。しかし家持ら内舎人は騎兵が去った後、警備に気を張っていた。

（蒲生まで来たか。……そうだ、蒲生野は皇室の薬猟の地だ。あの相聞が詠まれた地だ）

家持は憶良に教授を受けた額田王《ぬかたのおおきみ》と大海人皇子の相聞歌を口遊《くちずさ》んでいた。

あかねさす紫野行き標野《しめの》行き野守《のもり》は見ずや君が袖《そで》振る

（額田王　万葉集　巻一・二〇）

むらさきのにほへる妹を憎《にく》くあらば人づまゆゑに吾《われ》戀《こ》ひめやも

（大海人皇子　万葉集　巻一・二一）

十二月十日、野州《やす》（現、守山市）に来た。ここを流れる安河も壬申の乱の古戦場である。

十二月十一日、野州を発ち、禾津《あわつ》（現、大津市粟津）に向かった。激戦だった瀬田の唐橋を渡り、禾津に着いた。壬申の乱の最後の激戦地であった。

湖岸に立った家持は、夕日に輝く湖面と、遥か彼方に黒々と聳《そび》える比叡の絶景に、言葉を失った。後年、近江八景と呼ばれる名勝のうち「瀬田の夕照」「粟津の晴嵐《せいらん》」である。

家持の口から人麻呂の名歌があふれ出た。

淡《あふ》海《み》の海《み》夕波千鳥汝《な》が鳴けば心もしのにいにしへ思ほゆ

（柿本人麻呂　万葉集　巻三・二六六）

歌人の情緒と同時に、武人としての本能がうごめいて、冷静に分析していた。

（大友皇子軍は、横河《よかわ》、鳥籠《うろ》山、犬上、安河、瀬田、禾津と、重層的な布陣をしていた。総力としては、高市皇子軍と拮抗《きっこう》していた。しかし、重層的と見える布陣は、戦力の分散ではなかったか。高市皇子軍は、猛将村国男依《むらくにおより》率いる舎人《とねり》軍団が一丸となっていた。大友皇子軍の先鋒、中衛、後備の布陣を突き破って、一気に本陣に襲い掛かっていた。戦法の差だった）

近代兵法では「ウィンチェスター戦略」と呼ばれる、相手を上回る軍団で、各個撃破をしていく戦法であった。家持は往時の戦闘を思い描いて、疲れを感じなかった。

十二月十三日、帝は「志賀の山寺に参詣する」と、仰《おお》せられた。『志賀の山寺』とは、大友皇子軍の戦死者を祀る崇福寺《すうふくじ》である。禾津からは近い。

――崇福寺には、昔、持統帝の密命を受けて、人麻呂殿が鎮魂の代参をされていたな――

家持は憶良の講義を懐かしく、思い出していた。同時に、

(帝は大海人皇子、天武帝の曽孫になる。しかし母系を辿れば天智系になる。不幸な戦が終わった後は、敵も味方もない。戦死者全員の供養をする帝は、寛大な仏教心をお持ちの方だ)

と、家持は感服していた。

十二月十四日、禾津から山背国相楽郡の玉井頓宮《たまいのかりみや》(現、井手町)に着いた。

一行は「明日は平城京に帰れる!」と、喜んだ。それは一夜の糠《ぬか》喜びと知る。

十二月十五日、帝の乗った車駕《しやが》は、諸兄が用意していた新築早々の、恭仁《くに》の宮殿に入った。

聖武帝はこの地を新しい京師《みやこ》を『恭仁京』と宣言した。

聖武天皇の、謎めいた不可解な約二カ月の彷徨の旅はやっと終わった。

年末、元正上皇と光明皇后が恭仁京に移ってきた。

家持は、帝の内舎人として仕え、この旅で多くの高官や友人の知己を得た。何物にも代えがたい人と人との絆《きずな》という、無形の財産を得たが、まだ若い本人にはその意識はなかった。

第三帖　恭仁京造営

今つくる久邇《くに》の王都《みやこ》は山河のさやけき見ればうべ知らすらし
（大伴家持　万葉集　巻六・一〇三七）

（一）恭仁京造営

広嗣の反乱で騒々しかった年が明けて、天平十三年（七四一）となった。春正月一日。聖武天皇は檜《ひのき》の香も新しい恭仁宮《くにのみや》で、群臣たちの朝賀を受けられた。大極殿《だいごくでん》はまだ建てられていない。宮垣ですら大工の手は廻っていなかった。とりあえず帷帳《とばり》を張り巡らせて、宮殿の恰好がつけられていた。五位以上の貴族たちに、恒例の宴が催された。満面の笑みを浮かべる帝の傍らで、光明皇后は眉を顰《ひそ》めていた。

（何て貧相な内裏なのか！　こんな狭っ苦しい山里に都を定めるなんて、帝《みかど》の気が知れない。妾《わらわ》は奈

良に戻りたい）
と、憮然《ぶぜん》としていた。皇后が不機嫌になるのも一理あった。恭仁京の場所は、平城京の東北、約四里（十六キロメートル）の山背国《やましろ》瓶原《みかのはら》（京都府木津市加茂町）である。瓶原は後の小倉百人一首で読者は馴染みであろう。

みかの原わきて流るるいづみ川いつ見きとてか恋しかるらむ

（藤原兼輔　新古今和歌集）

平城京から徒歩半日で行ける距離ではあったが、都の人々から見れば、北の奈良山を越えるというのは、気分が乗らなかった。雑草や灌木の生い茂る盆地の瓶原の南側を泉川（木津川）が流れている。瓶原の北は布當山《ふたぎ》が聳えている。自然の景観はよいが、誰が見ても京師《みやこ》とするには手狭な盆地であった。

正月気分の残っている二十二日。平城京に残っていた刑部省《ぎょうぶ》から報告が届いた。

――反逆者藤原広嗣の一味として、京師で捕縛した者の処刑を執行。死罪二十六名、官位没収五名、流罪《るざい》四十七名、徒罪《とざい》（懲役刑）三十二名、杖罪《じょうざい》（むち打ち）百七十七名――

公報を見た内舎人《うどねり》の家持は、処刑された罪人の多さと厳刑に息を呑んだ。

（吾らが帝のお供をして彷徨《ほうこう》の旅をしている間に、留守官の兵部卿兼中衛大将・藤原豊成卿が探索されたのか。それで藤原仲麻呂卿と紀麻呂卿率いる騎兵四百騎が、不破の関から急遽平城京に帰って、これら三百名に近い逮捕を行ったのか……放浪の旅を装いながら、密かにこれらの総指揮を執られたのは右大臣の諸兄殿か……。平城京に戻らず、諸兄殿の領地の恭仁に落ち着いたのは、聖武帝にこの処刑を身近に感じさせたくなかったからであろうか？）

いつも静かな微笑みを浮かべている公卿《くげ》諸兄の、冷厳な政治家としての素顔を垣間《かいま》見たような気がした。

――政事には好むと好まざるとに関わらず、清濁併呑《へいどん》せねばならぬことも起こる。時には心を鬼にせねば前に進まぬこともある――

と、亡父旅人が呟《つぶや》いたことを現実に実感していた。

（吾にも将来、心を鬼にせねばならぬ時が来るのであろうか……）

家持の心境を察したのか、諸兄がにこやかな笑顔で声をかけてきた。

「家持、平城京の大掃除は無事に終わった。帝は様々な事件や陰謀、それに悪疫に悩まされた平城京を嫌われている。それゆえこれからはこの恭仁京の造営に力を入れられると心得ておくがよい。そうだ、近々、安積親王《あさかのみこ》や市原《いちはら》王、それに藤原八束《やつか》など、吾が息奈良麻呂の友人たちを招いて、酒宴をするつもりだ。そちも参るがよい」

「ありがたきお言葉でございます。喜んで参上致します」

四年前、天平九年（七三七）の悪疫大流行で左大臣藤原武智麻呂《むちまろ》、参議房前《ふささき》、参議宇合《うまかい》、参議麻呂《まろ》の四兄弟が、一挙に薨去《こうきょ》していた。長屋王の遺臣たちの報復であることは、山辺衆しか知らない。その結果、左大弁であった橘諸兄が、中納言を経由せず、一挙に大納言に任命され、さらに右大臣に昇叙して政治の実権を掌握していた。これまで諸兄は藤原一門とは距離を置き、淡々と職務を遂行し、派閥作りは回避していた。

しかし、藤原の一族はしたたかに勢力を拡大していた。式家藤原宇合の嫡男広嗣は反乱者になって落命したが、南家武智麻呂の長男豊成、次男仲麻呂は朝政の中心にあった。

公卿《くぎょう》の諸兄が政事を円滑に執行するには、豊成や仲麻呂に対抗する勢力の後ろ盾が必要であった。長屋王が皇親派をまとめ、大伴氏や紀氏など古来の豪族を取り込み、藤原兄弟の中では冷静な北家藤原房前と親密にしたように、行動していた。そうせざるを得ない政事力学であったといえよう。

諸兄が実権を握った背景には、光明皇后が、異父同母の妹であった血の縁《えにし》があった。母橘三千代を奪った不比等は許し難く、光明皇后の思想や行動にも反感はあったが、兄妹の絆が二人を繋いでいたことは否定できなかった。

都育ちのわがままな光明皇后には気乗りしない山里であったが、聖武帝には今は亡き祖母元明女帝の離宮があったから馴染《なじ》みの地であった。できるだけ早く恭仁京造営を成し遂げたいと、次々に命令を出した。

——五位以上の者は、留守官を除き、全員恭仁京へ移住せよ——

——平城京の東西の市《いち》を恭仁へ移転させよ——

——平城京の大極殿《だいごくでん》と歩廊を早く移築せよ——

こうした詔《みことのり》によって恭仁京が整っていく様子を大宮人や庶民は讃歌《さんか》に詠んだ。

山城の　久邇《くに》の都は　春されば　花咲きををり　秋されば　もみち葉《ば》にほひ
帯《お》ばせる　泉の河の　上《かみ》つ瀬に　うち橋わたし　淀瀬《よどせ》には　浮橋わたし
あり通《がよ》ひ　仕えまつらむ　萬代までに
（境部老麻呂《さかいべのおゆまろ》　万葉集　巻一七・三九〇七）

三日《みか》の原布當《ふたぎ》の野邉《のへ》を清みこそ大宮どころ定めけらしも
（作者不詳　万葉集　巻六・一〇五一）

布當山は恭仁京の背後にある山である。現在の三上山や海住山寺《かいじゅうせんじ》付近の山々である。宮殿の造営場所は、「布當の野邉」とも呼ばれていた盆地であった。聖武帝はこれらの讃歌をいたく喜ばれた。

（二）佐保《さほ》恋し

初夏、四月二日　佐保の館に留守居している弟書持《ふみもち》から、近況を知らせる文と歌が、恭仁京の家持に届いた。書持の下男になっている剛が、ひとっ走りして運んできていた。歌は佐保の里に多いほととぎすを詠んでいた。亡き父旅人も愛した鳥である。

たちばなは常花《とこはな》にもがほととぎす住むと来鳴《きな》かば聞かぬ日なけむ
(大伴書持　万葉集　巻一七・三九〇九)

――館の庭の橘が常に花が咲く木であれば、ほととぎすが巣を作ろうと来て、鳴き声を聞かぬ日はあるまい。今はよく鳴いていますよ、兄上――

珠に貫《ぬ》くあふちを家に植ゑたらば山ほととぎす離《か》れず来《こ》むかも
(大伴書持　万葉集　巻一七・三九一〇)

――薄紫の花が美しい梅檀《せんだん》の木を庭に植えたら、ほととぎすは棲みつくでしょう――

梅檀の花は兄弟が慕っていた養母、郎女の好きな花であった。

翌日、家持は三首詠んで、剛に託した。

「剛よ、最近安積親王様の内舎人に配置換えになったばかりだから忙しく、簡単に休みが取れない。気が沈んで晴れ晴れしない時が多い、だが、見ての通り恭仁の周囲はまだ自然がそのままで、佐保と同様に小鳥が多い。木から木へ飛び交い、鳴き声が絶えない。小鳥の声が気を紛らわせてくれる――と伝えてくれ」

あしひきの山べにをればほととぎす木《こ》の間《ま》立ち漏《く》き鳴かぬ日はなし
（大伴家持　万葉集　巻一七・三九一一）

ほととぎすあふちの枝に行きてゐば花は散らむな珠と見るまで
（大伴家持　万葉集　巻一七・三九一三）

剛は、新婚早々で単身赴任している家持の本心を察していた。
「若殿、奥方様への歌はございませぬか。毎日ご心配されておりますぞ」
「うむ。昨年十月平城京を離れて、伊賀、伊勢、美濃、近江、それに此処、山背《やましろ》と半年ほど逢っていないな。山一つの距離だのに、内舎人《うどねり》は警備に忙しい。簡単には帰れぬわ。では大嬢へはこの歌を渡してくれ」
新婚の妻に宛てて、家持はやるせない大嬢の立場を察して詠んだ。

一《ひと》隔《へ》山《やま》隔《へな》れるものを月夜《つくよ》よみ門に出で立ち妹か待つらむ
（大伴家持　万葉集　巻四・七六五）

大嬢が、親しい藤原郎女に、嬉しそうに漏らした。
「夫から歌を貰ったわよ」

「では私が家持様を待ち焦がれているあなたの気持ちを伝えてあげるわよ。いいわね」
と、大嬢に代わって、歌を返してきた。

路《みち》遠み来《こ》じとは知れるものからに然《しか》ぞ待つらむ君が目を欲《ほ》り
（藤原郎女　万葉集　巻四・七六六）

――路が遠いので来ることはないと分かっているのだけれど、大嬢はあなたに逢いたくて待っていますわよ――

恭仁京と平城京は近いが、聖武帝は恭仁京造営と並行して、もっと山奥の紫香楽《しがらき》にしばしば行幸するようになった。その随行や親王の警備のため家持は多忙を極め、佐保になかなか帰れなかった。家持は、せめて夢の中でも大嬢に逢いたいと、祈るようにして寝るのだが、疲れ果てて寝込んでしまうことが多かった。実状と慕情を歌にして送った。

都路を遠みや妹がこのころは祈《う》誓《け》ひて宿《ね》れど夢《いめ》に見えこぬ
（大伴家持　万葉集　巻四・七六七）

今しらす久邇《くに》の京《みやこ》に妹にあはず久しくなりぬ行きてはや見な
（大伴家持　万葉集　巻四・七六八）

――新しく造営中の恭仁京にいて愛しい人に逢わずに長くなった。早く行って会いたいものだ――

秋風が布當《ふたぎ》山から日毎に、時には激しく吹くときには、侘《わび》しく想い焦がれた。

あしひきの山邊にをりて秋風の日に異《け》に吹けば妹をしぞ思ふ

（大伴家持　万葉集　巻八・一六三二）

大伴宗本家の家刀自坂上郎女と、若氏上家持の正妻大嬢は、書持とともに、佐保の館を切り盛りしていた。家持は安心して公務に励んでいた。

（三）寧楽《なら》荒廃

恭仁京の造営が進行し、大極殿や歩廊など主な建物が取り壊され、恭仁に移築されると、平城京は見る見る寂《さび》れていった。

家持は今城《いまき》王（臣籍降下して大原真人《まひと》今城）とは、十年ほど前、父旅人と太宰府から帰京する途中、難波の高安王（後の大原真人高安）の館で引見されて以来、親交を続けている。王族だっただけに、堂々と、思い入れの深い歌を詠んだ。

秋されば春日の山のもみち見る寧楽《なら》の京師《みやこ》の荒るらく惜しも
（大原今城　万葉集　巻八・一六〇四）

遷都の批判になり、罰せられることを怖れて、人々は名を隠して、荒れゆく都を悼《いた》み、惜しんだ。

くれなゐに深く染《し》みにし情《こころ》かも寧楽《なら》の京師《みやこ》に年の歴《へ》ぬべき
（作者不詳　万葉集　巻六・一〇四四）

――寧楽は自分の心に紅のように深く染み込んだように見える。私はこの寧楽の京師に残って歳を取ろう――

世間《よのなか》を常無きものと今ぞ知る平城《なら》の京師《みやこ》の移ろふ見れば
（作者不詳　万葉集　巻六・一〇四五）

立ち易《かは》り古きみやことなりぬれば道の芝草長く生《お》ひにけり
（作者不詳　万葉集　巻六・一〇四八）

馴《な》著《つ》きにし奈良の都の荒れゆけば出で立つごとに嘆きし益《まさ》る

（作者不詳　万葉集　巻六・一〇四九）

——馴染《なじ》んできた奈良の都がだんだん荒れてゆくので、表に出るたびに嘆息が益々ひどくなるばかりだ——

新都恭仁京に強制移住させられた官人たちは、造営を寿《ことほ》ぎつつも、複雑な心境であった。——遷都は繰り返さず、落ち着いてほしい——との願望を籠めて詠まれた歌がある。

布《ふ》當《たぎ》山山なみ見れば百代にも易《かは》るべからぬ大宮處

（作者不詳　万葉集　巻六・一〇五五）

——布當山の山々を見ると、この恭仁京は何百年も変わらぬような頼もしく見える内裏の地であることよ——

この大宮人の願望が、僅か数年で裏切られることになろうとは、……帝の移り気を誰も予測できなかった。

（四）安積親王《あさかのみこ》

恭仁京の造営が本格化した天平十三年（七四一）、二十四歳の家持は、十歳年下の安積親王の内舎人に配置換えになった。皇子が元服し、生母県犬養広刀自《あがたいぬかいのひろとじ》夫人の許を離れたからである。文武に優れた家持を重用した聖武天皇の配慮であった。

県犬養氏族は古代大王家（天皇家）の屯倉《みやけ》の守護をしていた家柄である。大伴と同じく伴造《とものみやつこ》であった。屯倉警備のための番犬を飼育していたので、犬養の姓を名乗っていた四家があった。県犬養、権犬養、安曇犬養、海犬養である。その主導的地位の名門であった。

広刀自は、安積親王のほかに井上《いのえ》内親王と不破《ふわ》内親王を産んでいた。

光明皇后の生母、橘三千代も県犬養氏族である。この頃、才女三千代が県犬養氏の族長的役割をしていた。

光明皇后は天武帝との間に、阿倍内親王と基王《もとい》を産んだ。まだ幼児の基王を強引に皇太子に立太子させたが、基王は夭折《ようせつ》した。そのあと皇子は生まれなかった。

（このままでは妾の血を受け継いだ天皇は出ない。……このままでは皇位は安積親王に移る。やむをえない。阿倍内親王を女帝にしよう）

権力欲の強い光明皇后は、またもや聖武帝を説き伏せ、三年前の天平十年正月、皇女の阿倍内親王を皇太子として立太子させていた。

一方、安積親王は聖武帝にとって唯一人の男子皇子であった。群臣たちは安積親王が皇太子の第一候補と思っていた。日本の皇統史には前例のない女性の立太子に、古来の豪族たちは、

――光明皇后は、前に皇室の慣例を無視して幼児基王の立太子を実現した上に、再び慣例を無視さ

れた――

――吾ら群臣の会議を開催されなかった。これも新興成り上がりの藤原一門、特に南家の豊成や仲麻呂らの権勢欲だ――

――お考えやなさりようは、伝え聞く持統皇后にそっくりではないか……――

と、不快感を抱いていた。

左大臣・橘諸兄は、何となく藤原南家の実権者・仲麻呂とそりが合わなかった。政権の運営だけではない。母の三千代を不比等に強奪された口惜しさは、消し難かった。その母が不比等の子を産んだ。美女で才媛の安宿媛、後の光明子、今の光明皇后である。皇后は異父同母妹であり、皇太子の阿倍内親王は姪になる。諸兄は、この血の葛藤のため、終生複雑な立場と心境に身を置くことになる。

安積親王が成長するにつれて、青壮年の貴公子たちが、遊びに集まってきた。次第に二つの派閥ができていた。十数年前の皇親派長屋王と藤原一門の対立の構造に似てきた。

皇太子阿倍内親王の支持派は、光明皇后、南家の藤原豊成、藤原仲麻呂。それに大唐帰りの留学僧で、帝の生母宮子のうつ病を治した僧玄昉《げんぼう》。内親王の皇太子学士、下道《しもつみち》(後の吉備《きび》)真備《まきび》などであった。

他方、安積親王と親交を持つ皇親派は、橘諸兄（葛城王)、橘奈良麻呂、市原王、北家の藤原八束《やつか》（房前の次男)、大伴家持ら内舎人や古来の豪族の子弟たちである。

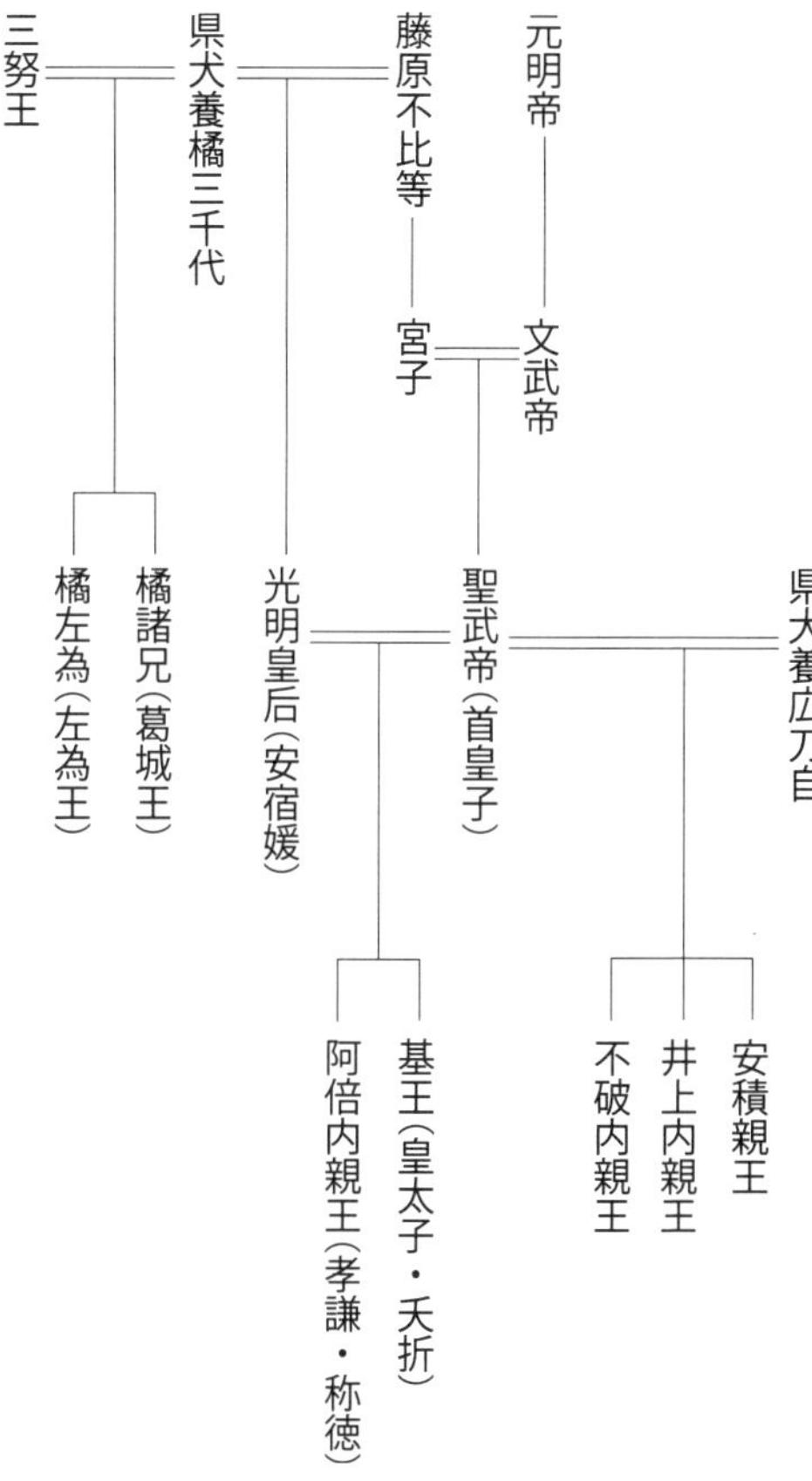

（五）五節《ごせち》の舞

夫君の聖武帝を口説いて、阿倍内親王を立太子させた光明皇后は、内親王《ひめみこ》が群臣たちから後ろ指を指されないように、皇太子（東宮）教育には気を使った。唐から帰朝した俊秀の誉れ高い留学生、下道真備（後の吉備真備）を皇太子学士つまり専属の家庭教師に任命した。内親王に最新の学問をさせる一方、皇女らしさを保つように、古来の舞曲も学ばせていた。

平城京の大極殿の移築も順調に進んだ天平十五年五月五日、帝は群臣を内裏に招いて酒宴を開催された。この宴で、帝は内親王の「五節の舞」を披露した。

「五節の舞」とは、一月一日、七日、十一日、五月五日と十一月新嘗祭《にいなめさい》の翌日に舞われる由緒ある舞であった。最初に始めたのは天武天皇である。壬申《じんしん》の乱を収束され、日本全土を治めるに当たって、――国民の身分の上下による対立をやわらげ、国家を安泰に保つには、礼と楽が必要である――との発想で、この舞を神に捧げた。以来、皇統を継ぐ者が舞う伝統であった。

阿倍内親王は家持と同年の二十六歳であった。安積親王の内舎人として陪席《ばいせき》し、内親王の舞を見物している家持は、ふっと感じることがあった。

(舞の所作は見事だ。素晴らしい。しかし、感情が伝わってこない。なぜか冷たい。内親王の表情は何か寂しげだ。……こう感じるのは吾のみだろうか?)

家持は亡くなった妾《めかけ》との間に二人の子供をもうけており、今は正妻として大嬢を迎えている。愛妾を失った悲しみや、初恋の大嬢と結ばれた愛の喜びを知っている。

(内親王は、基王が亡くなられた時から皇統を継ぐ皇女として、喜怒哀楽の感情を抑え込む生活を強いられてきたのではないか。吾と違って、これまで恋の噂は皆無であったな。皇女なのに和歌を詠まれたとも聞いていない……美しいが感情のない人形か……)

氏上として氏族の老若男女の心情を察する感性が、いつしか身についていた。阿倍内親王が後に孝謙・称徳女帝となって、藤原仲麻呂や道鏡と道ならぬ恋に溺れるとは、この時の家持には想像もつかなかったが、常人ではない何か違和感を察知していた。

聖武帝には伯母になる元正太上天皇は、皇統史では異例の未婚の女帝であった。聖武帝の父君文武帝が崩御された時、首皇太子《おびと》がまだ幼かったので、元明女帝は不比等と相談して、皇女・氷高《ひたか》内親王を元正天皇として、即位させていた。それゆえ孫のように可愛がっていた阿倍内親王が「五節の舞」を見事に演じきったことを大変喜ばれ、歌に詠まれた。

そらみつ大和の国は神からし尊くあるらしこの舞見れば

（元正太上天皇　続日本紀　巻一五　聖武天皇紀）

——大和の国が尊くあるのは、もともと神柄、神の品格があるのだろう。この舞を見ればそれがよく分かる——

天つ神御孫《みま》の命《みこと》の取り持ちてこの豊御酒《とよみき》をいま献《たてまつ》る

（元正太上天皇　続日本紀　巻一五　聖武天皇紀）

——天の神の御孫の命である皇太子がお取り持ちになって、この尊いお酒をいまお供えします——

右大臣橘諸兄たちの歯の浮いたような賛辞の奏上に、聖武天皇と光明皇后は、喜色満面であった。帝は大幅な昇格昇叙の人事を行った。藤原と家持の関係者を列挙してみよう。このほかにも藤原広嗣の反乱時の功臣の昇格昇叙が目立った。依然として皇親と、大伴、巨勢《こせ》、紀の古来豪族、それに藤原南家の鼎立《ていりつ》が続いていた。

昇格

従一位	正二位	橘諸兄（葛城王・家持の庇護者）
従二位	正三位	鈴鹿王（長屋王の異母弟・知太政官事《ちだじょうかんじ》）
従五位下	無位	市原王（家持の親友で庇護者）
従三位	正四位下	藤原豊成（南家藤原武智麻呂の嫡男）
従四位上	従四位下	藤原仲麻呂（南家藤原武智麻呂の次男）
正五位上	従五位上	藤原八束（北家藤原房前の次男・家持友人）
〃	〃	橘奈良麻呂（橘諸兄の嫡男・家持の友人）
従四位上	従四位下	大伴牛養《うしかい》（家持の後見人・一族の重鎮・参議）
従五位上	従五位下	大伴稲公《いなきみ》（旅人の異母弟・因幡《いなば》守）
従五位下	正六位上	大伴駿河麻呂《するがまろ》（一族の重臣）

昇叙

左大臣	右大臣	橘諸兄

中納言　兵部卿　藤原豊成（聖武帝彷徨時の留守長官）
〃　　左大弁　巨勢奈弖麻呂《こせのなてまろ》
参議　従四位上　藤原仲麻呂（彷徨時の前衛騎兵大将軍）
〃　　従四位下　紀麻呂（彷徨時の後衛騎兵大将軍）

家持は、知人友人や一族の昇格を喜んだ。だが、この人事の面々が、後日、命を懸ける政争の敵味方に分かれるとは、この時夢想だにしなかった。

聖武帝はこの頃しばしば紫香楽《しがらき》の離宮に行幸を繰り返した。このため財政は逼迫《ひっぱく》して、左大臣の諸兄は頭を抱えた。

――租税収入を図るには墾田《こんでん》を増やすほかない――

諸兄は窮余《きゅうよ》の一策として、養老七年（七二三）長屋王が制定したこれまでの「三世一身法」に変えて、大胆な「墾田永年私財法《こんでんえいねんしざいほう》」を帝に献策した。大化の改新の理念である「公地公民制」の一部否定である。

聖武帝は、五月二十七日、詔を出した。

――これまでの三世一身法では、折角開墾した墾田は、期限が来ると官に返さねばならない。そのため農民に開墾の意欲がなくなってきた。今後は自分で開墾した土地は、永久に個人の財産にして、官が取り上げないことにする。ただし、私有地とできる限度を定める。親王一品と民臣一位は五百町、二品二位は四百町、三品・四品と三位は三百町、四位二百町、五位百町、六位から八位は五十町、以下の官人と庶民は十町とする――

貴族・豪族はもとより官人も農夫も歓呼の声を上げて、蓄財をはたいて窮民を雇い、あるいは家族全員で墾田の開発に乗り出した。結果として農地が増えて、財政面の危機は克服できる見込みがついた。

余談であるが、この「墾田永年私財法」が後に荘園武士を育て、公卿政治が崩壊し、武家の世になる。この時の諸兄はそこまで知る由もない。

（六）紫香楽《しがらき》行幸の謎

恭仁京の建設も四年目、天平は十五年（七四三）となり、平城京から移築した大極殿《だいごくでん》や歩廊も完成に近くなっていた。規模はさておき、都としての恰好はついてきた。

しかし聖武帝は、移り気なのか、鬱《うつ》の病か、狭い空間を好まれた。前年、恭仁から甲賀へ抜ける道を造らせ、山峡の小さな平地、紫香楽に離宮を造っていた。恭仁京から東北へ約七里半（三十キロ）の地であった。

秋七月下旬、聖武帝は、紫香楽離宮へ行幸すると決め、恭仁京の留守官に左大臣橘諸兄、知太政《ちだじょう》官事《かんじ》鈴鹿王、中納言巨勢奈弖麻呂《こせのなてまろ》を任命し、出発された。

八月になって、家持に、左少弁《さしょうべん》（次官）の藤原八束《やつか》から、

――十六日に安積《あさか》親王をお招きし、仲秋の名月を愛でる酒宴を催す。お供してまいれ。留守居の仲間で一杯飲もう――と、誘いがあった。

――満月、望の日は十五日であるが、宮中で宴があると分かったので、私的な酒宴を十六日に催すことにした――との伝言が添えられていた。

八束とは十年ほど前、山上憶良の屋敷で紹介された。その時、憶良から形見として、八束は端渓《たんけい》の硯《すずり》を、家持は黄山《こうざん》の硯を贈られていた。

――政治家となる運命、武将となる宿命を負っても、終生冷静に墨をすり、書をたしなむべし――との憶良の配慮であった。以来二人は義兄弟のような親友となっていた。

十六夜の月。望《もち》の月よりもためらうように遅く出るので「いざよい」と雅《みやび》に呼ばれる。

しかし、当日はあいにく雨が降りしきっていた。実はこの年の秋七月には、全国的に気象異変があった。西の出雲国や東の上総《かずさ》国で暴風雨が吹き荒れた。八月になっても、天候の不順が続いていた。

月見の宴の催主八束が、安積親王に、

「私に徳がなくこの様な天候になってしまって、まことに申し訳ございません」

と詫びた。

「八束、気にすることはない。雨はお前のせいではない。誰も天気は変えられないのだから。今宵は気のおけぬ仲間でゆっくり飲み、語ろう」

と、親王が笑って八束の肩をたたいた。

「それではまずは家持殿に、聖武帝や安積親王が造営され、完成間近な恭仁京の讃歌《さんか》を詠んでもらって、酒宴に入りましょう」

恭仁は山野に囲まれた盆地である。泉川（木津川）の流れは清らかである。家持は、——都城としての規模はさておき、聖武帝が好まれたこの見事な景観は、なるほど納得できる——と、率直に国讃歌《くにほぎうた》を詠んだ。


今つくる久邇《くに》の王都《みやこ》は山河のさやけき見ればうべ知らすらし

「家持、ありがとう。紫香楽の帝に早速お知らせしよう。さぞかしお喜びになろう」

月はないが酒と話は弾んだ。八束がさりげなく安積親王に訊ねた。

「親王、まことに不躾《ぶしつけ》な質問ですが、帝《みかど》は異様に紫香楽村にご執心ですが、あの山峡《やまかい》の小村の何が魅力なのでしょうか？」

親王は暫く黙っていたが、盃を置いて応えた。

「父帝の御心《みこころ》に関わるので話しにくいが、厳にこの場限りの話と心得てくれ。八束、家持、よいな」

二人は深く頷いた。

「帝は十数年前長屋王とお妃や四人の皇子に自死を命ぜられた。それは武智麻呂《むちまろ》や光明皇后ら藤原一門の謀計による誣告《ぶこく》であったと、帝は後で知った。以来帝はご自分の心の弱さを悔やまれて、御仏に救いを求められている。その最中に、藤原広嗣の反乱が起きた。ご生母宮子殿の病を治した玄昉《げんぼう》や、学識の深い真備《まきび》を重用しているものの、その後の玄昉の傲慢《ごうまん》な振る舞いを見ていると、広嗣の忠告にも一理あると思われていた。しかし朝廷は広嗣兄弟だけでなく、平城京にいた同意見の者二十数名を斬殺にした。せめて流罪《るざい》かと思われていた帝にとっては、九州と京師での約三十余名の処刑は、政事《まつりごと》のためとはいえ帝の心の負担になっておられる。平城京を厭い、この田舎の恭仁に遷都したが、帝はさらに狭い場所に引きこもりたいと、気の病に罹られている」

　一同はしんみりと聴いていた。

「たまたまではあろうが、紫香楽には僧行基《ぎょうき》の小さな道場がある。道場といっても掘っ立て小屋だ。以前、朝廷は、――流民の救済をする行基とその集団は、律令政治にはそぐわぬ存在――と敵視していた。しかし行基は、住居のない流民《るみん》に、雨露を凌《しの》ぎ、食を得る場を与え、病の者には施薬をする布《ふ》施《せ》屋を河内国（旧布施市、現東大阪市）に作った。彼らを動員して河川には橋を架け、地元の民の便を図る実態を知り、帝は行基を見直された。内々行基に接触された。平城京の大寺院の僧侶にはさぞかし苦々しかったであろう。帝は行基を法師にされた。この恭仁の大橋も実は行基集団の協力で架けたものだ。今や行基道場は各地にあって、河川の改修やため池の造成など地味な活動を通じて、地元の民の崇敬《すうけい》を受けている。行基集団は朝廷にとってもはや無視できない存在である」

（まだ十六歳の親王が、これほどの思考をされていたのか……吾はいつの日かこの怜悧《れいり》な親王に仕えて政事を進めてみたい）

　と、八束は感嘆した。親王はさらに話を続けた。

「帝は心の救済を、平城京の大寺院の高僧ではなく、紫香楽の山村に住む行基に求められている。帝は国家安泰や民の幸せを願い、個人としては長屋王ご一家や広嗣の反乱関係者の回向成仏《えこうじようぶつ》と、ご自身の懺悔《ざんげ》のために、紫香楽に大きな盧舎那仏《るしやなぶつ》の建立を考えられておられる。いずれ発表なされようが、今はくれぐれも内密の話ぞ」

「分かりました」

八束と家持は、想定外の奥深い話に身を固くしていた。

「固い話はこれぐらいで、酒を飲もう」

三人は山菜料理を賞味しながら、再び四方山話に花が咲いた。

激しく連れを呼ぶ牡鹿《おじか》の鳴き声が耳に入ってきた。

「家持殿、山河の清《さや》けき恭仁《くに》の景観と歌宴には名物の鹿は欠かせぬ。望月の代わりに鹿鳴《ろくめい》を詠んでくれまいか」

二人の時には、年長で高官の八束は、「家持」と呼び捨てるが、他人のいる場では、大伴の若き氏上として敬称を使う。

「承知しました」

家持は立ち上がって二首詠唱した。

山びこの相響《とよ》むまで妻戀に鹿《か》鳴く山邊にひとりのみして
（大伴家持　万葉集　巻八・一六〇二）

このころの朝けに聞けばあしひきの山よび響《とよ》めさを鹿鳴くも
（大伴家持　万葉集　巻八・一六〇三）

親王が拍手をした。八束が、

「親王、新婚の家持は愛妻を佐保に置いての単身赴任が三年にもなります。時々休暇を与えてくださいませ」

「八束、相分かった。ははは、家持の歌には本心が素直に出ておるわ」

「恐れ入ります」

夜が更けてきた。少年の安積親王は酒に酔っていた。

「家持、今宵は親王とわが館に泊まるがよい。二人で語り明かそう」

「ではお言葉に甘えまして……一首」

ひさかたの雨はふりしけ思ふ子が宿に今夜《こよひ》は明《あか》して行かむ
（大伴家持　万葉集　巻六・一〇四〇）

「ほう、吾輩はそちの愛しい子にされたか。よかろうぞ。では酒を追加しよう」

八束も家持も、後年中納言になった英才である。言葉に出さずとも――いつの日か、安積親王が皇位に着き、その下で政事を執行してみたい――との、共通認識があった。

十月十五日、恭仁京にいる留守官、左大臣・橘諸兄、知太政官事《ちだじようかんじ》・鈴鹿王（長屋王の異母弟）、中納言・巨勢奈弖麻呂《こせのなてまろ》を驚かした詔勅が出された。

――紫香楽《しがらき》に山を削り、寺を開き、盧舎那仏《るしやなぶつ》の大金銅仏を建立する。仏法を広め、朕《ちん》も衆生《しゆじよう》も御仏《みほとけ》の功徳を受け、悟りを開く境地にする。天下の富を所持するのは朕である。天下の権勢を所持するのも朕である。したがって朕の富と権力を以って大仏を建立するのはたやすいが、それでは衆生《しゆじよう》の功徳《くどく》にはならぬ。したがって志ある民は、一枝の草木、一握りの土でもよい。御仏に捧げよ。朕に協力するものは受け入れよう。国内全土にこの「盧舎那仏造営の詔」を徹底せよ――

との内容であった。

三人の留守官は仰天《ぎようてん》した。とりわけ諸兄は、財政の破綻を心配した。

八束や家持は、安積親王から聞いていた聖武天皇の懺悔と鎮魂の心情が、微塵《みじん》も感じられない高圧的な民の協力要請の文言に、疑念を抱いた。

（誰がこの詔勅を起草したのであろうか？　気弱な聖武帝は、誰かに押し切られて、この詔を出されたのではないか？）

十月十九日、行基法師が集団の信者を率いて、全国の民衆に大仏建立の協力を求めた。

十一月になって聖武帝は四カ月に及ぶ紫香楽行幸から帰京した。

十二月末。平城京の大極殿と回廊の恭仁への移築は完了したが、以後恭仁京の造営は中止された。紫香楽に宮殿を造ることになり、大仏建立もあり、恭仁に使う余裕はなかった。

紫香楽大仏建立の詔に絶句したのは諸兄たち為政《いせい》の高官だけではなかった。

(帝《みかど》は何を考えてあの山奥の紫香楽に、馬鹿でっかい金銅の大仏を建立されるのか。意図が分からぬ。衆生《しゅじょう》がお参りにあの山奥に行くと思うのか？　帝は行基に惑わされている。妾《わらわ》は紫香楽の山猿の里にはいかぬ。それにこの頃気になることがある。急に大人になった安積親王のところに、若手の有能な公卿たちが集まりすぎるようだ。妾の皇女・皇太子である阿倍内親王は未婚ゆえに、貴公子たちが気軽に来ることはできぬ。貴公子を集め、宴《うたげ》を持つことも相聞の歌をやり取りもさせられぬ。可哀相だが致し方ない。しかし……安積親王の成長は何となく目障りだ)

光明皇后は藤原仲麻呂を呼んで、二人だけの密談をした。仲麻呂配下の候《うかみ》が呼ばれた。

第四帖　異変

愛《は》しきかも皇子《みこ》の命《みこと》のあり通《がよ》ひ見《め》しし活道《いくぢ》の路《みち》は荒れにけり
（大伴家持　万葉集　巻三・四七九）

（一）活道岡《いくじのおか》の松籟《しょうらい》

年末の恭仁京は、紫香楽《しがらき》大仏建立の是非をめぐって、高官はもとより低位の官人まで、泡を飛ばして口論していた。その険悪な雰囲気を察したのか、聖武帝は翌天平十六年（七四四）正月元旦の朝賀の儀式を取りやめた。しかし五位以上の貴族を朝堂に集め酒食を提供する宴会は催した。正月独特の新年を祝う明るい雰囲気はなく、何となくとげとげしい空気が恭仁京を覆っていた。

正月十日、市原王《いちはらおう》が安積《あさか》親王の館に年始の挨拶に来た。市原王は天智天皇の御子、志貴《しき》皇子の曽孫である。昨年五月、阿倍内親王が「五節《ごせち》の舞」を群臣に披露した内祝いの振舞い人事で、無位から従五位下の貴族に、栄進していた。名歌を残した志貴皇子の才を受け継いで、王族の歌人であった。年下の家持に好意を持ち、憶良に教授された家持の学識を敬服していた。

「親王、明けましておめでとうございます。どうですか、明日あたりいつもの仲間で、活道岡の松の木の下で、正月の祝宴を致しませんか」

と、遠足に誘った。活道岡は宮殿から東に半里（二千メートル）の地にある小山（現湾漂山《わんぴょうざん》）である。山上に一本の老松がどっしりと立っていた。恭仁京はもとより、滔々《とうとう》と流れる泉川（木津川）を一望にできる。安積親王や貴公子たちが、鹿や兎などの狩を楽しむ馴染みの場所である。正月というのに陽射しは暖かであった。酒杯を酌み交わし、いい気分になったところで市原王が立ち上がり、爽《さわ》やかな松籟を一首に詠んだ。

一つ松幾代か歴《へ》ぬる吹く風の聲の清きは年深みかも

（市原王　万葉集　巻六・一〇四二）

――この一本松は幾百年経っているのだろうか。松の上を吹き渡る風の爽やかさから推定すると、相当の年月が経って居よう――

「さすがは志貴皇子の曽孫《ひまご》市原王だ。年賀に相応《ふさわ》しい歌ぞ」

安積親王はご機嫌であった。

「まことにお見事でございます。それでは私も……皆様のご長命をお祈りして……」

と、家持は盃を置き、立ち上がった。

たまきはる命は知らず松が枝《え》を結ぶこころは長くとぞ思ふ

（大伴家持　万葉集　巻六・一〇四三）

――魂のこもったわが命は、何年生きるか分からないが、長生きしようと思い、松の枝を結んでおこう――

「ありがとう、お互いに長生きしようぞ」

皆が拍手をした。市原王と目が合い頷き合った。二人は、憶良が太宰府で家持を指導した歌の数々を題材に、しばしば歌論を酌み交わしている親友である。二人の心には中大兄皇子に処刑された有間皇子の悲歌が過《よ》ぎっていた。

磐白《いはしろ》の濱松が枝《え》を引き結びまさきくあらばまたかへり見む

（有間皇子　万葉集　巻二・一四一）

――今の安積親王の立ち位置は、有間皇子の場合と似ている。皇子や長屋王のように排除されねばよいが……――

と二人は秘かに憂慮していた。活道岡の宴は楽しく終わった。

（二）親王急逝

四日後の十五日。またまた百官（官人全員）を驚かす人事が発表された。難波宮に行幸する装束次第司《しょうぞくしだいし》が任命されたからである。

——紫香楽宮に遷都するのではなかったのか？——

——装束次第司の任命は、正式に難波へ遷都するということか？——

——昨年十月、東海、東山、北陸の三道二十五国の調や庸を、紫香楽宮に貢納させ、恭仁京の造営を中止したのは、紫香楽京の造営のためではなかったのか？——

——帝《みかど》は何故ころころふらふら……——

——しっ！　それは申すな……首が飛ぶぞ！——

この年は陰暦の調整のために、正月が二度ある閏《うるう》の年であった。閏正月一日、聖武帝は百官を朝堂に集めた。貴族約五十名、六位以下約二百名に質問が下された。

「お前たちはこの恭仁京と難波宮とどちらを選ぶか？」

奇妙な質問に百官は戸惑った。紫香楽宮も平城京も選択肢になかった。結果は半々であった。

	五位以上の大夫	六位以下の卑官
恭仁京	二十四名	百五十七名
難波京	二十三名	百三十名

正月四日、帝は中納言巨勢奈弖麻呂《こせのなてまろ》と民部卿の藤原仲麻呂を市場に派遣して、商人たちの意見を聴かせた。殆ど全員が恭仁京を選び、難波京と答えたのは僅か一名だった。

しかし、聖武帝は十一日、難波行幸を強行された。

恭仁京の留守官には、知太政官事・鈴鹿王と民部卿・藤原仲麻呂を任命した。鈴鹿王は長屋王の異母弟である。――長屋王には申し訳なかった――という聖武帝の意向で任命された知太政官事（太政大臣）であった。実権は無かった。留守の恭仁京は仲麻呂の支配下にあった。

安積親王は父帝に従って難波京に向かった。なぜか家持たち内舎人は全員留守居になり、行幸の供から外されていた。

深夜、親王邸は騒然となった。朝、難波京に向かった親王が担架で運び込まれたのである。顔面は蒼白となり、昏々《こんこん》と眠っていた。家持たち内舎人は、すぐに親王を寝室に運びこんだ。家持たちにとっては晴天の霹靂《へきれき》であった。

運搬してきた下人の話では、桜井（河内郡桜井郷）の頓宮《かりみや》で足が痛くなり、歩けなくなった。

――恭仁京へ運べ――と、上役に命じられたという。それ以上は分からない。

内舎人たちは、事態の重大さに、慄然《りつぜん》としていた。

――桜井の頓宮は難波京に近い。目と鼻の先だ。道は平坦だ。それなのに何故生駒山を越えて、大和へ戻り、さらに北上して山背《やましろ》の恭仁《くに》まで引き返させたのか？　解《げ》せぬ――

――御父帝が命じられたのか？　他のお方……光明皇后か？――

――つい一カ月前、活道岡《いくじのおか》にお元気で登られたばかりである。身近にお仕えし、昨日まで足の病など何も無かった――

翌日、留守官の藤原仲麻呂が、薬師を連れて介護に来た。薬師が薬を調法した。親王は意識を失い眠ったままである。内舎人たちは薬師の指示されたとおりに、薬を飲ませた。

十三日。安積親王は薨去した。十七歳であった。家持は号泣した。

難波京から帝は帰らず、二人の葬儀官が派遣され、葬儀が行われた。家持たち内舎人は白い喪服に着換え、棺を担ぎ、恭仁京の北にある和束山《わづかやま》に運んで埋葬した。

聖武帝は家持たちには解せぬ指示をされた。二月一日。少納言を恭仁京に派遣して、駅鈴、天皇の玉璽《ぎよくじ》、太政官の印を難波京に運ばせた。同時に百官を難波京に集めた。

二月二日、恭仁京の留守官藤原仲麻呂を更迭し、兵部卿大伴牛養など四名を任命した。

難波京や恭仁京に、

――安積親王は仲麻呂に暗殺されたのではないか。恭仁京に親王一派の反乱が起こるのではないか――との噂が流れて、怯《おび》えた聖武帝が手を打ったのであった。家持は、光明皇后に操られ、御子さえ葬る聖武帝の器量の狭さに失望していた。

(三) 挽歌

(帝《みかど》は、どのようなお方であれ、帝だ。吾は伴造《とものみやつこ》の大伴の氏上として、堪え難きを忍んでも仕えねばならぬ。しかし、今吾のなすべきことは、安積《あさか》親王へ挽歌を捧げることだ。憶良殿に教わった、柿本人麻呂殿が高市皇子に捧げた壮大にして人の心を打つ歌のごとく、この悲劇を後世に伝える歌にしよう。親王の不可解な急逝を歌にせずにはおくものか)

家持にとっては愛妾の永眠を悼《いた》んで以来の、二度目の挽歌制作であった。

仏教では三七忌の二十一日に当たる二月三日。家持は沐浴斎戒した。追善供養の席で長歌と反歌二首の挽歌を詠んだ。

あしひきの山さへ光り咲く花の散りぬるごときわが王《おほきみ》かも

(大伴家持　万葉集　巻三・四七七)

親王薨去前まで家持は、

——阿倍内親王が皇太子であるが、未婚である。わが国は男系皇嗣が原則なので、いつの日か安積親王が皇位を譲り受ける日が来るであろう。その時は身命を賭して、誠心誠意、武の大伴としてお仕えしよう——

と、心に誓っていた。

親王の急逝は、暗殺か急病か不明であるが、家持にとっては、「逆言《およづれ》」か「狂言《たわごと》」か、いまだに信じられない突発的な出来事であった。

（活道岡《いくじのおか》で――たまきはる命は知らず松が枝《え》を結ぶこころは長くとぞ思ふ――と詠んだが、安積親王は有間皇子と同じような運命を辿《たど》られてしまった……。言霊《ことだま》が吾に親王の運命を予知させたのか……）

挽歌を詠んだが、十分に意を尽くしていないと、自省した。

家持が新しい挽歌の創作に没頭している間、政事《まつりごと》に大きな変化が起きていた。

二月二十日、恭仁京の高御座《たかみくら》と、皇居を示す大楯が、難波宮に移された。兵器庫にあった武具が、泉川（木津川）の水路を利用して、難波に輸送された。

二月二十一日、恭仁京の住民で難波京に移りたい者は自由に来て良いとの触れが出た。

二月二十六日、――本日以降、難波京が皇都――との勅が出た。

恭仁京は完全に見捨てられた。安積親王の殯《もがり》について朝廷は何も儀式をしなかった。

家持はこの間、少年の日山上憶良に教授された人麻呂の挽歌を読み直した。挽歌第二作を詠んでは添削し、推敲《すいこう》しては破り、書き直し、遂に本心を吐露する納得のいく作品を仕上げた。

晩春三月二十四日、この長歌、反歌の挽歌を清書した。父聖武帝に見捨てられた悲運の親王の霊前に、密かに供えた。

かけまくも　あやにかしこし　わが王《おほきみ》　皇子《みこ》の命《みこと》　武士《もののふ》の　八十伴《やそとも》の男《を》を　召し集《つど》へ
率《あとも》ひ賜ひ　朝獵に　鹿猪《しし》ふみ起し　暮《ゆふ》獵に　鶉雉《とり》ふみ立《た》て　大御馬《おほみま》の　口抑《お》し駐《とど》め
御《み》心を　見《め》し明らめし　活道山《いくぢやま》　木立《こたち》の繁《しげ》に　咲く花も　移ろひにけり　世の中は
かくのみならし　ますらをの　心振り起し　つるぎ刀《たち》　腰に取り佩き　梓弓
靫《ゆき》取り負《お》ひて　天地と　いや遠長《とほなが》に　萬代に　かくしもがもと　たのめりし
皇子《みこ》の御門《みかど》の　五月蠅《さばへ》なす　騒く舎人《とねり》は　白たへに　服《ころもと》取り著《き》て　常なりし
咲《ゑま》ひ振舞《ふるまひ》　いや日異《ひけ》に　變《かは》らふ見れば　悲しきろかも

（大伴家持　万葉集　巻三・四七八）

——口に出して申し上げるのも畏れ多いが、吾がお仕えする皇子が、大勢の家臣を召し連れて、朝猟には鹿や猪を踏み起こし、日暮れの猟には鶉や雉を踏み立て、お召しになる馬の口を抑えられて、辺りをご覧になり、御心をお開きになった。活道《いくぢ》の山は木立がびっしりと繁り、咲く花も衰えてしまった。（皇子が亡くなった）世の中はこのようなものなのか。男らしく心を振り起し、剣を腰に佩《は》き、弓を持ち、靫《ゆき》を背負って、天地と共に末永く、いついつまでもこのようにありたいものだと思っていたが、皇子に仕えていた数多くの舎人たちは、白い喪服に着かえて、いつもは明るくしていた振る舞いが、日毎に変わっていくのを見ると悲しい——

愛《は》しきかも皇子《みこ》の命《みこと》のあり通《がよ》ひ見《め》しし活道《いくぢ》の路《みち》は荒れにけり

大伴の名に負《お》ふ靫《ゆき》帯《お》びて萬代にたのみし心いづくか寄せむ
（大伴家持　万葉集　巻三・四八〇）

　留守官として恭仁京に赴任していた兵部卿、大伴牛養《うしかい》が、喪に服している家持を訪れてきた。旅人が家持の後見人に選んだ一族の重鎮である。

「牛養、親王を悼む挽歌の第二作を詠んだ」

　牛養は、家持の差し出した半紙を長い間黙読した。厳しい顔つきで家持を凝視した。

「若氏上殿。この長歌、反歌ともに、どなたかに見せましたか？」

「いや、誰にも見せていない。何か？」

「恭仁京も難波京も、魑魅魍魎《ちみもうりよう》、化け物がうようよしている世界でございます。先般の二都選択の諮問《しもん》では、大夫と官人ともに半々に分かれました。にもかかわらず帝は難波行幸を強行されました。その旅の途中安積親王《あさかのみこ》は発病され、不可思議な帰京をされ、急逝されました。留守官の仲麻呂が暗殺したとの噂が立ち、諸兄卿は、――恭仁で反乱が起こらぬように――と、兵部卿のそれがしと仲麻呂を交代させ、かつ、難波に遷都されました。そのような最中に、いつまでも安積親王を追悼することは、あらぬ疑いを持たれる危険がございます。心を鬼にして、安積親王の御名を出されますな。すぐに佐保に帰られよ。他の留守官と難波の朝廷には、――内舎人家持は、年末まで佐保の館で服喪を続ける――と、報告しておきます。この挽歌は『万葉歌林』の歌稿に入れ、封印なされよ。佐保では花鳥風月を詠む程度にして、世間の眼を晦《くら》ませることです」

挽歌制作に没頭していた家持は、牛養の厳しい言葉に目を覚ました。後見人牛養の忠告に、家持は素直に従った。

（四）果報

新妻大嬢《おおいらつめ》は終日在宅する家持を喜んだ。しかし親王を悼《いた》む家持の気持ちは晴れなかった。夏四月になった。悶々とした心境を、六首の歌に詠んだ。

たちばなのにほへる香かもほととぎす鳴く夜の雨にうつろひぬらむ
（大伴家持　万葉集　巻一七・三九一六）

あおによし奈良の都は古りぬれどもとほととぎす鳴かずあらくに
（大伴家持　万葉集　巻一七・三九一九）

――もとほととぎすとは、昔馴染《なじ》みの鳥、親王様のことだな。……橘の香が匂う夜に、幻のごとく、消え去られてしまわれた――

大嬢は家持がほととぎすを詠みながら、亡き安積親王を追悼していると分かっていた。

家持は六首の最後に、

かきつばた衣《きぬ》に摺《す》りつけ丈夫《ますらを》のきそひ猟《がり》する月は来にけり

（大伴家持　万葉集　巻十七・三九二一）

──いつもならば今日は菖蒲の花を着物に摺りつけて、貴公子たちが着飾って、薬猟の遊びを楽しんでいただろう──

と、憶良に習った大海人皇子と額田王の往時にかこつけて、親王や市原王、藤原八束などとしばしば山野の宴を持った自分たちを回想した。

──聖武帝のただ一人の皇子であった。いずれは皇位に就かれると、将来を楽しみにしていたのに……残念だ……──

家持と大嬢は、雨のそぼふる闇の中に、安積親王の幻影を見た。声なき声を聴いた。

──家持、ありがとう。もういいよ。現実の世界に戻れ、心配するな、さらばじゃ。いずれ吉事《よごと》があろう……──

その頃恭仁京は優雅な薬猟どころではなかった。官人たちがあたふたと身辺を整理し、次々と難波に転勤していった。蛻《もぬけ》の殻になった恭仁京を、すぐに庶民が皮肉を込めて詠んだ。

三香《みか》の原久邇《くに》の京《みやこ》は荒れにけり大宮人の遷ろひぬれば

（作者不詳　万葉集　巻六・一〇六〇）

佐保の家持の館で、憶良の館から持ち込んだ『万葉歌林』の草稿を整理していた沙弥閼伽《しゃみあか》、宮廷歌人だった山部赤人が、助の指示で恭仁京や紫香楽《しがらき》の様子を探りに出た。

沙弥であるから紫香楽の行基集団にも近づけた。

——四月十三日、紫香楽宮の西北の山で大きな火事が発生しました。数千人の者が山に入り木を切ってようやく鎮火しました。朝廷は、山火事は単なる失火であろうと、紫香楽宮の官署の造営に取り掛かっていますす。しかし、この山火事は不審火と思われます——

「若殿、牛養殿のご助言は正解でございます。暫くは宮仕えから離れて、時世を静観されるがよろしい。——果報は寝て待て——との諺《ことわざ》もありますから」

「そうだな。吾の内舎人としての任期は今年の年末までだ。それまでは服喪の生活を続けねばならぬ」

家持は、十七歳の少年で人生を終えた、父帝の愛を知らぬ安積親王の冥福をひたすら仏に祈った。

祈りが終わると、蔵の中で閼伽と共に歌稿の整理に没頭した。その間に、閼伽から様々な歌の指導を受けた。憶良の類聚歌林七巻が解体され、補充され、十六巻までほぼ出来上がっていた。

（碩学憶良殿と、人麻呂殿の歌風を継いだ閼伽、いや赤人殿、二人の指導を直接受けるとは、吾は恵まれた人生だ。……天運に感謝せねばならぬ。この『万葉歌林』を何としても完成させねばならぬ。服喪の期間は、親王が吾に与えてくださった時間かもしれぬ）

闍伽は還暦を過ぎてはいたが、腰も曲がらず、しゃきっとした姿で時折館を空け、旅に出た。帰宅したときには東国や東山道、北陸など地方の作者不詳の歌を集めていた。

(吾は憶良殿や赤人殿のたゆまぬご努力を真似ねばならぬ。今は学ぶ時だ)

家持は、憶良と赤人の編集した草稿を、何度も読み返して、秀歌、名歌の表現を脳裡に刻み込んだ。

その間、牛養や助の案ずる通り、紫香楽では様々なことが起きていた。現地に何度目かの偵察に出向いていた闍伽から、佐保に様々な情報が届く。

——十一月十三日。聖武天皇は紫香楽の甲賀寺に、奈良四大寺、すなわち大安寺、薬師寺、元興《がんごう》寺《じ》、興福寺の僧を集めました。かねてより念願の盧舎那仏《るしゃなぶつ》を建立すべく、その体骨柱を建てる儀式を行われました。帝はその綱を誇らしげに引かれました。傍には得意満面の行基法師が立っていました。様々な音楽が奏でられましたが、奈良の僧たちの表情はこわばっていました——

「若殿、聖武帝は行基集団の土木工事能力と実績を評価し、とてつもないでかい大仏を紫香楽に建立するおつもりですが、……そのうち何か問題が起きそうな……」

「そうか。聖武帝が紫香楽にのめり込むと、平城京の四大寺はますます衰退するな」

「紫香楽の山奥を好まないのは奈良の僧たちだけではございませぬ。やんごとなきお方様も……」

(光明皇后だな)

と家持は察していた。

年末、内舎人の任期は終わり、家持の服喪は終わった。沙弥闍伽も旅から帰ってきた。

天平十七年（七四五）となったが、恒例の朝賀は取りやめとなった。聖武帝は紫香楽に新京を作れと命じたが、恭仁京の時と同様に、垣や塀までは間に合わず、垂れ幕などでごまかされた。皇都には、宮門に大楯《おおたて》と槍《ほこ》を立てる慣わしである。この役目は名門石上《いそのかみ》氏と榎井《えのい》氏の役割であった。しかし両名は難波宮にいて、間に合わない。やむなく帝は、兵部卿の大伴牛養と衛門督《えもんのかみ》、すなわち内裏を護る近衛兵軍団の長官、佐伯常人《つねひと》に命じて、紫香楽宮に大楯と槍を立てさせた。皇都が二つできたことになる。

家持に、——正月七日、紫香楽京の大安殿に参れ——との連絡があった。

当日、五位以上の大夫に宴席が持たれた。昇叙昇格の人事が公表された。家持の人事も含まれていた。関係者のみ抜粋しよう。

従三位　従四位上　大伴牛養（正四位上下を経ず三階級の特進）
正四位上　従四位上　藤原仲麻呂（二階級特進）
従五位下　正六位上　大伴古麻呂
〃　〃　大伴家持（官職はなし）

左大臣の橘諸兄は、藤原全盛期には干されていた大伴の重鎮牛養の実力を高く評価していた。同時に藤原の中心的立場で活躍している南家の次男仲麻呂にも配慮した異例の昇格であった。仲麻呂の抜擢が、次第に政争の火種になるとは、帝も諸兄も分からなかった。

家持は、父旅人が太宰府での重篤な病の時に、一族の将来を担う傑物と見込んで呼び寄せた英才の従兄古麻呂が、自分と同時に殿上人すなわち貴族に昇格したことを喜んだ。

(五) 紫香楽《しがらき》の怪火と地震

春正月二十一日、帝は紫香楽に盧舎那仏《るしやなぶつ》を建立中の行基法師を大僧正に叙任した。僧正を越えての大栄進であり、仏教界では最高位の地位である。奈良の大寺は驚いた。

夏四月一日、紫香楽京の市の西の山で火事が起きた。

四月三日、大仏建立中の甲賀寺の東の山で火災が起きた。

四月八日、紫香楽宮に近い伊賀の真木山で山火事が起きた。三・四日燃え続けたので、朝廷では伊賀、山背、近江国に消火作業の動員をして、やっと鎮火した。

四月十日、紫香楽宮の東の山で火事が発生して、三日間燃え続けた。人々は財物を持って川べりに避難した。聖武帝も避難の準備をした。

四月十三日、雨が降ってきて、やっと鎮火した。

聖武帝は山火事が、光明皇后と藤原仲麻呂の策謀による放火であるとは思っていなかった。——自分に徳がないから天から罰を下されている——と、自分を責めた。

四月二十七日、「思うところがあり、全国に大赦を行う」と詔を出した。しかし皮肉にも、その夜から三日三晩地震が続いた。更に、五月一日、二日と地震は続いた。

――大赦を行っても天は私を赦されない。わが一存で進めている紫香楽の新京造営は何か深い災いがあるのか――

聖武帝は都の諸寺に最勝王経を読経させた。台閣の諸兄らに、「官人を集め、どこが都によいか尋ねよ」と命じた。官人たちは異口同音に、「平城京がよい」と本音を答えた。

五月三日、さらに四日と地震は続いた。聖武帝は奈良の薬師寺に使いを出して、四大寺の代表を集め、都はどこがよいか質問した。皆「平城京にすべきです」と答えた。彼らにとって、――行基大僧正と玄昉は、帝を誑《たぶら》かす悪僧――に見えていた。

五月五日、昼も夜も地震が続いた。帝はついに紫香楽を離れる決心をした。紫香楽京の留守官に、信頼の厚い参議の紀麻呂《きのまろ》を任命した。紀麻呂は以前、藤原広嗣の反乱の時、帝が伊勢、美濃、近江を彷徨した際に、後衛騎兵大将軍として随行した武将である。

六日、帝は恭仁京に帰ったが、地震は続いた。

(もしや安積親王の祟りか?　恭仁を離れたい)

帝は平城京の掃除を命じた。この知らせに平城京の大小の寺院の僧侶たちは、歓喜した。早速掃除人や童子を従えて、薄汚れていた宮殿の大掃除を始めた。市内の人民はもとより、近郊の農民も手伝いに京に出てきた。農繁期だからと役人は彼らを帰した。

八日、九日と地震は勃発した。紫香楽では周辺の山に山火事が起きた。紫香楽の村民は少ない。近江国から人民千名を動員したが鎮火せず、十一日まで燃え続けた。紫香楽宮は無人の宮となり、盗賊が跋扈《ばっこ》した。紫香楽の盧舎那大仏の建立計画は完全に挫折した。

　聖武帝は恭仁京から平城京に帰り、光明皇后の中宮院を御在所とした。昔藤原不比等の館であり、光明子が皇后宮にしていた。

（これでやっと帝は平城京の、しかも妾《わらわ》の宮に落ち着いてくれた。仲麻呂の配下たちも紫香楽でよく働いてくれた。少し手荒だったが、ああでもしないことには帝は動かれなかったわ。仲麻呂には感謝しなければ……ほほほ……地震は天のお助けだったわ。それに、妾や藤原一族の信仰する国分寺の総本山、東大寺に大仏を建立することで、ついに帝や行基も屈服した。ほほほ）

　聖武天皇は、天平十二年（七四〇）藤原広嗣の乱に平城京を脱出して。伊勢、美濃、近江を彷徨された。そのあと恭仁京造営、安積親王急逝、難波京遷都、紫香楽京建造、怪火と地震と異変が続き、世情は落ち着かなかった。天平十七年（七四五）再び平城京へ還都《かんと》した。この不可解な帝の行動の数年を、世人は「聖武帝彷徨の五年」と呼んだ。

第五帖　雪掃きの宴

ふる雪の白髪《しろかみ》までに大君に仕へまつれば貴くもあるか
（橘諸兄　万葉集　巻一七・三九二二）

（一）雪掃き

天平十八年（七四六）の正月一日の朝賀は取りやめになった。前年九月に、紫香楽宮《しがらきのみや》から平城京に還都《かんと》、すなわち都戻りが行われたので、朝廷は何かと忙しかった。恭仁京の兵庫に置いていた兵器ですら、十二月中旬にやっと移管されたばかりであったから、儀式を行うような雰囲気ではなかった。そのような折、大和地方には珍しく大雪が五〜六寸（十五〜二十センチ）も降り積もった。

左大臣橘諸兄は、

「大雪は吉兆だ。諸卿、大夫揃って、女官ばかりの元正太上帝のご在所、中宮西院の雪掃き奉仕をしようではないか」

と、回状を流した。

中納言巨勢奈弖麻呂《こせのなてまろ》、藤原豊成はじめ大伴牛養《うしかい》、藤原仲麻呂、三原王などの高官、王族、大夫たちが多数参加し、西院の庭は見る見る綺麗になった。元正太上帝はたいそう喜ばれ、

「皆の者、寒いのにご苦労であった。さあ、大臣、参議や諸王は大殿に、諸卿や大夫は南殿に上がりなさい。盛大な肆宴《とよのあかり》（酒宴）をしましょう。そうだ『雪』を題材に、皆に歌を詠んでほしい」

とのお言葉があった。

「それではそれがしが最初の一首を……」

と、諸兄が立ち上がった。


ふる雪の白髪《しろかみ》までに大君に仕へまつれば貴くもあるか

六十三歳の諸兄は、文字通り白髪であった。――この歳まで帝に重用されているわが身は、ありがたいことよ――と、本心をそのまま歌にしていた。

次々と諸卿が詠んだが、急なこととて平凡な歌が多かった。その中で、大夫葛井諸會《ふじいもろあい》の歌が家持の印象に残った。地方の国司をしていた時の、雪の思い出との話であった。


新《あら》しき年のはじめに豊の年しるすとならし雪のふれるは

（葛井諸會《ふぢゐもろあひ》　万葉集　巻一七・三九二五）

――北国の農民にとって、大雪の年は夏の水に困らず、稲は豊作となる。したがって、新年に降る雪を寿《ことほ》ぐ慣習がある――

と、葛井諸會は家持に語った。佐保に育ち、西国太宰府しか知らない家持には、雪が豊年を齎《もたら》すとは新鮮な話であった。後年、家持は因幡守《いなばのかみ》になった時、新年に降る雪でこの歌を思い出す。

家持は新前の大夫なので、南殿の末席にいた。この席に異色の人材が座っていた。秦朝元《はたのちょうげん》である。朝元の姿を見て、家持は、少年の日、太宰府で山上憶良から受けた講義を回想していた。

――それがしと共に渡唐した留学僧に、道慈《どうじ》と弁正《べんせい》がいた。弁正は唐の薬師《くすし》の娘と恋に落ち、還俗《げんぞく》して結婚、玄宗皇帝に仕えた。二人の間に男児二人が生まれた。十数年後の遣唐使節が帰国するとき、弁正は次男の朝元に、日唐の懸け橋になれと使節団に託した。朝元少年は父の出身である秦氏に身を寄せ、朝廷に仕えた――　（「隠流し」第十六帖　還俗僧弁正）

朝元は父同様に頭脳明晰であり、この時は外（定員外）従五位上、図書頭《ずしょのかみ》、すなわち公文書を扱う図書寮の長官に出世していた。

諸卿、諸王の詠歌が終わり、ほろ酔い加減の諸兄が南殿に来た。歌を詠む順番が朝元に回ってきたが、唐人との混血の朝元はもともと和歌が苦手で、なかなか言葉が出なかった。

すると諸兄が、

「歌が詠めないのならその償いに麝香《じゃこう》でも差し出したらどうか」

と、冗談半分に冷やかした。

麝香はジャコウシカの臓腑《ぞうふ》からとった芳香剤で、貴重な高価品である。秦氏が渡来系で裕福なことや、朝元の父、弁正が玄宗皇帝の寵臣であったことへの嫌味とも取れた。

朝元は顔を青ざめて、黙って座ってしまった。

酒が入ると、諸兄はついつい余計なことを口にする性癖があった。

（まずいな。……朝元殿は真面目で才幹ありと、元正太上帝から表彰されたこともある人材で、重用されているお方だ。……諸兄殿ともあろうお方が……酒の上とはいえ冗談がきつい。……この場を取り繕わねば……）

末席の家持は立ち上がった。

「諸兄殿、それがしが締めに一首詠んでよろしゅうございますか」

諸兄自身も（しまった……）と思っていたので、救いの船であった。

「おう家持か。締めてくれるか」

家持がしばし姿勢を正した。一座がシーンとなった。

大宮の内にも外《と》にも光るまでふれる白雪見れど飽かぬかも

（大伴家持　万葉集　巻十七・三九二六）

やんやの拍手が沸いて、歌の宴は無事に終わった。

年上の朝元が家持に深々と頭を下げていた。家持も会釈を返した。貴族入りした家持にとって、持ち前の歌才を示した雪掃きの宴であったが、すっきりしないものが心の隅に残った。

家持の危惧は当たった。後に諸兄はこの酒癖で失態を招き、左大臣の職を辞すことになる。

他方、朝元の娘は藤原式家故宇合《うまかい》の息子清成に嫁して、男子を産んだ。後に桓武天皇の寵臣となる種継である。雪掃きの宴から約三十年後、朝元の外孫、藤原種継を大伴氏族の者が暗殺する大事件が起こる。死せる氏上の家持が、桓武帝に断罪され、遺骨は隠岐《おき》に流罪《るざい》となる。運命は皮肉である。

(二) 選良の人事

雪掃きの宴から二カ月後、宮廷幹部すなわち選良、今流ではエリートの人事が公表された。

宮廷であれ地方の国衙《こくが》であれ、宮仕えしている官人にとっての関心事は、各省庁の頭《かしら》である卿《けい》(長官)や、大輔《たいふ》(上席次官)や少輔《しょうふ》(次席次官)の任免である。

三月五日、長官三名の公示があった。

式部卿　正五位上　藤原仲麻呂(官位に比し抜擢)
民部卿　従四位下　紀麻呂《きのまろ》(官位に比し抜擢)

主計頭《かずえのかみ》　外従五位上　秦朝元

藤原仲麻呂と紀麻呂は、藤原広嗣の反乱で、聖武帝が彷徨の旅をしていた時、前衛および後衛の騎兵大将軍として重用されていた。今回も、新興貴族の藤原氏と、守旧派豪族の紀氏の均衡人事が続いていた。

官人たちが注目したのは図書頭の秦朝元が、主計頭に抜擢されたことである。主計寮《かずえりよう(しゆけいりよう)》は民部省に属して、税収や政府支出の会計を扱う主要な部署である。現在の財務省主計局である。

秦氏は渡来系であり、藤原氏と緊密であった。藤原氏は国家財政を抑えた。

三月十日、卿を輔佐する次官四名の人事が発表された。

式部大輔　正五位上　平群《へぐり》広成
民部大輔　正五位上　橘奈良麻呂
宮内大輔　正五位下　石川麻呂《いしかわのまろ》
宮内少輔　従五位下　大伴家持

平群氏は、大和国平群郡を本貫とする古代からの軍事豪族である。橘奈良麻呂は、諸兄の嫡男であり、身内の登用であった。石川麻呂は旧姓蘇我の末裔である。宮内省は現在と同じく、天皇の身辺の世話をする役所である。散位（無官職）であった家持に与えられた初めての官職が、宮内少輔というのは、大きな意味があった。

――家持殿は、若い時から内舎人《うどねり》として聖武帝に仕えられていたからな。帝の思し召しがよいのであろう。それに大伴宗本家の若氏上なので、頼りになろう――

宮仕えする者たちの多くは、上司が実権者とどれほど親密かどうかを気にする。今も昔も変わりはない。官人たちは聖武帝と家持の親近関係を納得し、すんなりと受け止めていた。

三月五日と十日の二つの人事は、当時の貴族階級の官位と職位の関係を説明するのに、好適の事例である。本書の理解を容易にするため、律令の「官位相当制」の内、従五位下（貴族）以上の位階と職位をまとめてみた。この標準表と、実際の任免を比べると、――人事が妥当か、栄転か、左遷かどうか――分かり易い。（本書添付の栞参照）
なお大輔《たいふ》と、五位の貴族の総称である大夫《たいふ》は、正式には同じ発音である。しかし紛《まぎ》らわしいので、実生活では、大夫は「だいぶ」または「たゆう」と呼ばれた。
中務省《なかつかさ》は格が高い。天皇の側近事務、詔勅《しょうちょく》の作成、上奏の取次等を行う省である。文官ながら宮中で帯剣を認められている。

（三）玄昉《げんぼう》の怨霊《おんりょう》死

家持が宮内少輔になって三カ月が経った夏六月。西国大宰府政庁から平城京を驚かす知らせが届いた。

――観世音寺別当、玄昉法師が落慶法要の儀式の途中で落命。元大宰少貮藤原広嗣の怨霊に殺されたとの噂――

前年の天平十七年（七四五）十一月、聖武帝は玄昉を僧正の地位から法師に格下げして、太宰府にある観世音寺の別当へ配流《はいる》していた。玄昉は聖武帝の生母宮子大夫人《だいぶにん》のうつ病を治して、高僧ともてはやされ、僧正の位を与えられ、宮廷内で大きな権勢をふるっていた。その死を無視できない。宮廷の公文書にはこう記録された。

――六月十八日、僧玄昉が死んだ。玄昉は俗姓を阿刀《あと》氏といい、霊亀二年（七一六）入唐して学問に励んだ。唐の玄宗皇帝は玄昉を尊んで、紫の袈裟《けさ》を着用させた。天平七年（七三五）遣唐大使多治比広成に随って帰国した。その際に多数の仏教経典や仏像を持ち帰る功績があった。朝廷でも紫の袈裟を与え、僧正に任じ、宮廷内の道場に自由に出入りさせた。以後帝の寵愛が目立ち、僧侶としての行いに背き、人々の憎むところとなった。ここに至り筑紫に左遷され、死んだ。人々は藤原広嗣の霊により殺されたと伝えている――

公文書を書く史生《ししよう》が、怒りを抑えながら、皇室の体面を傷つけまいと書いた文書である。

佐保の館《やかた》では、宮内少輔《しようふ》の家持と、叔母の坂上郎女を前に、山辺衆新頭領の権が、助や船長《ふなおさ》の甚と座っていた。

「嘘ではありませんが、正確な記述ではございませせぬ」

と、権が口を開いた。

「ほう。実際にはどうなのか？」

「前半は正確でございます。玄昉が渡唐した霊亀二年は、前《さき》の頭領、憶良殿が伯耆守《ほうきのかみ》に任命された年でございます。また多治比広成殿は筑前国から京師《みやこ》へ帰られた憶良殿より教えを受け、『好去好来の歌』を贈られたこと、帰国には真備《まきび》や玄昉を伴われたこと、また玄昉の功績も吾らはよく記憶しております。問題は後半です」

家持と坂上郎女は身を乗り出していた。

「玄昉は聖武帝の寵愛を受けただけではございません。その権威を嵩《かさ》に、宮廷の女官たちを犯し、さらにこともあろうに、宮子大夫人《ぶにん》や光明皇后とも密通されました。それがついに帝の知るところとなり、法師に格下げになり、太宰府に追放されたのです」

「まことか？」

「火のないところに煙は立ちませせぬ。藤原広嗣殿は確かに藤原一族では人望はなく、大宰少弐に左遷されました。しかし、――玄昉を帝の側近から排除すべし――との献言は、的を射ておりました。玄昉は己《おのれ》の身を護るために、この広嗣の献策を反乱にまで仕立てて、征討軍を送り、広嗣父子や家臣友人たち数十名を、九州及び京師で斬殺させました。遺臣たちは秘かに玄昉暗殺を練っていました。朝廷はこのことも察知していて、太宰府に配流《はいる》したのかもしれませぬ」

「なるほど」

船長《ふなおさ》の甚が話を引き継いだ。

「悪僧とはゆうても、玄昉は仏に仕える身でごぜーます。刀や弓矢で命を奪うわけにやいけませぬ」

「ではどのようにして？」

「遺臣たちは那大津で唐の麻薬を入手したのでごぜーます。これを香に煉りこんで、落慶法要当日使用する香とすり替えたのでごぜーます」

「ほほう」

家持と坂上郎女は、興味津々《しんしん》である。

「玄昉法師は熱心に読経するごとに、多量の香を派手に焚いて、仏に捧げたので、儀式の途中に昏睡《こんすい》し、絶命したのでごぜーます」

「そうであったか、では広嗣殿の怨霊では？……」

「……ありませぬ。遺臣たちは、——広嗣殿の怨霊のせいだ——と流布《るふ》したので、大宰府政庁は、これ幸いと、格別の取り調べもせずに、怨霊死として公文書にこの噂を付記したんでごぜーます」

地元の船長の甚の説明は明快であった。

「そうでしたか。優秀な高僧も寵を受けすぎて身を滅ぼしたのですね」

と、坂上郎女が感想を述べた。

「その通りでございます」

と、権が同意した。

（英才と品行は、一致する方も、しない方も様々だな。憶良殿と共に渡唐した道慈殿は、終生高潔なお方であったな……）

家持は、太宰府での憶良の講義を想い出していた。誰にともなく言った。

「玄昉の生きざまは——帝や権力者の寵を受けすぎる時の教訓。反面教師だな」

「若は帝の側近、宮内少輔に抜擢されましたが、身の処し方には、くれぐれもお気をつけくだされや。特に美人の色仕掛けにはのう……ははは」

「甚、相分かった」

家持は深々と頭を下げた。

「家持、甚の申す通りよ」

義母でもある坂上郎女が駄目を押した。

数日後、家持は清涼殿に呼び出された。

第六帖　越中守絶唱　その一　破格の栄転

馬竝《な》めていざうち行かな澁渓《しぶたに》の清き礒廻《み》に寄する波見に
（大伴家持　万葉集　巻一七・三九五四）

（一）破格の栄転

天平十八年（七四六）六月二十一日。従五位下の大夫《たいふ》五名のみの人事があった。内蔵頭《うちのくらのかみ》、木工頭《こたくみのかみ》、信濃守《しなののかみ》、越前守《えちぜん》、越中守《えつちゅう》の任命である。一見平凡な異動に見えた。末席に家持の名があった。左大臣橘諸兄は辞令を家持に交付し、告げた。

「越中国はもともと上国であり、従五位下の任地国だ。しかし先年、能登《のと》国四郡を合併させて、現在は実質大国である。心してよく治めよ」

大国は一階級上の従五位上の任地である。無官職の散位《さんに》から宮内少輔《くないしょうふ》に抜擢《ばってき》されて僅か三カ月。二十九歳で大国の国守に任命されたのは、誰が見ても破格の大栄転であった。

「かたじけないご配慮、厚くお礼申し上げます。ご期待に沿えるよう誠心誠意勤めます」

と、深く頭を下げた。

宮内卿、宮内大輔と上司が二人いるこれまでの役職とは異なり、今回は帝《みかど》の代理として、一国の政事《まつりごと》を執行する立場である。家持は責任の重要さに身が引き締まった。

妻大嬢《おおいらつめ》の母で家持には叔母でもある坂上郎女《さかのうえのいらつめ》は、早速祝い歌を詠み、北国に単身赴任する家持との別れを惜しんだ。

草まくら旅ゆく君を幸《さき》くあれと齋瓮《いはひべ》すゑつ吾《あ》が床《とこ》のべに

（大伴坂上郎女　万葉集　巻一七・三九二七）

齋瓮に神酒《みき》を入れて神に捧げ、健康と幸運を祈る慣わしであった。大伴宗本家の家刀自《いえとじ》でもある坂上郎女は、一族の巫女《みこ》でもあった。太宰府で母郎女を失くした家持を、自分の子のように可愛がっていた彼女は、さらに祈りの歌を詠んだ。

道の中《なか》国つ御《み》神は旅行《ゆき》も為《し》知《し》らぬ君を恵みたまはな

（大伴坂上郎女　万葉集　巻一七・三九三〇）

――北陸道の真ん中にある越中国の神様よ、北の国へ旅した経験のない家持に、どうかお恵みを賜ってください――

娘婿を想う親心は昔も今も変わりなかった。

大伴氏族は、若氏上の栄転をこぞって祝福した。

越中への赴任には三十日の準備期間が与えられていた。旅程は約十日である。

出発の当日、弟の書持《ふみもち》が、

「奈良山を越えて、泉川（現木津川）まで見送りましょう」

と、駒を並べた。西の市に店を出している権が佐保に来て、書持の馬を御《ぎょ》していた。

「兄上はここ数年宮仕えがお忙しくて、こうして馬を並べるのは久しぶりですね。しかしこれっきりになるのは寂しゅうございます」

と、言った。

（書持の声に張りがない……吾が遠くへ赴任するせいか……）

家持は一瞬気にかかった。

「うむ。早く呼び戻されればよいが、規定では五～六年務めることになろう。年に一度は正税帳《しょうぜいちょう》をもって朝廷に報告することになろうが、休みはとれまい。任務が終わったら、太宰府時代のように野山を馬で駆けよう。内舎人《うどねり》で出仕して以来、馬を並べる暇も、心のゆとりもなかったな。閼伽《あか》と歌稿の整理ばかりさせて、すまなかったな。元気で暮らせよ」

書持を慰めた。

廃都恭仁京を流れる泉川の畔に立った書持と権は、家持や、越中へ従う山辺衆の助、剛たちに、いつまでも手を振っていた。それが仲の良い兄弟の永遠の別れになるとは、神のみぞ知る運命であった。

(二) 砺波《となみ》入り

家持の一行は北陸道をひたすら北上し、峻険の砺波山に差しかかった。山中の加賀国と越中国の国境に「砺波の関」が設けられている。

関所に出迎えの国司が立っていた。越中掾《じょう》(三等官)の大伴池主《いけぬし》であった。以前、橘諸兄の旧宅で催された歌宴に、家持、書持とともに招かれた一族の歌人である。

「氏上、いや守殿《かみ》、お待ちしていました」

「池主が部下にいるので心強い。よろしく頼むぞ」

家持はホッとしていた。峠を吹き抜ける爽やかな風が、上り坂にかいた汗を飛ばして心地よい。眼下には黄金色の砺波平野が拡がっていた。

「今年は稲穂の稔《みのり》がよく、豊作でございます」

いかにも実務に長けた国司の顔で、池主が新国守に説明した。

「そうか、それはよかった」

家持は頬をゆるめた。

砺波山を下る足取りは軽く、夕刻には国府や国守館のある伏木《ふしき》に着いた。現在の富山県高岡市伏木である。国府と館は能登湾を一望できる台地にあった。平城京にはない絶景である。西に姿の美しい双峰《そうほう》の山があった。陽がまさに沈まんとしていた。

「あの山が噂に聞く二上山《ふたがみやま》か？」

「左様でございます。この越中の民は、神宿る山として崇敬《すうけい》しております」

池主の声にも畏敬の念がこもっている。

「高さは異なるが、姿かたちは大和の二上山にそっくりだ。まるで奈良にいるようで、心が落ち着くのう」

「はい。砺波はよき地でございますなあ」

一行は国守館に旅装を解いた。

「池主、数日で疲れも取れよう。そうだな、八月七日の夜、この国守館に国司全員を招き、着任挨拶の宴会をしよう。酒食の用意を頼む」

国守を輔佐する介《すけ》（二等官）の内蔵縄麻呂《うちくらのなわまろ》が、公用で不在だったので、掾《じょう》の池主が筆頭で張り切っていた。

(新国守家持殿は他人ではない。吾ら大伴一族の氏上だ。しかも碩学山上憶良殿に太宰府で和歌や学問を直接指導されている。大伴は『言《こと》の職《つかさ》』だ。一味違った宴会にしよう)

「承知致しました。此処の国司は皆歌の心得がありますので、歌宴に致しましょう」

「ほう。それは面白い。楽しみだな、池主」

同族の若い二人は意気投合していた。

中秋八月七日夕、池主が女郎花《おみなえし》の大きな花束を抱えて、館《やかた》に現れた。

「家持……いや守殿、今日は稲田の出来具合をあちこち巡察してまいりました。途中に見事に咲き誇る女郎花の群落がありました。秋の七草でございますゆえ、床飾りにと手折《たお》ってきました。どうぞお受け取りください」

「これは何よりの物を……大嬢《おおいらつめ》がいないので床の間の飾りまで気が回らなかった。ありがとう。早速飾ろう」

宴の開催冒頭に、家持はこの花を詠んだ。

秋の田の穂向《むき》見がてり吾背子がふさ手折りける女郎花《をみなへし》かも
（大伴家持　万葉集　巻一七・三九四三）

──さすがは歌詠みの家持殿だ。情景をよく表現されている……──

──女郎花を手折る……乙女を妻問いしたような色っぽい表現を含ませている……艶がある歌だな──

国司たちが大拍手をした。池主が立ち上がった。

「では歌でお応え申しましょう」

をみなへし咲きたる野べを行きめぐり君を思ひ出《で》たもとほり来《き》ぬ
（大伴池主　万葉集　巻一七・三九四四）

――たもとほる――とは、行ったり来たりすることをいう。恋する女のところへ愛人が人目を避けて、回り道するときに使う。尊敬する新国守を想い、回り道し女郎花を摘んできたことに重ねていた。

さらに大きな拍手が沸いた。大目《だいさかん》（四等官）の秦八千島《はたのやちしま》が立った。

「それがしはそのような池主殿を詠みましょう」

ひぐらしの鳴きぬる時はをみなへし咲きたる野べを行きつつ見べし
（秦八千島　万葉集　巻一七・三九五一）

（国司たちが、当意即妙でこんなに歌を詠むとは……）

家持は嬉しかった。酒が進んだ。おみなえしは「女郎花」と書く。当然のように女の話になる。年上の池主が、単身赴任の家持を、――奥方がいないと柔肌《やわはだ》の温かさもなく、脱がれた衣もないので、秋の朝の寒さが身にこたえるでしょう――と。冷やかした。

秋の夜はあかとき寒し白たへの妹が衣手著《き》むよしもがな
（大伴池主　万葉集　巻一七・三九四五）

またまた大爆笑である。すると家持が平然と応じた。

今朝の朝明《け》秋風さむし遠つ人雁が来鳴かむ時近みかも
（大伴家持　万葉集　巻一七・三九四七）

――池主の申すように確かに今朝は秋冷が爽やかであった。そろそろ雁が愛妻の便りを運んでくる頃だろう――

「雁の便り」とは、前漢の蘇武《そぶ》が匈奴《きょうど》に捕まって遠く連れ去られた時、雁の脚に便りを結び付けた故事による。この逸話は当時の宮人では常識であった。

「オウッ」

「さすがは家持殿だ！　憶良殿の弟子だ」

と、どよめいた。家持は端然として続けた。

天《あま》ざかる鄙《ひな》に月歴《へ》ぬ然れども結《ゆ》ひてし紐を解きも開《あ》けなくに
（大伴家持　万葉集　巻一七・三九四八）

――都を離れ越中に来て月が替わったが、愛妻が結んでくれた下着の紐はまだ解いていないぞ、池主――

池主の挑戦を、雁の使いと下紐の二首で、さらりとかわした家持の歌に、やんやの爆笑であった。宴席の女の話は盛り上がっていた。

館の客室からは居ながらにして能登湾が一望できた。漁火《いさりび》が美しい。家持は、父旅人と太宰府から帰京途中、難波津で高安王の館に泊まった夜を想い出していた。

「昼も夜も、海を一望にできるのは幸せだのう」

「守殿、澁谿《しぶたに》（澁渓）の眺めはこんなものではございませぬ。此処から氷見《ひみ》に向かって半里（二キロ）ほどでございます。磯辺の奇岩越しに見る立山《たちやま》の景観はまさに絶景でございます。早い時期にご案内しましょう」

澁谿は現在の雨晴《あめはらし》海岸である。

「そうか、一首で来たぞ。今から馬を出すか」

馬並《な》めていざうち行かな澁渓《しぶたに》の清き磯廻《み》に寄する波見に

末席の史生《ししょう》、土師道良《はにしのみちよし》が慌てて立ち上がった。

「お待ちくだされ、守殿。お酒《ささ》も十分入っておられますし、夜も更《ふ》けてまいりました。それがしの歌もお聞きくださいまし」

「よかろうぞ」

道良が感極まった表情で、少し震えながら朗唱した。

ぬばたまの夜はふけぬらし玉くしげ二上《ふたがみ》山に月かたぶきぬ

（土師道良　万葉集　巻一七・三九五五）

玉くしげ（櫛笥《くしけ》）は女人が化粧道具を入れる箱である。蓋《ふた》があるので二上山《ふたがみやま》の枕詞《まくらことば》に使われていた。

（史生でもこれほどの優れた歌を詠めるのか！　越中の国司たちの教養は高いな。まるで太宰府の館で父が催した『梅花の宴』のようだ……）

越中に赴任早々の歌の宴の素晴らしさに、家持は喜びを抑えきれず涙ぐんでいた。

二上山に月は傾いたが、宴席は遅くまで続いた。

（僅か半月で国司たちの心を掴まれた。若は素晴らしい統領になる）

長年仕えている助は、心から喜んでいた。

（三）追っかけの恋歌

奈良平城京の中央政府から地方の国府への公文書は駅使《はゆまづか》いが届ける。一方、私事《わたくしごと》の便りは、高い賃を払って民間の便使《たよりつか》いを利用する。後の便利屋である。越中守家持に宛てて、毎月のように便使いが封書を届けてきた。差出人は家持の正妻大嬢ではない。

——背は高く、ご生母多治比郎女《たじひのいらつめ》様譲りの美男子である。剣を取れば、大伴氏族の誰も太刀打ちできない腕前と聞く——

——そのうえ碩学《せきがく》の元東宮侍講山上憶良殿に、直接指導を受けられている。歌の才も、漢学の知識も深いことは、先般の宴会でよく分かった——

——二十九歳、男の真っ盛りだ。この貴公子に想いを寄せる姫君は山ほどいよう——

——恋文の届くのは当たり前だ——

——名門平群《へぐり》氏のご息女らしい——

国司たちは見て見ぬふりをしていた。

次々と和歌を詠み、便りを寄こしてきたのは、平群女郎《へぐりのいらつめ》であった。

君によりわが名はすでに立田山絶えたる恋のしげきころかも

（平群氏女郎　万葉集　巻一七・三九三一）

——貴方のために私の名はすっかり都に拡がり、立田山のように立ってしまいました。恋は成就しませんでしたが、私は家持様を想って激しく燃えていますわよ——

草まくら旅去《い》にし君が帰りこむ月日を知らむすべの知らなく
(平群氏女郎　万葉集　巻一七・三九三七)

——旅に出た家持様の帰ってこられるのを知る方法はないものか。いつお帰りになるか知りたい！——

さらに熱烈な想いを詠んだ歌が届いた。

かくのみや吾《あ》が恋ひをらむぬばたまの夜《よる》の紐だに解き放《さ》けずして
(平群氏女郎　万葉集　巻一七・三九三八)

——このように私ばかりが恋焦がれていなければならないのか。夜寝る衣の紐さえも解かずに、いつまでも独り寝しなければならないのか……早く帰ってきて私を妻問いしてくださいよ、家持様、お願い……——

熱烈な恋の歌は十二首も届いた。

(四) 悲報

俗諺《ぞくげん》に「好事魔多し」とか、「禍福は糾《あざな》える縄の如し」という。宮内少輔に抜擢され、越中守に栄転、国司たちは大歓迎と、良いことが続いた。

ある日の午後、山辺衆の若者が、悲しい知らせを運んできた。

「助！　書持が……急逝した……と……信じられぬ……」

家持がひきつった顔をして、下男頭の助に告げた。

「権の手紙によれば、――前々から心《しん》の臓《ぞう》を病んでいたが、兄上の勤めに障るといけないので、知らせるな――と、固く口留めを命じられていたという……およずれか、たわ言か……」

助は黙って一読して、はらはらと涙を流した。

「泉川まで見送りに来てくれたのは、別れを告げるためだったのか……気が付かなかった。不覚だった。書持！　済まなかった！」

たった一人の弟である。家持は孤独をひしひしと感じた。

（少年の日は机を並べて憶良殿から学んだことを復習した……権や助から、共に剣技の指導を受けた……嫡男の吾を立て、常に控えめに振舞っていた……草木の花を愛し、佐保の庭一面に植えていた……勤めは嫌だと、出仕をせずに、歌を詠み、書を読んで過ごす風流子《し》だった……一度きりの人生だからそれもよかろうと、自由にさせた……沙弥《しゃみ》の閼伽《あか》と地味な『万葉歌林』の歌稿整理をしてくれていた……二人とも逝《い》ってしまったか……再会を約して別れたのに……もう会えないのか……）

家持は自室に入ると、号泣《ごうきゅう》した。家持は迸《ほとばし》り出る感情をそのまま追悼の挽歌とした。

天離《あまさか》る　鄙治《ひなをさ》めにと……　出でて来《こ》し　吾《われ》を送ると　あおによし　奈良山過ぎて

泉河　清き河原に　馬とどめ　別れし時に　好去《まさき》くて　吾《あれ》帰り来《こ》む　平《たひら》けく
齋《いは》ひて待てと　語らひて……使の来《け》れば　嬉しみと　吾《あ》が待ち問ふに
およづれの　たは言《ごと》とかも　愛《は》しきよし　汝弟《なおと》の命《みこと》……佐保のうちの
里を行き過ぎ　あしひきの　山の木末《こぬれ》に　白雲に　立ちたなびくと　吾《あれ》に告げつる
（大伴家持　万葉集　巻一七・三九五七）

（書持は佐保の里を通り過ぎ、佐保山で火葬され　木々の梢に　白雲となってたなびいているのか……そうと知っていれば、越中に連れてきて、せめて澁谿の景勝だけでも見せてやりたかった）

かからむとかねて知りせば越《こし》の海の荒磯《ありそ》の波も見せましものを
（大伴家持　万葉集　巻一七・三九五九）

（太宰府で母が身罷《みまか》った時、憶良先生は父の気持ちになって挽歌を詠んでくださった）

悔《くや》しかもかく知らませばあをによし國内《くぬち》ことごと見せましものを
（山上憶良　万葉集　巻五・七九七）

（書持、今やっと先生の挽歌の素晴らしさを実感している。口惜しいが、真似した。まだまだ先生の

域には達していない。書持、わが歌の上達を冥土から応援してくれ）

大伴宗本家の若氏上として、華麗なる選良の人生を歩み出した家持ではあるが、一方では、慕っていた育ての母郎女、尊敬していた父旅人、愛妾あや、将来を楽しみにしていた安積《あさか》親王、それに弟書持と、次々に身近な親しい人を失っていた。

（これが吾に与えられた人生か……）

持参した小さな金銅仏の釈迦如来像に、書持の好きな萩の花を供えて、成仏《じょうぶつ》を祈った。

ふっと、

（基《もとい》王と安積親王、二人の皇子を失くされた聖武天皇は、どのようなお気持ちであったろうか？……失敗されたが、あの紫香楽《しがらき》の大仏建立への異常なのめり込みと、無関係であろうか？……孤独の帝《みかど》ではあるまいか？……）

と、感じていた。

第六帖　越中守絶唱　その二　橘家使者の密命

垂姫《たるひめ》の浦をこぎつつ今日の日は楽しく遊べ言継《いひつぎ》にせむ
（遊行女婦《うかれめ》土師《はにし》　万葉集　巻一八・四〇四七）

（一）異郷の病床

単身赴任で孤独の家持を、職務と私生活の両面で支えたのは、大伴池主であった。国守の実務である徴税や戸籍の管理、治安などについては、部下の国司たちに任せておけばよかった。しかし、気候だけは個人の力では御《ぎょ》しがたかった。初めての北国の冬は、奈良育ちの家持には厳しすぎた。精神的な疲労も溜まっていた。

翌天平十九年（七四七）春二月、風邪をこじらせて寝込んだ。熱が引かず、胸が痛んだ。肺炎であった。しかし体力があるせいか、峠を越えた。病床から池主に、漢詩を添えて二首送った。

春の花今は盛に匂ふらむ折りて插頭《かざ》さむ手力《たぢから》もがな

（大伴家持　万葉集　巻一七・三九六五）

――今頃は春の花が真っ盛りであろう。その花を手折って頭に飾るほどの力が欲しいものだ……ほんとに体力を失ったよ――

池主が早速歌を返してきた。

山峡《かひ》に咲ける櫻をただひと目君に見せてば何をかおもはむ

（大伴池主　万葉集　巻一七・三九六七）

――谷間に咲いている桜を家持殿にひと目でも見せることができたら、私の気持ちは収まるのに、お見せできず残念です――

愛弟書持を失った家持にとって、今は池主が心の友になっていた。

（二）越中三賦《さんふ》

春三月、病は癒《い》えた。雪に埋もれた北国の大自然は、晩春一気に緑に萌える。秋は冷気ゆえに紅葉が深い。春と秋とは対照的である。家持の感性が見逃すはずがない。家持は越中の大自然を三つの賦に詠んだ。広辞苑によれば、――賦とは、事物を叙述描写し、多くは対句《ついく》を用い、句末に韻を踏む美文――という。

家持は、まず館《やかた》から見える二上山《ふたがみやま》と、その向こうにある澁溪《しぶたに》（澁谿）の讃歌を詠んだ。

射水《いみづ》川　い行き廻《めぐ》れる　玉くしげ　二上《ふたがみ》山は　春花の　さける盛に　秋の葉の
にほへる時に　出で立ちて　ふりさけ見れば　……皇神《すめがみ》の　裾廻《すそみ》の山の　澁溪《しぶたに》の
崎の荒磯《ありそ》に　朝なぎに　寄する白波　夕なぎに　満ち来る潮の　いや増しに……
見る人ごとに　懸けて偲《しの》はめ

（大伴家持　万葉集　巻一七・三九八五）

澁溪《しぶたに》の崎の荒磯《ありそ》に寄する波いやしくしくにいにしへ思《おも》ほゆ

（大伴家持　万葉集　巻一七・三九八六）

――澁谿の荒磯に波が絶え間なく寄せるように、二上山にまつわる往時の出来事が次々と偲ばれる――

玉くしげ二上山に鳴く鳥の聲の戀《こひ》しき時は来にけり

（大伴家持　万葉集　巻一七・三九八七）

――鳴く鳥はほととぎすであろう。佐保の里の大嬢が恋しい――

五月には正税帳を持って上京し、国守として朝廷に、行政や財政事情を説明せねばならない。しかし佐保の館に泊まって、愛しい大嬢と逢える楽しみがある。心は湧いていた。

四月二十日、大目《だいさかん》（国司四等官）の秦八千島《はたのやちしま》の館で、家持上京の送別会が開かれた。

四日後、その返礼に家持は、第二の賦として布勢水海《ふせのみずうみ》を詠んだ。布勢水海は澁谿の崎を廻ったところにある大きな湖であった。（中世から干拓が進み、今は湖の面影はない）海につながっていた。前年秋、国司たち全員で舟遊びを楽しんだことを題材にした。

――知者は水を愛す――と、語り合った。

布勢の海の沖つ白波あり通《がよ》ひいや毎年《としのは》に見つつ偲《しの》はむ

（大伴家持　万葉集　巻十七・三九九二）

――布勢の海の沖の白波が次々と押し寄せるように、毎年この海に通ってきたいものだ――

続いて二十六日、大伴池主の館で送別会が開かれた。翌日、家持は立山《たちやま》の賦を詠んで、池主たちの好意に応えた。

立山《たち》にふり置ける雪を常夏《とこ》に見れども飽かず神《かむ》からならし
（大伴家持　万葉集　巻十七・四〇〇一）

――仁者は山を楽しむ――国司たちは論語を勉強していたので、喜んだ。

立山、今は「たてやま」と呼ぶが、白雪を頂く越中第一の名山を実際に見ると、当時のように「たちやま」と呼ぶ方が相応《ふさわ》しい。見るからに神々しく、古代から信仰の山であった。真夏にも雪が消えないのは神のご意思――神からならし――であろうと、畏敬《いけい》した。

大自然を詠む家持の歌に深みが増していた。

(三) 春の出挙《すいこ》

越中の大自然と豊かな稔り、それに心温かい国司や領民たち。家持にとって夢のような日々が過ぎた。三年目の天平二十年（七四八）二月。国守の政務として「春の出挙」の巡察に出た。出挙とは、――春先に国庫の種もみを、不足する貧農に貸して、秋利息を付けて返済させる仕組み――である。国府としては高収益になるので、積極的に貸し出すが、借りる農民の方は負担が大きい。出挙が国司たちの一存で、無理強いになっていないか、国守が農民たちに直接当たって調べる。家持にとっては前年風邪をひいて視察をしなかったので、初の経験である。旧越中国だけでなく、能登四郡を含む大巡行であった。

国府のある射水郡《いみず》（現高岡市）を出て、南の砺波郡《となみ》（現砺波市）を巡り、庄川を東に渡って、婦負《めひ》郡（現富山市婦中町）の鵜坂《うさか》に来た。鵜坂川（現神通川）は激流である。加えて雪解けで増水していた。川を渡る馬上の家持の衣が、馬の足掻《あが》きで濡れた。

鵜坂川《うさかがは》渡る瀬多みこの吾《あ》が馬《ま》の足掻《あがき》の水に衣《きぬ》ぬれにけり

（大伴家持　万葉集　巻一七・四〇二二）

鵜坂川は婦負《めひ》川とも呼ばれ、鵜飼が行われていた。鵜飼は夏の風物詩であるが、国守の巡行とあって、地元の郡司が気を配ったのであろう。水まだ冷たい三月の夜に、実演が行われた。

婦負川《めひがは》の早き瀬ごとにかがりさし八十伴《やそとも》の男《を》は鵜川《うかは》立ちけり

（大伴家持　万葉集　巻一七・四〇二三）

鵜川立ちとは、鵜飼の準備をすることである。奈良では観ることのできない夜の川の篝火《かがりび》を、多くの部族を従える顔役、すなわち八十伴《やそとも》の男が、てきぱきと指図している。鵜匠の見事な手綱《たづな》さばきと夜景に家持は感動し、詠まずにはいられなかった。

家持のありのままを詠んだ歌に、郡司や鵜匠たちは寒さを忘れて感激していた。

能登四郡も、能登半島の先端までくまなく巡視した。まず香島《かしま》の津（現七尾港）から船に乗り、七尾湾の奥にある熊来《くまき》村（現七尾市）に向かった。

七尾湾には大きな能登島がある。この島を取り囲むように、南湾、中湾、北湾に分かれている。凪は能登半島と能登島に遮《さえぎ》られて、海面はまるで鏡のようである。静寂な水面を滑るように船は進んだ。

右手に見える能登島は、深い樹林におおわれている。船頭が、

「この島から造船の材木を伐り出しております。樹齢数百年のご神木を伐るときには、その切り株の上に『鳥総《とぶさ》』と呼ぶ、伐採した樹の梢《こずえ》の最先端部分を立てて、山の神にお詫びと感謝を捧げておりまする」

と説明した。

家持は厳粛な気になって、五七七　五七七の旋頭歌《せどうか》に詠んだ。

鳥総《とぶさ》立《た》て　船木《ふなぎ》伐《き》るといふ　能登の島山
今日見れば　木立《だち》繁しも　幾代神《かむ》びぞ

（大伴家持　万葉集　巻一七・四〇二六）

能登郡を北に進むと、能登半島の中央部、鳳至《ふげし》郡である。家持の一行は、峠を越えて西海岸の饒石《にぎし》

川（現輪島市）に出た。穏やかな能登湾とは対照的に、日本海の波は荒々しい。強い西風を受けると、ふっと佐保の大嬢を想い出した。

（——この川では巫女《みこ》が縄を流して水占いをしている——と、聞いた。吾と大嬢の運命を、瀬を渡るたびに占ってもらおう）

妹にあはず久しくなりぬ饒石《にぎし》川《がは》清き瀬ごとに水占《みなうら》はへてな
（大伴家持　万葉集　巻一七・四〇二八）

「国守様、おめでとうございます。近々良いことがおありでございますよ」

「そうか」

家持は礼金をはずんだ。

能登四郡の最北部は珠州郡《すがぐん》である。郡司の館は珠州にあった。巡察を終えた家持は、地元自慢の舟盛り付けの海鮮料理をゆっくりと堪能した。

——書持よ、越中と能登を全部巡察したぞ。国中どこも素晴らしい景観だった。人心は落ち着き、農産物、魚介類は豊富だ。……とりわけ能登半島の魚や貝類は旨い。佐保のそなたに食べさせてやりたかった——

「……国内《くぬち》ことごと見せましものを……」

家持は憶良の和歌の下の句を口ずさんでいた。

一日滞在して長旅の疲れをとり、船で伏木に直接帰ることにした。

翌日早朝に出港し、北風を帆に受けた。夕闇が迫る頃、伏木に近い松田江の長浜浦に漕ぎついた。月が昇り、港を皓々《こうこう》と照らしていた。

（無事着いたな）

国司や船頭、水夫たちを整列させた。

「皆の者、ご苦労であった。吾が初の出挙《すいこ》の旅が、無事に終わった礼に、家持、そなたらに一首を献ず」

家持は胸を張り、月光を浴びて、入港の感動を朗々と詠唱した。

珠洲《すす》の海に朝びらきしてこぎ来《く》れば長濱の湾《うら》に月照りにけり
（大伴家持　万葉集　巻一七・四〇二九）

予期しなかった国守の見事な朗唱に、皆が「おうっ」と歓声をあげ、大拍手が沸き起こった。貴公子で歌人家持の飾り気ない人柄と名声は、国中隅々まで知れ渡った。

（四）橘家使者

出挙巡察の旅から帰って間もなく、家持は左大臣橘諸兄から私信を受け取った。

――吾が橘家の家令、田辺福麻呂《たなべのふくまろ》を使者として差し向ける。委細は同人より口頭にて貴職に伝える。

諸兄――

家持は、下男頭として越中に連れてきた助と配下の剛を呼んだ。助は山辺衆の副首領として、京師にいる新頭領の権を支えていた。剛は権の跡取り息子である。

「助、福麻呂は今どきには数少ない宮廷歌人ではあるが、位階は七〜八位あたりだったかな。諸兄殿の意向は何であろうか？」

助は目を閉じ黙然としていたが、やおら口を開いた。

「仰せの通り、福麻呂の本官は宮内省酒造司《さけのつかさ》の令史《さかん》（四等官）の低い身分でございます。諸兄殿が左大臣に昇進された時、橘家の家令、それも最末席の少書史の兼官で出向されました」

「異例の人事だったな」

「宮内省は、皇室と密接な役所でございますが、福麻呂は特に元正太上天皇（上皇）に歌人として目をかけられていました。したがって福麻呂の裏の役目は……」

「元正上皇と諸兄殿の連絡役か？」

「はい。元正上皇、聖武帝と橘諸兄卿は、政事《まつりごと》の進め方で、光明皇后、阿倍内親王、藤原仲麻呂らと意見の対立がしばしばございます。引退されている上皇と、現役の左大臣がたびたび会うわけにはいきませぬ。福麻呂の身分は低くても宮廷歌人という表向きの顔で、重要な役目を果たしていると思います」

「そうか。福麻呂は諸兄殿の候《うかみ》であったか。……よく分かった。して、今回の役目は何であろうか？」

「首領《かしら》からの内々の情報では、元正上皇のご病状が進行されているようでございます。歌人である上皇は、ご自分の詠まれた歌を、『万葉歌林』に載せてほしいとのご要望ではありますまいか」

「なるほど」

「光明皇后派を刺激しないように、表立っては橘家使者、実際は上皇の使者として、ご意向を伝えるとともに、これまで諸兄卿や福麻呂自身が詠み溜めた歌も併せて採録してほしいとの申し込みもありましょう」

剛は息を呑んで聞いている。今流に申せば、情報共有の部下教育である。

「そうか。歌の話なら公然と、誰にでも筋が通るな。しかしわざわざ越中まで来るからには……」

「第二の目的は橘家の越中での墾田開発要望でしょう。諸兄卿は確か六十五歳のご高齢ですから、ご子息奈良麻呂様名義となるでしょう。奈良麻呂殿は、昨年正月従四位下に昇格されましたので、二百町歩まで開墾できます。越中に適当な候補地を斡旋してほしいという話かと思います」

「墾田永年私財法は国庫収入を図る諸兄殿の発案であり、公にも推進されているので、国司や郡司たちも喜ぶ話だな。推薦の候補地をあらかじめ探しておこう」

「問題は第三の極秘の話題であろうかと思います」

「極秘だと？」

助は黙って頷き返した。憶良流である。

「氏上殿、元正上皇は今重篤の状態にあります。もしご崩御《ほうぎょ》されますと、諸兄殿は後ろ盾を失います。

聖武帝は、……前《さき》の首領《かしら》が嘆かれたようにお人柄ですが、……お強い性格ではございませぬ。これまでは伯母の元正上皇に頼られていました。もしご崩御の場合には、藤原との勢力の均衡が崩れます。

聖武帝と諸兄殿は、権力維持のために……」

「吾が大伴氏族に加担を頼んでくるか……」

「御意《ぎょい》。聖武帝や諸兄殿が必要なのは、古来の豪族、とりわけ伴造《とものみやつこ》の大伴や佐伯の武力でございます。今後家持殿は、好むと好まざるとにかかわらず、大伴の氏上として難しい局面に立つことになりましょう」

「相分かった。どう対応するかよく考えておこう」

剛は二人の会話を粛然《しゅくぜん》と聞いていた。

家持は暫く黙想していた。姿勢を正した。

「助、剛。福麻呂の越中来訪は、橘家使者ではなく、元正上皇の名代と見做して丁重に対応する。吾はもとより国司全員に敬語を使わせる。越中滞在中は毎日歌宴を持ち、世間や藤原の眼をくらまそう。最大限の接待を国司たちに命ずる。そなたらは警備を抜かりなくせよ」

「心得ました」

助と剛は深く頭を下げた。


三月二十三日、橘家使者田辺福麻呂が伏木の守館《かみやかた》に到着した。奥座敷に居並ぶ国司たちは、左大臣と家持の親密関係に緊張していた。着座した福麻呂が重々しく告げた。

「家持殿、不肖田辺福麻呂、左大臣橘諸兄家使者として、用向きをお伝え申し上げます」

列席した国司たちは一言一句聞き漏らすまいと、耳を澄ましていた。

「政事《まつりごと》の話ではござらぬ。和歌の話ゆえに、皆さま頭を上げられよ」

身分位階は低いが、平素から上皇や諸兄と接している宮廷歌人の福麻呂には、文芸人としての風格が備わっていた。

「家持殿、元正上皇様から諸兄卿がお預かりした『橘讃歌七首』の巻物でございます。元正上皇はぜひとも家持殿の編集されている『万葉歌林』に載せてほしいとのお言葉でございます」

国司たちは「元正上皇」の御名にびっくり仰天《ぎようてん》した。

――吾らの守殿は上皇様ともご親密だ。何と素晴らしいお方か！――

『橘讃歌七首』とは、天平十六年（七四四）、上皇が難波堀江の橘邸を船で訪れ、宴会をされた時に詠まれた歌である。元正上皇二首、諸兄、河内女王、粟田女王それに福麻呂二首、合計七首である。

家持は巻物を受け取り、恭《うやうや》しく目の上に捧げた。

「家持、確かに受け取りました」

ゆっくりと巻物を披いた。上皇の流麗な筆で七首が書かれていた。

たちばなのとをのたちばな彌《や》つ代にも吾《あれ》は忘れじこのたちばなを

（元正太上天皇　万葉集　巻一八・四〇五八）

――この見事に実った豊かな橘よ、この橘を私はいついつまでも忘れはしまい――

家持は、上皇が左大臣橘諸兄に寄せる信頼の厚さに圧倒されていた。

（上皇がご存命である限り、諸兄殿の実権は維持される。上皇のご本復を祈りたい）

「福麻呂殿、家持、上皇様の御製に深く感動致しました。追和の歌が一首迸《ほとばし》り出ましたので、上皇様と諸兄殿へ献上くだされ」

家持は音吐朗々詠みあげた。

常世物《とこよもの》このたちばなのいや照りにわご大君は今も見るごと

（大伴家持　万葉集　巻一八・四〇六三）

――常世の国から到来したというこの尊い橘の実がますます赤く輝くように、吾が上皇様はいつまでもお元気でいられることであろう――

（さすがは歌人の守殿だ！）

　国司たちは驚嘆し家持をあらためて畏敬していた。

「お見事でございます。福麻呂感動致しました。ところで噂に聞く『万葉歌林』の編集作業はどこまで進んでおられますか？　上皇様、諸兄様ともお気にされています」

「福麻呂殿はご存じと思いますが、佐保の館で吾が弟書持《ふみもち》と、沙弥閼伽《しゃみあか》こと山部赤人が、恭仁京《くに》時代の歌までは整理して、十六巻にまとめています。しかし二人が他界したので、それがしが宮内少輔になって以後の歌は、そのまま詠みっ放しになり分類しておりませぬ。それがしは公務に精励せねばなりませぬ。それゆえ、編集作業の時間はありませぬ」

「いかがなされるおつもりですか」

「吾が師、山上憶良殿より、――歌の巧拙にこだわらず、思ったまま、感じたままに詠み残すことが、芸術であり、かつ後世の歴史資料にもなる――と、指導されました。したがって、何かにつけて日記代わりに詠み溜めています。歌の水準は『山柿《さんし》』……失礼しました、山上憶良殿、山部赤人殿、柿本人麻呂殿のご三方には未だ及びませぬ。駄作ばかりでございます。最近では――無理に分類して既存の十六巻に追加挿入せず、それがしの歌日記や、他の方の蒐集歌をそのまま十七巻、十八巻としてもよいかな――と、ずぼらに考えております。その旨お伝えくだされ」

「なるほど。家持殿は宮仕えとしてはこれからが大事でございますゆえ、ご無理なさらぬが良かろうかと思います。ところで諸兄殿より依頼され、ご作品や、宮廷のいろいろな方の歌を小生書き溜めてまいりました。これに不肖それがしの駄作の歌集を含めて、百首余り持参しましたので、『万葉歌林』にお加えいただけませぬか」

「これはありがたきことです。それがし単身赴任の身ゆえ、勤務後の時間にゆっくり拝見しましょう」

福麻呂は、歌稿の束を家持に渡した。

「福麻呂殿、越中は景色良く、新鮮な魚介と山菜や野菜に恵まれ、酒は佳し、歌人の遊行女婦《うかれめ》もおりますぞ。早速今宵からご出立の二十六日まで、大いに観光され、歌を作られよ。まずは今宵から酒宴を始めよう。国司は皆歌詠みでございますゆえ、お気楽に」

一座が和やかになった。

家持の守館で歌稿の受け渡しの後、福麻呂は家持の案内で、地元奈呉《なご》の海の景観を楽しみ、夜は歓迎の饗宴を受けた。福麻呂は四首を詠んだ。

奈呉の海に潮のはや干《ひ》ば求食《あさり》しに出でむと鶴《たづ》は今ぞ鳴くなる

（田辺福麻呂　万葉集　巻一八・四〇三四）

奈呉の海は国府のある伏木の港あたりから東の新湊（現射水市）へかけての絶景の海岸である。当時は放生津潟《ほうじょうづがた》と呼ばれる潟湖《がたこ》があった。奈良から来た福麻呂にとって、海の風景は新鮮であり、刺激的であった。

翌二十四日。明日の布勢《ふせ》（現氷見）の水海《みずうみ》観光を題材に歌宴。福麻呂は六首、家持は二首詠んで、前夜を盛り上げた。福麻呂は噂に聞く絶景を見ずば都に帰らじと詠んだ。

音のみに聞きて目に見ぬ布勢の浦を見ずは上《のぼ》らじ年は經ぬとも

（田辺福麻呂　万葉集　巻一八・四〇三九）

二十五日。布勢水海の遊覧には美女の遊行女婦《うかれめ》土師《はにし》も参加して、華やかな歌宴となった。福麻呂は四首、家持二首、遊行女婦土師、国司の久米廣縄一首、計八首が詠まれた。この地には垂姫《たるひめ》の恋愛伝説があった。

「土師《はにし》、そなたから福麻呂殿に説明するがよい」

「あい、では。不束《ふつつか》ですが……昔々、この布勢の海は寒ブリがよく獲れましたが、海は荒れました。その水難にあった漁師たちは、海底の漁民洞という竜宮に暮らしていました。その中に海人《あま》という漁師がいました。彼は生前、山の神の娘、垂姫に恋をしていました。垂姫も海人を恋していました。しかし海の神と山の神は仲が悪く、二人の恋は認められませんでした。このため海人は怒って、布勢の海は大荒れになり、村人は漁ができずに困りました。ある知恵者が、この岬に八幡神社をお祭りし、山の神と海の神の仲直りをお願いしようと提言しました。神社をお祭りした日、雷鳴が轟き、山の神と海の神は仲直りし、二人の恋を認めました。すると寒ブリの大群が押し寄せ、大漁となり村人は大喜びしました。垂姫は人魚となって海に入り、漁民洞で海人と末永く、仲良く暮らしているそうです。めでたし、めでたし。では都からはるばるお見えになった福麻呂様に一首捧げましょう」

垂姫の浦をこぎつつ今日の日は楽しく遊べ言継《いひつぎ》にせむ

やんやと拍手が起こった。美女の酌で酔いながらも、福麻呂は冷静に観ていた。

（都では歌宴は貴族や宮廷歌人の遊びだが、家持殿の越中では、官人は身分の上下なく、このように遊行女婦までも教養があり、吟詠を楽しんでいる。……素晴らしいことだ）

出立の二十六日。国司三等官、掾《じよう》の久米廣縄《くめひろなわ》の屋敷で送別会が開かれた。福麻呂が惜別のほととぎすの歌一首、廣縄がこれに応じて一首、家持が二首詠んだ。

こうした宴会の合間に、橘奈良麻呂の越中墾田の話が秘かに進められていた。（後日、橘奈良麻呂は砺波《となみ》郡石粟村に百十二町歩超の墾田を入手した）

上皇崩御後の大伴氏族の協力要請は、意外にも一年後、聖武帝の陸奥《みちのく》国黄金出土の詔《みことのり》に織り込まれる形で、天下に示されることになる。

「助、すべてそなたの予想通りであった。礼を言うぞ」

家持は山辺衆の情報収集能力と分析力に、内心舌を巻いていた。

（父が憶良殿を重用してきたのがよく分かった）

しかし、一方で、家持は諸兄の置かれた現実の厳しさを知ることになる。

福麻呂が越中に到着前日の三月二十二日、朝廷で大きな人事異動が行われていた。

従二位　従三位　藤原豊成（南家、武智麻呂の嫡子）（二階級特進）
正三位　従三位　藤原仲麻呂（南家、豊成の弟）
大納言　中納言　藤原豊成

夏、四月二十一日、実権者元正太上天皇がついに崩御された。

第六帖　越中守絶唱　その三　春苑桃李

春の苑《その》くれなゐにほふ桃の花した照る道に出で立つをとめ
（大伴家持　万葉集　巻一九・四一三九）

（一）陸奥出金

家持が越中讃歌の三賦を詠んだ天平十九年（七四七）の秋。

平城京の東の郊外、藤原一族の豪邸が立ち並ぶ丘の奥にある総国分寺、金光明寺《こんこうみようじ》の寺域内で、巨大な大仏の鋳造が開始された。後の東大寺の毘盧舎那《びるしやな》大仏である。

もともと聖武天皇は僧行基と諮《はか》って、彼の道場のある近江国紫香楽《しがらき》に大仏建立を進めていたが、怪火が続発したので計画を中止し、平城京に戻ってきた経緯がある。しかし今回は場所柄、不審者の妨害行為はなかった。青銅の大仏鋳造作業は順調に進捗していた。

しかし聖武帝には無念の思いがあった。

（この巨大な毘盧遮那仏の表面を、きらびやかに鍍金したい。……しかし、残念ながらわが国には黄金は産出していない。青銅仏で我慢するほかやむをえないか……）

と、諦めていた。

ところが、天平二十一年（七四九）二月。陸奥国守の百済《くだら》王敬服《けいふく》から、天下が驚く知らせと鉱物が、朝廷に届いた。

――領内小田郡の山から黄金が出土しました。帝に献上致します――

聖武帝は欣喜雀躍《きんきじやくやく》した。

――これは毘盧遮那仏のお恵みだ！　いや、仏だけではない、神々や皇祖の方々のお陰だ。深く感謝せねばならぬ――

夏四月一日。帝は光明皇后、皇太子阿倍内親王を伴い、大仏の前にひざまずいた。

左大臣橘諸兄が天皇に代わり、神仏に感謝の宣命《せんみよう》（国語文で書かれた詔勅）を捧げた。

つづいて中務卿《なかつかさ》の石上乙麻呂《いそのかみのおとまろ》が、官民に宛てた極めて長文の宣命を読み上げた。

――帝は神仏や皇祖に深く感謝し、さらに諸王や、これまで大臣として皇室に仕えた氏族の奉仕を讃え、関係者に祝賀の昇格を行う――

この「陸奥国出金詔書」と名付けられた宣命が、全国の国衙《こくが》に発送された。

約十日後、家持は宣命を受け取った。だらだらと長ったらしい詔書を読み下していたが、途中で驚きの声を発した。

「何だ！　この文言は！」

――……また大伴・佐伯の宿禰は、常にも言っているように、天皇の朝廷をお守りしていることに、己を顧みない人たちであって、汝ら（大伴と佐伯）の祖先が言い伝えてきたことのように、『海行かば水漬《みづ》く屍、山行かば草むす屍、大君の辺《へ》にこそ死なめ、のどには死なじ（のどかには死なない）』と言い伝えている人たちであるとお聞きになっている。……この心を失わないで、明るく浄い心をもって仕えよと、……五位以上の官人の子らの位階をお上げになる。……――

　宣命の文末に特別昇格人事が書かれていた。歴代大臣家の子弟であった。末席に家持の名があった。

越中の国司たちは、聖武帝の詔書に大伴家と家持の名を見て驚嘆した。

従二位	正三位	巨勢奈弖麻呂《こせのなてまろ》
正三位	従三位	**大伴牛養《うしかい》**
従三位	従五位上	百済王敬福《けいふく》（出金褒賞、六階級特進）
正四位下	従四位上	佐伯浄麻呂《きよまろ》
〃	〃	佐伯常人《つねひと》
従四位上	従四位下	阿倍沙弥麻呂《さみまろ》
〃	〃	**橘奈良麻呂**
〃	〃	多治比占部《たじひのうらべ》
従四位下	従五位下	藤原永手《ながて》（北家房前《ふささき》の子、家持の親友八束《やつか》の兄）

従五位上　　従五位下　**大伴家持**
〃　　　　　〃　　　　佐伯毛人《えみし》
大納言　　　中納言　　巨勢奈弖麻呂
中納言　　　参議　　　**大伴牛養**

特別昇格の百済王敬服を除くと、半数の五名が佐伯と大伴の重鎮であった。

「助、黄金出土と神仏に感謝するご詔勅には感動した。佐伯と大伴の名を挙げてくださったのはご先祖の功績のお陰であり、まことにありがたい。さらに、長老牛養殿が、太政官の中納言に栄進されたのは喜ばしいことよ。早速祝辞を書こう。能登の干するめや昆布を、剛と小者に背負わせ、牛養殿に届けよ」

「かしこまりました」

「助、ただこの人事にはちょっと気になるところがある。そちはどう思うか？」

「藤原南家の方が入っていませぬな。もっとも、豊成や仲麻呂は、昨年、元正太上天皇がご崩御される直前に昇格されていますから、穿《うが》った見方をすれば、黄金出土にかこつけ、劣勢にあった聖武帝、諸兄派の補強人事ですな。昨年福麻呂が来た時の話と合います」

「黄金出土の詔勅に、あからさまに佐伯と大伴の名を出されて、吾ら伴造《とものみやつこ》は否応なしに、政争の中にぶち込まれたのう。昇格はありがたいが……」

「……しかし、……流れに逆らうわけにはいきませぬ。若は近い将来、お父上同様に、政事《まつりごと》の中枢に入られましょう。相応の覚悟が必要でございます」

「うむ。吾は直ちに黄金出土の詔書を賀ぐ歌を詠み、帝《みかど》に忠誠を誓おう」

「それがよろしゅうございます」

しばらくして、駅使《はゆまづか》いがまた公報と情報を運んできた。

——四月十四日、聖武天皇は再び東大寺に行幸し、大臣や群臣を引き連れ、大盧舎那《るしゃな》仏の前にひざまずかれた。庶民たちも参列した。同日、大臣や諸王たちの昇格昇叙がなされ、「天平」は「天平感宝」と改元された——

家持は人事公報を披いた。親友の市原王の昇格もあった。

正一位　　従一位（左大臣）　橘諸兄
右大臣　　大納言（従二位）　藤原豊成（南家、武智麻呂の嫡男）
従五位上　従五位下　　　　　市原王（故安積親王の仲間）

「助よ、諸兄殿が臣下筆頭の正一位になられたぞ……市原王も昇格されてよかった」

しかし助は浮かぬ顔をしていた。

（南家の豊成卿が右大臣になられた。旅人殿もなれなかった高い地位だ。……藤と橘の均衡が崩れる予兆ではあるまいか……）

候《うかみ》の本能的な予知であった。

五月十二日。家持は「陸奥《みちのく》出金詔書賀歌」を完成し、聖武帝に献上した。

……鶏《とり》が鳴く　東《あづま》の国の　陸奥《みちのく》の　小田《をだ》なる山に　金《くがね》ありと　奏《まう》し賜へれ
御心《み》を　明らめ給ひ……皇御祖《すめろき》の　御霊《みたま》助けて……朕《わ》が御世に　顕《あらは》してあれば
食国《をすくに》は　榮えむものと……あやに貴み　うれしけく　いよよ思ひて　大伴の……
仕へし官《つかさ》　海行かば　水漬《みづ》く屍《かばね》　山行かば　草生《む》す屍　大君の　邊《へ》にこそ死なめ
顧みは　せじと言立《ことだ》て……大伴と　佐伯《さへき》の氏は……梓弓　手に取り持ちて
剣太刀　腰に取り佩《は》き……大君の　御門《みかど》の守護《まもり》　吾《われ》をおきて　また人はあらじと
いや立《た》て　思ひし増《まさ》る　大君の　御言の幸《さき》の　聞けば貴《たふと》み

（大伴家持　万葉集　巻一八・四〇九四）

天皇《すめらき》の御代榮えむと東《あづま》なるみちのく山に金花《くがね》咲く

（大伴家持　万葉集　巻一八・四〇九七）

家持は、伴造《とものみやつこ》である。越中にいても聖武帝の側近と天下に公言したのである。家持は何もしなくても、国司たちがすべて遺漏なく政務をとり進めるようになった。

余談ながら、昭和十二年（一九三七）、ＮＨＫは信時潔《のぶときよし》に戦時歌謡の作曲を委嘱した。

歌詞に、家持の歌の中から、「海行かば　水漬く屍　山行かば　草生す屍　大君の　邊にこそ死なめ　顧みはせじ」の部分が引用され、軍歌となった。ラジオでしばしば流れ、小学生（国民学校生徒）だった筆者は、しばしば歌った。

しかしこの歌は、聖武帝が、――大伴と佐伯の氏の祖先が詠ってきた歌――と詔書に明記しているように、家持の作品ではない。大東亜戦争を鼓舞《こぶ》する軍歌に「大伴家持作」として使用され、家持は不本意であったろう。

（二）雨乞い

この年は閏《うるう》年であり、五月が二度繰り返された。家持が賀歌を帝に献上して、ほっと一息ついた閏五月の六日から、梅雨時期というのに、越中では雨の降らない日が続いた。旱魃《かんばつ》である。田も畑も干上がって、農作物は見る見るうちに枯れてきた。

農民たちは顔色を変えて郡司の元へ押し寄せた。

「国守様に雨乞いの儀式をお願いします」

天皇は祭祀《さいし》を司っていた。天皇の代理である国守が雨乞いの儀式を司《つかさど》るのは役目の一つであった。

家持は毎朝、西北の空を眺めた。雲一つなく澄んだ日本晴れである。

（今日も降らぬか……雨乞いをいつするか……）

思案に明け暮れして閏五月は終わった。

六月一日の早朝、助が家持に表情一つ変えずに報告した。
「若、遥か西の彼方の空に雨を降らす白雲が少し現れました。今夕雨乞いを行いませ」
候《うかみ》の助が——雨を降らす白雲——と表現したのは、現在の「積乱雲」である。
家持は沐浴斎戒《もくよくさいかい》して、厳粛に雨乞いの儀式を行った。雨乞いの長歌と反歌を作り、天の神に必死に祈りを捧げた。

天皇《すめらき》の　敷《し》きます國の　天《あめ》の下　……　その農業《なりはひ》を　雨ふらず　日の重なれば
植ゑし田も　蒔《ま》きし畠《はたけ》も　朝ごとに　しぼみ枯れ行く　そを見れば　心を痛み
緑児の　乳乞《ちこ》うがごとく　天《あま》つ水　仰ぎてぞ待つ　あしひきの　山のたをりに
この見ゆる　天《あま》の白雲　海神《わたつみ》の　沖つ宮べに　立ち渡り　とのぐもり合ひて
雨も賜はね
（大伴家持　万葉集　巻一八・四一二二）

——山の峠の上に、今見えているその白い雲が、どうか海神の宮のある沖の方まで、空一面にかき曇って、雨を降らせ賜え——

この見ゆる雲ほびこりてとのぐもり雨もふらぬか心足《だら》ひに
（大伴家持　万葉集　巻一八・四一二三）

――この見える雲が空一面に曇って雨が降り、心が満足できますように――
和歌の言霊が通じた。三日後の六月四日、天空かき曇り、篠突《しの》く雨が降ってきた。
（ありがたい！　助かった！）
家持はすぐに雨を寿《ことほ》ぐ歌を詠み、天の神に捧げた。

わがほりし雨はふり来《き》ぬ斯《か》くしあらば言挙《ことあげ》せずとも年は榮えむ

（大伴家持　万葉集　巻一八・四一二四）

――私が願望した雨がついに降ってきました。こうなれば、今年はわざわざ豊年を言葉に出して言い立てなくても、農作物は豊作でございましょう――
農民たちは、長歌、反歌を神に捧げ、雨を降らせた家持を、心から畏敬した。連日の雨に、家持がほっと一息入れたのは、僅か数日であった。権の配下が早馬を飛ばしてきた。封を開けて驚いた。

五月二十九日、中納言・正三位　大伴牛養殿　薨去

（ほんの二カ月前に、吾と共に昇格昇叙されたばかりではないか。これから中納言として活躍されてほしかったのに、何という悲しい知らせだ。牛養殿には氏族の重鎮として長生きしてほしかった）

家持は牛養を父のごとく慕っていた。それだけに落胆は大きかった。

（待てよ、亡くなられたのは五月二十九日だと……助が、『雨を齎《もたら》す白雲が出ましたぞ』と知らせてきたのは、その三日後、六月朔日《ついたち》の朝だった。――降雨があったのは、吾の雨乞いの祈祷と和歌が天に通じたのだ――と自惚《うぬぼ》れていたが、恥ずかしい。……この雨は、吾を扶《たす》けるために牛養殿が天より運んでくれた雨だったのだ。……吾を戒める牛養殿の涙雨だったのだ。牛養殿、ありがとうございました。家持、まだまだ未熟者と自戒し、職務や歌に精進致しまするぞ。安らかにお眠りくだされ……）

家持は長い間合掌し、これまでの牛養の尽力に感謝した。心にぽっかりと空洞ができた気がしていた。

（三）計帳

秋七月、またまた驚きの公報が国府に届いた。

――七月二日、聖武帝が退位され、皇太子阿倍内親王が即位。孝謙天皇と名乗られた。多くの昇格人事が行われたが、新太政官は次のとおりである。

大納言　参議　正三位　藤原仲麻呂《なかまろ》

中納言　〃　従三位　石上乙麻呂《いそのかみのおとまろ》

〃　　〃　　〃　　紀麻呂《きのまろ》
〃　　〃　　正四位上　多治比《たじひ》広足《ひろたり》
参議　　　　正四位下　大伴兄麻呂《えまろ》
〃　　　　　従四位上　**橘奈良麻呂**《ならまろ》
〃　　　　　従四位下　藤原清河《きよかわ》

この日を以って、天平感宝元年から天平勝宝元年に改元する――

通常の年であれば、このような高官の人事は、地方の国司たちには無縁の、雲の上の話である。しかしこの年の越中には無関係ではなかった。国守である家持が、八月末までに越中国の計帳を携えて上京し、太政官、すなわち左右大臣、大納言、中納言の朝議に説明する必要があった。家持には関心があった。

計帳とは租税である庸や調を領民に賦課する基本台帳である。戸籍と共に、律令制度を支える重要な書類である。家持の部下たちは、六月、七月と帳簿の整理に追われ、中央政府の官人たちの昇叙昇格に関心を示す余裕はなかった。家持自身もまた、計帳の明細を理解しようと没頭していた。

(母の実家多治比家一族の広足殿が参議から中納言になられたか。皇親派の代表だな。兄麻呂殿の参議は、牛養殿の亡きあと大伴の代表として吾らが推薦していたので、承知の人事だ)

「助、奈良麻呂殿の参議は異例のご出世だな。同じ家から父子が朝議に出られるとは結構な話だが、いささか異常な気がするのう。奈良麻呂卿は吾より若い。若過ぎないか?」

「藤原は先般、南家の豊成卿が右大臣になられました。このたびは弟の仲麻呂卿が、中納言を経ずにいきなり大納言への大抜擢も異常です。それに加えて、北家の清河卿が参議入りとは驚きです。藤と橘が張り合っておりますな。……奈良麻呂殿の参議は、仰せの通りです。古来の豪族の方で不快に思う方も出ましょう。火種になるかもしれませぬ」

「今回の人事は、聖武帝の退位と関係があるか？」

「大いにございます」

　助は懐から半紙を出して書いた。

（元正上皇崩御前）
元正太上天皇・橘諸兄・古来豪族
対
聖武帝・光明皇后・阿倍内親王・藤原仲麻呂

（元正上皇崩御後）
聖武上皇・橘諸兄・古来豪族
対
光明上皇后・孝謙帝・藤原仲麻呂

「首領の情報では、藤原一族は南家次男の仲麻呂が仕切っております。聖武帝は相変わらずふらふらされています」

「なるほど……太政官に知己が多いので計帳の説明は楽かと思っていたが……」

「先般来、聖武帝や諸兄殿は、大伴氏上である若の取り込みにかかっています。京師《みやこ》では言動に注意されますように」

「心得た」

八月中旬、越中を立ち、平城京についてまた驚いた。紫微中台《しびちゅうだい》という大きな役所ができ、人事の大異動が行われていた。(政争については次帖に述べる)

家持は退位された聖武上皇に陸奥国《みちのく》での産金のお祝いと、自分の昇格のお礼を申し上げた。しかし上皇の眼は虚《うつ》ろであった。

(なぜだろうか?)

聖武帝退位直後の朝廷は騒然としていた。

(助の忠告通りだ。どうも深入りは禁物のようだ)

計帳の説明は極めて事務的に、あっけないほど短時間で終わった。

家持は、正一位に昇格していた諸兄と、新参議に昇叙した奈良麻呂に祝辞を述べた。

「家持、越中ではなかなかの仕事ぶりだと、宮中では評判が良いぞ。それに和歌の方も随分詠んでいるそうだな。福麻呂が感心していた」

「いやいや駄作ばかり量産しております」

「ところで越中に赴任して何年になるか?」

「四年が過ぎました」

「そうか、単身赴任はご苦労であったな。……そうだ、今回帰任するときには、妻女を帯同するがよい。民部卿には余から伝えておこう」

家持は深々と頭を下げた。急いで佐保の館に帰った。

（四）春苑桃李《とうり》の花

家持は一カ月間、佐保の館でくつろいだ。久々に妻の大嬢と濃密な日々を過ごした。愛娘の大嬢を越中に帯同することに、義母で叔母の坂上郎女も納得していた。

「二人で遊んでばかりいないで、歌の方もしっかりお詠みなさいよ。これまでの作品は、十七巻、十八巻の歌稿として纏めておくからね。今後もせっせと送りなさい。任期はあと一年でしょうから、有終の美を飾りなさい」

と、娘婿を励ました。これまで家持から来た越中歌の編綴《へんてつ》作業は、坂上郎女の老後の楽しみとなっていた。十月、家持夫妻は越中に向かった。

翌天平勝宝二年（七五〇）、愛妻と厳冬を越えて春を迎えた家持は、まるで発情期を迎えた獣のように、高揚していた。

春三月一日、館の庭は桃の花や李《すもも》の花が満開であった。夕暮れの陽を浴びて、庭を散策する大嬢《おおいらつめ》が、華やかな娘に見えた。すらすらと歌が湧き出た。

春の苑《その》くれなゐにほふ桃の花した照る道に出で立つをとめ

わが園の李《すもも》の花か庭に落りし《ふ》はだれのいまだ残りたるかも

（大伴家持　万葉集　巻一九・四一四〇）

美しい――李の白い花が庭に散ったのか、それともはだれ（まだら雪）がまだ消えずに残っているのか、

翌二日。大嬢と散歩に出た。見慣れている風景も、妻と一緒では新鮮であった。道端の柳が芽を吹いていた。小枝を手折《たお》って一首詠んだ。

春の日に張れる柳を取り持ちて見れば京《みやこ》の大路おもほゆ

（大伴家持　万葉集　巻一九・四一四二）

「朱雀大路の柳並木は、もっともっと色濃いでしょうね」

「奈良にいるときはさほど感じなかったが、離れてみると懐かしい景観だな」

二人の感情は高ぶっていた。三日の早朝、大嬢の柔肌《やわはだ》のぬくもりを愛《いと》しみながら、うつらうつらしている家持の耳に、遠くで歌う寂《さび》のある声が入って来た。館《やかた》の台地の下を流れ、富山湾に注ぐ射水《いみず》川を漕ぎ上る船頭の舟唄であった。

朝床《どこ》に聞けば遥《はる》けし射水川朝こぎしつつ唱《うた》ふ船人

（大伴家持　万葉集　巻一九・四一五〇）

春眠暁を覚えず――というが、家持はこの三日間に十二首を詠んだ。此の年も国司たちと遊宴を楽しみ、それぞれが歌を残した。歌稿は便使いが佐保の坂上郎女に届けていた。

（まあまあ二人が仲良く暮らしていて、妾はやきもちを焼くわよ……）と、坂上郎女は侍女にぼやいていた。越中の守館で大嬢がその気配を察したわけではないが、家持に、母への便りの歌の代作を頼んでいた。

「代作か……お前の頼みなら致し方ないな……そうだ憶良先生の真似をしてみるか」

惚れた女に男は弱い。家持は少年の日に憶良から受けた講義を想い出していた。大嬢に変身して長歌と反歌を詠んだ。

白玉の見がほし君を見ず久に夷《ひな》にしをれば生《い》けるともなし

（大伴家持　万葉集　巻一九・四一七〇）

――（この奈呉《なご》の海の海人《あま》が海に潜って獲る）真珠《しらたま》のような丸い美しいお母さまを見たいと思いな

がら、見ることのできない日が長くなり、田舎におりますと生きる気が致しません――
「まああ大嬢ときたら大げさに、家持と仲良く暮らしていながら、――生きる気がしない――とは大袈裟な……大嬢がこんな凝った長歌を詠めるわけがない。家持の代作に決まっているわ……だけど白玉に譬《たと》えられると、お世辞と分かっていても、嬉しいわね。こちらからも負けずに、長歌と反歌を贈りましょう」
歳を取っても勝気な坂上郎女であった。見事な長歌と反歌を大嬢に贈った。長歌の終わりは、――こんなに貴女を愛しく思っているのであれば、私はどんどん老いているので、再会するまで待てないかもしれないわよ――と、結んだ。

かくばかり戀しくあらばまそ鏡見ぬ日時なくあらましものを
（大伴坂上郎女　万葉集　巻一九・四二二一）

天平勝宝三年（七五一）家持は五度目の正月を迎えた。二日、守館で恒例の駕宴を催し、国司、郡司を招待した。
（国守六年の任期がもうすぐ来る。越中最後の賀歌を皆に披露しよう。この冬は殊の外大雪であったから、豊作になろう。縁起が良い）

新《あら》たしき年のはじめはいや年に雪ふみ平《なら》し常かくにもが

（大伴家持　万葉集　巻一九・四二二九）

——新しい年の始めには、これから毎年、雪を踏みならして、いつもこうして賑々しく宴会をしたいものだ——

（五）越中よ、さらば

七月、辞令が来た。十七日付で少納言に任命されていた。少納言は天皇の侍従も兼任する。国司や郡司たちは、またまた驚いた。

「さすがは大伴の氏上殿だ。貴公子は進まれる道が違う」

八月四日、出立の前日、介《すけ》(次官)の内蔵縄麻呂の館で、国司郡司全員出席して、餞別の宴が催された。(この越中では、皆と一緒に、遊行女婦《うかれめ》らも加えて、布勢《ふせ》の海に遊び、馬を並べ鷹狩を楽しんだ。大いに飲み、語り、詠んだ……別れが辛い)

求められて詠んだ。

しなざかる越《こし》に五年《いつとせ》住み住みて立ち別れまく惜しき初夜《よひ》かも

（大伴家持　万葉集　巻一九・四二五〇）

翌五日早暁、館を出た。途中、射水《いみず》郡の郡司邸の門前の林の中に、昨夜飲んだ国司や郡司たちが、別れを惜しんで屯《たむろ》していた。宴席が作られていた。縄麻呂が盃を差し出した。

「守殿いや少納言殿。お別れに一献捧げます」

家持は胸が熱くなっていた。

「ありがとう。お前たちの心のこもった言動は、家持、肩に背負いて生涯忘れぬぞ。一首残そう」

玉ほこの道に出で立ち往《ゆ》く吾は君が事跡《ことと》を負《お》ひてし行かむ

（大伴家持　万葉集　巻一九・四二五一）

砺波《となみ》の関を通った時、六年前、ここで出迎えていた大伴池主を想い出していた。池主はこれから向かう越前国の掾《じょう》（三等官）として転勤していた。越前の国府は武生《たけふ》にあった。

（今夜は池主の館に一泊するが、積もる話や歌論で夜更かしするな）

と、再会を楽しみに倶利伽羅《くりから》峠を下った。

越中伏木の守館を出立して五日目の八月九日、越前武生の池主の館に着いた。驚いたことに、越中での部下、掾の久米廣縄がいた。廣縄は税を説明するため奈良に出張していた帰途であった。偶然か天の計らいか、越中で家持が心を通わせた三歌人が揃った。

「守……いや少納言殿、この度はおめでとうございます」

「廣縄、お前に逢いたかったが、京へ出張していたので、仕方なく別れの歌を二首、留守宅へ残しておいた。此処で会えてよかった。越中ではよく仕えてくれた。礼を言うぞ」

「氏上殿、廣縄殿、今宵は奇遇。大いに飲み、語りましょうぞ」

廣縄が、池主の館の庭に咲き誇っている萩を眺めながら、三人が偶然に会えた喜びと、明日は別れ行く辛さ、寂しさを歌に詠んだ。

君が家に植ゑたる萩の初花を折りて插頭《かざ》さな旅別るどち
（久米廣縄　万葉集　巻一九・四二五二）

「池主殿、明日はお庭の萩を一枝手折《たお》り、插頭《かざし》にして越中に帰ります」

「では吾が唱和しよう」

立ちてゐて待てど待ちかね出でて来《こ》し君にここに遇《あ》ひ插頭《かざ》しつる萩
（大伴家持　万葉集　巻一九・四二五三）

身分の上下や出自を超えて、歌人として三人は深更まで語り明かした。

翌日、爽やかに別れた。

（越中に来てよかった！　楽しかった！　幸せだった！）

京へ向かう馬上の家持は、幸福感に溢れていた。

第七帖　少納言自重《じちょう》　その一　紫微中台《しびちゅうだい》

韓《から》國に往《ゆ》き足《た》らはして帰り来《こ》む丈夫《ますらを》武雄《たけを》に御酒《みき》たてまつる
（多治比鷹主《たじひたかぬし》　万葉集　巻一九・四二六二）

（一）少納言の職責

越前武生《たけふ》から平城京へ向かう馬上で、家持は今後の自分の人生を頭に描いていた。

少納言という職位は、律令《りつりょう》の規定では、通常従五位下の官位相当である。上国の国守と同格である。家持は先年従五位上に昇格していたから、一見格下の職位に見える。しかし、少納言の職務は、政事《まつりごと》の中枢にあるので、むしろ大栄転であった。

理解を容易にするために、太政官《だじょうかん》制を若干説明する。（栞を参照ください）

律令政治での朝政の中枢は太政官である。当時はあらゆる職場が、四等官制であった。

太政官の一等官は、太政大臣、左大臣、右大臣である。二等官は、大納言、中納言。三等官は少納言、左弁官、右弁官。四等官は外記《げき》（事務方）であった。

これまで越中守という地方国守に過ぎず、朝政の中枢とは無関係であった家持は、中央官庁、それも太政官の一員となった。少納言は朝議の事務を司《つかさど》る。太政官印を管理し、小事は天皇に直接奏上し、天皇の侍従を兼任する。家持は日本の政治の全面に関わることになった。

家持は少年の日、内舎人《うどねり》として聖武帝に仕えており、越中守の前職は、僅かな期間ではあったが、宮内省の次席次官である宮内少輔《しょうふ》を勤めたので、内裏での勤務には慣れていた。

家持は少納言の職責の重さは十分認識していた。しかし、今回帰京して仕えるのは聖武帝ではない。孝謙女帝である。聖武帝は、陸奥《みちのく》出金の三年前、天平感宝元年（七四九）八月、体調不良で皇位を皇太子であった阿倍内親王に譲位し、上皇となっていた。

（女帝はどのようなお方であろうか）

地方に長かったため中央の政情には疎《うと》かった。

（新天皇は秋には肆宴《しえん》、豊《とよ》の明《あ》かりを催されるであろう。その時の歌を用意しておこう）

家持は女帝の治世を寿《ことほ》ぐ長歌と反歌を、秋の花に譬《たと》えて準備した。

……萬世に　記《しる》し継《つ》がむぞ　安見しし　わが大君　秋の花　しがいろいろに

見《め》し賜ひ　明らめたまひ　酒宴《さかみづき》　栄ゆる今日の　あやに貴さ

（大伴家持　万葉集　巻一九・四二五四）

秋の時花種《はなくさ》にあれど色別《いろこと》に見《め》し明らむる今日の貴さ

（大伴家持　万葉集　巻一九・四二五五）

古《いにしへ》に君が三代經て仕へけりわが大主《おほぬし》は七代《ななよ》申《まを》さね

（大伴家持　万葉集　巻十九・四二五六）


（越中守も少納言も、左大臣橘諸兄公のご配慮だ。ありがたいことだ）

家持は諸兄に感謝し、都に着いたら真っ先に挨拶して、歌を差し上げようと考えた。


――以前あなた様のご母堂県犬養橘《あがたいぬかい》三千代様は、女官として持統、元明、元正の三代の女帝にお仕えになりました。吾が大主の諸兄様は、長生きされ七代もの天皇にお仕えくださされまし――

（七代申さね……とはいささか胡麻《ごま》すりか……いかがしたものかな）

馬の背でうつらうつらしていると、奈良山を越えていた。

「若、平城京の建物が見えてきましたぜ」

「おうっ」

家持の眼を引いたのは、内裏の建物ではない。遥か左手、春日山の麓、藤原一族の広壮な邸宅の彼方に組み立てられている東大寺の大仏と、大仏殿建築のために組まれている巨大な足場であった。夕陽を浴びて、頭部の輝きがきらりと目に入ってきた。

「陸奥国で出た黄金で鍍金《めっき》すれば、どのように美しい毘盧遮那《びるしやな》大仏になることか……」

家持はいつの間にか合掌していた。平城京に入らず左折して佐保の館に向かおうとしたとき、山辺衆首領《かしら》、権の配下の小者の姿が見えた。男は助に何か耳打ちした。

「若の出仕前に、権が直接是非お話したいことがあると申していますが……明日朝でよろしゅうございますか？」

(山辺衆の首領が帰京早々にとは、何か大事なことであろう)

「よかろう」

小者は急ぎ足で京の西の市へと帰っていった。

(二) 紫微中台《しびちゆうだい》

翌朝、権が佐保の館に現れた。権は人払いを求めた。奥の書院で家持は助と共に権の話を聴いた。予想もしなかった深刻な政情であった。

「若が越中に赴任されている間は、国守のお仕事に専念されるようにと考え、宮廷での権力闘争のことはお知らせしませんでした。しかしこの度は太政官の三等官、少納言ですから、政争の渦とは無関係では済まされませぬ。そのためご出仕前に、宮廷の動きを、纏めてご説明致します」

「それはありがたい。それにしても、権の話し方は、憶良殿にそっくりになってきたな」
権は頭を掻いた。懐から半紙を取り出し、書き出した。

元正太上天皇《げんしょうだじょうてんのう》（上皇）ご存命時
　元正上皇・橘諸兄《もろえ》
　　阿倍内親王の立太子に反対。
　　聖武帝の紫香楽《しがらき》大仏建立には不賛成。財政負担大。
　　紫香楽宮遷都《せんと》に反対。恭仁《くに》京推進。
　　上皇と諸兄は難波《なにわ》に遷都
聖武天皇・光明皇后・藤原仲麻呂
　　阿倍内親王立太子。皇后と仲麻呂は安積《あさか》親王を暗殺。
　　一時、難波と紫香楽の二都対立。
　　聖武帝は紫香楽大仏着手するも怪火で失敗。
　　平城京へ還都《かんと》。東大寺の大仏鋳造着手。
元正上皇崩御・天平二十年（七四八）後
　聖武上皇・橘諸兄
　　墾田永世私有令で財政負担問題解消。
　　聖武上皇孤独。諸兄と親密化。
光明上皇后・孝謙帝・藤原仲麻呂
　　兄藤原豊成、従二位大納言。弟仲麻呂、正三位。
　　豊成、右大臣。仲麻呂、大納言。
　　孝謙帝即位、紫微中台《しびちゅうだい》創設。仲麻呂兼紫微令《しびれい》

「ご病弱な聖武帝は皇太子阿倍内親王に譲位され、上皇となられました。上皇の関心は大仏建立に絞られており、政務には関与《かんよ》しなくなりました。光明皇后が上皇后として、孝謙女帝を支援されており、藤原仲麻呂がお二方と緊密な関係になっております。これを嫌われた聖武上皇は、孤独になり諸兄と親密になっております」

「なるほど」

「内親王は孝謙帝に即位されると同時に、内裏の中に新しい役所として紫微中台を創設され、寵臣の仲麻呂をその長官、紫微令に任命しました。大納言との兼任です」

「先年帰京したとき内裏《だいり》はごった返していたな。何をするのか？」

「軍事大権を含むすべてを紫微中台に集めようとしています」

「これまでの朝議や太政官制は？」

「有名無実になっております」

「ということは……左大臣の諸兄卿の実権は？」

「だんだん削《そ》がれています」

(深刻な政争になっているな)

「権、済まないが吾が頭は混乱している。話についてゆけない。紫微中台について詳しく説明してくれないか。これまでの太政官制の理解では務まらないな。越中でのんびりしているうちに、えらいことになったものだ」

「では基本的なことから……」

憶良と同じように、権は白湯を飲んで一息間を取った。

「『紫微中台《しびちゅうだい》』という唐風の名前は、唐風を好む仲麻呂の趣味から来ております。太宰府で前の首領の講義にありました、唐の則天武后《そくてんぶこう》の役所、『中台』と、武后の孫、玄宗《げんそう》皇帝の役所、『紫微省』を模倣しております。『紫微省』は、法案を立案する役所であり、『中台』は法案の行政を担当する役所です。聖武帝は譲位に際して、光明上皇后に大権を与えられたので、光明上皇后は、これまでの後宮に過ぎなかった皇后宮を、政務のできる役所に格上げしたのでございます」

「なるほど……想い出したぞ、権！。憶良先生は、——持統女帝は、密かに則天武后を研究されていた。光明妃もまた……——と申されていた。権勢欲の強いお二方は、則天武后の政事《まつりごと》が理想なのだな」

「その通りです」

「太政官制との関係は？」

「太政官と、各省の中間と聞いておりますが、弁官との関係がどうなりますか……」

「うーむ。少納言の吾は、太政官としては従来の役所で勤め、侍従としての役目は『紫微中台』に赴くのかな？　……えらいことになったな」

「問題は、軍事です。仲麻呂卿は中衛大将《ちゅうえのだいしょう》も兼任されました。つまり文官と武官両面の中心的人物となっております」

「聖武上皇は、光明上皇后に大権を譲られましたが、孝謙帝ともども聖武上皇を無視されるようになったので、孤独になり、今は諸兄殿を頼りにされておりますが。一方、光明上皇后と孝謙帝は、仲麻呂の邸宅によく出かけられております」

家持は言葉を失っていた。

「権、そちも昔、太宰府の館の庭で聴講していた憶良先生の講義で、——則天武后は晩年夫君の高宗《こうそう》の権力を奪い、自らが政事を行い、若い寵臣と愛欲生活を送られていた——とか……すると仲麻呂は？」

「光明子が皇后当時からの愛人でございます」

「そうか……しかし叔母と甥の関係ではないか？」

「光明上皇后のご生母は橘三千代。仲麻呂の父武智麻呂の生母とは異なります。異母でございます。ご関係されても禁忌にはなりませぬ」

「なるほど……武后の愛人は何と申したかのう」

「はじめは妖僧薛懐義《せつかいぎ》、後には美男子の張易之《ちようえきし》兄弟でした。仲麻呂は長兄の豊成《とよなり》よりも辣腕《らつわん》でございます。最近は孝謙帝ともできているようでございます」

「えっ、女帝とも！」

「はい。公然の秘密です。更に問題なのは紫微中台が実力のある高官を兼任で集めていることです。まるでもう一つの政府です。左大臣とはいえ諸兄卿の政治力は、若が越中へ赴任した時に比し、桁違《けたちが》いに低下しております。二等官以上の役職名と氏名を書きましょう」

紫微令（長官）　大納言・正三位　藤原仲麻呂（中衛大将兼務）
大弼《だいひつ》（上級次官）　参議・正四位下　大伴兄麻呂《えまろ》（元大納言大伴御行《みゆき》の子）
〃（〃）　式部《しきぶ》卿・従四位上　石川年足《としたり》（仲麻呂の腹心。人事担当）
少弼《しょうひつ》（次席次官）　大宰大貳・従四位下　百済王孝忠《こうちゅう》（諸兄の部下）
〃（〃）　式部大輔《たいふ》・従四位下　巨勢堺麻呂《こせのさかいまろ》（渡来系。文官人事担当）
〃（〃）　中衛少将・従四位下　背奈《せな》王福信《ふくしん》（孝謙帝腹心・高麗系）

　家持は言葉を失っていた。

（式部省は文官の人事担当ではないか。石川卿の父祖の旧姓は蘇我。大輔の巨勢氏もまた天智帝の寵臣であった。……これでは紫微中台は、渡来系貴族と中衛軍の拠点ではないか。憶良先生に講義を受けた壬申の乱直前の、近江朝廷を想起させられるわ……）

　諸兄派との均衡をとるためか、一族の長老兄麻呂が大弼、諸兄に取り立てられてきた百済王孝忠が少弼なのがせめてもの救いであった。

　権は家持の心を読みとっていた。しばらく間を取った。

「それゆえ、聖武上皇、諸兄卿、光明上皇后、孝謙帝のみならず仲麻呂にも丁重に挨拶され、かつ罠《わな》にかからぬように、言動にはご注意なされまし」

「ありがとう。現状を知らずにのこのこ出仕したら、戸惑い、えらい恥をかくところであった。これだけの前知識があれば、何があろうと弾力的に対応できる。よくぞ講義をしてくれた。ところで、帰京の途中、新天皇の歌の宴の準備と、諸兄殿に捧げる歌を作ってみたが……」

と、家持は長歌や短歌を権に見せた。

権はゆっくりと目を通した後、

「両方ともお出しなされぬように。歌は暫くおやめなされ。作られても公表なさいますな。今の宮廷の雰囲気はこんな甘いものではありませぬぞ。水面は美しく見えるが泥沼ですぞ。脚を掬《すく》われてはなりませぬ」

と、冷たく家持に歌稿を返した。権が憶良のように見えた。

「やはりな。相分かった」

家持のみならず助も、厳しい現実に、あらためて身の引き締まる思いがしていた。

(三) 東大寺大仏の建立

東大寺の毘盧遮那《びるしやな》大仏の鋳造は、家持が越中国に赴任した翌年、すなわち天平十九年(七四七)の九月から始まっていた。もともと大仏の建立は、聖武帝と大僧正行基《ぎようき》の共同作業で、近江の奥地、紫《し》香楽《がらき》で試みられていた。しかし、怪火のために平城京に都が戻ってきたことは前に述べた。巨大な大仏鋳造の技術と、その危険な鋳造作業に従事する労務者の提供は、すべて行基指揮下の「行基集団」に依存していた。大仏を覆う南堂の建築も、これまでの常識を超えた建築技術が必要であった。

行基がまだ修行僧の頃、全国各地からの流民《るみん》や貧民を集めて、朝廷から反政府組織と目され、弾圧されたこともある「行基集団」であった。しかし行基の貧民救済、布施《ふせ》の思想が聖武帝や国民に理解され、平民に支援されていた。宮廷の信頼厚い奈良の大寺も、行基には一目置かざるを得ない存在になっていた。以前、聖武帝に寵愛された玄昉《げんぼう》僧正は、破戒僧として法師に格下げされ、太宰府で広嗣の怨霊死になっていた。

しかし、行基も天命を延ばすことはできなかった。天平二十一年（七四九）二月二日。傑物の大僧正は八十歳で天寿を終えた。大仏の鋳造が完成する直前であった。

（大仏を何とか黄金で鍍金したい。しかしわが国では金は出土していない。残念だがやむをえない）

聖武帝の悲願を、行基が助けたのか、三七忌の二十二日、陸奥《みちのく》の国から黄金が出土した。

その年、改元されて天平感宝元年十月、鋳造仏は完成した。

（行基がもう八カ月生きていれば、共に喜べたものを……残念だ。……しかし黄金は行基の天からの贈り物だ……行基ありがとう）

聖武帝は行基とその集団の尽力に心から感謝していた。最後に頭の螺髪《らほつ》が取り付けられたのは、さらに一年八カ月後の、天平勝宝三年（七五一）六月である。

家持が帰京したのは、ちょうど螺髪の取り付けが完成した直後の秋八月であった。

家持はまず聖武上皇に挨拶に行った。上皇は病み上がりで衰えていた。

「おう家持か。久しぶりだのう。いい男ぶりだ。何歳になったか」

「三十四歳でございます」

「内舎人《うどねり》になって出身した時は十七歳の少年だったな。あれから十七年が過ぎたか。朕《ちん》が彷徨《ほうこう》した五年間は苦労をかけたのう。このたびは少納言とか。朕に仕えてもらいたかったが、孝謙帝をよく支えてくれよ。頼むぞ」

「心得ております」

「そうだ。陸奥国で黄金が出た時には、寿《こと》ぎ《ほ》の歌をありがとう。さすがに旅人の子よ。いい歌を詠んでくれた。ありがとう」

「おめでとうございます。黄金《くがね》出土は上皇様の篤《あつ》いご信仰の成果でございましょう」

「いやいや、出土は朕の信仰心というよりも、行基の天からの贈り物よ。行基大僧正は傑物であった。天に召されて黄金を朕に与えてくれた。お蔭で来年（七五二）三月から、いよいよ鍍金作業が始まる」

「それはおめでたいことでございます」

「ありがとう。毘盧遮那《びるしゃな》大仏全身の鍍金が終わるにはまだ年数がかかる。しかし朕はこのように衰えており、いつ寿命が終わるかおぼつかない。それゆえ、頭だけでも鍍金される四月、できればお釈迦様の誕生日である八日に、大々的に開眼供養《かいげんくよう》をしたいと考えている」

「それはおめでたいことでございます」

「よい時に越中から帰ってきたのう」

「はい。ご供養に、少納言として、上皇様や帝のお傍で参加できるのは、御仏のお陰でございます。開眼供養を楽しみにしております」

上皇は肩で息をされていた。

（ご病気は相当進まれているな。これだけのご挨拶でもお疲れのようだ……）

家持は早々に退出した。

（四）古麻呂《こまろ》の渡唐

聖武上皇の健康や気力の衰えは、家持の予想以上に悪化していた。一方、大仏の鋳造には最後の熱意を注いでいた。家持は作業現場近くで大仏を拝観して、その巨大さや工事従事者の生き生きとした雰囲気には圧倒された。

（のんびりした風光明媚《めいび》な農村、漁村の越中では想像もつかぬ活気だ。……これぞ都か）

大仏鋳造と並行して、もう一つ、家持が大きな興味を持っていた政事の案件があった。

帰京前の天平勝宝二年（七五〇）九月に発令された、第十次遣唐使節団の人事であった。

大使　参議・従四位下　藤原清河《きよかわ》
副使　従五位下　大伴古麻呂
留学生　無位　藤原刷雄《よしお》（仲麻呂の第六子）

越中でこの公報を見て、十七年ぶりの遣唐使の派遣決議に驚き、かつ、幼少の頃から親しい従兄《いとこ》、古麻呂が副使に選抜されたことを喜んで、直ちに祝詞を送っていた。

清河は親友、藤原八束の弟であり、八束と本人に祝辞を送った。

（二人に直接会って吾が喜びを伝えたいが、越中では文以外は手段がない。帰京したらすぐにいろいろ話したい）

と渇望《かつぼう》していたから、少納言での帰京は絶好の機会であった。

大伴古麻呂。家持の叔父で、元右大弁《うだいべん》で急逝した宿奈麻呂《すくなまろ》の子である。家持には従兄となる。若い時から一族の衆望を担った俊秀である。家持の父旅人が、太宰府で瘡《かさ》を病み、重篤《じゅうとく》の状態になった時、朝廷に願って、――後事を託す遺言を伝えたい――との名目で、青年古麻呂と、旅人の異母弟、稲公《いなきみ》を筑紫に呼んだ。両名は家持を支える氏族の逸材であった。（令和万葉秘帖　長屋王の変　第八帖　瘡）

家持が遣唐使節の派遣や人事に、衆人以上の興味を示すのは理由があった。

家持は少年の日、太宰府で筑前守山上憶良の特訓を受けた。家持の家庭教師をした憶良は白村江《はくそんこう（はくすきのえ）》の大敗以来、断絶していた唐との国交回復の大役を担った、第七次遣唐使節団の録事（少録）であった。憶良が家持に語った遣唐使の役割や、実際の体験談は生々しく、大人になった家持の脳裏に、昨日の講義のごとく、鮮明に記憶されていた。（令和万葉秘帖　隠流し　第十一帖　賢者の風貌〜第十六帖　還俗僧弁正）

父旅人と同様に、

（氏上でなければ、大伴の名誉をかけて渡唐し、吾が知見を深めたい……）

と、思っていた。

家持が興味を持つのは当然であった。使節には山上憶良をはじめ、家持の生母、多治比郎女の縁者や、大伴一族など身近な人物が多かった。無事帰国した遣唐使節や留学僧、留学生は、政事や宗教、学問の中心人物として活躍していたからである。

ちなみに、第七次、八次、九次の顔ぶれを示そう。（帰国後の最終官職・僧職など）

	出発年		
第七次	大宝二年（七〇二）	執節使《しっせつし》	**粟田真人**《あわたのまひと》（中納言）
		大使	坂合部大分《さかあいべのおおわけ》（正五位下）
		副使	巨勢邑治《こせのおおじ》（中納言）
		少録	**山上憶良**（伯耆《ほうき》守・東宮侍講・筑前《ちくぜん》守）
		留学僧	**道慈**《どうじ》（律師・法師）　**弁正**《べんせい》（玄宗皇帝側近）
第八次	養老元年（七一七）	押使	**多治比縣守**《あがたもり》（中納言）
		大使	大伴山守（遠江《とうとうみ》守・按察使《あぜち》兼）
		副使	**藤原馬養**《うまかい》（宇合）（参議）
		留学生	**下道真備**《しもつみちまきび》（中納言）　留学僧　**玄昉**《げんぼう》（僧正）
第九次	天平五年（七三三）	大使	**多治比広成**《ひろなり》（中納言）
		副使	中臣名代《なかとみのなしろ》（遭難）
		判官	秦朝元《はたのちょうげん》（玄宗皇帝側近弁正の子。主計頭《かずえのかみ》）

家持が少納言として、八月に帰京して間もない十一月。遣唐使節の追加人事が公表された。多くの官人がその名前に驚いた。官位は大使藤原清河より一階級上であった。

副使　肥前守　従四位上　吉備真備《きびのまきび》

吉備真備。旧姓は下道。吉備の豪族である。第八次遣唐使節の際に、留学生として渡唐。在唐十九年。第九次の船で、留学僧玄昉と共に帰国した。当時の帝《みかど》、聖武天皇と右大臣橘諸兄に学識経験を高く評価され、皇太子阿倍内親王の家庭教師、東宮侍講に任命された。後に貴族となり、右京大夫兼右衛士督《えじのかみ》という高官に栄進した。しかし、藤原広嗣《ひろつぐ》に、――玄昉ともども君側《くんそく》の奸《かん》――と指弾《しだん》され、広嗣の怨霊がついているとの理由で、玄昉同様に、格下の筑前守として太宰府に左遷され、さらに肥前守へとたらい回しされていた。

――遣唐使節には、現地事情に詳しい、語学、識見のある人材が必要である――

真備の知見を高く評価していた孝謙帝は、恩師真備を復活登用する絶好の機会と判断したのである。唐の政治文化に憧れている仲麻呂は、左降されている真備の才知を利用しようとしていた。

真備の追加任命により、遣唐使節も両派の均衡がとれた。

家持は、聖武上皇・橘諸兄と、光明上皇后・孝謙帝・藤原仲麻呂の、冷たい対立を権に聞いてはいたが、この度は少納言として、目《ま》の当たりに、まざまざと体験した。

（権の助言通り、できるだけ不即不離《つかずはなれず》を続けねばなるまい）

家持は着任早々、肝に銘じた。


年が明け天平勝宝四年（七五二）となった。閏《うるう》三月三日、遣唐使節一行は孝謙帝に拝謁し、激励の訓示を受けた。少納言兼侍従の家持は、帝の背後で、十数年に一度の遣唐使派遣の儀式という歴史的な瞬間に立ち会って、感動していた。

少納言は、太政官である左大臣、右大臣、大納言、中納言、参議の会議に陪席《ばいせき》し、議事録をまとめるので、使節の日程を事前に知っていた。次は三月九日に、天皇の大権の代行を示す節刀の授与式が予定されていた。

（節刀が授与されると、使節は自宅へ帰れない。……それまでに大伴氏族で古麻呂兄さんの壮行会をせねばならぬ。しかし氏上の吾は今少納言だ。古麻呂兄さんだけの送別会は主催できない。どうしたものか……）

家持は、一族の長老、衛門督《えもんのかみ》の要職にあった大伴古慈斐《こしび》に相談した。

「若殿、ご心配無用。吾の館でやりましょう。大伴だけだとうるさいので、古麻呂の友人も入れましょう」

年配の知恵であった。送別会は盛会であった。餞《はなむけ》の歌が披露された。


韓國《から》に往《ゆ》き足《た》らはして帰り来《こ》む丈夫武雄《ますらをたけを》に御酒《みき》たてまつる

韓国は唐の表現である。遠く大唐に往き無事に帰れる保証はない。まさに武人の戦地に赴くと同じ心境である。多治比一族は公卿ながら遣唐使を出しているので、詠める歌であった。

大伴村上《むらかみ》と清嗣が立ち上がった。

「それでは大伴を代表して、二人で古麻呂殿の奥方の心境を合唱致します」

梳《くし》も見じ屋中《やぬち》も掃《は》かじ草枕旅行く君を齋《いは》ふと思《も》ひて

（作者不詳　万葉集　巻一九・四二六三）

――髪を梳《と》かしても見まい。家の中も掃除しまい。旅に出かけるあなた様を、謹んでお達者なように、お祈りしたいので――

大きな拍手が沸いた。古麻呂が立って感謝の挨拶をした。

家持は古麻呂と固い握手をした。古麻呂には気力が溢れていた。

（何か大きな仕事をしそうだな）

と、家持は肌で感じていた。

「古麻呂兄さん、ご大役ご苦労様です。ご活躍ご無事をお祈りします」

「うむ。若こそ今は難しい立場だ。そつなく過ごされよ」

一方、藤原の方でも盛大な壮行会が開催されていた。場所は春日山の麓、大納言の仲麻呂の邸宅であった。仲麻呂には叔母になる光明上皇后も参席して、一族は宴会に先立ち、氏神の春日大社に、旅の安全を祈り、榊《さかき》を捧げた。
上皇后は、大使を務める甥の清河《きよかわ》に歌を贈り、清河が返歌を詠んだ。

大船《おおぶね》に眞《ま》楫繁貫《かぢしじぬ》きこの吾子《あ》を韓国《から》へ遣《や》る齋《いは》へ神たち

（光明上皇后　万葉集　巻一九・四二四〇）

——大きな船に、楫を一杯に挿して、この可愛い子たちを唐の国へ派遣するのです。神々たちよ、どうか慎んでお見守りください——

春日野に齋《いつ》く三諸《みもろ》の梅の花榮《さか》えて在り待て還りくるまで

（藤原清河　万葉集　巻一九・四二四一）

——春日野にお祀りしている場所に咲いている梅の花よ、どうか自分が帰ってくるまで、散らないで待っていてください——

歌の中に光明上皇后のご無事も籠めていた。
仲麻呂が立って、愛児刷雄《よしお》や、従弟清河とのしばしの別れを詠んだ。

天雲《あまぐも》の去《ゆ》き還《かへ》りなむものゆゑに思ひぞわがする別かなしみ
（藤原仲麻呂　万葉集　巻一九・四二四二）

――大空の雲のように行ってはかえってくるものだが、それゆえに、吾は別れが悲しく、あれこれ物思いをすることだ――

遣唐使船が無事往復できる保証は何もない時代である。これが生涯の別れになるかもしれぬ親心は、仲麻呂とて同じであった。

九日、節刀の授与式が行われた。家持は、大使藤原清河を、昔、征隼人持節大将軍として、節刀を拝受した父旅人の姿と重ねて、見ていた。

（少納言として厳粛な節刀の授与式に立ち会えるのは、何と幸せなことか）

同時に、三名に昇格が通知された。

正四位下　大使　従四位上　藤原清河
従四位上　副使　従五位上　大伴古麻呂（二階級特進）
従五位下　留学生　無位　藤原刷雄

大使藤原清河と副使吉備真備の位階の逆転は修正された。家持は、硬骨の士であったため昇進の遅れていた従兄古麻呂が、遣唐使節副使で評価され、一挙に昇進したことを、心から喜んだ。驚いたことに、仲麻呂の子、若い留学生の刷雄《よしお》が貴族に昇格していた。

難波津で出航を待つ使節団に、孝謙帝から酒と肴《さかな》が差し入れられた。祝いの長歌と反歌が添えられていて、一行を感動させた。

空みつ　倭の国は　水の上《うへ》は　地《つち》往《ゆ》くごとく　船《ふね》の上《うへ》は　床《とこ》にをるごと　大神の
鎮《いは》へる國ぞ　四《よつ》の船《ふね》　船《ふな》の舳《へ》竝《なら》べ　平安《たひら》けく　早渡り来て　返言《かへりごと》　奏《まを》さむ日に
相飲まむ酒《き》ぞ　この豊御酒《とよみき》は

（孝謙天皇　万葉集　巻一九・四二六四）

――この大和の国は、水上は地上を行くように、船上は床に座っているように、神様が守っていられる国だよ。遣唐使を載せている四隻の舳先を並べて出かけ、無事に早く渡ってきて、返事を奏上する日に、また一緒に飲もう。そう思っている立派なお酒なのだよ――

四の船はや還り来《こ》と白香《しらか》著《つ》け朕《わ》が裳《も》の裾《すそ》に鎮《いは》ひて待たむ

（孝謙天皇　万葉集　巻一九・四二六五）

――四隻の遣唐使船が、早く帰ってきてくれと、自分の衣の裾に白い布帛を付け、固く結んで、慎んで待っていよう――

侍従の家持は、遣唐使節一行の安全帰国を祈る孝謙女帝の和歌に感銘を深くした。女帝の本心なのか、外交辞令なのか、あるいは真備や親族の刷雄《よしお》を思ってか、その確信は得られなかったが、素直に受け止めていた。

間もなく遣唐使節船は唐に向かった。

第七帖　少納言自重　その二　大仏開眼《かいげん》

うらうらに照れる春日《はるひ》に雲雀《ひばり》あがり情悲《こころかな》しも獨しおもへば
（大伴家持　万葉集　巻一九・四二九二）

（一）華麗なる開眼法要會《かいげんほうようえ》

月が替わって夏、四月九日。聖武上皇待望の大仏開眼供養會が催された。上皇は八日を希望されたが、雨で一日ずれた。大仏殿の内部は華麗な刺繍で飾られた灌頂幡《かんちょうばん》が懸けられ、外部の会場は緑、黄、赤、白、青の五色に染められた幔幕《まんまく》で囲まれていた。

五位以上の貴族は、元旦の儀式同様に礼服《らいふく》を着用し、六位以下の官人は位階に応じた朝服で出席した。聖武上皇、光明皇太后、孝謙帝が行幸になった。法要に先立ち、朝賀と同様に、開眼供養に至った喜びと感謝のお言葉があり、食事が振舞われた。

少納言の家持は侍従を兼務しているので、女帝の背後に帯剣して着席していた。武人の家持が帯剣すると、凛々《りり》しく、威風堂々として周囲を圧倒する。晴れの席で目立つ。

家持の目の前には磨き上げられた巨大な大仏が、聳《そび》えていた。まだ頭部だけしか鍍金されていないが、その柔和なお顔と全身の存在感に圧倒された。

(余談になるが、当初の大仏は穏やかな丸顔であった。現在の固いお顔は、江戸時代に付け替えた作品である。当時の姿は、信貴山縁起絵巻に描かれている)

鐘が打たれ、法要の開始を告げた。私語が止み、静寂になった。読経《どきょう》をする高位の僧侶たちが、高官に案内されて南門から入場し、着席した。次に東門から開眼の導師を務める菩提《ぼだい》僧正が、輿《こし》に乗り入場した。西門から輿が入ってきた。華厳経《けごんきょう》の説法をする講師《こうじ》の隆尊《りゅうそん》律師であった。高官の席から参議の橘奈良麻呂と、大和守の大伴古慈斐《こしび》が出迎えに行き、所定の席に案内した。続いて輿が入ってきた。読師《とくじ》の延福《えんぷく》律師であった。読師は下位の講師である。隆尊律師と相対する席に座って、講話の題目や経文を読み上げる役目である。迎えに出たのは親しい藤原八束《やつか》と、旧知、中務大輔《なかつかさたいふ》・石川麻呂《まろ》であった。

(奈良麻呂殿や、一族の古慈斐、八束殿、石川麻呂殿の活躍は喜ばしいことだ)

次々と親しい仲間の登場に、家持は胸が熱くなっていた。

(吾も国事の中心にいる!)

と、実感していた。

もともと聖武上皇は、自ら実用の三倍ほどの大筆を執って、この黄金の毘盧遮那《びるしやな》大仏の眼に瞳《ひとみ》を入れたいと願っていた。しかし、病気が進み、体は弱っていた。大筆を持ち、階段を上って、五丈三尺五寸（約十六メートル）の巨像の開眼は不可能であった。その役割を導師の菩提僧正にお願いしていた。

僧正の持つ大筆には、藍《あい》で染めた絹の長い綱が付けられていた。「開眼縷《かいげんる》」という。長さは約百間（約二〇〇メートル）もあった。筆の末端から垂れた綱は、階段の下で聖武上皇、光明上皇后、孝謙帝から皇族、王族、後宮女官、公卿、さらに大夫などの貴族に握られていた。開眼を皆で行い、功徳に預かる趣旨である。

華厳経の読経、開眼が終わると、隆尊律師と延福律師が高座に上がり、相対して華厳経の講話が行われた。奈良四大寺である大安寺、薬師寺、元興寺、興福寺から様々な献上品が供えられた。聖武上皇のお言葉が代読されて、儀式は無事終わった。

南門から楽人や舞人たちが続々と入場した。大きな舞楽の太鼓などが運び込まれた。舞楽寮の楽人たちが、この日のために練習を重ねてきた雅楽を演奏し、歌姫たちが美声を張り上げて歌った。舞台では舞姫たちが、華やかな衣装で舞を披露した。晴れの舞台で皆高揚しているのがよく分かった。

次に大伴伯麻呂《はかまろ》が大伴氏族の若者二十名、佐伯全成《またなり》も同様に佐伯氏の二十名を率いて舞台に上がった。拍手が起こった。家持は紅潮していた。

大伴氏族二十名が琴を弾きながら歌い、佐伯氏二十名が剣を抜いて舞う、剣舞「久米舞《くめまい》」を演じた。大伴と佐伯は古来、伴造《とものみやつこ》として協力して皇室を護ってきた誇りの高い氏族であった。皇室のおめでたい行事には、二つの氏族が相協力して舞ってきた。息の合った見事な久米舞に、満場、万雷の拍手が沸いた。

「家持、大伴も佐伯もよくやってくれた。欣快《きんかい》、欣快」

と、聖武上皇が振り返って家持に声をかけた。家持は言葉が出ないほど感動していた。

大伴の若者を率いた歌頭《うたがしら》・伯麻呂は、元参議であった分家筋の大伴道足《みちたり》の子である。従五位下の散位であったが、この開眼法要の久米舞の功労により、後日、上野守《こうずけのかみ》に叙任される。

佐伯全成は佐伯氏族の重鎮であった。家持とは顔見知りである。後日、佐伯と大伴は大きな事件に巻き込まれるが、開眼供養の時には知る由もない。

久米舞の拍手が終わると、漢《あや》氏二十名と土師《はじし》二十名による楯伏《たたふし》舞が演ぜられた。四十名が甲《よろい》を着て楯と剣を持って舞う勇壮な剣舞であった。両氏族とも渡来系であり、久米舞とは異なる異国の趣があった。

橘諸兄《もろえ》が鼓《つづみ》を演奏し、聖武上皇が相好《そうこう》を崩して喜ばれる番組もあった。その間、光明上皇后、孝謙帝は不機嫌な顔をして、私語をしていた。近くで大納言の仲麻呂が二人に目配せをしたのを、背後にいた家持は察知していた。知らぬふりをして、舞台を見つめていた。

諸兄の演奏の後、唐や天竺《てんじく》（インド）の舞踊もあって、宴《うたげ》は夕刻まで続いた。

法要も宴会も大成功であった。聖武上皇はご機嫌であった。光明上皇后と孝謙帝に、

「どうだ。久しぶりに夕食を共にするか」

と誘った。二人は頭を振り、冷たい言葉を返した。

「これから仲麻呂の田村第《たむらてい》に参ります。仲麻呂がおいしい料理を用意しているとの招待です。妾は食事の後内裏へ戻りますが……」

「孝謙は今夜からしばらく田村第を在所に致します。お父上はお体を労《いた》わりなさいませ。ほほほ」

（帝《みかど》とあろうお方が、大仏開眼法要の夜から、寵臣《ちょうしん》仲麻呂の館に起居されるのか！）

侍従として傍で聞いていた家持の心は凍っていた。荘厳華麗な法要会の興奮は一気に冷めた。

（佐伯と大伴が奉納したあの久米舞はいったい何だったのか！）

だが怒りは顔には出さなかった。

――言動にはご注意なさいませ。表情には出さぬよう――との権の忠告が生かされていた。

聖武上皇は寂しそうな顔をして、肩をすぼめ、僅かな供を連れて、夕闇に消えた。

家持は光明上皇后と孝謙帝を護衛して朱雀《すざく》門を出て、四条二坊の仲麻呂の館、田村第まで供奉《ぐぶ》した。

「第《てい》」とは邸宅の中でもとりわけ広壮な館の別称である。「だい」とも呼んだ。中衛大将《ちゅうえのだいしょう》の仲麻呂の部下が多数警護している。東西には楼閣《ろうかく》があり、南門には櫓《やぐら》が付けられている。楼閣や櫓の建築は、民臣の邸宅では禁じられていたが、仲麻呂は無視していた。それゆえ心ある人士、特に橘奈良麻呂などは眉を顰《ひそ》めていたが、女帝の寵臣ゆえに皆黙っていた。

家持は、南門までの護衛の勤めが終わると、愛欲の腐臭がする田村第から、一刻も早く離れたかった。急いで佐保の館に帰った。

（聖武上皇がお気の毒だ！　だが、それを口に出してはならぬ。心で思ってもならぬ。……昨年、権が『歌をしばらく止めなされ』と言った……この歴史的な大仏開眼供養でさえ、上皇ご夫妻や帝《みかど》の気が合っていない。……わが心に歌は湧かぬ。今日は終日醒《さ》めていた。吟詠を止めなくても、歌そのものが湧いてこぬわ）

佐保山に、半月が朧《おぼろ》にかかっていた。

汗を落とすというよりも、嫌な場面に立ち会った記憶を洗い流したかった。家持は助を相手に、浴びるように飲んだ。

「助、何故上皇は政事《まつりごと》を捨て、毘盧遮那《びるしやな》大仏の建立《こんりゆう》に、異様に傾注《けいちゆう》されたのであろうか？　法要と宴会の費用だって馬鹿にならない金額だろうが……」

助は暫く沈黙していたが、やおら応《こた》えた。

「上皇が天皇の時、長屋王ご一家に自死を命ぜられたのも、御子の安積《あさか》親王暗殺を、知りながら黙認されたのも、藤原一族と当時の妃光明子、その後の光明皇后や、孝謙帝、当時の阿倍内親王の圧力に押されての事です。人としてはなしてはならぬ大罪を犯されています。上皇はご自分の心の弱さを悔い、悩まれたことでしょう、深い贖罪《しよくざい》と鎮魂供養の証《あかし》として、持てる財をすべて投入して大仏を建立されたと思います。贖罪と鎮魂を建立の名目には出せませぬ。それゆえ国家安康祈念と国民の幸福念願を表にされたと思います」

「やはりな。吾もそう思っていた。憶良先生も申されていたが……上皇様はお人柄が温和だがお心弱いお方だ……」

「光明上皇后と孝謙帝は、上皇の隠された意図を察知しているので、敢えて法要の夜、二人して仲麻呂の田村第に向かわれたのです。開眼された大仏様がご覧になったのは、発願《ほつがん》の施主《せしゅ》聖武上皇家族の修羅《しゅら》の場面でした」

家持は泥酔した。助が退出すると大嬢《おおいらつめ》がやさしく寝具をかけた。

(二) 三つの宴《うたげ》

孝謙女帝が大納言藤原仲麻呂の邸宅田村第に長逗留し、二人の密通は天下公知となった。太政官である左大臣橘諸兄率いる台閣で決議された書類や詔《みことのり》などに、帝《みかど》の署名や玉璽《ぎょくじ》を捺印してもらうために、少納言の家持は、内裏と田村第を往復することになった。

(非効率で馬鹿馬鹿しいことだ)

と思えば、顔や目に出る。女帝や仲麻呂に悟られてはいけない。家持は少年の日に——山辺衆が、深山で獲物を待つ時には、気を消す——と、権や助に教わり、筑紫の山野で、訓練してきた。候《うかみ》の技を、三十央《なかば》の歳で、実行していた。淡々と職務をこなした。

秋になった。ある日、女帝から声がかかった。

「今日、母上と仲麻呂の館に行くから供奉《ぐぶ》せよ。酒宴をするから、そなたも陪席するがよい」

「承知致しました」

侍従の家持は、光明上皇后と孝謙帝に淡々と陪従した。

田村第の庭で、女帝は黄葉した沢《さわ》あららぎを見つけて、一本抜き、歌を作った。美声の内侍に持たせて、仲麻呂や招待されていた大夫たちに披露させた。


この里は継《つ》ぎて霜や置く夏の野にわが見し草はもみちたりけり

（孝謙天皇　万葉集　巻一九・四二六八）

――この田村第にはずっと霜が降りるのだろうか、夏来た時に見た沢あららぎはもう黄葉している

「家持、この歌、そちがまだ歌を集めているのであれば、載せるがよい」

「ありがとうございます。拝受致します」

（左注を付けるほどの作品ではない。だが女帝が田村第を夏にも秋にも訪れた記録にはなろう）

心を無にして侍従の席に座っていた。万一に備え帯剣し、周囲に気を配っていた。酒宴になって大夫たちも歌を詠んだが、家持は聞き流した。歌を所望《しよもう》されたが、詠まなかった。

「侍従の仕事第一でございます。最近詠んでいませぬ」

と、断った。事実、詠んでいなかった。詠む気がしなかった。

念願の毘盧遮那《びるしやな》大仏の開眼供養を済ませたが、聖武上皇は孤独であった。薬師寺を宿舎にしていた

上皇を、諸兄は人目につかぬ恭仁《くに》の里、井手《いで》の山荘に誘った。平城京から北へ、奈良山を越えた隠れ里である。

「家持、勤めの休みの日に、上皇を井手にお誘いした。八束にも声をかけている。来るがよかろう。上皇からお酒と食事を賜る肆宴《しえん》だ」

冬、霜月《しもつき》八日。上皇、左大臣諸兄、左大弁八束、少納言家持の四人は、人目を忍んで集まった。心置きなく、林間に紅葉を焚き、酒を飲み、清談を交わした。

珍しく上皇がご機嫌で、挨拶代わりに歌を披露した。

外《よそ》のみに見てはありしを今日見れば年に忘れず思ほえむかも

（聖武上皇　万葉集　巻一九・四二六九）

——これまでは遠く井手山荘の外見だけを見て、自分に関係ないと思っていたが、今日、招かれて来てみると、この家は年中忘れずに、思い出されることになろう。きっとそうなる——

よほどうれしかったのであろう。気持ちがあふれ出ている。諸兄が恐縮して応えた。

むぐらはふ賤《いや》しき屋戸《やど》も大君のまさむと知らば玉敷かましを

（橘諸兄　万葉集　巻一九・四二七〇）

――荒れ地や野原に生える雑草を総称して葎《むぐら》という。雑草で覆われているこのこの賤しい家に、上皇がお見えになると知っておれば、玉を敷き詰めてお待ちしていましたものを――

諸兄の「玉敷く」を受けて、八束《やつか》も詠んだ。池の汀《みぎわ》を浜に見立てていた。

松かげの清き濱べに玉敷かば君来まさむか清き濱べに
（藤原八束　万葉集　巻一九・四二七一）

「家持もどうだ」

と、諸兄から声がかかった。

「済みませぬ。それがし最近どうも歌が湧きませぬ。泉が涸《か》れたようで……」

「少納言と侍従の勤めが厳しいからのう。無理するな。今宵はゆっくり飲むがよい」

実は家持は一首作っていた。

天地に足《た》らはし照りてわが大君敷きませばかも楽しき小里《をざと》
（大伴家持　万葉集　巻一九・四二七二）

――上皇の威光が天地に充満しているので、この山荘にお出でになりますと、まことに楽しい里となります――

（女帝や仲麻呂の候《うかみ》がどこに潜んでいるか分からない。酒や食事をもてなす女人や、下働きが耳にすることもあり得よう。上皇の威光を讃え、諸兄公の宴を楽しいと褒めて、――孝謙帝に異心あり――と、足を掬《すく》われてはならない。公表は抑える）

家持はにこやかにしていたが、内心は己を殺していた。この自重《じちょう》の積み重ねが、家持の内面に大きな肥《こ》やしとなっていた。

井手山荘の宴会からしばらく過ぎた二十五日、宮中で恒例の新嘗《にいなめ》祭が行われ、女帝を支える錚々《そうそう》たる重臣たちに肆宴《しえん》が振舞われた。女帝が歌を求められた。大納言・巨勢奈弖麻呂《こせのなてまろ》、式部卿・石川年足《としたり》、従三位・文室智努《ふみやのちぬ》、右大弁・藤原八束《やつか》、大和国守・藤原永手《ながて》と、少納言・家持の六名が詔《みことのり》に応えた。このような席では、老人はお決まりの皇室賛歌であり、可も不可もない儀礼的な歌が多い。

天地と相榮えむと大宮を仕へまつれば貴くうれしき

（巨勢奈弖麻呂　万葉集　巻一九・四二七三）

文室智努は天武帝の御子、長皇子《ながのみこ》の王子であった。智努王を称していたが、二年前に自ら望んで臣籍に降下し、文室真人姓を賜っていた。智努王でいれば、いずれ皇位継承の政争の渦中に巻き込まれるので、これを避けたのだろうと噂されていた。

天地と久しきまでに萬代に仕へまつらむ黒酒《くろき》白酒《しろき》を
（文室智努　万葉集　巻一九・四二七五）

――萬代仕えて、黒酒白酒を奉納しよう――と詠われた黒酒は、「臭木《くさき》」という臭《にお》いのある木を焼いて、その灰を白酒に混ぜて作る。新嘗祭《にいなめさい》や神嘗祭《かんなめさい》に、供えられた。

（これまでも朝政に関わられていたので、智努王は諸兄公同様に、政争から離れられまい）

と、家持は冷静に人物評価していた。後日、それが事実となる。

友人の藤原八束が、大胆に「橘」を入れて、帝に詠んだのには、家持は内心驚いた。

島山に照れるたちばなうずに插《さ》し仕へまつるは卿大夫《まへつぎみ》たち
（藤原八束　万葉集　巻一九・四二七六）

――庭園（島）の築山に赤く実っている橘を、冠に飾ってお仕えするのは殿上人たちでございます――

八束の兄永手が、

――のんびりと袖を垂らして、鶯の鳴くわが家の梅の花見に行きましょう――

と誘った。

袖垂《そで》れていざわが苑《その》にうぐひすの木傳《こづた》ひ散らす梅の花見に
（藤原永手　万葉集　巻一九・四二七七）

末席の家持は、永手の歌に戯れた。

あしひきの山下日蔭《ひかげ》かづらける上にや更に梅を賞《しの》はむ
（大伴家持　万葉集　巻一九・四二七八）

——山の下の日陰に生えている蔓《かづら》を頭に巻き付けた上に、何で改めて梅が恋しくなりましょうぞ——

途端に孝謙女帝が、ほほほ、と大声で笑った。一同も大声で笑いあった。二年半、淡々と職務をこなし、少納言職に慣れてきた家持は、ゆとりを以って、しなやかに日々を送れるようになっていた。

（三）春愁三首

年が明けて天平勝宝五年（七五三）となった。正月一日の儀式はなく、女帝は中務省《なかつかさ》の南院に出御され、五位以上の大夫と宴会をされた。侍従家持にはのんびりとした正月であった。

十一日、妻の大嬢《おおいらつめ》の声に起こされた。

「あなた早く起きて！」

「何だ、朝早くから？」

「見事な大雪がお庭に降り積もっていますよ。早く御覧なされまし」

騒いでいるのは大嬢だけではない。庭では鶯も鳴いていた。

縁に立った家持の心に、突然、泉のように歌が三首噴出した。

大宮の内にも外《と》にもめづらしくふれる大雪な踏みそね惜し
（大伴家持　万葉集　巻一九・四二八五）

——御所の内にも外にも珍しく降ったこの大雪は、豊作の印だ、踏んでくれるな、惜しいからだ

み苑生《そのふ》の竹の林にうぐひすはしば鳴きにしを雪はふりつつ
（大伴家持　万葉集　巻一九・四二八六）

うぐひすの鳴きし垣内《かきつ》ににほへりし梅この雪にうつろふらむか
（大伴家持　万葉集　巻一九・四二八七）

家持の感性が冴《さ》えてきた。

春、二月二十三日夕。家持は佐保の館にいた。佐保の山から屋敷の周辺、さらに遠く平野一面、深い春霞《はるがすみ》にぼんやりと覆われていた。近くの竹やぶをそよ風が笹の葉をゆらし、鶯が鳴いていた。正月のきりりとした雪景色とは一変して、幽愁《ゆうしゅう》の世界であった。家持の心象風景ともいえよう。衝動にかられた。すらすらとやさしい言葉が出た。

春の野に霞たなびきうらがなしこの夕かげにうぐひす鳴くも
（大伴家持　万葉集　巻一九・四二九〇）

わが屋戸《やど》のいささ群竹《むらたけ》ふく風の音のかそけきこの夕《ゆふべ》かも
（大伴家持　万葉集　巻一九・四二九一）

「大嬢！　大嬢！」

「何でございますか、大声をあげられて……」

「できたぞ、会心の歌が……ああ、父や憶良先生、閼伽《あか》にも聞いてほしい！」

家持は、大きく息を吸い、低音で二首を詠唱した。大嬢が涙ぐんでいた。

二日後の二十五日。うららかな春の日、天空高く上り、高らかになく雲雀《ひばり》に、若氏上、少納言兼侍従の己《おのれ》の、他人には言えぬ孤独感を重ねて詠んだ。

うらうらに照れる春日《はるひ》に雲雀《ひばり》あがり情悲《こころかな》しも獨しおもへば

（ついに山柿《さんし》の方々にお見せできる歌、春愁三首がやっとできた。……これで満足だ。この三首を、万葉歌林十九巻の締めに使おう）

家持は、大嬢に告げた。

「今宵は、資人《しじん》はもとより召使全員に豪華な酒食を用意せよ。酒は飲みたいだけ飲ませよ」

大嬢は頷《うなず》くと、家持を強く抱きしめた。

館の前を流れる佐保川で千鳥が鳴いていたが、二人の耳には何も聞こえなかった。

第八帖　従兄古麻呂《いとこ》の快挙

天の原ふりさけ見れば春日なる三笠の山に出でし月かも
（阿倍仲麻呂　古今和歌集　巻九・四〇六）

（一）高圓《たかまと》の丘の宴

天平勝宝五年（七五三）は、年初、大雪を歌にした。二月には、春の憂愁を三首に詠んだ。寡作《かさく》であったが家持は納得し、心は澄み切っていた。

三月、上官である大納言、従二位、高齢の巨勢奈弖麻呂《こせのなてまろ》が薨去《こうきょ》した。奈弖麻呂は天智帝の近江朝で中納言の要職にあった比登《ひと》の子であった。大納言の空席ができたが、任命はなかった。政事《まつりごと》は左大臣の橘諸兄《もろえ》、右大臣藤原豊成、弟の大納言藤原仲麻呂で運営されていた。

（壬申の乱を知る関係者はいなくなったが、天智対天武の確執《かくしつ》は水面下で続いている）

と、家持は冷静に分析し、落ち着いて、淡々と職務に就いていた。

秋八月、左京少進《しょうしん》（左京の三等官）として越前から京へ転勤していた大伴池主《いけぬし》から、

「氏上殿、久々に気の置けないお方と酒を汲《く》み、歌を詠んで、気晴らしされませぬか」

と、誘いがあった。

「うむ、少納言の職務にも慣れてきたが……何方《どなた》を誘うつもりだ？」

家持は慎重であった。

「中臣清麻呂《なかとみのきよまろ》殿にお声をかけたところ、ぜひご一緒したいと申していますので……それぞれが飲む酒の壷と、つまみを持参する行楽の形で、気楽にと」

「そうか、清麻呂殿は清廉潔白、実直な、慎《つつし》み深いお方のようだ。朝廷の儀式や、書籍にもお詳しいと聞き及んでいる。国守のご経験もあり、ぜひとも共に飲みたいな。池主、時と場所を決めてくれ」

池主は嬉々として取りまとめ役を務めた。

中臣清麻呂。神官の出身で、神祇関係の官職や尾張守《おわりのかみ》を務めたのち、従五位上に昇進。この時は散位（無官職）であった。諸兄派でもなければ、藤原派でもない。おとなしく目立たぬ大夫であった。母と妻が、名門多治比家の女《むすめ》であった。家持の生母も多治比家の出身なので、清麻呂と家持は何となく親近感があった。清麻呂は終始政権抗争とは距離を置き、ゆっくり昇進し、最後は正二位右大臣になる傑物であった。晩年不遇の家持を引き上げることになる。人の縁《えにし》は不可思議である。

十二日、京《みやこ》から東南の高圓《たかまど》の丘に、三人が酒壷をぶら下げて集まった。高圓の丘には聖武上皇の離

宮があった。(現在の高円高校の場所である) しかし、上皇は仏門に入って以来離宮には足を運ばれていなかった。

三人が集まった丘は、高円山の中腹、都や離宮を見下ろす景観の良い場所であった。季節の花々のこと、越中の歌の宴、尾張の食べ物などのびやかな雑談が弾んだ。ほろ酔い加減になった時、池主が立ち上がった。

「ではそれがしがまず一首を……」

高圓《まと》の尾花ふき越す秋風に紐解き開《あ》けな直《ただ》ならずとも

(大伴池主　万葉集　巻二〇・四二九五)

——高円山の尾花を吹き渡ってくる秋風の中で、袴の帯を解き開けようよ。当たり前にしておらなくてもよいだろう——

「では拙者も」

と、清麻呂が詠唱した。

天雲《あまぐも》に雁《かり》ぞ鳴くなる高圓の萩の下葉はもみちあへむかも

(中臣清麻呂　万葉集　巻二〇・四二九六)

――大空の雲の中に雁が鳴いている。高円山の萩の下葉は紅葉しきっているだろう――

高円山一帯は花を愛でる行楽や、鹿を狩る遊猟の地でもあった。家持は華やかにすべてを詠みこんだ。

をみなへし秋萩凌《しの》ぎさを鹿の露分け鳴かむ高圓の野ぞ
（大伴家持　万葉集　巻二〇・四二九七）

――女郎花や秋萩の上に出て、もうすぐ雄鹿が露を分け分け鳴こうとしている。その高円の野に吾らは来て酒を飲んでいるのだ――

「さすがは家持殿だ、いい歌です」

と、清麻呂が手をたたいた。三人は陽が傾くまで和歌や漢籍や、言霊《ことだま》や神について、心の紐を解き開けて清談を続けた。清麻呂は武人家持の知識教養の幅と深さに驚いた。

（家持殿は、何か巨大な運命を背負っている。神と人の間に立つ神職、中臣の吾にはひしひしと感じる。いつか支えねばなるまい。いつの日か……分からぬが……必ず支えよう）

（二）副使古麻呂帰国

一年が平穏無事に終わろうとしていた大晦日《おおみそか》。白髪の老人になった船長《ふなおさ》の甚が、佐保の里にひょっこりと現れた。西の市で植木商を営んでいる首領《かしら》の権が、付き添っていた。

「氏上殿、古麻呂殿がもうすぐ帰京されますぞ。それもでっけえ土産を二つ持ってのう。こりゃ老骨に鞭打っても、あっしがお届けせねばなるめえと、参りやした。こっちはほんの手土産でごぜえやす」

甚の配下の水夫《かこ》たちが、玄界灘の海産物の干物をどっさり持参していた。

「甚、古麻呂兄《あに》は今どこじゃ？」

「若、いや氏上殿、まあまあそう慌《あわ》てなさるな。古麻呂殿の乗られた第二船は、無事琉球に着き、種子島を経て、薩摩国まで来ちょりやす。あっしの手下の海人《あま》の知らせで、全てを知りやしたので、すぐに難波津に早船を出したんでごぜえやす。あっしと入れ違げえに、二十五・六日頃にあ、太宰府に到着しておる筈でごぜえやす。大宰府政庁から朝廷に知らせが届くのは、年明けじゃろうが、一足先に若、いや氏上殿へと……」

「甚、それは何よりの知らせ。ありがたい。古麻呂兄が無事でよかった。まあ上がれ。ゆっくり聴こうぞ」

座敷に大嬢《おおいらつめ》と助が呼ばれた。

「それで古麻呂兄の大きな二つの土産とは何ぞ？」

「まあまあ氏上殿。一服白湯を頂戴して……」

大嬢の差し出す椀を受け取り、甚はゆっくり飲んだ。

「まるで前の首領《かしら》、憶良先生そっくりだのう」

と、家持は苦笑した。

「四隻の使節船は無事唐に着きやした。土産話の一つは、今年の正月元旦、大唐で玄宗皇帝にご挨拶する朝賀の式典での出来事でごぜえやす」

「ほう、今年の正月とな。吾は大雪を詠んだが、その頃古麻呂兄は……」

「遣唐使節の大使副使が蓬莱宮の含元殿《がんげんでん》に入りやすと、すでに唐の百官の方々が参列されておりやした」

家持は、まだ見たことはないその厳粛な場面を頭に描いていた。

「ご一行が案内されたのは、西側の吐蕃国《どはん》（チベット）の下、二番目の席でごぜえやした。東側は新羅《しらぎ》が第一席、大食国《たいしょく》（ペルシア）が第二席でごぜえやす」

「ほう。それで？」

「これをご覧になった古麻呂殿が、烈火のごとく怒られ……とはいえ大唐の朝廷ゆえ、理路整然と、強く抗議をなされやした」

「古麻呂兄が何と？」

「へえ。『昔から今日に至るまで、長い間新羅は日本国に朝貢《ちょうこう》しております。ところが今、この席では新羅は東側の第一の上座《かみざ》になっております。吾ら日本は、逆に西の、それも二番の下座《しもざ》に置かれております。これは義に合いませぬ』と、異議を申し立てられたそうでごぜえやす。古麻呂殿は元留学生ゆえ言葉は達者でごぜえやした」

「大唐の宮殿で、古麻呂兄はよくぞ正論を申し出られたものだ」

「その時のお相手は、唐の将軍、呉懐実《ごかいじつ》という方でごぜえやした。お互い武人同士であったゆえ、気心が通じたのでござんしょう。『古麻呂殿の申される通りだ。このままでは筋が通らぬ。すぐ席を変えよう』と、日本と新羅の席を入れ替えた――という話でごぜえやす」

「ほほう。すると日本が東の首席になったということか。……古麻呂兄はよくやったな。呉懐実という将軍も、話の分かる大したお方だ。憶良先生は、よく――士は自から士を知る――と、申されていた」

今は亡き首領憶良の言葉に、甚は大きく頷き返した。

「古麻呂殿はいずれ宮中で帰朝のご挨拶をなされ、侍従の若、おっとと氏上殿は、帝《みかど》の側《そば》でこの詳細な報告を聴きやんしょうが、一応、お耳に入れておきまするぞ」

「甚、ありがとう」

宗像海人《むなかたあま》を率いる甚の早耳情報を、山辺衆の権も助も、当然と納得していた。

「甚、もう一つの知らせは何か？」

「それが馬鹿でっけえ話でごぜえやす。若、ちょっくら咽喉越しの御酒をいっぺえ」

「大嬢《おおいらつめ》、三輪《みわ》の酒を持ってまいれ」

（三）　鑑真和上招聘《がんじんわじょうしょうへい》

甚がうまそうに酒杯を干した。

「さてっと。もう一つの土産話は、古麻呂殿が鑑真和上とお弟子七名を、日本に連れて来たのでごぜえやす」

「な、何と申した！　古麻呂兄が鑑真和上を無事にわが国へ！　まことか」

　家持はあまりの快挙にしばし言葉を失っていた。

　鑑真和上が何度も渡航を試みられ、暴風雨に押し戻され、渡来する機会を失っていたことは多くの者が知っていた。ほとんど諦めていたからである。

「――鑑真和上を伴って筑紫まで来ている――との大宰府政庁の駅使《はゆまづか》いの報告に、朝廷は腰を抜かして驚かれるじゃろうが、裏話までは報告はありますめえ」

「甚は裏の話を知っているのか？」

「へえ。あっしや権や助は、遣唐使節船の大先輩《でえせんぺい》でござえやす。水夫《かこ》どもに一声かけりゃ、いろいろとおもしれえ裏話が入りやす。手下が薩摩で手早く仕入れたんでござえます」

「その裏話とやらを聴こうじゃないか」

「若、もう一杯」

　大嬢が酌をした。甚にとって、家持はいつまでも「若」であった。

「若は前《さき》の首領《かしら》の講話で、あっしらと同じ船で唐に渡った留学僧の道慈《どうじ》様を覚えておられるじゃろう？」

「もちろん、よく覚えておる。帰国されて日本の僧や尼の堕落を嘆かれ、――唐より真の戒律師を招くことが必要だ――と、長屋王や朝廷に説かれておられたお方だ。残念ながら先年お亡くなりになられた。惜しまれる名僧であった」

「鑑真和上は、長屋王がお造りになられ、唐で配られた袈裟《けさ》に、――山川異域　風月同天　寄諸仏子　共結来縁――と、刺繍されていることを知り、いたく感動され、日本に来ることを決意されたと、前の首領に教わりやした」

言葉遣いは九州の船乗りのひどい訛りだが、甚は聡明で、記憶力は抜群であった。

「吾も聴いておる」

「鑑真和上は何度も渡日を試みられやしたが、嵐に押し戻されたり、唐朝の許可が下りなかったり、ご苦労されやした。遂に失明されやしたが、渡日のご意志は変えられませず、今回が最後の機会でござえやした」

「うむ」

「道慈様とご一緒の留学僧の弁正様は、あちらの薬師《くすし》の娘っ子と好い仲になり、還俗《げんぞく》して玄宗皇帝の側近になられたことも覚えられてござんしょう」

「ご子息の秦朝元殿は前回の使節団の判官《ほうがん》として活躍され、今は主税頭《かずえのかみ》だ。よく存じておる」

「お二方のご活躍ゆえ玄宗皇帝は極めて親日的でござえやした。それゆえ鑑真和上の渡日も許可されておりやした」

「なるほど」

「ところが唐の仏教界が、盲目の鑑真和上のご体調と、途中遭難の危険性や、唐の大人物の流失を惜しんで、猛反対されたのでござえやす。清河殿の第一船に乗り込まれていたのに、役人から下船の指示が出て、清河殿は無難にことを済まそうと、和上を下船させやした」

「ほう。一行は一旦下船されたのか？　それなのになぜ古麻呂兄の第二船で日本に？」

甚は家持をじらすように、もう一杯酒を飲んだ。

「やむなく下船された鑑真和上の一行は、その夜港の近くの安宿に泊まりやした。深夜、黒ずくめの男たち数名と、五台の荷車が宿の近くに忍んでおりやした。一台に二つ大きな木桶がのっかっておりやした」

家持たちはその場にいたような甚の語り口に、身を乗り出していた。

「一人の黒覆面が家に入りやした。宿の亭主に金を掴《つか》ませやした。鑑真和上の部屋に入り何か耳打ちされやした。和上は静かに頷き、七人の弟子たちと外に出やした。八人は次々と樽に入りやした。蓋が閉められ、釘が打たれやした」

皆頭の中に甚が語る場面を描いていた。

「早暁、五台の荷車は船着き場におりやした。黒覆面黒衣装を取った男は、古麻呂殿でごぜえやした。古麻呂殿はつかつかと役所に入り、寝ぼけ眼《まなこ》の役人たち全員に十分な金子を渡し、こう申されやした。『早朝起こして済まなかった。日本まで帰るのに、万一嵐にでもあったら、困るのは水だ。念のため十樽積み増ししようと昨夜決め、徹夜で運んできた。この通りだ』と、最初の車の二樽の蓋を開けた。綺麗な水が満々と湛《たた》えられておりやした」

「ほう、古麻呂殿が直々に」

「役人たちは、『命の水だ、積み込むがよかろう。もう一寝入りするから、あとはそっちで良しなに……適当な時に出航されよ』と、積み込みを認めたのでごぜえやす。樽十個を積み込むと、古麻呂殿はすぐに出航を命じ、舫《もや》いを解かれやした」

「まかり間違えば、大変な事態を招きかねないところであったな。硬骨漢の古麻呂兄が賄賂《わいろ》でうまく処理されたのは面白いな」

「船は南路を取って無事琉球王国に辿《たど》り着いたのでごぜえやす。古麻呂殿の機知と決断実行によって、鑑真和上は念願の日本へ来ることができたのでごぜえやす」

甚の語りは、まるで憶良の講話のように、理路整然としていた。宗像海人《むなかたあま》を率いて、全国各地の海人族にも顔が利く、海の男の器量であった。

「他の船の方々は、鑑真和上の乗艇を何もご存じありやせぬゆえ、あっしの話はこの場限りでおねげえしやす」

「相分かった。甚、重ねてお礼を言うぞ。今宵は年越しだ。わが館のお節《せち》料理で、権や助と昔の遣唐使船の思い出話を楽しむがよかろう。若い水夫《かこ》にも聞かせてやるがよい」

三人は喜び、退出した。家持は愛妻大嬢に語るともなく、呟《つぶや》いた。

「吾に古麻呂兄さんのような決断と行動ができるであろうか？」

家持は従兄をこれまで以上に畏敬していた。

（四）慶賀新春

案じていた従兄古麻呂の帰国を知り、家持は胸の奥の心配事が消えた。それどころか、二つの快挙の報に、大伴の氏上として喜びが湧いていた。

「天平勝宝六年（七五四）はいい年になりそうだな、大嬢。池主も越前から都に転勤になったから、久しぶりに一族の中堅幹部を呼んで、年始の歌宴をしよう。古麻呂兄の太宰府到着は、まだ朝廷も知らないから、前祝とは口にできないからな」

「あい。それはよろしゅうございます」

正月四日、佐保の館に招かれたのは、左兵衛督《さひょうえのかみ》（長官）大伴千室《ちむろ》、民部少丞《しょうじょう》（三等官）の大伴村上《むらかみ》、それに左京少進《しょうしん》（三等官）大伴池主《いけぬし》などであった。期せずしてというか、たまたま、軍部、民部、京職という政事《まつりごと》と関係の深い官職であった。千室の左兵衛督は家持よりも職位が上になるが、氏族の集まりでは氏上の身分が高い。平日に集まれば、様々な憶測を呼びかねないが、集会の名目は、年賀の歌宴である。第三者に疑念を持たれることはないとの計算があった。三人はそれぞれ寿《ことほ》ぎの詠唱をした。

霜の上に霰《あられ》たばしりいや増しに吾《あれ》は参《ま》ゐ来《こ》む年の緒長く

（大伴千室　万葉集　巻二〇・四二九八）

――霜の上に霞がどんどん降ってくるように、これからいよいよ盛んに、末永く、この館に来たいものだ――

年月はあらたあらたに相見れど吾《あ》が思《も》ふ君は飽き足らぬかも
(大伴村上　万葉集　巻二〇・四二九九)

――年月はだんだん新しくなって、毎年お会いするのだが、何度見ても見飽きない家持君である――

「ありがとう、村上」
(村上は、古麻呂兄送別の宴で、妻女の心境を詠唱したので、――もう太宰府まで帰ってきているぞ――と教えてあげたいが……我慢しよう)
「それでは拙者も」
と、池主が立ち上がった。

霞立つ春のはじめを今日のごと見むと思へば楽しとぞ思《も》ふ
(大伴池主　万葉集　巻二〇・四三〇〇)

池主は越中で家持に仕え、歌人としても様々な歌を詠みあった。越前武生《たけふ》で別れを惜しんだ池主と家持は、身分の上下を超えた格別の仲であった。池主は左京区の役人に転勤してきたので、会える機会が増え喜んでいた。

「氏上殿は、少納言になられて殆ど詠まれてませぬな」

「うむ。越中では詠みすぎるほど詠んだが、……」

「池主、氏上殿はな、今は宮中の中枢で勤務されておるから、難しいお立場だ。上は帝《みかど》、左大臣、右大臣、大納言、中納言、参議とうるさい。それに、上皇や、上皇后、左大弁、右大弁、諸卿《けい》にも気を配らねばならぬ。越中の国守の時はお山の大将で、のんびりそなたと遊べたろうが、内裏《だいり》では相当に気疲れされよう。吾は武官だから、まあ気は楽だが、氏上殿は歌どころではないぞ。氏上殿には歌は求めるでないぞ」

と、左兵衛督の千室が、池主に注意した。

「最近は勤めにも慣れてきたので、越中時代の歌や、他人の歌などを少し整理しておる。書持《ふみもち》も閼伽《あか》も失ったので、義母《はは》と二人でぼちぼちとな」

「それはよろしゅうございます。吾らも『万葉歌林』に載せていただけるように、努力致します。完成が楽しみでございます」

と村上が納得していた。この後、家持は、三人といろいろな情報交換をして、今後の身の処し方の参考にした。

正月十六日、古麻呂の一行は鑑真和上たちを伴い入京した。道端は歓迎の人波で埋まった。

三十日、古麻呂が正式に朝廷に帰国の奏上をした。帝をはじめ大臣や大納言など、高官が揃って、大唐の話と鑑真招聘《しょうへい》の苦労談を聴いた。家持は少納言兼侍従として帝の側《そば》で、従兄の報告を聴いた。内容は船長の甚から聴いていた通りであった。久しぶりに見る古麻呂の顔つきは、一段と逞《たくま》しくなっており、威風は朝堂を圧倒していた。

古麻呂の奏上が終わると、帝が発言された。

「古麻呂、ご苦労であった。日本のためによい仕事をなされた。ゆっくり休まれよ。ところで、そちが入京した翌日、大宰府から、――真備《まきび》の第三船は、十二月七日、屋久島に着き、その後本土に向かったが漂流、紀伊国牟《む》漏崎（太地）に着いて帰国できている――との知らせがあった。だが大使清河の乗った第一船と、第四船はどうなったのであろうか？　心配している」

大使藤原清河は、北家の参議、藤原八束《やつか》の弟である。壮行会には光明上皇后も出席され、右大臣豊成、大納言仲麻呂以下一族上げて送り出した期待の人材であった。

（そうか、聖武上皇はじめ光明上皇后、孝謙女帝、右大臣豊成卿、大納言仲麻呂卿、参議八束殿、皆藤原不比等殿の血統だ！……古麻呂兄の帰国報告に今一つ感動されなかったのは……清河殿のことがご心配なのだ。……無理もない）

と、家持は察した。従兄の帰国を単純に喜べない、複雑な雰囲気になった。古麻呂が答えた。

「四船揃って蘇州《そしゅう》を出ましたが、途中で第四船を見失いました。琉球国までは三船無事辿り着いたのでございます。一休みして揃って種子島を目指したのですが、出港直後に嵐となって第一船は座礁、吾らは助けることもできずそのまま進まざるをえませんでした。第三船とも別れ別れになり、心配していました。……真備殿の第三船が紀州に着いていてよかったと思います」

古麻呂は涙声になっていた。

(真備殿が生きていてよかった！)

同じ苦労をした仲間でないと分からぬ感慨が、古麻呂にこみあげていた。

「大使殿の船には、阿倍仲麻呂殿が乗船されていました。それゆえ第一船には是非安着してほしいと祈念しております」

「えつ、阿倍仲麻呂が同船しているのか！」

万座がどよめいた。

阿倍仲麻呂。白村江《はくそんこう（はくすきのえ）》の戦いで奮戦した阿倍比羅夫《ひらふ》将軍の孫である。少年の時より俊才として著名で、真備や玄昉と同じ遣唐使節団の留学生として渡唐した。唐朝の科挙《かきょ》試験に合格し、現地で役人として活躍し、高官になっていた。官人として優れていただけではない。王維《おうい》や李白《りはく》など唐の代表的な文人とも交友が深く、尊敬されていた。実に三十五年ぶりの帰国を仲麻呂は大変喜んで乗船していた。

古麻呂も若き日の留学生であったから、現地で仲麻呂の世話になっていた。――無事帰国されれば、日本の至宝になる人材である――と、確信していた。静寂が朝堂を包んだ。皆が大使清河や阿倍仲麻呂の無事を念じていた。

古麻呂の快挙は、瞬《また》く間に口伝えで全国に広がった。

――さすがは大伴の武人、古麻呂殿よ――

大伴氏族の者たちは、久々に鼻高々であった。だが、氏上家持は、皇族や藤原一族の暗い気持ちを忖度《そんたく》した。

（節刀を拝受した藤原清河卿《きよかわ》が帰国するまでは、氏族の祝賀はしない）

と、決断した。親友八束と顔を合わせるのが辛かった。

月が明けて、二月五日。鑑真一行は東大寺に入った。紀州から帰っていた吉備真備が勅使として出向いた。

――東大寺を造営して十数年、ぜひとも戒壇《かいだん》を立てたいと念じていた。今、鑑真和上をお迎えし、これに勝る喜びはない――

と、聖武上皇のお言葉を伝えた。

この機会に他の二船の動向などを付記しておこう。

大使藤原清河と阿倍仲麻呂の乗った第一船は、琉球出港直後、悪天候で座礁。その後、安南（現在のベトナム中部）に漂着した。乗員の大半を殺されたが、清河と仲麻呂は苦労の末、二年後、唐に辿り着いた。二人は帰国することなく唐朝で活躍し、人生を終えた。

天の原ふりさけ見れば春日なる三笠の山に出でし月かも

帰郷を熱望した仲麻呂が、出港を前に詠んだ歌という。彼にとっては、あまりにも微《かす》かに遠い春日山であった。ついに三笠山の月を見ることは叶わなかった。海外勤務者にとっては、古今を問わず、同感を深くする望郷の歌であろう。仲麻呂が遭難したと聞いた親友の李白は、「名月は帰らず」と追悼の七言絶句を詠んだ。

哭晁卿衡
日本晁卿辞帝都　日本の晁《ちょう》卿帝都を辞し　日本の晁衡《ちょうこう》（仲麻呂）卿は長安を離れ
征帆一片遶蓬壷　征帆一片蓬壷《ほうこ》を遶《めぐ》る　帆を張った船は蓬莱の島々を巡り行った
名月不帰沈碧海　名月は帰らず碧海《へきかい》に沈む　名月のような君は蒼い海に沈んで帰らず
白雲愁色満蒼梧　白雲愁色蒼梧《そうご》に満つ　白雲が浮かび愁いが蒼梧に満ちている

晁衡は唐における仲麻呂の氏名である。高官ゆえに卿《けい》の敬称であった。蒼梧は一行が出港した江蘇州連雲港市にある山の名である。後日、仲麻呂の生存が判明したが、唐における彼の人望を知る名詩であろう。

一方、第四船は、四月になってようやく薩摩国に到着した。

唐朝が「鑑真下船」を命じなければ、第一船の鑑真和上は、またまた遭難していた。

「鑑真下船」の命令と古麻呂の隠密招聘《おんみつしょうへい》の成功、航海の無事安着を、――偶然や幸運の連続――と片付けるにはあまりにも重すぎる事態である。鑑真招聘《しょうへい》は、和上の強烈な渡日意志に感応した天の配剤であり、まさに奇跡というべきであろう。

夏四月五日、古麻呂や真備、家持ら大夫たちの異動が公表された。

左大弁《さだいべん》　　従四位上　大伴古麻呂《こまろ》
大宰大弐　　　　〃　　吉備真備《きびまきび》
上総守《かずさ》　　正五位下　大伴稲公《いなきみ》
兵部少輔《ひょうぶしょうふ》　少納言　従五位上　大伴家持

左大弁は、中務省《なかつかさ》、式部省、治部省、民部省を統括する太政官の要職、現在の総理府長官である。従四位上の古麻呂には官位相当の職位であった。順当に勤めれば、参議や中納言へ昇進する高官であった。

叔父稲公が国守になった上総国は、大国十三カ国である。常陸《ひたち》国、上野《こうづけ》国とともに親王が国守に任命される格式高い三カ国である。家持は、尊敬する従兄と叔父の二人が高く評価され、栄転や昇格したことを心から喜んだ。

二日後の四月七日、古麻呂と真備は正四位に昇格した。同時に、無事帰国した二船の乗員二百二十二人全員が昇格辞令を受けた。

正四位下　入唐廻使《にっとうかいし》　従四位上　大伴古麻呂
〃　〃　〃　吉備真備

入唐廻使とは、遣唐使節として唐に入り、任務を遂行して無事帰国した使節に与えられた名誉ある敬称である。

古麻呂の快挙で大伴氏族に光が差してきたように思えた。

家持自身は、文官の少納言から武官の兵部少輔、次席次官への転出は、三十七歳の年齢では、格別の栄転でも左遷でもないが、「武の大伴」の氏上として、最も望ましい職位であった。新たな人生が拓《ひら》ける予感がしていた。

第九帖　防人《さきもり》の歌

わが妻はいたく戀ひらし飲む水に影《かご》さへ見えて世に忘られず
（主帳丁麁玉《よぼろあらたま》郡若倭部身麻呂《わかやまとべのむまろ》　万葉集　巻二〇・四三二二）

（一）家持兵部少輔《ひょうぶしょうふ》と上皇の受戒

夏四月に入ると、佐保の山の緑が日に日に濃さを増した。五日の夕、家持が晴れ晴れとした顔つきで帰ってきた。

「大嬢《おおいらつめ》、転勤の辞令が出た」

「このたびはどちらへ参られますか？」

「心配するな、地方ではない。兵部省の少輔だ」

「それはまことにおめでとうございました。大伴は武官が似合いでございます」

「その通りだ。少納言の仕事は、天下の動きが分かって面白いが、それだけに、いささか気疲れがしていた」

「内裏《だいり》と田村第《たむらてい》を往復されていましたし、諸兄《もろえ》卿と帝《みかど》や仲麻呂卿との間にあって、大変でございました。少納言は三年ほどになりましょうが、高官の皆様方とはご面識も深くなられたでございましょう。お変わりになるのはいい時期だったのではございませぬか」

「その通りだ。それに兵部卿（長官）は参議の橘奈良麻呂殿だ。奈良麻呂殿は公卿であり軍務はお得意ではないので、少輔として支えてくれとの諸兄殿の配慮だろう」

と、大嬢は思ったが、家持の気持ちを察して黙っていた。

（家持様のお年であれば、兵部大輔《たいふ》（上席次官）であってもおかしくないのに……）

「吾は武家の出自だから、武官の人事や軍務を担当する兵部省であれば満足だ。これに勝る部署はない」

と、心から喜びが言葉になって出た。

「今日はもう一つ佳いことがあった」

「何でございましょうか。もしや……ご昇格でも？」

「いや、吾のことではない。聖武上皇様が鑑真和上様から戒律を受けられたのだ。日本では初の、正式の戒律師による授戒なのだ」

「左様でございますか。日本で初めてと申されますと、これまでの僧や尼の方々は？」

「唐で戒律を受けられた留学僧の方々を除けば、誰も正式の戒律を受けていない」

「まあ、知らなかったわ」

「戒律とは戒と律。僧や尼が守らねばならぬ仏教のいましめと規律だ。それゆえ先年他界された名僧道慈様や亡くなられた長屋王は、正式の資格を持たれる戒律師を、わが国に招聘《しょうへい》して、僧尼にきちんとした戒律を授けたいと念願されてきた」

家持は少年の日に山上憶良から受けた講義を一瞬ではあるが想い出していた。

（あの時は、二人の留学生、道慈様と弁正殿のお話を何となく他人事《ひとごと》のように聴いていたが、秦 朝元《はたのちょうげん》殿の日唐友好の活躍を知り、鑑真和上の招聘《しょうへい》など、身近に関係がある。吾は実にありがたい特訓を受けたものだ・それにしても憶良殿の先見性は驚きだ）

と、亡父旅人の配慮と憶良に感謝していた。

大嬢が話を続けた。

「左様でございますか。聖武上皇様は、六年前、ご退位されてすぐに仏門に入られ、たしか勝満と名乗られていましたが、沙弥《しゃみ》僧でございましたか」

「その通りだ。それゆえに、聖武上皇にとっては、夢が実現されたのだ。古麻呂兄さんの強引ともいえる鑑真和上様の隠密招聘作戦の成果なのだ。わが国の歴史に残る快挙だ」

家持は興奮していた。

「そうしますと、今日、天平勝宝六年四月五日は、上皇様、鑑真和上様、古麻呂様、それに、上皇様の帝時代に内舎人《うどねり》としてお仕えしたあなた様の四人にとっては、記念すべき日でございますわね」

「少し大袈裟だが、その通りだ。本来ならば、氏上の吾が、左大弁になられた古麻呂兄や大国上総守に任命された稲公叔父はじめ一族の長老や幹部を呼んで祝宴を張るべきところだ。しかし、光明上皇后や孝謙帝、藤原一門は、大使清河《きよかわ》殿の安否を深く気遣われている。暫くは酒宴や歌宴は控えねばならぬ。今夜は二人だけで静かに祝杯をあげよう」

「あい」

大嬢はいそいそと賄方の方へ足を運んだ。

夕暮れの佐保の山で、ほととぎすが鳴いた。ひさびさに一首湧いた。

木《こ》の暗《くれ》の繁き尾の上《へ》をほととぎす鳴きて越ゆなり今し来《く》らしも

（大伴家持　万葉集　巻二〇・四三〇五）

――木の下葉がみっしりと繁り暗くなっている。この佐保の山の上を、ほととぎすが鳴いて越えていく。今初めて来たばかりの鳥のようだ――

（二）心身のゆとり

兵部省は内外の武官・兵卒の人事、兵馬、兵器、軍船、城砦《じょうさい》や水城《みずき》、情報連絡の駅制《はゆま》、烽火《のろし》など軍政全般を取り扱う。その次席次官は要職である。長官の兵部卿は、若い時から酒宴や歌宴を共にしてきた橘奈良麻呂である。お互いに気ごころは知り合っている。しかも軍事は大伴氏族の得意とする分野であり、他に追随を許さぬ豪族である。家持は水を得た魚のように生き生きとしていた。

三カ月もすると職務に十分慣れていた。心に余裕ができた。帰宅すると、越中時代に詠み溜めた歌や、山辺衆権の配下の商人や修験者が集めてくる東歌《あずまうた》や各地の歌の整理をするゆとりができていた。(憶良殿から大伴家が預かった『万葉歌林』の歌稿は、書持《ふみもち》と赤人殿が十六巻まで整理してくれた。あとは吾が歌日記や最近の歌で何とか四巻はできるだろう。久々に少し歌を作ってみるか)

宮仕えして職場を転々とした経験者ならば、得手の分野に働く家持に生じた「心のゆとり」を共感できるであろう。

聖武上皇の生母である宮子太皇太后が昨年冬から体調を崩していたこともあって、年初来、歌舞音曲などの華やかな宴《うたげ》は控えられていた。官人は仕事が終わると、さっさと自宅へ帰っていた。秋七月七日夜、家持は満天の星空を独りで仰ぎ見ていた。天の河が美しい。一年に一度の逢瀬を楽しむ牽牛と織女の気持ちになって、浪漫《ろまん》あふれる八首を詠んだ。

秋風になびく川傍《かはび》の和草《にこぐさ》のにこよかにしも思ほゆるかも

(大伴家持　万葉集　巻二〇・四三〇九)

——今目の前を吹く秋風にたなびく、この天の河の川端に咲いている和草のように、にこやかになって、愛しい人のことが思われることだ——

秋のこととて佐保の里には川霧が流れる。天の河がかすれて見える。

秋されば霧立ちわたる天の川石竝《なみ》置かば継《つ》ぎて見むかも

（大伴家持　万葉集　巻二〇・四三一〇）

――秋になったので霧がよく出る。牽牛のために天の川に飛び石を並べて置いたら、一年に一度でなく、続けざまに逢瀬が楽しめるであろうに――

秋風に今か今かと紐解きてうら待ちをるに月かたぶきぬ

（大伴家持　万葉集　巻二〇・四三一一）

――秋風が吹くにつけ、あの方がお見えになるのは今か今かと、下着の紐を解いて心待ちしていると、折しも月が傾き、夜も更けてきた。早く来てほしい――

十九日、宮子太皇太后が崩御した。文武帝の夫人《ぶにん》として首皇太子《おびと》（聖武帝）を産んだ後、重い鬱《うつ》を患い、皇太子は母の懐に抱かれぬまま成人した。異母妹光明子が皇太子に嫁ぎ、長屋王の変が起きた。帰朝した留学僧玄昉《げんぼう》に鬱を治癒されたが、玄昉寵愛を指弾する藤原広嗣の乱が起きた。聖武帝もまた軽い鬱であった。聖武帝彷徨《ほうこう》五年、宮子太皇太后は藤原不比等の息女として、藤原一門の繁栄と波乱の中に人生を終えた。官人は服喪し、静かに過ごした。
家持は庭に草木を植えて、四季ごとに咲く花を見ながら、いろいろな人を偲んだ。

八千種《やちくさ》に草木を植ゑて時ごとに咲かむ花をし見つつ思《しの》はな

（大伴家持　万葉集　巻二〇・四三一四）

（自然は人を裏切らない。欲得のない世界に過ごす時間が好ましい）と、しみじみと感じていた。秋がますます深まってきた。

（聖武上皇がまだ帝の頃、高圓の離宮にしばしば遊びにお供したものだ。とりわけ秋の遊猟が懐かしいな）

高圓離宮は昔、自然を愛した志貴皇子の離宮であり、その後聖武帝が離宮にしていた。聖武上皇が病勝ちになり、仏門に入って、遊猟は途絶えていた。今咲いているだろう見事な女郎花や、鹿を詠んだ。

高圓の宮の裾廻《み》の野づかさに今咲けるらむをみなへしはも

（大伴家持　万葉集　巻二〇・四三一六）

高圓の秋野のうへの朝霧に妻呼ぶ牡鹿《をしか》出で立つらむか

（大伴家持　万葉集　巻二〇・四三一九）

(三) 山陰巡察使

今や政権の中枢、左大弁の古麻呂は、右大臣藤原豊成の下で、大葬の造山司《ぞうざんし》の一員に任命され、生き生きと活躍していた。八月四日、宮子太皇太后の遺体は佐保山陵で火葬にされた。その煙を見て、家持は、若くして逝った愛妾のことを想い出していた。

葬儀が終わると、孝謙女帝は政事《まつりごと》に大きく動き始めた。九月十五日、詔《みことのり》を出した。

――諸国の国司らは、田租や出挙稲《すいことう》の利潤を貪《むさぼ》り求めるので、租の輸納《ゆのう》は正しく行われず、出挙した利稲《りとう》の取り立てにも偽りが多い。このため人民はだんだん苦しみが増し、正倉は大変空しくなっていると聞く。……国司らが国内において交易し、無制限に物を運ぶことは既に禁止されている。ところがなお敢えてこの格《きやく》に従わず、利を貪って心をけがすことが多くなっている。朕《ちん》の手足となるべき者が、どうしてこのようであってよかろうか。今後、更に違反する者があれば、法に従って処罰し、哀れみをかけて許してはならぬ――

追っかけるように十月十四日に、驚くような詔が出た。

――この頃、官人や人民が憲法（国法）を恐れず、ひそかに仲間を集め、意のままに双六《すごろく》を行い、悪の道に迷い込み、子は父に従わなくなっている。これではついに家業を失い、また孝道にも欠けるであろう。このため広く京および畿内と七道の諸国に命じて、固く双六を禁断せよ。……もし双六を行う者二十人以上を、管官司に告発する者があれば、無位の者には位三階を授け、有位の者には、絁《し》

（布地）十疋《ぴき》・麻布十端《たん》を賜うこととする――

聖武帝は引退して上皇となり大仏建立にのめり込み、孝謙帝は仲麻呂の田村第《たむらてい》をご在所として愛欲の生活を送っていた。この間に官人の綱紀が乱れていた。

（何と、女帝は勅《みことのり》で密告を奨励しているのか。無位の者には位を与えるとは……待てよ、昔、父と憶良殿が太宰府に左遷されていた間に、長屋王は誣告《ぶこく》され、命を落とされた。誣告をした二人は、藤原に引き立てられ、貴族になった。密告奨励は藤原のやりそうな手だ。悍《おぞ》ましい。品のない勅だ。太政官令ぐらいで通達すべき次元のことだ）

と思ったが、誰にも言わなかった。誣告を恐れた。

橘諸兄は国政の乱れに左大臣として責任を感じていた。二つの詔を受け、直ちに有能、清廉潔白な大夫を選抜し、諸国に巡察使として派遣することを決めた。

十一月一日、八名の巡察使が公表された。王族と皇親、および有力武人氏族の錚々《そうそう》たる名士であった。その中に家持の名もあった。家持の名が久々に、選良の一人として全国の国司たちに認識された。

山陰道巡察使　従五位上　兵部少輔　大伴家持

山陰道は、丹波《たんば》、丹後《たんご》、但馬《たじま》、因幡《いなば》、伯耆《ほうき》、出雲《いずも》、石見《いわみ》、隠岐《おき》の八カ国である。現在の中国地方、近畿地方の日本海側である。当時の国の格付けでは、丹波、但馬、因幡、伯耆、出雲の五カ国は上国、丹後と石見は中国、隠岐は下国であった。律令の官位相当制では、中国の国守は正六位下、下国の国守は正七位下。大夫（貴族）でない官人であった。

同じ日本海側でも越中国は、上国とはいえ旧能登を含んで殆ど大国の扱いであった。その国守として、能登半島の隅々まで、きちんと巡察した体験があるので、山陰道の巡察には自信があった。

家持はなかでも恩師の山上憶良が国守を務めた伯耆《ほうき》国に興味を持った。巡察の際に、古老の農民たちに、昔の憶良の施政を訊ねた。彼らは顔色を輝かせ異口同音に応えた。

「見かけは平凡なお方でしたが、見事な国守様でした。しばしば巡察され、威張らず吾ら農民の声を聴かれ、貧農や病弱者には税の軽減をしてくれました。富農は理を盡して説得し、陰で弱者を扶《たす》けさせていました。お上は、よく見ておられました。無名の憶良殿を、――天子様の皇子の教育係に抜擢された――と聞いて、吾らは皆喜んだものです」

「三世一身法《さんせいいっしんほう》は憶良殿の献策と噂に聴きましたが、長屋王様ご一家が……」

「しっ、それは黙っておけ……」

（やはりそうであったか）

家持は太宰府での憶良との邂逅《かいこう》を天運と感じていた。

出雲守は七月、丹後守と因幡守は、ごく最近、九月の新任国守であった。彼らは越中守や少納言の経験深い家持に、緊張して国守の心得を訊ね、経験談を聴いていた。

家持は、孝謙女帝が危機感を以って発布した詔勅を、きちんと受け止めて、厳正に巡察の旅を続けた。最後に孤島の下国隠岐に向かう船に乗った。

驚いたことに、船の水夫のひとりに、船長《ふなおさ》の甚の息子、健の顔があった。健は指を唇に当てて、

――声をかけないでください――と、合図をしていた。家持は頷きを返した。下男として家持の身の回りを世話している剛と、宗像海人《むなかたあま》の健は秘かに家持の身辺を警護していた。

隠岐島に着いた。家持は寒風吹きすさぶ荒涼たる隠岐の風景にしばし呆然としていた。

（この辺境からも租税を徴収しているのか）

隠岐の国守は従七位下の低い官位である。兵部少輔の家持の巡察と訓示に、身を小さくして畏《かしこ》まっていた。家持は孤島の国司たちの勤務の辛さに同情し、租税の有難味を実感していた。

夜、剛が主の家持に告げた。

「健たち宗像海人は、隠岐や佐渡の海人とも通じています。更に北国の交易船が、蝦夷《えみし》の産物をこの港まで運んできて、南の産物と交易しているのでございます。したがって船長の甚や息子の健は、この隠岐の国司たちにも、然るべき手を打っております。彼らは流罪《るざい》人を監視する国司でありますが、見方を変えれば、流罪人同様の勤めでもあります。このことを若に知っていただくために、甚は健をここまで寄こしたのでございます」

「そうか。……杓子定規《しゃくしじょうぎ》で巡察してはならぬな。よく分かった。甚と健によろしく」

（それにしても、憶良殿の張られた網はすごいな。瀬戸内だけでなく北の海にも及んでいるとは……）

と、大伴を支える山辺衆の陰の協力に感謝していた。

家持は無事、成功裡《せいこうり》に巡察を終えた。得ることが多かった。

――山陰道巡察使の任命は運命の神の悪戯《いたずら》だったのであろうか――

この時家持は、後日、己《おのれ》が因幡や隠岐に深い関係が生じるとは夢にも思わなかった。

（四）防人《さきもり》の歌

山陰道巡察使の大役を果たして年が明けた。帝が、祖母の宮子太皇太后の喪に服していたので、正月一日の朝賀の式はなく、のんびりと過ごした。

四日、女帝が、

「思うところあり、年を歳に改める」

と勅を出された。したがって公式の書類は以後天平勝宝七歳（七五五）と表記された。

この年は、三年に一度の防人の交代期であった。防人たちは東国から徴発されていた。

九十年ほど前の天智二年（六六三）、倭国は白村江《はくそんこう》の戦いで、新羅《しらぎ》と唐の連合軍に惨敗した。この時、九州各地から動員された兵士たちを多数戦死させた。九州や西日本では大和の朝廷に反発が強かった。新羅・唐の侵攻に備えるには、東国から農民を強引に徴兵し、対馬《つしま》、壱岐《いき》、太宰府に防人（崎守《さきもり》）として配備する必要に迫られた。その慣行がいまだに続いていた。

二月、兵部卿の橘奈良麻呂から、

「兵部省を代表して、勅使の紫微大弼《しびだいひつ》・安部沙美麻呂《さみまろ》卿に随行して、難波津に往き、東国各地から集まった防人たちの検校《けんこう》（監査役）と、太宰府へ出発するまでの総監督を頼む。なお今回は、各国の国守に、――引率してくる国司の部領使《ことりづかひ》は、防人や家族の作った歌をまとめて献上せよ――と命じている。ご苦労だが、これらの献上歌を、歌人の眼で選別してほしい。拙劣歌は捨ててよい」

との指示が出た。

紫微大弼は、藤原仲麻呂が孝謙女帝と結託して二重政事を行っている紫微中台の上席次官の要職である。大納言・仲麻呂は中衛大将《ちゅうえのだいしょう》として、軍務も掌中にしようと図っていた。

（紫微中台の沙美麻呂卿は苦手だが、勅命には逆らえぬ。実務は吾がやるほかない）

と割り切って難波津へ赴いた。

防人の三千人が一度に難波津へ終結することは、混乱を招くので、集合と出港の予定が前もって組まれていた。

第一陣　二月上旬到着　進上歌献上　一週間後筑紫へ出発　遠江《とおとうみ》、相模《さがみ》、駿河《するが》、上総《かみつふさ》

第二陣　二月中旬到着　〃　〃　常陸《ひたち》、下野《しもつけの》、下総《しもつふさ》

第三陣　二月下旬到着　〃　〃　信濃《しなの》、上野《かみつけの》、武蔵《むさし》

家持は少年の日、父旅人の大宰帥《だざいのそち》赴任に同行して筑紫で三年生活していた。その間、一族の大伴四《よ》綱《つな》が防人司佑《さきもりのつかさのすけ》（副官）であったので、大野城や水城《みずき》などで防人たちに何回となく接していた。防人たちの苦労談も聴いていた。しかし、今、兵部少輔として、現実に難波津へ終結してくる防人たちの生気のない、暗い諦めの顔や、貧相な装備などを見ると、胸が詰まっていた。心を鬼にして、まずは武装の点検をした。防人たちは農夫である。裕福ではない中から、上下の衣服を整え、更に靫《ゆぎ》や剣や

胸当ての甲《よろい》を自弁せねばならなかった。

(武具までも自費で用意させていたのか！　国が用意すべきことではなかったのか！　知らなかった……あの巨大な大仏建立や祝宴には惜しげもなく費用をかけているが、肝心の国家の防衛費用は……防人に徴用された農民の辛い負担であったのか！)

家持は、——三年後に任務を終えると、対馬や壱岐、太宰府から自費で陸路を帰らねばならぬ——と知って、絶句していた。

(越中国からは防人の徴募はなかった。それゆえ農民は農業に精を出せた。なぜ防人は東国十カ国に限定されてきたのか？　吾の知らない政事の闇があるな。……しかし将来は何とかせねばならぬ。これでは唐や新羅が攻めてきたら、とても防衛できぬだろう。……今、吾は非力だ。黙って命ぜられた選歌をせねばなるまい。辛いことだな)

二月六日、家持は遠江《とおとうみ》国から進上された十八首に目を通した。すぐにいい歌が目に留まった。


わが妻はいたく戀ひらし飲む水に影《かご》さえ見えて世に忘られず

——自分の妻は、私をとても恋焦がれているに違いない。世間でいう通り、飲む水にまで妻の影が見えるので、私も妻を真実忘れられない——

(作者は防人を引率してきた国司に随行してきた記録係(主帳丁《ふみひとのよぼろ》、丁は成人男子)の下級役人だが、筑紫まで行くことになったようだ。歌も詠めず、字も書けない農民防人夫妻の気持ちを見事に表現し

ている名歌だ。武人の吾は、僻地に赴く防人たちに敬意を表して、一人一人の職位や出身郡、姓、氏名を後世に残そう）

家持は厳粛な気持ちで選歌をした。

翌七日、相模《さがむ（さがみ）》国の防人の歌を選歌した。

朝命であれば致し方ないと諦め、残してきた老父母を気遣う歌に心打たれた。

大君の命《みこと》かしこみ磯に触り海原《うのはら》渡る父母を置きて

（助丁丈部造人麻呂《すけのよぼろ》　万葉集　巻二〇・四三二八）

――天皇の命令でございますので、畏《かしこ》まって引き受け、何度も磯辺に停泊して、海原を渡って行きます。私を心配してくれる父母を残して――

家持はわずか二日の選歌で、やるせない気持ちになった。

――日本には多くの国があるのに東男《あずまおのこ》たちだけが、父母と別れ、妻と別れて、賊軍の攻撃から日本を守ってくれる。どうか三年を無事に過ごして、愛しい父母や妻の待つ郷里へ、つつがなく、早く帰れるよう祈りたい――

久々に長歌を詠まずにはいられなかった。二月八日、一気に筆を走らせた。

天皇《おほきみ》の　遠《とほ》の朝廷《みかど》と　しらぬひ　筑紫《つくし》の国は　賊《あた》守る　鎮《おさへ》の城《き》ぞと　聞《きこ》し食《を》す
四方の国には　人多《さは》に　満ちてはあれど　鶏《とり》が鳴く　東男《あづまをのこ》は　出で向ひ
顧みせずて　勇みたる　猛《たけ》き軍卒《いくさ》と　労《ね》ぎたまひ　任《まけ》のまにまに　……
大君の　命《みこと》のまにま　丈夫《ますらを》の　心を持ちて　あり廻《めぐ》り　事し畢《をは》らば　恙《つつま》はず
帰り来ませと　……

（大伴家持　万葉集　巻二〇・四三三一）

丈夫《ますらを》の靫《ゆき》取り負ひて出でて往《い》けば別を惜しみ嘆きけむ妻

（大伴家持　万葉集　巻二〇・四三三二）

二月九日、家持は防人軍団の出港を見送り、――海神《わたつみ》よ、どうか波を立てないでください――と、海路の無事を念じて三首詠んだ。

今替《かは》る新防人《にひさきもり》が船出《ふなで》する海原のうへに波な開《さ》きそね

（大伴家持　万葉集　巻二〇・四三三五）

この日防人を引率してきた駿河守・布勢人主《ふせのひとぬし》から、直々に二十首を受け取った。十首を進上歌とした。出発までの慌しさや、防人に行く子を愛しむ両親の様子が分かった。

水鳥の発《た》ちの急《いそ》ぎに父母に物言《ものは》ず来《け》にて今ぞ悔しき
（上丁有度部牛麻呂《かみつよぼろうどべ》　万葉集　巻二〇・四三三七）

父母が頭《かしら》かき撫で幸《さ》く在《あ》れていひし言葉《けとば》ぜ忘れかねつる
（丈部稲麻呂《いなまろ》　万葉集　巻二〇・四三四六）

この日は上総《かみつふさ》の防人の歌も選んだ。垣根の陰で泣き崩れる妻や、取り縋《すが》る子供の歌に涙が出た。

蘆垣《あしがき》の隈處《くまど》に立ちて吾妹子《わぎもこ》が袖もしほほに泣きしぞ思《も》はゆ
（市原郡上丁刑部直《あたひ》千國　万葉集　巻二〇・四三五七）

大君の命《みこと》かしこみ出で来《く》れば吾《わ》の取り著《つ》きて言ひし子なはも
（種淮《すゑ》郡上丁物部龍《たつ》　万葉集　巻二〇・四三五八）

（帝の命令だと畏《おそ》れおおく受け止め、半ばあきらめて防人に出てきたのであろうが、「行かないで」と縋《すが》りついて泣いた子供らが可哀相だ）

二月十四日、第二陣の常陸《ひたち》の歌に目を通した。

防人《さきもり》に発《た》たむさわきに家の妹《いむ》が業《な》るべき事を言はず来《き》ぬかも
（茨城郡《うまらき》若舎人部廣足《わかとねりべのひろたり》　万葉集　巻二〇・四三六四）

（出立の準備で慌しく、田畑の仕事のことで妻に言うべきことを言い忘れたのか。その気持ちがよく分かる）

同日、下野《しもつけの》の歌に目を引かれる歌が三首あった。

今日よりは顧《かへり》みなくて大君の醜《しこ》の御楯《みたて》と出で立つ吾《われ》は
（火長今奉部與曽布《かちょういまつりべのよそふ》　万葉集　巻二〇・四三七三）

――防人となった今日からは、家のことなど顧みずに、ただただ天皇のため、つまらないものながら楯となってお守りするために出で立つのだ、吾は――

（人は皆、家族との別離を悲しんでいる。それは三年後無事に帰れる保証が何もないからだ。事実、帰路は自弁であり、船便ではなく徒歩だ。駅舎《はゆまや》も利用できない。生き別れが多いと聞く。しかし、この男は、農民なのに武人の吾と同じ覚悟ができている。十人の部下を率いる火長《かちょう》という立場上、無理に己を殺して、悲壮な気持ちで詠んだのであろう。彼の心意気の背景は諦めではなかろうか。――おれは戦士だ――と、見栄を張ったのではなかろうか……）

余談であるが、千二百年後、太平洋戦争の時には、この歌は軍人兵士の心得として、利用された。（諦めと言えば、このような歌もあったな。もうどうしようもないと投げやりだ）

國國《くにぐに》の防人《さきもり》つどひ船乗《ふなの》りて別るを見ればいともすべ無し
（河内《かふち》郡上丁神麻續部《かむをみべの》島麻呂　万葉集　巻二〇・四三八一）

防人の人選がおかしいと、国司か郡司をあだ名で悪人と名指す大胆な歌があった。

ふたほがみ悪《あ》しき人なりあたゆまひわがする時に防人《さきもり》にさす
（那須郡上丁大伴部廣成　万葉集　巻二〇・四三八二）

——ふたほがみ（誰にも分からぬあだ名）は悪い奴だ。私があたふたしている急な病なのを知りながら、防人にしたとは——

（大伴部といえば、律令制定より昔、大伴一族の誰かの部民だったのだろう。気骨のある男がいるものだ。拙劣な歌であるが、選抜がいい加減になっている実態を詠んだものとして選に入れておこう）

十六日、下総《しもつふさ》の歌を選んだ。第二陣を送り出した。

十七日、茅努《ちぬ》の海を見ていると鶴が飛んでいた。その声が物悲しかった。

家持は防人に変身して、長歌、反歌を詠んだ。変身して詠む方法は、少年の日、母郎女を亡くしたとき憶良の挽歌で知っている。

海原《うなはら》に霞たなびき鶴《たづ》が音《ね》の悲しき宵《よひ》は國方《くにべ》しおもほゆ

（大伴家持　万葉集　巻二〇・四三九九）

二十二日、第三陣の信濃《しなの》の防人を迎えた。進上歌の中にはらりと泣かせる歌があった。

唐衣《からころも》裾《すそ》に取りつき泣く子らを置きてぞ来《き》のや母《おも》なしにして

（國造丁小縣《ちひさがた》郡他田舎人《をさだのとねり》大島　万葉集　巻二〇・四四〇一）

家持が部領使《ことりづかい》に聞いたところ、――大島は妻を亡くしているので、孤児の子供たちを妻の実家に預けてきた――との話であった。そのような境遇の男が、なぜ防人に徴兵されたのか、その事情まではあえて聞かなかった。選抜する国司にも事情があろう。子供たちが「行かないで」と、泣く状況は、全国各地で起こっていたであろうと、家持は暗澹《あんたん》たる気持ちになった。

二十三日、上野《かみつけの》国の十二首から四首を選んだ。

二十九日、最後の武蔵《むさし》国の防人を迎えた。妻女が詠んだ歌が多数あった。

草まくら旅行く夫《せな》が丸寝《まるね》せば家《いは》なる吾《われ》はひも解かず寝む

(妻椋椅部刀自賣《めくらはしべのとじめ》　万葉集　巻二〇・四四一六)

わが夫《せな》を筑紫《つくし》へ遣《や》りてうつくしみ帯は解かななあやにかも寝《ね》も

(妻服部呰女《めはとりべのあさめ》　万葉集　巻二〇・四四二二)

——私の夫を筑紫へ行かせておいて、お懐かしさに、帯をば解かないで、ああどうして寝られようか——

(帯を解かずに寝るのも、帯を解いて夫との懐旧の情を楽しむのも、妻の愛情表現だな)

家持は防人の妻たちの、夫との別離を悲しむ大胆な表現に圧倒されていた。

同日、最後の船を見送ったあと、家持は平城京から封書を受け取った。差出人は友人の刑部少録《ぎょうぶ》(次席書記官)・磐余諸君《いわれのもろきみ》であった。

——家持殿が難波津で防人たちの歌を集められていると聞いたので、刑部省に保管されている昔の防人歌の中から、良さそうな歌を八首写しました。ご参考になれば幸甚です——

家持は諸君の友情に感謝し、昔年《さきつとし》の防人歌を見た。冒頭の歌に言葉を失い、送り出す妻の心情に涙が流れた。

防人《さきもり》に行くは誰《た》が夫《せ》と問ふ人を見るが羨《とも》しさ物思《もひ》もせず

(作者不詳　万葉集　巻二〇・四四二五)

――「防人になって行く人は何方の御主人なの」と、気楽な気持ちで周りの人に問いかけているのを見ると、羨《うらや》ましくなる。防人に行くのは私の夫なのだから――

（そうだ、この八首は、今回の防人進上歌とともに、『万葉歌林』に収録しよう。諸君殿《もろきみ》ありがとう）

家持は、朝廷に報告する進上歌の纏めを作った。

国名	選歌日	進上歌数	拙劣歌	取載歌
遠江国	二月六日	十八首	十一首	七首
相模国	二月七日	八首	五首	三首
駿河国	二月九日	二十首	十首	十首
上総国	二月九日	十九首	六首	十三首
常陸国	二月十四日	十七首	七首	十首
下野国	二月十四日	十八首	七首	十一首
下総国	二月十六日	二十二首	十一首	十一首
信濃国	二月二十二日	十二首	九首	三首
上野国	二月二十三日	十二首	八首	四首
武蔵国	二月二十九日	二十首	八首	十二首
十カ国		百六十六首	八十二首	八十四首

取載歌には詞書《ことばがき》も左注《さちゅう》も加えず、家持の所見もつけず、そのまま勅使へ提出した。

三月三日、防人の検校《けんこう》のため難波津に出向いていた勅使、兵部省官人たちが、業務終了の打ち上げ宴会を行った。――肩の荷を下ろした――とはこのような時だろう。宴酣《たけなわ》となり、勅使の紫微大弼《だいひつ》・安部沙美麻呂《さみまろ》が立ち上がって、一首詠んだ。

朝なさな揚《あが》る雲雀《ひばり》になりてしか都に行きてはや帰り来《こ》む

（安倍沙美麻呂《さみまろ》　万葉集　巻二〇・四四三三）

――毎朝毎朝、空へ揚がる雲雀になりたいものだ。そうすれば都へ行って早く帰れたであろう――

（実務家でない沙美麻呂卿は、都で何が起きているのか、心は防人よりも政事《まつりごと》にあったのだろう。こちとらは物悲しい防人歌の選歌で、心は痛み、都の動静など気にもしなかった。部下は防人の世話と無事送り出す業務でくたくたになっている）

家持は「雲雀」と「都」を受けて、和《こた》えた。

雲雀あがる春べとさやになりぬれば都も見えず霞たなびく

（大伴家持　万葉集　巻二〇・四四三四）

――雲雀が揚がる春に、すっかりなったので、霞が立って都など見えませぬわ――

拍手が沸いた。もう一首披露した。

含《ふふ》めりし花のはじめに来《こ》し吾や散りなむ後《のち》に都へ行かむ
（大伴家持　万葉集　巻二〇・四四三五）

――蕾であった桜の花の頃、来た私は、この桜が散ってしまうまではここに居て、散った後に都へ行きましょう――

家持には桜が防人のように見えていた。

都に帰ると、左大臣の諸兄に、ごく内密に、武人としての感想を、口頭で述べた。
一、防人が東国十カ国に決められたのは、白村江の惨敗に因《よ》るのであろうが、九十年東国に決められているのはいかがなものか。
二、防人の大半は農民であるが、彼らに武装費用を負担させるのは、酷ではないか。武具は国が用意すべきではなかろうか。
三、防人に徴用されると、残るのは老人の父母や、子を持つ妻などである。耕作は十分行われず、

　　貧農になっているのではないか。
四、人選が必ずしも適正ではないのではないか。人選不満の歌があった。
五、概して戦意は低い。これでは防人本来の国家防衛ができないのではないか。
六、帰路自費負担も酷ではないか。

上司の兵部卿、諸兄の嫡男奈良麻呂にはこの私見を話さなかった。家持は、奈良麻呂とは親しかったが、その器量には一抹の不安を感じていた。己の厳しい所見が外部に漏れることを懸念した。

家持は自分の詠んだ防人関係の長歌や反歌を一切公表せず、『万葉歌林』の歌稿に加えて、長持ちの蓋を閉めた。


防人や家族の歌に涙を流した家持の直言が聞き入れられたのかどうか分からないが、東国防人の徴用はこれが最後となった。家持の兵部少輔転勤と、防人検校《けんこう》の任命がなければ、防人の苦悩は万葉集に掲載されず、日本の歴史にも残されなかった。

国史である続日本紀の天平勝宝七歳（七五五）の二月、三月には、この三千人の防人の交代や、勅使・紫微《しび》大弼《だいひつ》・安倍沙美麻呂《さみまろ》の任命、防人歌の進上、選別については一言の記載もない。防人問題は禁忌《きんき》（タブー）になっていたのではないか。

権力闘争に明け暮れる朝廷には、防人はどうでもよい存在だったのだろう。

第十帖　大波乱　その一　聖武帝崩御《ほうぎょ》

剣刀《つるぎたち》いよよ研《と》ぐべし古《いにしへ》ゆ清《さや》けく負《お》ひて来《き》にしその名ぞ
（大伴家持　万葉集　巻二〇・四四六七）

（一）厭魅《えんみ》

家持が少納言から兵部少輔《ひょうぶしょうふ》に任じられたのは天平勝宝六年（七五四）四月であった。朝議の頂点に立つ左大臣は、橘諸兄であり、右大臣は温厚な藤原豊成、その弟の仲麻呂は大納言であった。しかし仲麻呂は孝謙帝の寵臣として、公私両面で女帝と緊密であった。孝謙帝の即位と共に創設された紫微中台の紫微令《しびれい》（長官）として、実質的に政事《まつりごと》を取り仕切っていた。

公私両面でこれまでの規範を逸脱している仲麻呂に、不快感や反感を抱いていたのは大宮人たちだけではなかった。

――神聖なる皇統を継いでいる帝《みかど》を誑《たぶら》かしている仲麻呂は、悪人だ――

との声が宗教界でも秘かに囁かれていた。

冬十一月。家持が山陰道巡察使として地方行政を視察し、国司を指導している間に、平城京では大きな事件が起きていた。

薬師寺の行信大僧都《ぎょうしんだいそうず》と、八幡神社の女禰宜《ねぎ》・大神杜女《おおみわのもりめ》、宇佐八幡神宮の主神司《かんつかさ》・大神多麻呂《おおみわたまろ》が逮捕され、刑部省《ぎょうぶ》に引き渡されて取り調べられていた。薬師寺は、東大寺建立前は聖武帝（当時）と関係が深く、一時は帝のご在所となった大寺である。行信は仏教界の重鎮であり、以前聖武帝の側近の一人であった。また宇佐八幡宮は、神武東征伝説の古来より大王家と深い関係があった。主神司の大神氏族は豊後の豪族である。

――八幡大神は聖武帝の大仏建立を全面的に支援し、毘盧遮那《びるしゃな》仏の守護神になるべし。銅や金は必ず国内で産出される――

とのご神託に聖武帝はいたく感動した。事実その通りになった。

五年前の天平勝宝元年（七四九）十二月、女禰宜の大神杜女はご神体を奉じて上京、大仏に参拝。平城京の南に八幡神社を祀《まつ》った。この参拝時、聖武上皇は女禰宜・杜女の大仏参拝に際し、天皇と同色の紫の輿《こし》に乗ることを認めていた。後日従四位下の破格の昇叙を授けていた。聖武帝の信任厚い仏教界、神道界の大人物の逮捕に、世間は何事が起きたのかと驚いた。

――行信、杜女、多麻呂の三名は共謀して、秘かに妖術を使い、人を呪《のろ》い殺す呪法・厭魅《えんみ》を行ったとの逮捕事由であった。

十一月二十四日。朝廷は中納言・多治比広足《ひろたり》を薬師寺に派遣して、孝謙帝の勅《みことのり》として、行信大僧都を、下野国《しもつけ》（栃木県）の薬師寺に配流《はいる》した。三日後の二十七日。従四位下の大神杜女と外従五位下の大神多麻呂の官位を剥奪して、杜女を日向国《ひゅうが》（宮崎県）に、多麻呂を多褹島《たね》（種子島）へ配流した。三名にはこれまでの体面を失墜させる生きたままの極刑であった。

山陰道の巡察から帰ってきた家持も、この事件と処罰に驚いた。すぐに権を呼んだ。

「権、聖武上皇がご病気がちとはいえ、行信大僧都《だいそうず》は、吾が内舎人《うどねり》の頃から帝の側近であったお方だ。敬虔《けいけん》な僧職者だ。妖術で人を呪い殺すようなお方ではない。大神氏《おおみわ》とは面識はないが、代々宇佐八幡宮の神職だ。まさか厭魅《えんみ》の罪とは解せぬ」

「その通りでございます。行信大僧都と大神杜女、大神多麻呂が共謀して厭魅をした形跡はございませぬ。功成り名遂げられた方々が、今更厭魅する必要はなにもありませぬ。何者かの誣告《ぶこく》、でっち上げの密告でございます」

「何者か？」

「しかとは分かりませぬが……今、聖武上皇を支える方々を削《そ》ぎたい方々でしょう」

（古寺の薬師寺や宇佐八幡神社を除きたいのは……興福寺や東大寺や春日大社か……）

家持の胸中を読んだ権は、

「その名、出されますな――壁に耳あり、障子に目あり――でございます」

家持は頷《うなず》いた。

「して、厭魅したという相手は誰ぞ？　誰の死を呪ったというのか？」

「これだけの極刑なのに公表されていませぬが……藤原仲麻呂卿……ということになっております。律令の賊盗律では、厭魅の対象が天皇であれば死罪、私人間《しじん》では徒刑《とけい》、すなわち労役刑でございます。今回はその中間の流罪《るざい》、それもかなり重い配流《はいる》でございます。厭魅の対象が高官だったとの垂れ込みを吟味《ぎんみ》せず、そのまま使った刑部省の裁断、実際は仲麻呂卿ご自身の筋書きでございましょう」

山辺衆の首領、表の顔は西の市の大手造園家の権は、あちこちの貴族の庭園の仕事をする配下から情報を得るとともに、先代の憶良同様に、秘かに律令も勉強していた。

「そうか……よく分かった」

「若、この件はお役所ではお口になさいますな。仲麻呂卿はあちこちに候《うかみ》を配し、密告の罠を仕掛けておりますぞ。今は流れに掉《さお》さささず、静観なされよ」

「権、分かった」

（女帝と仲麻呂の勢力が、じわじわと聖武上皇の周辺を締めあげてきているな。厭魅をでっち上げるとは、卑怯な……）

家持は背筋に冷ややかなものを感じていた。

（二）聖武上皇心労

前帖で述べたが、翌天平勝宝七歳（七五五）春、二月から三月にかけて、家持は難波津へ出向き、防人の検校《けんこう》と、彼らの詠んだ歌を収集した。家持は、権の助言通り、目立たぬように、言動に細心の注意を払って、淡々と兵部少輔の職務をこなした。

あっという間に夏も秋も過ぎて、冬十月に入った。

六年前、聖武上皇は、皇位を阿倍内親王に譲った後は、政事《まつりごと》からは身を引き、もっぱら仏門の世界に埋没していた。それゆえに、大仏建立の陰の功労者である行基大僧正に、開眼の直前に先立たれたうえ、長年信頼を寄せていた行信大僧都を配流《はいる》されて、上皇は計り知れないほどの衝撃を受けた。

さらに、これまで大仏建立を積極的に支援してくれた宇佐神宮の女禰宜《ねぎ》・大神杜女《おおみわのもりめ》と、主神司《かんつかさ》の大神多麻呂《おおみわのたまろ》には深く感謝していた。その功労者の二人が官位を剥奪されて遠流《えんる》された処置は、上皇に事前の相談もなかった。

（孝謙は父の顔を無視したのか！　仲麻呂は大仏建立を何と心得ているのか！　……開眼供養の夜に、のこのこと田村第《たむらてい》に出向いた孝謙は、わが皇女ながら……ああ、情けない。宇佐大神に顔向けできない……）

聖武上皇は恩人たちの流罪を阻止できなかった悔しさと、自分の顔に泥を塗られたような怒りに、年初から毎日、身を震わせていた。心理的ないらだちが嵩《こう》じて、上皇の体調を狂わせていた。病の床に伏す日々となった。心の病なので、薬石は効を為さなかった。

十月二十一日、孝謙帝は聖武上皇の病治癒《ちゆ》のため大赦《たいしや》の勅を出した。

――ここしばらくの間、太上天皇は健康がすぐれず、寝食の状態がよろしくない。朕《ちん》はひそかにこれを案じ、心中深くお気の毒に思い、悲しんでいる。病を救う方法は、ただ恵みを天下に施し、延命のためには、人々の苦難を救うにまさるものはない。天下に大赦を行うことにする。……――

同日、天智、天武、持統、文武、元明、元正帝の陵と、草壁皇子と藤原不比等の墓に、勅使を派遣して、幣帛《へいはく》（お供え物）を奉じ、健康回復を祈願させた。

祈願先を知った家持は、憶良の講義を想い出していた。

（ほほう。女帝はご先祖の天皇陵と、皇位に就かれなかった草壁皇子の墳墓にも勅使を遣わされたのか……しかし不比等卿は天智帝のご落胤とはいえ、民臣だ。母方の祖父を天皇同様に扱うのは……吾には少し違和感があるが……それに、……孝謙帝は天武系の帝とされているが、これでは天智系への思い入れが深すぎる……だが口には出すまい）

十一月二日、少納言が伊勢神宮に派遣された。

（兵部少輔への転勤がもう一年あまり後だったら、少納言の吾が伊勢神宮に幣帛を捧げに下向していたのか……）

内舎人《うどねり》として聖武帝に仕え、彷徨《ほうこう》の旅の供をした家持は、心から上皇の回復を祈った。

これらの祈願の甲斐があったのか、上皇の健康は持ち直した。

（三）密告

――上皇は小康を取り戻された――との知らせに、何となく陰鬱《いんうつ》な日々が続いていた内裏の空気が穏やかになった。紅葉も散った十一月二十八日、左大臣・橘諸兄《もろえ》は、嫡男の参議・兵部卿の奈良麻呂の邸宅で酒宴を開いていた。招待されていたのは佐伯氏族の長老、陸奥《むつ》守・佐伯全成《またなり》と大宰大弐・佐伯美濃麻呂《みのまろ》であった。

全成は、天平勝宝四年（七五二）四月九日の大仏開眼供養の宴で、佐伯氏族の二十名を率いて、久米舞の剣舞を披露したときの舞頭であった。黄金が出た陸奥国の国守・百済王敬福が大国常陸国に栄転した後任であった。

一年の税収を京師へ運び、納税する公務を終えていた二人を、諸兄は招いて慰労していた。藤原一門のように大きな閨閥《けいばつ》を持たない諸兄は、旧来の豪族、なかでも大伴と佐伯の支持を頼りにしていた。家持がしばしば宴に招かれたように、佐伯氏族も歓待されていた。

宴酣《たけなわ》になった時、全成が諸兄に一首を求めた。

「ではこの庭に降り積もった雪を題材に詠んでみるか」

諸兄が、すらすらと詠唱した。

高山の巌《いはほ》に生《お》ふる菅《すが》の根のねもころごろにふり置く白雪

（橘諸兄　万葉集　巻二〇・四四五四）

――高い山の岩に生えている山菅（ヤブラン）の根のように、ねもころごろ（びっしりと）降り積もった白雪だ――

「お見事でございます」

無骨な武人の全成は、歌は詠まないが、雰囲気は出ていると感じていた。

「ところで全成、大仏開眼法要の折、そちたちの久米舞をいたく褒められていた聖武上皇が、健康を回復されてよかったのう」

「はい。あの舞の後、陸奥守を仰せつかり、今回も黄金を納付致しましたが、上皇のご配意には感謝しております。左大臣殿には長い間政事をご担当され、苦労様でございます」

「うむ。天平九年（七三七）の疫病大流行で藤原の四卿《けい》が病死され、急遽、聖武帝より大納言を仰せつかった。余が五十四歳の時からだから、ざっと十九年になるか……」

この時諸兄は七十二歳であった。

「いろいろなことがあったな。……」

気心の知れた佐伯氏の二人と、嫡男の奈良麻呂、それに数名の家臣だけの雪見の宴であった。ほろ酔い気分でついつい口が滑《すべ》った。

「広嗣の反乱の時には参ったな。ご心配症の帝は、『京では心配だ』と、彷徨の旅に出られた。『平城京は怖い。厭じゃ』と申されるので、やむなく恭仁《くに》に新都を作ったが、紫香楽《しがらき》や難波津など、ころころご意志が変わられられた。困ったのは行基におだてられ、山奥の紫香楽に巨大な大仏を建立されると決められ、着工されたことだ。いやはや金策に翻弄《ほんろう》されたわ。――紫香楽に都や大仏などとんでもない――と、紫香楽を好まれなかったのは余だけではなかったようだ。毎晩のような山火事は、誰かの付け火だな。結局はこの平城京に帰られた。だが大仏建立のご意志は貫かれた。……しかし、紫香楽以上の巨大な毘盧遮那仏《びるしゃなぶつ》を、金箔で覆いたいというご発想には、余は肝を抜かした。大仏建立の費用調達だけでも頭が痛かったが、わが国では黄金は産出されていなかったからだ。そちの前任の百済王敬福が、――陸奥《みちのく》から黄金が出ました――と報告してきた時には、心底《しんそこ》驚き、喜んだ。助かったな。長屋王のことや、安積《あさか》親王のことなど……皇嗣《こうし》にもいろいろ……いやいやこれは……少し酔ってしゃべりすぎたかな……全成、誰にも漏らすではないぞ」

「相分かりました。美濃麻呂もおいしいお酒に酔って船を漕いでおりまする。そろそろ失礼致しましょう」

全成は美濃麻呂を促して退出した。

末席で宴会の世話をしながら、さりげなく聞き耳を立てていた家令がいた。佐味宮守《さみのみやもり》という近習であった。従八位上という低い官位であった。

翌日、宮守は紫微中台《しびちゅうだい》の仲麻呂の許に駆け込んでいた。諸兄の発言に尾ひれを付けて、

――昨夜の左大臣の発言は聖武帝にまことに無礼であり、さらに皇統についてもいささか疑問を持たれております――

と、告発した。

仲麻呂から報告を受けた聖武上皇は、苦笑いした。

「朕《ちん》の性格は諸兄の申す通りだ。諸兄にはさんざん苦労を掛けた。少しぐらいは愚痴をこぼすのも無理はない。今更呼び出して咎《とが》めることはない。忘れよう」

しかし、孝謙帝はこだわった。年末、大宰大貳から越前守に転勤したばかりの佐伯美濃麻呂を京に呼び出し、諸兄の発言は事実かどうか訊問した。美濃麻呂は、

「それがし太宰府からの納税作業の監督に疲れて、あの夜は不覚にも泥酔致しました。それゆえ諸兄卿のお話はよく覚えていませぬ。一族の長、佐伯全成《またなり》なら知っておりますでしょう」

と、応えた。

――それでは全成を呼ぼう。上皇を批判した不逞《ふてい》の輩《やから》、諸兄《もろえ》を厳罰にせねばならぬ――

と、孝謙帝は光明上皇后と仲麻呂に告げた。

「孝謙、お待ちなされ！　左大臣は、父を異にすれども、妾《わらわ》と母を同じくする肉親の兄です。貴女には血の繋がる伯父になります。全成を呼び出し詰問して、左大臣の言辞《げんじ》の無礼を咎め、厳罰にしても、民に失笑されるだけじゃ。政事では兄と意見を異にしてきたが、晩年になって、失言を咎め、罰することはなされるな。諸兄の妹として、この通り帝に頭を下げる。おやめくだされ」

生母・光明上皇后の懇望に、孝謙帝は唇を噛んで、全成の喚問をやめた。

この事を人づてで知った諸兄は、自分の権力の衰えをまざまざと自覚した。

――配下の家令に密告されるようでは、吾に左大臣の仁徳も権威もなし――

と、致仕《ちし》（辞任）を申し出て、承認された。天平勝宝八歳（七五六）春二月二日であった。

兵部少輔の家持は、諸兄の辞任と、その背後の事情を知り、大きな衝撃を受けた。十年前の、元正上皇の庭の雪掃きの宴を想い出していた。

（あの日、諸兄卿は酔って、秦朝元《はたのちょうげん》殿に失礼な発言をなされた……酒の上でご失敗されなければよいがと思っていたが……まことにつまらないことで告発され、致仕された……それも家令に密告されるとは……仲麻呂は諸兄卿の家令まで調略していたのか……）

「助、剛。吾らも注意を怠らぬようにしよう」

「御意《ぎょい》」

背筋の寒さは雪だけのせいではなかった。大伴氏族の大きな後ろ盾を失って、将来が闇になった。不気味な静けさと波乱は続く。

（四）難波の堀江

諸兄の致仕に嫌気が差したのか、二月二十四日、聖武上皇、光明上皇后と孝謙女帝の三名は、揃って河内離宮から難波離宮に行幸された。命により兵部少輔の家持も陪従《べいじゅう》した。行幸の間に、歌を詠む機会があった。

三月七日、河内国の歌人、無官職（散位）の大夫、馬國人《うまのくにひと》の館に、親友で式部少丞《しょうじょう》（三等官）の大伴池主とともに招かれた。久しぶりに気心の知れた仲間との歌会であった。

家持は「大伴の御津の濱松」を眺めて、題材にした。

住吉《すみのえ》の濱松が根の下延《したば》へてわが見る小野《をの》の草な刈りそね
（大伴家持　万葉集　巻二〇・四四五七）

――住の江の浜の松の根ではないが、心の中に根を張って、嬉しく思って眺めているこの野原の草を、どうか刈らないでくれ――

家持の心情を察して、主人の國人が和した。

鳰鳥《にほどり》の息長《おきなが》川は絶えぬとも君に語らむ言盡《ことつ》きめやも
（馬國人　万葉集　巻二〇・四四五八）

――（近江国の）息長川の水が絶えることはあっても、家持殿に語る言葉は尽きませぬ――

（憶良殿の講義で、息長氏族は舒明帝まで皇統の家系であったと教えてもらったな……國人が、皇統のことまで深読みしているのかどうかは分からぬが……吾と語り合いたいとは嬉しいことだ）

家持は國人の心遣いを感謝していた。

池主は上皇らが遊んでいる難波の堀江を詠んだ。堀江は疎水である。

蘆《あし》刈りに堀江こぐなる楫《かぢ》の音《おと》は大宮人の皆聞くまでに

（大伴池主　万葉集　巻二〇・四四五九）

――葦を刈るために難波の堀江を漕ぐ船の楫の音は、供の大宮人が皆聞けるほど、近く聞こえている――

三月二十日、難波随行では格別の仕事はない。手持無沙汰の家持は、独りで堀江の傍に立ち、景色を眺めていた。これまでならば左大臣の諸兄も随行しており、何かと挨拶や談笑する時間があった筈である。諸兄の寵臣であった家持の側《そば》には誰も近づいてこない。諸兄や愛妻大嬢のいる奈良が恋しかった。馬國人の館で池主の詠んだ歌に和して五首詠んだ。

堀江より水脈《みを》さかのぼる楫《かぢ》の音《おと》の間《ま》なくぞ奈良は戀しかりける

（大伴家持　万葉集　巻二〇・四四六一）

――疎水を通って水脈を漕ぎ上っていく櫂《かい》の音のように、間断なく奈良の都が恋しい――

この時家持は、間もなく池主と永遠の決別をするとは夢にも思わなかった。

（五）聖武上皇崩御《ほうぎょ》

夏四月に入って、聖武帝の体調が悪化した。十四日、孝謙帝は再び大赦を行った。

十五日、難波を出立して十七日、平城京に帰ってきた。五月二日、帝は左大弁・大伴古麻呂に命じて、伊勢神宮に幣帛を捧げさせた。全国の田租を免除した。しかし、聖武上皇は、その日、帰らぬ人となった。享年五十六歳。天皇・上皇として三十三年間、朝政に関わってきた。家持は、またまた大きな後ろ楯を失い、呆然となった。

光明上皇后や孝謙帝、台閣の面々は、聖武上皇の遺詔（遺言状）を披《ひら》いた。

――皇太子には道祖王《ふなど》を立てよ――

との内容に驚いた。道祖王は天武帝の皇子、新田部《にいたべ》親王の王子である。この時、中務卿《なかつかさ》、従四位上の公卿であった。誰も皇太子として予想していなかった人物であった。

――なぜ道祖王なのか――誰にも分からぬまま、遺詔により、その日、道祖王が皇太子に立太子した。これが後日皇嗣問題の紛議となる。急遽、藤原永手《ながて》が中務卿を兼任した。

翌三日、帝《みかど》は鈴鹿《すずか》・不破《ふわ》・愛発《あらち》の三関所を厳重に警戒させた。上皇崩御による謀反の勃発を恐れたのである。

葬儀の役人、御装束司と御陵を造る山作司《やまつくりし》が任命された。朝議・朝政の要人や有能な国守たちであった。（今後家持が巻き込まれる様々な事件に関係する人物が多いので列挙した）

御装束司

右大臣　従二位　　藤原豊成《とよなり》（南家・故武智麻呂《むちまろ》の嫡男）（奈良麻呂の変左遷）

摂津大夫　従三位　文室智努《ふんやのちぬ》（智努王。舎人《とねり》親王の皇子。臣籍降下）
中務卿・左京大夫　従三位　藤原永手（北家・故房前《ふささき》次男・家持親友八束《やつか》の兄）
　讃岐守　正四位下　安宿《あすかべ》王（長屋王と藤原長娥子《ながこ》の子）（奈良麻呂の変配流《はいる》）
　　　　　従四位上　黄文《きぶみ》王（長屋王と藤原長娥子の子）（奈良麻呂の変獄死）
参議・兵部卿　正四位下　橘奈良麻呂（前左大臣・橘諸兄の嫡男）（獄死）
　　　　　従四位下　多治比國人《くにひと》（奈良麻呂の変で伊豆流罪）
　　　　　従五位下　石川豊成《とよなり》
造山司（山作司）
　中納言　従三位　多治比広足《ひろたり》（奈良麻呂の変で解任・蟄居《ちっきょ》）
　常陸守　従三位　百済王敬福《けいふく》（黄金出土の陸奥守）
　　　　　正四位下　塩焼《しおやき》王（新田部親王の子、妃は不破内親王）（免罪）
　出雲守　従四位下　山背《やましろ》王（長屋王と藤原長娥子の子）（奈良麻呂の変。密告）
　左大弁　正四位下　大伴古麻呂（家持の従兄、奈良麻呂の変で獄死）
紫微少弼・武蔵守　従四位上　高麗福信《こまふくしん》（奈良麻呂の変で小野東人を逮捕）
　　　　　正五位上　佐伯今毛人《いまえみし》
　大宰少弐　従五位下　小野田守《たもり》
　上野守　従五位下　大伴伯麻呂《おじまろ》（大伴道足の嫡男、久米舞歌頭）

（おや？　大納言・紫微令《しびれい》・中衛大将・従二位の仲麻呂卿の名がないが？　総指揮か……）

左大臣の諸兄が失脚後、右大臣・豊成を差し置いて、弟の仲麻呂が実権を握っていた。

四日、七大寺（東大寺、興福寺、元興寺、大安寺、薬師寺、西大寺、法隆寺）で読経。

六日より、文武の百官は白無地の喪服を着て、内院南門で、朝夕哀悼《あいとう》の声をあげた。

初七日の二日後の五月十日。大伴氏族の氏上、家持が頭を抱える事件が起きた。

（六）族《やから》に喩《さと》す歌

——出雲守・大伴古慈斐《こしび》は朝廷を侮辱し、臣下として礼を失した発言をしている——

と、紫微中台《しびちゅうだい》に告発した人物がいた。孝謙女帝の身辺の雑用をする内竪《ないじゅ》（走り使い）の淡海三船《おうみのみふね》である。葬儀のため上京していた古慈斐と、告発者の三船は左右衛士府《さうえじふ》に逮捕拘禁《こうきん》された。十九日に行われる上皇の葬儀の準備に、朝廷も役人たちも、皆多忙であった。三日後の十三日、女帝の詔で二人は放免された。

三船に告発された古慈斐は、壬申《じんしん》の乱の功臣、大伴吹負《ふけい》の孫である。家持の亡父旅人とは又従兄弟であり、一族の重臣として、旅人や家持の信頼が篤《あつ》かった。

孝謙女帝になって、従四位上・衛門督《えもんのかみ》、皇居防衛の長官という武将として高い官職から、突然、格下の出雲守に左遷されていた。出雲国は従五位下という貴族でも最下級の赴任地である。屈辱的な人事措置であったから、古慈斐が不満を持っていたことは事実である。

一方の淡海三船は、天智天皇の御子大友皇子と、天武天皇と額田王との間の皇女十市《とおち》皇女の間に生まれた葛野《かどの》王の孫である。御船《みふね》王と名乗っていた王族であるが、臣籍降下して淡海三船と名乗ってい た。才気在り、口が達者で、文も立つ人物であった。紫微令《しびれい》・藤原仲麻呂の密命を受けていた。弁舌爽やかに古慈斐に近づいていた。古慈斐の不満は、朝廷の人事措置であるから、そのまま帝の批判になる。表面は二人の逮捕の形を取ったが、密偵の三船はすぐ赦された。

放免された古慈斐は出雲守から土佐守に左降された。土佐国の格は中国である。上国の出雲国より一段低い。規定では国守は正六位下の卑官、非貴族が任命される。女帝のみ心で赦されたという形であるが、実際の処置は配流《はいる》であった。

（ならぬ堪忍するが堪忍……）

衛門督《えもんのかみ》から出雲守、さらに土佐守へと、大幅な左降であったが、硬骨の武将古慈斐は、屈辱に唇を噛みながら、僻地《へきち》へ赴任していった。

氏上の家持は、この酷な人事措置に、恐怖を感じた。

（孝謙女帝と仲麻呂の刃《やいば》が、橘諸兄卿からいよいよ吾が大伴氏族へ向けられてきたな。氏族の危機だ。――謀計の罠《わな》にかかるな。他人に気を許すな。おだてられても乗るな。口を慎め。大伴の名を大事にしよう――と、一族に注意を喚起せねばならぬ）

毎夜真剣に文言を考えた。久々に長歌を作り、反歌をまとめ、権と助に見せた。

山辺衆候を率いる初老の二人は、時間をかけてじっと歌を見つめた。

……皇祖《すめらき》の　天《あま》の日嗣と　つぎて来《く》る　君の御代御代　隠さはぬ　赤き心を
皇方《すめらべ》に　極《きは》み盡して　仕へ来《く》る　祖《おや》の職《つかさ》と　言立《ことだ》てて　授け給へる　子孫《うみのこ》の
いやつぎつぎに　見る人の　語りつぎてて　聞く人の　鑑《かがみ》にせむを　惜《あたら》しき
清きその名ぞ　凡《おほ》ろかに　心思ひて　虚言《むなごと》も　祖《おや》の名断《た》つな　大伴の
氏《うぢ》と名に負へる　丈夫《ますらを》の伴《とも》

（大伴家持　万葉集　巻二〇・四四六五）

――……皇祖のお伝えなされた尊いご血統として、後から後からついていらっしゃる天子の御代毎に、隔て隠しのない、朗らかな心を、天子のお傍でできるだけ出して、お仕え申してきた祖先以来、伝統の官人として、語にとり立てて特に授けられた官《つかさ》で、すなわち、生まれてくる子孫の代々に、次々に立派にお仕えして、見る人は、代々に語り継ぎ、語り継ぎし、その話を聞く人が、自身の手本にするだろうよ。そうしたきっぱりとした、潔白な家の名である。だから、よい加減に思うて、虚言にでも、祖先の名折れになるような評判を立てるな。大伴という家柄の名を持って生まれた、立派な男の仲間よ――

磯城島《しきしま》の倭の國に明《あき》らけき名に負《お》ふ伴の緒こころ努《つと》めよ

（大伴家持　万葉集　巻二〇・四四六六）

――この日本の国で、曇りなく潔白な心でお仕えしている、という評判を持っている、わが大伴の役人の者たちよ、心を励まし、一生懸命になって、潔白な行いをせよ――

剣刀《つるぎたち》いよよ研《と》ぐべし古《いにしへ》ゆ清《さや》けく負《お》ひて来《き》にしその名ぞ

――昔から（わが一族は忠義で武に優れている）心の潔白な者たちだと評判を持っている。その大伴の家名だ。だから剣太刀をますます研いで、武に励まねばならぬ――

権が重い口を開いた。

「氏上のお気持ちはよく分かります。しかし、これでは古慈斐《こしび》殿が潔白でない行為をなされたようにも誤解されましょう。氏族の方々の反感を呼びかねませぬ。また反歌の第二首は、――大伴の名誉を守るために、剣太刀を磨き、武力蜂起をするぞ――と曲解されかねませぬ。家持に謀反の意志ありと、仲麻呂の好餌《こうじ》になり、氏上のお気持ちとは真逆の結果になりましょう。ここは、古慈斐殿が黙って土佐に赴任されたように、我慢の時でございます。憶良殿の最終講義を想い出されまし。――柳に雪折れ無し――しばらくは大嵐が吹きすさびましょうが、氏上の大仕事は、旅人殿と憶良殿が心血を注がれた『万葉歌林』の完成と上梓により、――文武の大伴――の名を後世に残すことでございましょう」

「分かった。この歌稿はすぐに蔵の長持ちに仕舞いこもう」

権と助は深々と頭を下げていた。

第十帖　大波乱　その二　東大寺献納

奉るは、太上天皇国家珍宝等を捨て、東大寺へ入れる願文　皇太后御製
（東大寺献物帳　通称国家珍宝帳）

（一）東大寺献納

五月十九日、聖武上皇の葬儀は、仏を祀《まつ》るように華やかに執り行われた。聖武帝は生前から「三宝の奴《やっこ》」と自称していた敬虔《けいけん》な信徒であった。佐保山の陵《みささぎ》までの葬送の列では笛人の吹く音楽が奏でられた。

仏教では——七七忌（四十九日）には、いかなる死者も来世に生まれ変わる——と、説いている。六月二十一日。七七忌の法要は、興福寺に僧侶や沙弥《しゃみ》、千百余名が参加して、厳粛に行われた。この日、光明上皇后は、聖武上皇生前の遺愛の品、六百数十点を東大寺の大仏に寄進して、上皇の冥福を

祈った。寄進を受けた東大寺は、大仏殿の裏の正倉院北倉に収納した。現在の正倉院宝物である。冒頭と文末に願文が付されていた。

これは聖武上皇の為に、光明上皇后が国家の珍宝等を、東大寺へ入れ、盧舎那《るしゃな》仏や諸菩薩、諸聖人を供養し、その効験によって、御霊《みたま》が花蔵の宝利《ほうり》（仏の世界）へ到着し、天界から人界にいたる、あらゆる世界に恵みをもたらすように願っています。

六百数十点の品目明記（うち約四百点は武具）

右奉納した宝物は、皆これ先帝、聖武帝の玩弄《がんろう》（深く愛された）珍宝で、天皇に近習する内司が提供したものです。昔を思い出し、眼に触れれば私は崩れ落ちます。謹みて盧舎那仏に捧げ、献納の功徳によって、先帝の御霊を乗せた輿《こし》が、速やかに十聖（上皇が仏弟子の菩薩から仏になる十の段階）を旅し、三途の川を無事に渡って、どうか涅槃《ねはん》の彼岸《ひがん》、仏の花蔵に早く着きますよう、お願い致します。

天平勝宝八歳六月廿一日

従二位・大納言・紫微令・中衛大将・近江守　藤原仲麻呂
従三位・中務卿《なかつかさ》・左京大夫　藤原永手
従四位上・紫微少弼《しょうひつ》・武蔵守　高麗福信
ほか紫微中台役人二名

家持は、末尾の署名者を知り、紫微令・仲麻呂の権勢把握をまざまざと認識した。本来担当すべき中務省《なかつかさ》は、長官の永手一人だった。紫微中台がすべてを取り仕切っていた。

——上皇后は、聖武帝遺愛の品を一点も残されず、奉納し、ご冥福を祈られた——

と聞いて、家持の妻、大嬢《おおいらつめ》は驚いた。

「家持様、私ならば愛するあなた様の想い出に、いくらかは残しますよ。上皇后様は本当に聖武上皇を愛されていたのでしょうか？　また、仏教ではそんなにお寺に納めないと、成仏できないのでしょうか？　庶民は三途の川をなかなか渡れませんね」

「大嬢、そなたの申す通りだ。しかし、このこと誰にも言うな。危ない。不敬罪になる」

家持も違和感を持っていたが、今は一族の長老、古慈斐《こしび》の誣告《ぶこく》左遷問題に頭を抱えていた。

（二）大捨成就《だいしやじようじゆ》の深い溝

夜、右京西の市で手広く植木屋兼造園の大店の店主、山辺衆の首領、権が館に現れた。

「内々、若のお耳に入れておきたいことが、二〜三ございまして……」

「何ぞ。聴こう」

「実は懇意にしている東大寺の僧から、今回の主な献納品を聴きました。献納目録の第一は、御袈裟《おけさ》九領で、次に御厨子《おんずし》が記載されていたそうです」

「赤漆文欟木御厨子《せきしつぶんかんぼくのおんずし》だ。吾は内舎人《うどねり》の時から、その御厨子を見慣れている。欅《けやき》の見事な造作だ。当時の聖武帝から、――この御厨子は古様式で、天武帝が初めて使われ、以来、持統《じとう》、文武《もんむ》、元正《げんしょう》帝と継承され、天武・持統系皇位継承者が身辺の大事な品を格納する伝統だ――と、聞き及んでいる。孝謙女帝が引き継がれたはずだが？」

「天智帝の皇女、元明《げんめい》帝は外された。とすると、その御厨子は、孝謙女帝から次の天武系の帝《みかど》に譲らねばならぬお品ではございますまいか？」

「そういえばそうだな」

「――これを光明上皇と孝謙帝が、聖武上皇遺愛の品とされて喜捨されるのは、天武帝および天武系の帝に非礼になるのではないか。喜捨、寄進と名目は良いが、実際には天武の皇統を捨てることを意味しないか？　どうも違和感があり、納得がいかない――と、その敬虔《けいけん》な僧は申していました」

「なるほど、天武系の皇統を捨てることか……」

「その僧の説明では、――聖武上皇は、大仏建立の根本経典である『華厳経《けごん》』を深く信奉されていました。その経典には、財穀、金銀、真珠、碧玉《へきぎょく》、珊瑚《さんご》から、奴婢《ぬひ》、人民、城塞《じょうさい》、さらに妻妾《さいしょう》、眷属《けんぞく》、身分など一切のものを惜しみなく大捨すれば、菩薩行の第一の関門通過は成就する――と、説いているそうです」

「聖武帝は、天平勝宝元年（七四九）孝謙帝に譲位され、天皇のご身分や人民、宮殿、城塞を捨てられ、仏門に入られた。今回上皇后は、財宝などを喜捨されたではないか？」

「仰せの通り、上皇は、僧勝満になられた時、妻妾眷属、すなわち光明上皇后、皇女の孝謙帝、天武系も王族、母方の藤原氏族などを捨てられたことになります」

「凡愚《ぼんぐ》にはできぬことだ」

「上皇ご自身は、大願成就でよろしいかもしれませぬが、ご夫君に捨てられた光明上皇后や、父に捨てられた孝謙女帝の身になりますと、心の奥底では、聖武上皇の仏門入りを、どう思われていたのでしょうか？」

家持は、予期せざる権、いや東大寺の僧の意見に戸惑《とまど》った。

「天平勝宝四年（七五二）の大仏開眼法要が華麗に執り行われた夕べ、孝謙帝は藤原仲麻呂の田村第《たむらてい》に行かれ、そこをご在所とされました。僧は、――この女帝の、人倫を越えた行動がすべてを語っている――と、申していました」

「そうか……仏門に入られた上皇は、菩薩行のため妻子を捨てられた。捨てられたお二方は、上皇を愛することをやめた。仏教の教えとは真逆の、肉欲の世界へ……」

「東大寺の僧は、――せめて大仏開眼供養の日だけは、仲麻呂との睦み合いは避けてほしかった――と、申していました」

「よく分かった……」

家持は、聖武上皇と、光明上皇后や孝謙帝との間に横たわる、暗く深い闇の谷間を覗き見たような気がしていた。歴代の天武系天皇馴染《なじ》みの御厨子《おんずし》が、継承されず喜捨されたことに、何か不吉なものを予感した。同席していた大嬢と助も、肩を落としていた。

（三）もう一つの厨子

その雰囲気を変えるように、

「若、もう一つの厨子の、面白い話を致しましょう」

「何だと、厨子は二つ寄進されたのか？」

「はい。これは聖武帝の愛玩物ではないのになぜか、寄進の目録にありますが……その添え書きが、驚き、桃の木でございます」

「まるで船長《ふなおさ》の甚のような口調だな。早く申せ」

「その僧によりますと、――御物の赤漆文欟木御厨子《せきしつぶんかんぼくのおんずし》に似た名称の、この赤漆欟木厨子の説明には「右百済《くだら》国王義慈《ぎじ》進於内大臣」と書かれていた――とのことです」

「何だと！　百済の義慈王が、当時の内大臣の鎌足に進呈していたのか！　天智帝ではなく鎌足に？……待てよ、権、そなたも憶良殿の講義を聴いたので、覚えていようが……憶良殿は――鎌足は、百済の薯童《そどん》・武王の子、翹岐《ぎょうき》王子だ――と申されていた。――百済王を継いだのは、異母兄の義慈王だ。翹岐王子は日本に逃れ、中臣鎌足を名乗った――と、教えられた」

「その通りでございます」

「その義慈王が何故、追放した異母弟の翹岐王子こと鎌足に、高価な赤漆欟木厨子を進呈したのであろうか？」

「それがしの候《うかみ》流の解釈を申し上げましょう。韓半島では、その後、新羅《しらぎ》と唐が連合したので、義慈王は百済の将来に危機感を持たれました。日本には息子の豊璋《ほうしょう》王子を送っていましたが、鎌足、実は翹岐《ぎょうき》王子が、天智帝に仕えて実権を持っていたので、進物をして頭を下げ、百済の後援と、豊璋王子の支援を頼んだのでしょう」

「まことに筋が通るな。しかし、天智帝よりも鎌足に贈ったのはなぜか？」

「前《さき》の首領《かしら》の解説のように、渡来人の社会では、翹岐王子の鎌足が、漢皇子こと天智帝よりも上位でございましたゆえ……」

「そうか。それで鎌足は、豊璋王子を百濟再興の王とし、白村江の戦いに日本の支援軍団を送ったのか」

「その通りです」

「しかし、その厨子が、なぜ東大寺献納品の中にあるのだろうか？」

「この厨子を引き継いだのは鎌足の子、実は天智帝のご落胤、藤原不比等でございます。不比等は壬申の乱を予想して、いち早く大津京を離れ、大友皇子軍にも、大海皇子軍にもつかず、田辺史《ふひと》大隅の館に身を隠していました。不比等が宮廷に現れたのは、天武帝が亡くなられ、持統女帝の御代になってからです。不比等は持統女帝とは天智帝を父とする異母姉弟になります。この時に高価な厨子を持統女帝に献上されたのでしょう。以後、二つの厨子は、天皇のお側にあったことになります。造作はほぼ同一の、見事な欅《けやき》造りです」

「そうか……まさか東大寺への献納品の中に義慈王から鎌足への進物があったなどとは、夢想だにしなかった。それにしても憶良殿の――鎌足は義慈王の異母弟、翹岐《ぎょうき》王子だ――とのご指摘は、これで確実になった。実に卓見であったのう」

前の首領の見識を褒められ、権と助が嬉しそうに微笑んだ。

（読者には「令和万葉秘帖」まほろばの陰翳下巻――第十四帖　百済滅亡――および――第二十三帖落胤――をご参照ください）

（四）写経七千巻の願文

「献納品ではありませぬが、光明上皇后が、皇后時代に発願《ほつがん》され、このほど完成した一切経七千巻の写経の願文について、お耳に入れておきます。政事《まつりごと》の世界とは離れた仏教界のことですから、官人の方はご存じないでしょう。しかし、これも皇室や財政に関わることでございますので、くれぐれもご内聞に、お願いします」

家持と大嬢が大きく頷いた。

「さて留学僧の玄昉《げんぼう》は、聖武帝のご生母、宮子大夫人のうつ病を治癒されたので有名です。その後の行跡が悪く、先年、広嗣の亡霊に殺されたと伝えられています。悪僧でしたが、もう一つの功績は、帰国する際に唐に請うて、経典約五千巻を持ち帰ったことでございます」

「ほう、そうであったか」

「天平八年（七三六）、光明皇后はこの経典を底本として、不比等邸跡の皇后宮の一角に設けた隅寺（海龍王寺）の写経所の写経生に、全巻の写経を命じました」

「ほう、天平八年といえば、吾は内舎人《うどねり》になって三年目、疫病大流行の前年だな。十九歳だったから、写経の話などには興味がなく、知らなかった。しかし、五千巻、最終的には七千巻もの写経ともなると膨大な労力と時間や費用が掛かるが、いかなる目的で始められたのか？　聖武帝や朝議の承認は得たのだろうか？」

「実は、聖武帝には漠然と、――皇后宮で、玄昉の持ち帰った経典の写経をします――程度でご了解を取られたのではないかと推量します。右大臣は異母兄の武智麻呂卿ですから、お金の方も根回しできていたのでしょう」

「そうか、長屋王の変の後で、藤原の天下だったな」

「聖武帝はもともと信仰心が篤かったので、お喜びでした。写経生たちは、真剣に、実に見事な筆致で、丁寧に、一字一字写しました。四年後の天平十二年に一部が完成し、光明皇后から、巻末に附ける願文の文章が、写経生に渡されました」

「吾が色恋にうつつを抜かし、妾《めかけ》が逝去し、大嬢《おおいらつめ》に妻問いしていた頃だな」

大嬢が口元を袂《たもと》で覆い、ホホホと笑った。

「写経生たちは、願文《がんもん》の文章を見て、顔色を変えました」

「何故じゃ？」

「これは律では代表的な『四分律《しぶんりつ》』の願文ですが……僧より模写を入手しましたので」

権は写経生の様な達筆で書かれた、皇后願文の模写を披《ひら》いた。

皇后藤原光明子奉為
尊孝贈正一位太政大臣府君尊妣贈
従一位橘氏太夫人敬写一切経論及
律荘厳既了伏願憑斯勝回奉資寛
助永庇菩提乃樹長遊般若之津又
願上奉　**聖朝恒遠**福寿下及寮
采共盡忠節又光明子自菝誓言弘
済汎論勤除煩障妙窮諸法早契菩
提乃至傳燈無窮流布天下聞名特巻
獲福消灾一切迷方會帰覚路
天平十二年五月一日記

「何だ、これは！　――藤原氏族出身の皇后である私、光明子は、亡父藤原不比等、亡母橘三千代の菩提を弔うために一切経を写経奉納し、菩提を弔います。又、聖朝、皇室恒遠の福寿が下々に及び、国民が忠節を尽くすようにお願いしますだと！　また私は仏法を究め、法灯を広め、道を迷わず進むことを誓言します――だと！　皇后になるということは、出自の氏族を捨てて、国母となることだ。それゆえに、代々皇后には皇女が選ばれてきた。長屋王が、光明子の皇后就任に強く反対された理由がよく分かった。光明子の心の中には藤原しかなかったのだ」

「小耳にしたところでは……真面目な写経生は泣いたそうです。しかし彼らは生活がありますから、命じられたとおり、五月九日、黙って五月一日の日付を書き入れたそうです」

「なるほど」

「その頃になると、膨大な紙代や写経生の費用と、願文の文章に、愛妻家の聖武帝も気づかれたのでしょう。写経事業は一時、中断となりました」

「ほう」

「一つは藤原四兄弟が疫病で薨去され、朝政が橘諸兄殿に変わられたこともありましょう。ご存じの通り、諸兄殿のご生母は橘三千代殿です。お父上の三努王《みぬ》が太宰府に左遷されている間に、藤原不比等が三千代殿を強奪して、後妻にされ、光明子様が生まれました。諸兄殿にとって不比等は憎いお方ですから……異父同母妹の光明子が、私人ではなく皇后として、実家の両親の菩提を弔うために、膨大な国費や人員時間を費やすことには、お口にされなくても、不愉快であったと推量します」

「正論だな。まさに公私混同だ」

「しかし、玄昉が請来《しょうらい》した経典の写経は、宗教的にも文化的にも意義深いことです。それゆえに天平十三年に写経は再開され、他の経典や仏教資料など二千巻が追加されたのです」

「なるほど」

「最終的に写経が完成したのは、ごく最近です。全経典に、後付けですが、天平十二年五月一日と記入されました」

「よく分かった。で、その七千巻はどこにあるのか？」

「反対者の諸兄殿が薨去されたので、内裏に持ち込まれました」

「内裏に？　どこかの大寺に納められたのではないのか」

「いいえ、この願文では……あまりにも藤原色が強過ぎますので、物議を醸《かも》すでしょう。このまま内裏内に保管されるでしょう」

「そうか……」

「その僧より聞きましたところ、光明皇后が人間としてもさらに尊大であった事例がございます」

「まだあるのか？」

「国費を使った一切経の写経の願文が問題になった所為《せい》か、光明皇后は、私費で「雑阿含経《ぞうあごんきょう》」四十五巻を写経させました。発願の日は、天平十五年（七四三）五月十一日でございます。その願文は……乱筆で模写できなかった部分がございますが……」

と、権はことわりを入れた。

（権は、東大寺の高僧までも取り込んでいるのか……）

家持は山辺衆の情報収集力に驚いた。

○天平十五年○次癸未讐五月十一日**仏弟子**
藤三**女**讐首和南十方諸仏諸大菩薩諸賢堂
衆弟子孝誠多爽怗恃夙傾四節有○践之期

千載无重承之望仰託慈悲庶展　感奉寫
二親魂路敬寫一切経一部願以茲写経功徳
仰資　二**親尊堂帰依浄域**屯影於観史之宮
遊戯覚林昇魂於摩尼之殿次**願七世父母六**
親眷属埒會真如馳　輿於極楽薫蕍慧日本
甘露於徳地通詠有頂普○元邊並出慶區倶
登彼岸

「何と、ご自身のことを、光明子と名乗らず、御仏《みほとけ》に向かって、仏弟子藤三女、すなわち藤原不比等の三女という通称で、願文を書いているのか！」

「――仏様なら、本名を書かなくても、仏弟子藤三女でお分かりでございましょう――との、まことに不遜《ふそん》なことだと、その僧は申していました」

「私費だからご両親のご冥福の願文をどう書かれようと、口を挟むことではないが……うーむ、心に鳥肌が立つ気分だのう」

「さらにお祈りしているのは眷属の幸せでございます。これも――私人として両親の菩提や藤原氏族祖先七世眷属六世の繁栄を祈られるのは結構ですが、私費といえども、原資は民の膏血《こうけつ》の税だから、いささか納得できない――と、知人の僧は首を傾《かし》げていました」

「吾も同感だ」

「――その所為《せい》かどうか分かりませぬが、写経の本文は、実に見事な筆跡であるのに対して、願文の字は、まるで殴り書きのような乱れた字で、写経生の心の乱れが出ている――とのことでございます」

「写経生の困惑した気持ちがよく分かるのう」

「やはり長屋王は、光明子の表面の美しさや言動ではなく、内面のお心をよく見通されていたのでございましょう。皇后になられてはいけないお方だと、立后に反対されたのでしょう。日本のために惜しいお方を失いました」

「今は、長屋王のご冥福を祈ろう」

家持、大嬢、権、助は静かに合掌した。

その後この一切経や雑阿含経は、他の社寺等を経由して、現在は正倉院御物になっている。

第十帖　大波乱　その三　皇嗣《こうし》騒動

うつせみは数なき身なり山川《かは》の清《さや》けき見つつ道を尋ねな
（大伴家持　万葉集　巻二〇・四四六八）

（一）無常観

聖武上皇崩御と、一族の長老、六十二歳の古慈斐の土佐国左遷が重なって、家持は気が滅入った。二日病休を取った。上皇のように、現世のどろどろとした政争を離れて、仏教か神道か問わず、修行の世界に身を置きたいと思った。

うつせみは数なき身なり山川《かは》の清《さや》けき見つつ道を尋ねな

──現にこの世に生きている身は、大川の砂のように数にもならないほどのものである。山川のさわやかさを見て、心を澄まし、宗教の道を奥深くつき詰めたい──

（とはいえ、吾には氏上として、一族の者を、政争の渦から守らねばならぬ役割がある。さらに、父上や憶良殿から託された『万葉歌林』を、いつの日か世に出さねばならぬ。そのためには、俗なことではあるが、及ぶ限り高い地位にまで昇らねばならぬ）

家持の心の中には、相矛盾する心の葛藤が起きていた。

（上皇様の五十六歳は、いかにも早すぎるご崩御であった。使命を持つ吾は、今三十九歳。何事があろうと、憶良殿の最終講義の教えを守り、──柳に風──と、耐えて、長生きせねばならぬ）

悲壮な覚悟を歌に詠んだ。

泡沫《みつぼ》なす假《か》れる身ぞとは知れれどもなほし願ひつ千歳の命を

（大伴家持　万葉集　巻二〇・四四七〇）

──泡沫《あぶく》のような、かりそめにこの世に出てきた身とは分かっているが、それでも諦めずに千年の命を願っている──

「その通りでございます。家持様には、お蔵の長持ちの中にある歌稿の束を、上梓《じょうし》し、広める使命がございます」

大嬢が凛然《りんぜん》として相槌を打った。母、坂上郎女の若かりし頃のようであった。

家持を太宰府時代から警備している助は、

（色恋や花鳥風月を脱して、心の奥底の苦悩を、深く詠まれるようになったな）

と、成長を感じていた。

（二）聖武帝の宸翰《しんかん》

上皇を偲《しの》ぶ家持に、親友の藤原八束《やつか》から、秘かに封書が届いた。上皇とは従兄弟になる八束は、今は参議の要職に昇進していた。


冠省。このたび上皇ご遺愛の品々の東大寺献納に、中務卿《なかつかさ》として立ち会った兄、永手《ながて》よりの伝言です。兄は、献納品の中に、聖武帝の宸翰「雑集」があると知り、十間余（二十メートル）を超えるこの巻物を、特別に最後まで拝見。深く感銘を受けたと申しています。帝は、お忙しい政務の合間に、唐の様々な書籍や詩文などに目を通され、興味を抱かれた箇所を、極めて厳粛に、一字一字、まことに丁寧な楷書を主に、書写されていたそうです。兄は、最初から最後まで、一字たりとも疎《おろそ》かにしない帝の運筆に、圧倒されたそうです。この長巻から、張り詰めた気魄が溢れ出ていたと申しています。

ただ細字のせいか、男子の字にしては、豪放磊落《らいらく》の印象はなかったそうです。

その中に、留学僧であった道慈《どうじ》師が持ち帰られた「鏡中釈霊実習」の一文があったそうです。

家持殿が少年時代、太宰府で憶良殿から道慈師や弁正殿のお話を聞いたことを兄に話したことがあるので、聖武帝が道慈師よりも教えを受けていたことを、貴殿にお伝えする次第です。兄が特に感動したのは、「雑集」最後の一行だそうです。

諦思忍　慎口言　止内悪　息外縁

——思い忍ぶを諦《まこと》にし、口に言うを慎み、内なる悪を止め、外なる縁を息《やすら》えん——

この三言四句が、誰の作なのか、あるいは、帝ご自身のお言葉なのか分かりませんが、兄の心にずしんと響いたそうです。聖武帝の座右《ざゆう》の銘ではないかと思われます。

いずれにせよ、帝の内舎人《うどねり》として、若き日からお側にお仕えした家持殿ならば、ご存じかもしれないが、ご宸翰末尾の詩文ゆえ、お伝えせよとの兄の指示です。

なにかと世間の雑音がかしましいので、最近はゆっくり語り合う機会がありませぬが、この件秘匿《ひとく》し、貴職限りにしてください。

八束拝

家持は、八束の手紙を何度となく読み返した。三言四句を口にした。

(書は人を表すか……吾も恥ずかしくない字を残さねばならぬな)

永手の受けた聖武上皇の運筆の印象描写は、見事であった。

八束が人目を忍んで、家持に届けてきたのは、深い裏事情があった。

藤原北家、房前の三男八束は、幼少時より利発で、従兄の聖武帝に弟のように可愛がられていた。人柄もよく、順調に出世していた。

その才知と昇進を酷《ひど》く妬《ねた》んだ貴人がいた。同じ藤原の本家（南家）武智麻呂の次男、仲麻呂であった。仲麻呂が、同族であろうと、他の氏族であろうと、競合者を、手段を択ばず排除する、嫉妬心の強い陰険な性格であることを、八束はよく知っていた。したがって、一時期、病と称して自邸に籠り、出仕を怠り、自ら昇進昇格を避けた。その間、もっぱら読書に耽《ふけ》った。

しかし聖武帝はきちんと見ていた。北家の永手と八束を、仲麻呂よりも遅れ気味に、引き立てていた。仲麻呂が大納言の時には、永手は中納言、八束は参議であった。仲麻呂が、橘諸兄を毛嫌いし、大伴一族を目の敵にしていることは、十分心得ていた。それゆえに八束は親友家持とも、次第に距離を置かざるを得ない状態になっていた。

家持はそのことを十分弁《わきま》えていた。宴《うたげ》を共にする機会はなくなったが、二人は心の友であり続けた。それだけに、永手と八束の心遣いは、今の家持の身に沁みた。

（さすがに文人房前卿のご子息方だ。見識が高い。吾もまた外なる縁《えにし》を大事にせねばならぬ）

と、痛感した。

余談であるが、長い間出典が不明だったこの三言四句は、敦煌《とんこう》の遺跡にある「思大和上座禅銘」の一部と判明したそうである。（「正倉院の世界」49頁恵美千鶴子氏寄稿文）

シルクロードから輸入されたのは、華麗なる平螺鈿背八角鏡《へいらでんはいのはっかくきょう》や、螺鈿紫檀五弦琵琶《らでんしたんのごげんびわ》などの珍宝だけではなかった。高い精神文化も輸入され、聖武帝はそれを最新の銘とされていた。

（三）諸兄薨去

天平勝宝八歳の秋冬は、静かに暮れた。

明けて九歳（七五七）となったが、女帝が父上皇の喪に服しているので、恒例の正月一日の朝賀の儀式は行われなかった。佐保の館に年始挨拶に来る者もなかった。

六日、家持は悲報を受けた。

――昨年春二月に左大臣を辞任した橘諸兄が、薨去された。享年七十四歳――

これまで長い間、諸兄の庇護《ひご》を受けてきた家持は、ひたすら諸兄の冥福を祈った。

大納言、右大臣、左大臣として十九年間、朝議の頂点にあった諸兄に対して、孝謙女帝と仲麻呂は、冷ややかな対応をした。中級の大夫二人を派遣して、葬儀と警護を行わせた。台閣や太政官の参列はなく。寂しい葬儀であった。喪主の嫡男、参議の奈良麻呂は、下を向いて唇を噛んでいた。

（仲麻呂め！）

奈良麻呂の敵意は、煮えたぎっていた。これまで仲麻呂の女帝との密着と専横に反感を持ち、諸兄の庇護《ひご》下にあった者たちは、意気消沈していた。

三月二十日、女帝の寝殿の天井板に「天下太平」との四文字が現れたという。

（どうせ誰か胡麻すりの仕業《しわざ》よ）

と、家持は気にも留めなかったが、後日、女帝は天平勝宝を「天平宝字元年」と改元する。

（四）皇嗣騒動

にわかに政局が動いた。三月二十九日、孝謙女帝は、台閣の面々と五位以上の群臣全員を招集した。従五位上の家持も、――何事か？　――と思いつつ参内した。最前列には要職者が座っていた。前遣《さきの》唐大使で参議の藤原清河はまだ唐から帰国していなかった。

右大臣　藤原豊成
大納言　藤原仲麻呂
中納言　多治比広足《ひろたり》（皇親系公卿）
中納言　紀麻呂《きのまろ》（天武系支持の武人）
参議　藤原八束《やつか》（家持の親友。皇親派）
参議　大伴兄麻呂《えまろ》（大伴の長老）
参議　石川年足《としたり》（祖先は蘇我。仲麻呂の腹心）
参議　橘奈良麻呂（皇親派・諸兄の嫡男）

女帝が群臣に諮《はか》った。

「皇太子の道祖王《ふなど》は、服喪中にもかかわらず、淫欲をほしいままにする心があり、それを戒める勅を出しても、ついぞ改めようとしなかった。そこで本日、群臣を招集し、皇太子に道祖王を選んだ先帝の遺詔を皆に示し、道祖皇太子を廃することができるかどうか、そなたらに訊ねる」

右大臣の豊成が、

「敢えてご質問の趣旨に反対致しませぬ」

と、奏上した。群臣一同も、

「反対致しませぬ」

と声を合わせた。一瞬にして廃太子が決まった。何も知らずに、女帝の隣に座していた道祖王は、青ざめた顔で立ち上がり、肩をすぼめてすごすごと退出して、自邸へ帰った。


夏四月四日、再び群臣会議が招集された。女帝が発言した。

「次の皇嗣にはどの王を選べばよいか、皆の率直な意見を聴きたい。まずは右大臣どうじゃ」

豊成が立ち上がった。群臣たちは一斉に注目した。

「それがしは道祖王《ふなど》の兄、塩焼王《しおやき》がよろしいと思います。前皇太子と同じく、新田部《にいたべ》親王の御子でございます。さらに、お妃は先帝の皇女、不破《ふわ》内親王でございますので、申し分ございません」

不破内親王は、聖武帝と県犬養広刀自《あがたいぬかいのひろとじ》の間に生まれていた内親王である。亡くなられた安積《あさか》皇子の妹になる。中務卿《なかつかさ》の要職にある藤原永手が立ち上がり、

「右大臣のご意見に賛成します」

と、駄目を押した。群臣たちが、これで決まりかと思った時、大きな声がした。

「お待ちくだされ」

立ち上がったのは、摂津大夫・文室珍努《ふんやのちぬ》であった。群臣からどよめきが起こった。

文室珍努は平凡な貴族ではなかった。天武帝の御子、長《なが》皇子の子である。つい五年前までは王族であり、珍努王と名乗っていた。――皇統の争いに巻き込まれ、命を失うことを怖れて臣籍降下されたのだ――と、秘かに囁かれていた。

群臣たちが、固唾《かたず》を飲んで珍努の発言に注目した。家持の頭の中には、天武系の皇統図が鮮明に浮かんでいた。同時に、脳裏に少年の日、憶良から受けた講義が甦《よみがえ》った。

(崇峻《すしゅん》帝が暗殺された後、蘇我馬子が群臣を集めて、押坂彦人大兄《おしさかひこひとおおえ》皇子か、厩戸《うまやと》皇子か、群臣に争論させた。その結果、二人を択ばず、先帝敏達帝の妃・炊屋姫《かしやひめ》を推古帝として皇位を継承させた……もう一つあった。そうだ、草壁皇子が亡くなられた時だ。群臣が招集され、葛野《かどの》王が、持統女帝の意を汲み、草壁皇子の幼児、可留《かる》皇子を推そうとした。ところが天武帝の孫、弓削《ゆげ》皇子が、兄の長《なが》皇子を推そうと立ち上がった時、葛野王が弓削皇子を一喝して、可留皇子に決まり、文武《もんむ》帝が誕生した……こんな場面では迂闊《うかつ》に発言できぬ……今回はどうなるのか？　……珍努王、いや珍努卿は誰を推すのであろうか？)

珍努は自信満々に述べた。

「それがしは池田《いけだ》王を推薦します」

池田王は、日本書紀を編纂した舎人《とねり》親王の皇子である。天武帝には孫になる。この時は従四位上、弾正台《だんじょうだい》の長官・弾正伊《かみ》であった。人物識見能力には問題はなかった、左大弁の大伴古麻呂が立ち上がって、述べた。

「それがしも池田王がよろしいと思います」

(古麻呂兄さん！　このような席で自説を述べるのはまずいな！)

と、家持は心の中で絶叫していた。

橘奈良麻呂は、平素から長屋王の遺児・黄文王《きぶみ》を、皇太子にしたいと思っていたが、指名されなかったので黙っていた。黄文王は母が藤原長娥子《ながこ》なので「長屋王の変」の時には助命されていた。

女帝が仲麻呂に尋ねた。

「大納言の意見はどうじゃ？」

仲麻呂は静かに立ち上がり、おもむろに咳払いをした。群臣たちは実権者の言葉を待った。

「古来『臣下のことを最も知っているのは君主であり、子のことを知っているのは父親である』と言われております。それがしは帝《みかど》の選ばれたお方に従うのみでございます」

群臣たちは、どよめいた。

――ずるい奴だ、逃げたたな！――

――女帝に媚びる百点満点の答申だ――

――これでは誰が誰を支持しているのか、白状させたようなものだ――

女帝と仲麻呂の仕掛けた罠《わな》に、群臣たちは恐怖を感じていた。

孝謙帝はどよめきが静まるのを待って、口を開いた。

「皇室から選ぶとすれば、舎人親王と新田部親王の諸王になる。朕《ちん》は先帝の遺詔により、道祖《ふなど》王を太子にしたが、王は服喪中にもかかわらず、秘かに侍童と姦淫して、先帝を恭敬する念がなかった。それればかりか、朕の教戒に反し、春宮《とうぐう》を抜け出し、夜は自邸に帰るなど、態度が悪かった。『私は愚人であり重責には堪えられませぬ』と、口ごたえもした。したがって廃太子とした。右大臣豊成と中務卿永手が推薦した塩焼王は、昔、先帝に重用されていながら紫香楽《しがらき》宮造営や大仏建立に反対を直言して、不興を買い、伊豆に配流《はいる》された前科がある。したがって舎人親王の諸王から選ぶ。摂津大夫珍努と、左大弁の古麻呂が推す池田王は孝心が薄い。船王は男女関係が乱れすぎている。残るのは大炊《おおい》王のみになる。大炊王には過誤悪行の風評がない。したがって、朕は大炊王を皇太子にしようと思うが、諸卿、いかがか？」

こう切り出されて、群臣は、

――興醒めの茶番劇だ！――

――帝よ、仲麻呂よ、大炊王とは！　ふざけるな！――

と、心中、怒ったが、一斉に、

「ただ勅命に従います」

と、答えた。群臣が怒ったのは尤《もっと》もであった。

大納言の仲麻呂は、当時二十五歳の大炊王を、早逝した長子・真従《まより》の未亡人・粟田諸姉《あわたのもろね》と再婚させ、田村第《たむらてい》に住ませていた。大炊王を婿養子のようにしていたからである。

――大炊王が即位すれば……仲麻呂が天皇の義父になり、権力は一層確実になる――

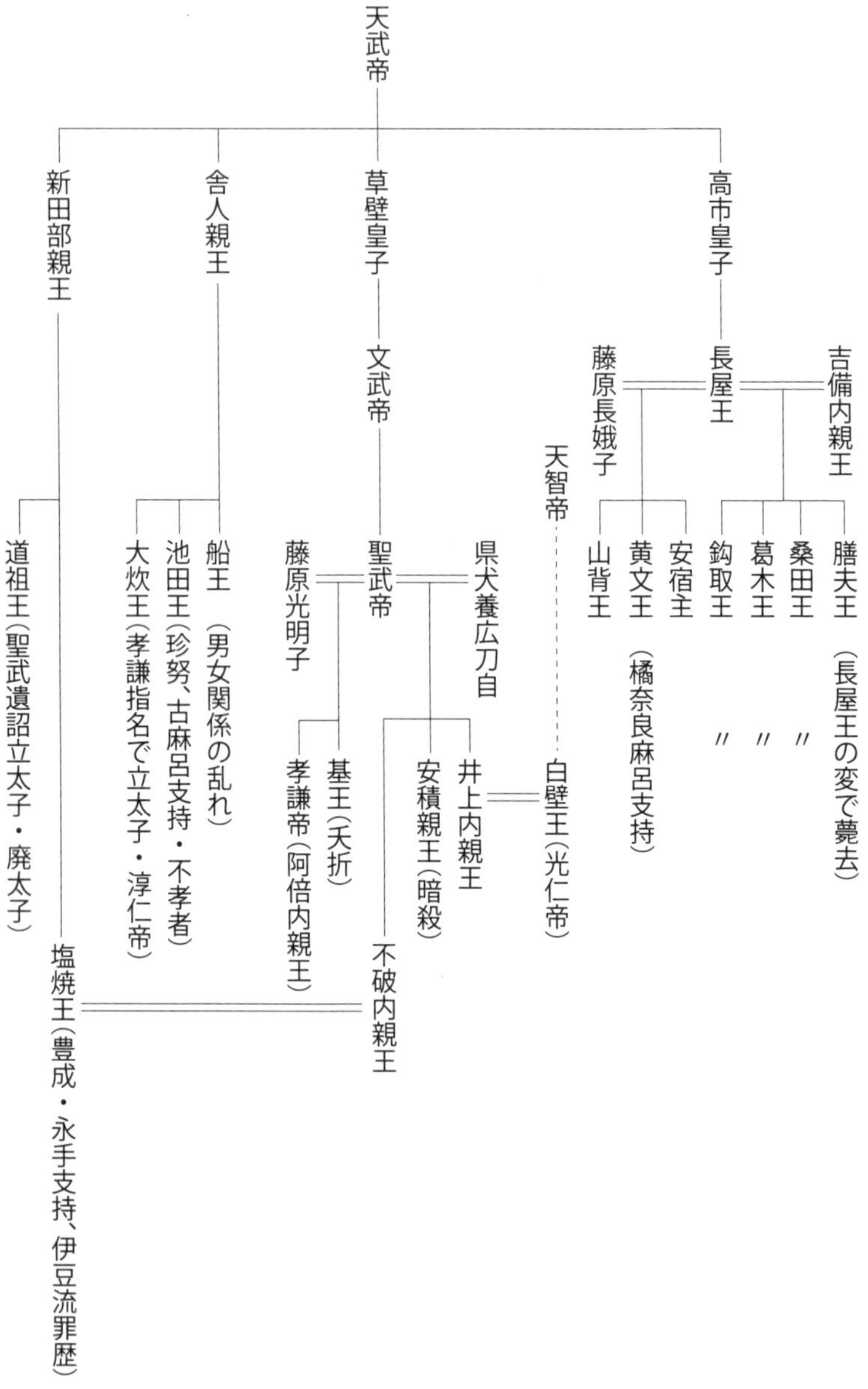
天武帝
高市皇子
長屋王
吉備内親王
藤原長娥子
膳夫王（長屋王の変で薨去）
桑田王 〃
葛木王 〃
鈎取王 〃
安宿王
黄文王（橘奈良麻呂支持）
山背王
天智帝
白壁王（光仁帝）
井上内親王
県犬養広刀自
草壁皇子
文武帝
聖武帝
安積親王（暗殺）
不破内親王
藤原光明子
基王（夭折）
孝謙帝（阿倍内親王）
舎人親王
船王（男女関係の乱れ）
池田王（珍努、古麻呂支持・不孝者）
大炊王（孝謙指名で立太子・淳仁帝）
新田部親王
塩焼王（豊成・永手支持、伊豆流罪歴）
道祖王（聖武遺詔立太子・廃太子）

手回しよく、仲麻呂の子・内舎人《うどねり》の薩雄《ひろお》が、これも中衛の兵士十名を引き連れて、仲麻呂の田村第に往き、大炊王を春宮《とうぐう》に迎え入れた。すべて光明上皇后、孝謙女帝を誑《たら》しこんだ仲麻呂の策謀であった。この日、「天平勝宝」は「天平宝字」と改元された。

家持は、頭の中の天武系皇統図に、問題点を書き加えた。

五月二十日、大納言・紫微令の仲麻呂が、大臣級に昇格する辞令が出た。

紫微内相　従二位・大納言・紫微令　藤原仲麻呂

内相は内外の軍事権を統括管掌すること。待遇は大臣と同格とする。

中納言　従三位・中務卿　藤原永手

上皇と諸兄卿が存在しないので、仲麻呂が意のままに権勢を振るっていた。皇嗣問題の紛議や不満を抑えるためか、高官や諸王、群臣が「飴」の昇格を受けた。群臣の中では、旧来の豪族や、家持の一族の、地味な穏やかな者たちが多数昇格した。

正二位　従二位　藤原豊成

正四位上　正四位下　**塩焼王**（藤原豊成、永手が支持）

〃　従四位上　池田王（文屋珍努、大伴古麻呂が支持）

正四位下　従四位上　白壁王（天智帝の孫。妃は聖武帝の皇女・井上内親王）
〃　〃　船王（女帝が男女関係を非難）
従四位上　従四位下　山背《やましろ》王
従四位下　正五位上　佐伯毛人《えみし》
〃　〃　佐伯今毛人《いまえみし》
正五位上　正五位下　**大伴稲公《いなきみ》**（家持の叔父、坂上郎女の実弟）
〃　〃　大伴小東人《こあずまひと》
正五位下　従五位上　大伴犬養《いぬかい》
従五位下　正六位上　**大原今城《いまき》**（今城王。家持の親友）
〃　〃　大伴不破麻呂《ふわまろ》

家持は、臣籍降下して大原高安となった高安王の嫡男で、親友の大原今城が貴族に昇進したことを喜んだ。

六月九日、一族の昇格の喜びに水を差すような五カ条の勅令が出た。

一、諸氏族の氏上らは、公用を捨て置いて、勝手に自分の氏族の者を集めている。今後はこのようなことがあってはならない。

二、王族や臣下の所有する馬の数は、格により制限がある。この制限以上に馬を飼ってはならない。

三、所持する武器については限度の決まりがある。この規定以上に武器を蓄えてはならぬ。

四、武官を除いては、宮中で武器を持ってはならぬ。これは以前から禁断している。しかし違反する者がいる。所司に布告して、厳重に禁断せよ。

五、宮中を、二十騎以上の集団で行動してはならぬ。

以上の違反者には違勅の罪を課す。

武官系の氏族といえば、人々は、まず大伴、佐伯、紀などの壬申の乱の功臣を頭に浮かべる。特に大伴は人材豊富であった。官位は低くても、その頂点に氏上《うかみ》・家持がいた。

このところ仲麻呂の評判はすこぶる悪かった。藤原の候たちは、旧来の豪族の不平不満を仲麻呂に注進していた。孝謙女帝と仲麻呂は、反仲麻呂派が宮中の内外で、武装蜂起することを密かに恐れていた。仲麻呂は中衛大将《ちゆうえのだいしよう》ではあるが、公卿《くげ》の出自である。兵士たちは大伴や佐伯に親近感を抱いている。兵士たちの掌握に自信がなかった。

伴造《とものみやつこ》の矜持《きようじ》の高い大伴や佐伯等の大氏族は、勅令の権威で、動きを牽制《けんせい》された。

(これでは一族を集めて叔父稲君殿らの昇格祝いの宴会はできぬな)

氏上の家持は憮然《ぶぜん》としていた。

追っかけるように、六月十六・七日、「飴と鞭」の巧妙、かつ、大々的な人事異動が発令された。問題を起こしそうな人材は、配置転換され、藤原の若手貴族が、目付け役になっていた。(本書関係分のみ太字)

参議・兵部卿兼神祇伯	参議	石川年足《としたり》（藤原仲麻呂の腹心）
参議・右大弁（長官）	参議・兵部卿	**橘奈良麻呂**（後日、仲麻呂暗殺の首謀者）
治部卿（長官）	摂津大夫	**文室智努**（池田王支持）
治部少輔（次席次官）		**大原今城**（家持の親友）
兵部大輔（上席次官）	兵部少輔	**大伴家持**
兵部少輔兼侍従		藤原縄麻呂
刑部卿（長官）		**池田王**（皇位候補落ち）
大判事		大伴御笠
大蔵卿（長官）		**塩焼王**（皇位候補落ち）
大蔵少輔		藤原浜足
衛門佐（次官）		大伴不破麻呂
兼陸奥鎮守将軍・陸奥按察使	左大弁	**大伴古麻呂**（池田王支持、反仲麻呂）
兼陸奥鎮守副将軍	陸奥守	**佐伯全成**（反仲麻呂）
摂津大夫		多治比国人（反仲麻呂）
但馬守		**山背王**（仲麻呂派。奈良麻呂密告）
美河守		大伴御依

「助、見よ。兵部卿の奈良麻呂殿は、右大弁に転勤。後任に、仲麻呂の腹心、石川年足《としたり》が兵部卿と、神社を統括する神祇伯《じんぎ》になった。年足は七十歳の老人よ。今更武器の管理や、武官の人事を行う歳ではあるまい。吾は大輔《たいふ》に昇進したが、後任の少輔は藤原縄麻呂だ。縄麻呂は侍従も兼ねる。吾の言動は、年足と縄麻呂に監視され、ある事無き事、全て仲麻呂と女帝に筒抜けになる。まるで針の筵《むしろ》に座るようじゃ。兵部大輔になったとて、軽々に喜べぬ」

「お気持ちお察し致します」

「気骨のある塩焼王には藤原浜足《はまたり》が目付になったな」

「問題は古麻呂兄だ。左大弁兼務と恰好は良いが、陸奥鎮守将軍という美名で、現地赴任。僻地に追いやられた。佐伯全成《またなり》殿は、先般、諸兄殿の家令が、仲麻呂に密告した宴席にいたので、やはり敬遠されている。なんとも気持ちの落ち着かぬ人事よ。何か起きねばよいがのう……」

武人の勘であった。

「御依《みより》殿は美河《みかわ》に……」

「昨年、古慈斐殿は土佐に飛ばされた。大伴一族の主なものはできるだけ地方に分散させる方針だろう」

(この時、家持は、自分も地方に追いやられるとは、夢想だにしていなかった)

人事異動の十日ほど後、家持の予感が現実となった。想像を超える大事件が勃発した。

第十帖　大波乱　その四　橘奈良麻呂の変

移り行く時見るごとに心いたく昔の人し思ほゆるかも
（大伴家持　万葉集　巻二〇・四四八三）

（一）嵐の前

六月十六日の人事異動で、兵部大輔《ひょうぶたいふ》に昇進した家持の役所に、ふらりと立ち寄ってきた貴人がいた。大監物《だいけんもつ》の三形王《みかた》であった。前任の橘奈良麻呂が不在で、新しく兵部卿兼任となった参議の石川年足《としたり》がいるのを見計らって、来たようであった。

監物という職は、中務省《なかつかさ》に属して、大蔵や内蔵の出納帳に記載相違がないか監査する地味な仕事である。閑職であった。大監物はその長である。官人としては傍流の職位である。

三形王は舎人《とねり》親王の御子ではあるが、卑母腹のため皇統の候補ではなかった。数年前、やっと無位から従五位下の末席貴族となったほどの、地味な存在であった。しかし王族であるから、自《おのずか》ら備わる気品と風格があった。

「年足、このたびは兵部卿兼任でご苦労様だな。しかし大輔が武人の家持で本職だから、大船に乗ったと同然だろう。体をいたわれよ」

年足は七十歳の老人であった。

「お言葉ありがとうございます。ところでこの兵部省に何か監査の御用でございますか？」

「いや、仕事ではない。余はこれまで無趣味で人生を過ごしてきたが、奥に——老後の楽しみに和歌でも詠んでみたら。内裏には歌人の家持がいるのだから、少し教えを受けたらどうか——と、勧められたのでな。家持は少輔から大輔だから、仕事は楽だろう。七夕にはちと早いが、一晩初歩の教えを受けたいと思うが、よいかのう。どうじゃ」

地位は低いが王族に、下手に出られては、断りにくい。

(三形王は政争の圏外のお方だ。歌の宴ならば問題なかろう)

と、年足は判断した。

「結構でございます。どうぞお楽しみくだされ。家持、王のお相手をせよ」

「かしこまりました」

越中から帰り、少納言や兵部少輔として、内裏勤務も長くなったので、顔は見知っているが、これまでは交際はなかった。先月来、何となくピリピリしている大宮どころで、場違いな、風流な会話であった。

六月二十三日、家持は三形王の邸宅で、王と静かに酒杯を重ねていた。少しだけ歌論を語り合った。歌人の誰かが、仲麻呂の密偵に買収されているか、分からない。

孝謙女帝と藤原仲麻呂が、唐の則天武后の治世を信奉し、真似をしていることは、周知の事実となっていた。女帝と仲麻呂は、密偵による情報探知や、密告褒賞を実行していた。

王と家持は油断しなかった。政事《まつりごと》の話は一切口にしなかった。

梅雨明けの夜空には銀河が美しく、流れるような星月夜であった。

「お招きいただいたお礼に、一首詠みました。このところ花鳥風月を詠む気になれませぬので、故人をしのぶ湿っぽい歌で、申し訳ございませぬ。吾が師、山上憶良殿より、――技巧は凝らさず、その時々、思うがまま詠むべし――と、ご教示を頂きましたゆえ、お許しを」

「それでよい。聴きたいものだ」

家持は姿勢を正し、低い声で、やや長めに詠唱した。

移り行く……時見るごとに……心いたく……昔の人し……思ほゆるかも……

――移り変わってゆく年月を、思い見るごとに、すべないまでに、昔馴染みの人々が想い出される

（家持は、安積《あさか》親王、聖武上皇、橘諸兄《もろえ》卿などを偲んでいるのだな。……最近では、道祖《ふなど》王は一年も経たぬのに、廃太子になった。……孝謙女帝は、大宮御所を改修されるとの理由で、先日、またまた

仲麻呂の田村第に移られた。これでは上皇は成仏《じょうぶつ》されまい……心が痛い）
王が、誰にも聞かれないよう、囁《ささや》くように呟いた。
「家持、余も同じ思いだ。しばらくは一族、友人との宴《うたげ》は控えられよ。嵐が通り過ぎるまで――動かざること、林のごとく――静かに過ごすがよかろう」
五日後、政争の大嵐が吹いた。

（二）山背《やましろ》王の密告

六月二十八日、仲麻呂の紫微《しび》中台に駆け込んだ貴人がいた。十六日に但馬《たじま》守に任命されたばかりで、まだ赴任前の山背王であった。

山背王は故左大臣・長屋王の遺児の一人である。生母が藤原不比等の女《むすめ》、長娥子《ながこ》であったので、長屋王の変では助命されていた。長屋王の血を引くので、皇位継承の候補からは外されていた。しかし、保身のためには、権力者にすがらねばならぬと、考えていた。人が人、時が時だけに、紫微中台に衝撃が走った。

紫微内相に昇格したばかりの仲麻呂が、丁重に、山背王に訊ねた。

「山背王、何事でございましょうか？」

山背王は、蒼ざめた顔で、歯茎《はぐき》をがたがたいわせながら、

「橘奈良麻呂が、兵器を用意して、内相の田村第を包囲する計画を立てていると、小耳にしました。

大伴の古麻呂も加担すると聞きました」

と、告げた。

(やはりそうか、奈良麻呂の若造め、苦労知らずのぼんぼんゆえ、密謀が内輪から、だだ漏れだな)

「山背王、お知らせありがとうございます。直ちに帝《みかど》のお耳に入れて、善処致します。お礼は後日……」

と、にやりと笑った。密告は山背王だけではなかった。

(三) 右大弁・巨勢堺麻呂《こせのさかいまろ》の密告

同じ頃、右大弁・巨勢堺麻呂からも仲麻呂に報告があった。右大弁は、兵部省《ひょうぶ》、刑部省《ぎょうぶ》、大蔵省、宮内省を管掌する右弁官府の長官である。参議に一歩前の高官である。

「内相殿、それがしが持病の薬の調法のために、薬師《くすし》の答本忠節《とうほんちゅうせつ》を訪れたところ、忠節から驚く話を聞きました」

「何事じゃ?」

「忠節の申すには、左大弁の大伴古麻呂が、備前守《びぜん》・小野東人《あずまびと》に、『内相の仲麻呂を暗殺しようと企てている者がいる。お前は加担するかどうか』と尋ねたそうです。すると東人は『古麻呂殿のご命令に従います』と、答えたそうです。忠節は、この話を東人から聞き、右大臣の豊成殿に報告したそうです。すると右大臣は、『大納言(仲麻呂)は、まだ若いから、政事に若干行き過ぎがある。私が古麻呂と東人を教戒して、弟仲麻呂の殺害はやめるように、言い聞かせよう』と、申されたそうです」

「そうか、右大弁、貴重な情報を知らせてくれてありがとう。すぐに手を打とう。お礼は後でたっぷりと……」

薬師・荅本忠節は、百済の渡来人系である。百済滅亡の時、日本に亡命して、山城などの築城を行った武将、荅本春初《とうほんしゅんしょ》の一族である。名門であり、外従五位下の貴族であった。

患者である堺麻呂とは懇意であったから、機密の話を漏らしたが、まさか、堺麻呂が仲麻呂に注進するとは思っていなかった。堺麻呂は平素仲麻呂の暴挙を憂いていたからであった。堺麻呂は保身のため薬師忠節を裏切った。


仲麻呂は迅速に動いた。

(大伴古麻呂は、大伴の重鎮であり、鑑真和上《わじょう》を招聘した名士として、信望が高い。左大弁の要職を兼務させて、陸奥の将軍に転出させた。まだ赴任していないが、大伴氏族が結束すれば、怖い。迂闊《うかつ》には手を出せない。しかし、小野東人は軽い人物だ。奴は広嗣の反乱の時にも罰を受けた男だ。奴を突《つ》いて、証拠を掴もう)

仲麻呂が注目した小野東人は、初代遣隋使《けんずいし》・小野妹子《いもこ》の子孫である。十七年も前になるが天平十二年(七四〇)、大宰少弐・藤原広嗣の乱の時には、平城京に居て、広嗣と呼応し、反逆しようとする連中がいた。反乱同調の者たちを探査したのが留守長官の藤原豊成であり、彷徨の旅の途中で都へ帰り、捕縛《ほばく》したのが、前衛騎兵大将軍を務めていた仲麻呂であった。捕縛者の中に小野東人がいた。名門子弟であるがゆえに、打ち首にはならず、伊豆に流罪の処罰を受けていた。その後、官職に戻り、備前守を経験していた。

仲麻呂は、密偵の報告で、内々東人を疑っていた。十六日の人事異動で、備前守を解任し、無官の散位にしていた。

(東人め、これが二回目の反逆か……懲《こ》りない奴だ……しかし、何故前の備前守の彼が……)

仲麻呂は頭脳明晰《めいせき》、記憶力抜群の男であった。

(備前……待てよ……備前国上道《かみつみち》郡から出てきて、中衛舎人《ちゅうえのとねり》になった舎人がいたな……採用面接の時、『普通の舎人ではなく、でっかい仕事して、下道《しもつみち》郡の吉備真備《きびまきび》のように、官職で出世したい』と、ぬけぬけと申したので、よく覚えている……上京前の備前では、東人の護衛兵であった筈だ……気になる……確かめてみよう)

仲麻呂は、中衛府《ちゅうえふ》の大将でもある。紫微中台を出ると、中衛府に足を運んだ。気にかかっていた中衛舎人を、大将室に呼んだ。やはり小野東人と、この中衛舎人は繋がりがあった。二人は密談をした。

(四) 異例の詔勅

不気味な雰囲気のまま、月が明けた。七夕の宴の話など微塵《みじん》もなかった。

七月二日朝。群臣たちが招集され、孝謙女帝の詔が出た。

「……この頃、諸王、諸臣のなかに、無礼なうえに逆心を持つ者がいて、大宮すなわち田村第を包囲しようと、秘かに兵を構える相談をしているという。そのような奴はいるはずがないと、法令を適用しなかったが、重ねて報告があるので、調べることにする。身に覚えのある者は慎み、本人や家の名誉を傷つけないように慎め」

　続いて光明上皇后が、

「汝ら一同は、わが甥同様の近親者と考えている……亡くなられた聖武帝は、『朕亡きあとは、皇太后によく仕え、お助けせよ』と仰せられた。大伴、佐伯たちは昔の天皇の御代から、側近の軍兵として、よく仕えてきた。特に大伴は吾が同族である。皆、心を同じくして朝廷をお助けせねばならぬ時に、このようなことが聞こえてよいものであろうか。……すべての者が、明るき清き心を以って、朝廷を助け、お仕え申し上げよ」

　家持も群臣の一人として、畏《かしこ》まって聞いた。

　帰宅すると、すぐに助を古麻呂の館に走らせた。まだ陸奥へは赴任していなかった。

　——氏上殿、ご心配なさいますな。詳しくは申せませぬが、確かに、ある筋より、そのようなお話がありましたが、それがしは都度お断りしております。家持殿はいかなるお話にも動かず、『万葉歌林』の大仕事のみを成就されよ——

　と、助に託していた。

「そうか、一安心だ」

　家持は、五歳年下の、苦労知らずで、とんとん拍子に参議にまで出世していた奈良麻呂の、思慮浅い行動を危惧《きぐ》していた。以前、兵部卿と兵部少輔の関係はあったが、家持は政事《まつりごと》の話は避けていた。

奈良麻呂の異常な栄進を、多くの大夫たちが妬《ねた》んでいることを知っていたからである。過去に一度だけ、奈良麻呂から仲麻呂の体制批判の話があったが、

「大伴は伴造《とものみやつこ》であり、氏上の吾は、天皇の命だけに従うことを、祖先代々家訓としていますので、政事のお話は、吾になさらないでください」

と、即座に拒絶していた。奈良麻呂も心得て、以後、政事批判の話は家持にしなかった。

その日夕刻、事態が激変した。中衛舎人・上道斐太都《かみつみちのひたつ》が、中衛府で仲麻呂に報告していた。

「本日、羊の刻（午後二時）に、昔の上司、前の備前守の小野東人殿に呼び出されました。その内容をご報告します」

斐太都は詳細を語った。

東人「内々の話だが、諸王、諸臣の中に、新しい皇太子・大炊《おおい》王と、仲麻呂を殺害しようという者がいる。斐太都よ、お前はこの計画に加わるか、参加すれば報償は十分するぞ」

斐太都「諸王、諸臣と申されても、お答えようがありません。どなた様でございますか」

東人「故長屋王の遺児、安宿《あすかべ》王と黄文《きぶみ》王。橘奈良麻呂卿と大伴古麻呂卿、そのほか多数いる」

斐太都「分かりました。しかし、具体的な計画が分かりませぬと、……」

東人「一つは、精兵四百名を以って、仲麻呂の田村第《たむらてい》を包囲する。もう一つは、陸奥鎮守将軍の古麻呂卿が、美濃の関で病気と偽り、留まり、親密なものと呼応して、関所を占拠し、

警備を固める。どうじゃ加わるか？」

斐太都「暫く考えさせてください。……。分りました。あえてご命令に背きませぬ」

斐太都は、仲麻呂から備前の国での上司であった小野東人との親密関係を詰問《きつもん》され、仲麻呂の密偵になることを誓約させられていた。――その代償として、情報の内容次第で、今後貴族として大抜擢する――との密約をしていた。

（これで、下道の吉備真備に匹敵するような大夫の道を歩める！）

と、打算の変節をしたのであった。

仲麻呂は、迅速に手を打った。すぐに女帝に報告して、大宮すなわち田村第の警備を固めた。紫微《しび》少弼《しょうひつ》・高麗福信《こまふくしん》に中衛府の兵を付けて、小野東人、答本忠節を逮捕し、左衛府に監禁した。廃太子の道祖王《ふなど》を、右京区の邸宅に軟禁し、警備を固めた。

（五）拷問《ごうもん》

翌七月三日から取り調べが始まった。

孝謙女帝は、右大臣・藤原豊成と、中納言藤原永手など八名を訊問団に任命し、左衛府に拘禁している小野東人《あずまひと》を訊問させた。東人は言を左右にして答えなかった。

それを聞いた内相の仲麻呂は、夕刻、ご在所、すなわち自邸田村第に、塩焼王、安宿王、黄文王、橘奈良麻呂、大伴古麻呂の五名を召還した。女帝の側《そば》に立った仲麻呂は、五名に、光明上皇后の詔《みことのり》を伝えた。

「塩焼王ら五名が謀反を企てていると告げてきた者がいる。汝らは吾が一族に近いものだから、吾を恨むことがあろうとは、いささかも考えなかった。汝らを、朝廷は高い地位につけているのに、何が恨めしくて、企てをするのか。このようなことはあろうはずがない。それゆえ赦す。今後もあってはならぬぞ」

詔が終わり、五名は南門を出た。上皇后の配慮に感謝し、深々と礼をして自邸へ帰った。


四日、女帝は藤原永手を左衛府に派遣し、厳しく東人を糾問させた。拷問に耐え切れず、公卿の東人は簡単に自白した。

「上道斐太都《かみつみちひたつ》の報告通りです。六月中に三回、謀反《むほん》の打ち合わせをしました。最初は奈良麻呂の館。二度目は図書寮《ずしょ》の倉の裏庭。三度目は太政官の建物の庭です」

「集まった者は奈良麻呂のほか誰か」

「三度目では、安宿王《あすかべ》、黄文王《きぶみ》、大伴古麻呂《こまろ》、多治比犢養《うしかい》、多治比礼麻呂《いやまろ》、大伴池主《いけぬし》、多治比鷹主《たかぬし》、大伴兄人《えびと》であります」

永手は、平素接している名門皇親派の多治比家と、大豪族・大伴の面々に、驚きを隠せなかった。

「何を語り合ったのか？」

「――七月二日の夕、兵士を動員して、仲麻呂卿の田村第を包囲し、内相を殺害する。次に御在所を囲んで、今の皇太子・大炊《おおい》王を・廃位させる。次に光明皇太后宮を包囲して、玉璽《ぎょくじ》と駅鈴を奪う。更に右大臣・豊成卿を呼び、孝謙女帝を廃す。新天皇には塩焼王、安宿王、黄文王、道祖王の中から選ぶ――との構想です」

仲麻呂は、東人が白状した者、全員を逮捕し、別々に拘禁し、訊問させた。

まず安宿王を訊問したところ、詳細が分かった。

「六月二十九日、夕刻、黄文王が来ました。私は事情が分からずついていったので、その夜の様子をお話します。私は騙《だま》されました」

黄文王「右大弁に任命されたばかりの橘奈良麻呂から話があるというので、私についてくるがよい。場所は太政官院の庭だ」

奈良麻呂「黄文王様、安宿王様、夜分お越しありがとうございます」

小野東人「前の備前守、小野東人でございます。よろしくお願いします」

誰か不明「時刻も遅い。皆立って礼拝しよう」

私（安宿）「私は何のことか事情が分からぬ。何のための礼拝か？」

誰か不明「天地を拝するだけである」

紫微中台の役人が、個別に、黄文王、大伴古麻呂、多治比犢養、多治比礼麻呂、大伴池主、多治比鷹主、大伴兄人に訊問したが、同様の回答であった。奈良麻呂と小野東人が仕組んでいることが、はっきりと分かった。

別の筋から、佐伯氏や、十六日に遠江守《とうとうみ》に任じられた賀茂角足《かものつのたり》の名も出てきて、女帝や仲麻呂は、奈良麻呂が声をかけた謀反の規模に、内心慄《おのの》いた。

尋問が終わった者は、獄に入れた。氏名の出てきたものは、その夜、五衛府の兵を派遣して、全員監禁した。何分にも大豪族の子弟である。収監者を奪い返されぬように、厳重な戒厳令を敷いた。

公卿ではあったが、仲麻呂は、藤原広嗣反乱の際には、先帝聖武天皇を護衛した前衛騎兵大将軍であり、さらに、都の中の反乱同調者を摘発した体験がある。冷たい武将でもあった。仲麻呂の命は厳しく、打つ手は速かった。仲麻呂から、時々刻々と報告を受けた女帝は、

「黄文王は以後、誑《たぶら》かす者、多夫礼《たぶれ》と改名せよ。廃太子の道祖《ふなど》王は、惑う者、麻度比《まどひ》と名乗れ。賀茂角足はのろま者よ、乃呂志《のろし》が似合いだ」

と、笑った。

孝謙女帝が、則天武后を見習っているのは明白であった。武后は、前皇后の王《わん》一族を蟒《うわばみ》、前妃の粛一族を梟《ふくろう》と、改姓し、せせら笑った故事は、日本にも伝わっていた。

収監された者たちは、これを聴いて、自分の残酷な末路を覚悟した。

女帝の命は、過酷であった。関与の軽重は配慮されなかった。

――獄吏たちに、好きなだけ打たせ、最後は打ち殺せ。大伴や佐伯や多治比を潰すのじゃ。天下は藤原の眷属《けんぞく》となびく者だけでよい――

皆、上半身裸にされ、屈強な獄の番人たちに、樫の棒で殴られた。阿鼻叫喚《あびきょうかん》、背は血だらけになり、

最後は背骨が折れて、前に倒れ、絶命した。凄惨《せいさん》な修羅場《しゅらば》であった。
　国史である続日本紀には「それぞれ杖で打たれて死んだ」と、簡単に書かれているが、生き地獄の撲殺《ぼくさつ》であった。

獄死

参議・右大弁　**橘奈良麻呂**　拷問死（杖下に死す）
散位頭　黄文《きぶみ》王　〃
前皇太子　道祖《ふなど》王　〃
左大弁兼陸奥鎮守将軍　**大伴古麻呂**　〃（家持の従兄）（鑑真招聘の功臣）
前備前守　小野東人《あずまひと》　〃
遠江守　賀茂角足《つのたり》　〃
式部少丞　**大伴池主《いけぬし》**　〃（家持の親友）
大伴兄人《えひと》　〃
多治比犢養《うしかい》　〃
佐伯古比奈《こひな》　〃
聖武帝侍医　答本忠節《とうほんちゅうせつ》　〃（謀反を知りながら報告せざる罪）
他多数は省略（記録では連座四百四十三名、免罪二百六十二名）

流刑《るけい》

讃岐《さぬき》守　安宿《あすかべ》王　佐渡配流（のち免罪）
信濃守　佐伯大成《おおな》　任地配流

土佐守　大伴古慈斐《こしび》　任地配流（のち免罪）
摂津大夫　多治比国人《くにひと》　伊豆配流
民部少丞　大伴村上《むらかみ》　日向配流（家持の歌仲間）
自殺　陸奥守兼陸奥副将軍　**佐伯全成**《またなり》（佐伯氏族の長老）（久米舞頭）

佐伯全成はこれまで三度、奈良麻呂から勧誘されたが、都度、断ってきた。そのことを訊問使に告白して、自ら首を括《くく》った。氏族の長として責任を取った。

処刑の状況は、山辺衆の手により、権を経由して、すぐに家持に報告された。

「古麻呂兄や池主が撲殺されたと！　仲麻呂は何と、鬼か！　武人ならば、刀で切るか、切腹が武士の情けではないか！　武人の振りをした劣等な男よ！　古麻呂兄、池主、兄人、何もできず済まぬ！……」

家持は号泣した。

「小野東人は、なぜ二度も謀反を起こしたのか！　なぜ黙秘しなかったのか！　黙って舌をかみ切れば、多くの命を犠牲にせずに済んだはずだ！　だから公卿《くげ》は公卿でしかない！　謀反など起こすな！」

家持は、助に当たり散らした。

「奈良麻呂殿はご自分の権勢欲のために、賛成しなかった古麻呂殿も道連れにされた！　佐伯全成は、尋問使に——大伴古麻呂殿は、奈良麻呂に、『あなたが謀反を起こし、新しい天皇を立てるといっても、誰がついていきましょうか、このようなことは二度と私に言わないでください』と反対した

――と、証言したそうではないか。……それなのに……なぜ古麻呂兄までも、巻き込んだのか、奈良麻呂殿を恨む……仲麻呂の大伴、佐伯潰しだ！」

鬼哭啾啾《きこくしゅうしゅう》――。佐保の山を吹き荒れる中秋の風の音に、家持は、古麻呂や池主の無念の声を聴いていた。処刑の夜、家持の涙は終夜乾くことはなかった。

（六）褒賞、処罰、鎮撫、台閣改組

翌七月五日。密告者たちが褒賞を受けた。異常な特進に、群臣たちが白《しら》けた。

従三位　従四位上　山背《やましろ》王　（三階級の特進）
〃　〃　巨勢堺麻呂《さかいまろ》　（〃）
従四位下　従八位上　上道《かみつみち》斐太都《ひたつ》　（十五階級の特進）
従五位下　正七位下　県犬養佐美麻呂《さみまろ》　（六階級の特進）
〃　従八位上　佐味宮守《さみのみやもり》　（十一階級の特進）（諸兄を密告の褒賞）

七月八日　昇叙と処刑者の後任人事があった。

従五位下　正六位上　藤原朝獵《あさかり》　（仲麻呂の四男）
陸奥守　従五位下　藤原朝獵　（大伴古麻呂の後任）
信濃守　従五位下　忌部鳥麻呂《いみべのとりまろ》　（佐伯大成の後任）

七月九日　右大臣・藤原豊成の次男乙縄が、事変の関与者として拘禁され、世人は驚いた。
拘禁　　　藤原乙縄　　（豊成の次男）
密告者の堺麻呂と斐太都が破格の昇叙を受けた。
兼左大弁　　紫微少弼　巨勢堺麻呂　（大伴古麻呂の後任）
紫微中将　　　上道斐太都

七月十二日　右大臣父子へ懲罰が出た。仲麻呂の実兄一家潰しであった。
日向《ひゅうが》国員外掾《じょう》（三等官）　藤原乙縄
大宰員外帥《そち》　　右大臣　藤原豊成
員外とは定員外をいう。屈辱的な辞令に、豊成は病気と称して八年間赴任しなかった。

七月二十七日　塩焼王を無罪にする処遇の詔があった。

奈良麻呂が、父諸兄の引き立てにより異常な昇進をしていたことを、多くの群臣は、不快に思っていた。諸兄薨去により、孤立して、焦った奈良麻呂の、無思慮な謀反計画を冷ややかに見ていた。しかし、女帝と仲麻呂の処置は、あまりにも短兵急で、かつ過酷であった。
さらに、密告者たちへの異常な褒賞に、首を傾《かし》げる者が多かった。

――これでは則天武后《そくてんぶこう》に劣らぬ密告政事だ――

群臣の批判は、奈良麻呂への批判から一転して、女帝と仲麻呂に向かっていた。その雰囲気は、密偵たちの口から、二人に伝わっていた。

八月四日、人事の詔《みことのり》が出た。静観者たちへの鎮撫《ちんぶ》策であった。

「この度の事件に当たり、明るく清く仕えたことにより褒められる人もいる。何人かに官位を上げて、褒める」

正四位上　正四位下　船王　（男女関係で皇位継承除外）

正四位下　従四位上　紀飯麻呂　（壬申の乱の天武派功臣・紀氏の子孫）

〃　〃　**藤原八束**　（家持の友人。静観派）

従四位下　正五位上　**大伴稲公**　（家持の叔父。静観派）

異例の勅《みことのり》も出た。女帝は感情的（ヒステリック）になっていた。

「中納言・多治比広足《ひろたり》は、耄《もう》と言われる年、八十に近く、力が弱いのに、議場に出ているが、若い甥、多治比犢養《うしかい》、多治比国人《くにひと》らを指導せず、反逆の賊にした。このような者が、台閣にいるのはおかしい。中納言を解任する。自宅に謹慎せよ」

散位　中納言解任謹慎　　多治比広足《ひろたり》

同時に台閣の入れ替えがあった。穏健な右大臣・豊成も追放され、仲麻呂の天下になった。

留任
　内相兼大納言　藤原仲麻呂（南家）
　中納言　藤原永手《ながて》（北家）
　参議　大伴兄麻呂《えまろ》（翌年、大伴氏の責任を取って辞任する）
　参議　藤原八束《やつか》（北家）
　参議　藤原清河《きよかわ》（北家・在唐のまま）
　参議　文室智努《ふんやのちぬ》（元智努王、皇親派）
新任
　兼中納言　神祇伯・兵部卿　石川年足《としたり》（仲麻呂の腹心）
　参議　巨勢堺麻呂《さかいまろ》（密告者・仲麻呂派）
　〃　紀飯麻呂《いいまろ》（静観派）
　〃　阿倍沙弥麻呂《さみまろ》（紫微大弼《だいひつ》。仲麻呂の腹心）
（石川は元蘇我。巨勢と近江朝を支えた天智派だ。仲麻呂は兼近江守。用心せねば……）
と、兵部大輔の家持は肝に銘じていた。

（七）冬景色

天平勝宝九歳、（七五七）は、春、諸兄の薨去に始まり、奈良麻呂の変で、あっという間に夏は終わった。大波乱の連続であった。秋、天平宝字と改元され、二年前変えられた「歳」は「年」に戻った。

家持が立てば、防人軍団や、元防人たちが呼応し、平城京では、警備兵となっている隼人たちも、馳せ参じたであろう。しかし、家持は、憶良の教えを守った。

（――壬申《じんしん》の乱では、勝者も敗者も、多くの犠牲者を出し、家族や人民にも及んだ。内乱は避けよ。天皇の伴造《とものみやつこ》であり、国防のための大伴ぞ――）

しかし、その犠牲は大きかった。古麻呂や池主など多数の同族を失った衝撃は、尋常でなかった。叔父の稲公《いなきみ》と親友の八束《やつか》が昇叙を受けたが、祝意が湧かなかった。

家持の心は荒《すさ》んでいたが、表情には出さず、淡々と兵部大輔の職務に就いた。

（――疾風に勁草《けいそう》の強さを知る――とは、今、この時か。吾は逞《たくま》しく生き抜くぞ）

人生の師、山上憶良の最後の講話を噛みしめていた。

佐保の山の黄葉《こうよう》も、鳥の声も、家持の凍った心を溶かさず、そのまま冬に入った。

（もし聖武上皇がご存命であれば、鑑真和上招聘《しょうへい》の功労者、古麻呂兄や、大仏開眼供養で久米《くめ》舞の舞頭を務めた、長年の警備の功労者、佐伯全成《またなり》、侍医だった答本忠節《とうほんちゆうせつ》、皇親多治比《たじひ》の一族などは、命を失わなかったであろう。……光明上皇后は……救いの手を出されなかった……お二人の関係は、冷えていた……一切経の願文通り、光明上皇后は、藤原眷属《けんぞく》の菩提と繁栄のみを祈っていた……）

（古麻呂兄の死は、運命と諦めるほかないか……古麻呂兄の功績は輝き、不変だ……――『万葉歌林』を完成せよ――との遺言を達成するのが、吾のできる最大の供養になる）

途端、迷いが吹っ切れ、追悼の歌が湧いた。

さく花はうつろふ時ありあしひきの山菅《すが》の根し長くはありけり
（大伴家持　万葉集　巻二〇・四四八四）

――物色の変化を悲怜《かな》しみて作れり――と、左注を入れた。

――咲いている花は、衰えて褪《あ》せてしまう時がある。古麻呂兄は大輪の花を咲かせた。山菅（ヤブラン）の根は、長々としている。吾は暫く山菅の根のように、長く根を張ろう。逞《たくま》しく生き延びよう。人の心を打つものは、そうして咲き、移ろいてゆくのだ――

冬、十一月十八日、内裏で女帝が肆宴《しえん》（酒宴）を開催され、家持も参加した。

仲麻呂はご機嫌であった。

「家持、こういう歌を詠んだので、持ち帰り、そなたが編んでいる歌集に入れよ。どうじゃ、吾が心境は……ははは」

いざ子どもたはわざなせそ天地の固めし國ぞやまと島根は

（藤原仲麻呂　万葉集　巻二〇・四四八七）

——さあ、皆の者よ、（奈良麻呂のような）馬鹿なことはするな。この日本は天地の神々が作られ、固められた国だから。どんなことがあっても、びくともしないぞ——

奈良麻呂の変を、完璧に抑えたうえ、さらに実兄、右大臣の豊成を左遷させ、長老中納言・多治比広足《ひろたり》を蟄居《ちつきよ》させた。政事《まつりごと》の実権を掌中に握った仲麻呂の、勝利宣言の高笑いの歌であった。大波乱は、仲麻呂の絶唱で、幕を閉じた。

「お見事でございます」

家持は、半紙を押し頂いて、懐にしまった。

（奢《おご》れる仲麻呂の歌も、後世、史家の貴重な資料になろう）

——『万葉歌林』は歴史の証言集でもあります。上は天皇《すめらみこと》から下は遊行女婦《うかれめ》まで、生々しい本音《ほんね》の歌を集め、後世に残されよ——

怜悧《れいり》な家持は、憶良の教えを噛《か》みしめていた。

第十一帖　左遷　その一　いや重《し》け吉事《よごと》

新《あら》たしき年の始の初春の今日ふる雪のいや重《し》け吉事《よごと》
（大伴家持　万葉集　巻二〇・四五一六）

（一）春待つ宴

十二月初旬、家持は突然、仲麻呂に呼び出された。何事かと、恐る恐る紫微中台《しびちゅうだい》に伺うと、辞令を交付された。予想もしなかった一人だけの昇叙であった。

右中弁《うちゅうべん》　兵部大輔《ひょうぶたいふ》　従五位上　大伴家持

「驚いたか、家持。そなたは馬鹿な奈良麻呂に動かなかった。吾の勝利の歌に『お見事でございます』

と、お世辞を申した。そなたは旅人の嫡男だけあって、したたかになったのう。天晴《あつぱれ》じゃ。よく務めるがよい。ははは」

（そうであったか。心とは裏腹に、口先で出た言葉であったが……それが、このような形で帰ってきたのか……）

「ご芳志、ありがたくお受け致します」

右中弁は、兵部省、刑部省《ぎょうぶ》、大蔵省、宮内省を管掌する右弁官府の上席次官である。律令の「官位相当制」では、正五位上の大夫が任命される。家持は従五位上であるから、二階級特進であった。

佐保の館に帰って、助を呼んだ。

「吾は従五位上になって八年経つが、昇格は据え置かれたままになっている。能がないので、六年に一度の昇格も見送られてきた。ところが半年前、突然、兵部大輔になった。これは正五位下の職位だ。それから僅か半年で、右中弁とは、栄転とはいえ異常だ。助。どう思うか？」

「それがしには大宮人の昇格や昇叙は、とんと分かりませぬが、世間では、四十歳の家持殿には、右中弁は妥当な職位ではないかとの評判です。いつも通り、悠然とご出仕なさいませ」

「相分かった」

大伴氏族は、重臣古麻呂や中堅の池主などを悲惨な杖刑《じょうけい》で失い、長老古慈斐《こしび》を流罪《るざい》にされていたので、祝宴を張る雰囲気ではなかった。静かに過ごしていると、思いがけない筋から声がかかった。半年前、――歌の手ほどきをしてくれ――と、宴《うたげ》を設けてくれた、大監物《だいけんもつ》の三形《みかた》王であった。

「家持殿、この度のご昇叙おめでとう。ところで、友人の伊香王《いかご》が、そなたの管掌下になるので、顔つなぎにわが邸で、忘年会という名目で歌会をしたいが、いかがかな」

三形王が友人といった伊香王は、大蔵大輔の甘南備伊香《かむなびのいかご》であった。臣籍に降下していたが、三形王は昔通り、伊香王と呼んでいた。大蔵省は税収や国の財政を扱うが、この当時は政事《まつりごと》の中枢ではなく、傍流である。王族たちは、古代から伴造《とものみやつこ》であった大伴家に、親近感を持っていた。

(このお方たちと宴を持っても、仲麻呂を刺激することはあるまい)

「お心配《こころくば》りありがとうございます。お招きお受けします」

家持は――世の中、捨てる神あれば、拾う神あり――との俗諺《ぞくげん》を想起していた。


十二月十八日、三形王のこじんまりした邸宅に三人が揃って、酒を酌み交わしていた。晩冬である。雪がちらついていた。三形王が、言葉を選びながら、一年を回顧した。

「今年は年初から、様々なことがあったのう。雪の降る冬は、今日のみでよい。明るく鶯の鳴く春が、明日にでも来てほしいものよ」

「そのまま歌になされまし」

と、家持が助言した。

「そうか……そのままでよいか……では、主人のそれがしが一首」


み雪ふる冬は今日のみうぐひすの鳴かむ春べは明日にしあるらし

（三形王　万葉集　巻二〇・四四八八）

「お見事でございます」
「それでは吾が和《こた》えよう」
と、甘南備伊香が立った。

うちなびく春を近みかぬばたまの今宵の月夜《つくよ》霞たるらむ
（甘南備伊香　万葉集　巻二〇・四四八九）

――草木のなびく春が近くなっているのであろう。この世の中のように暗い今宵の月夜が少し霞んでいるのは、その所為《せい》だろう――
「では家持殿、締めの歌を」
（お二方は、暗い事件のあった今年を、「雪ふる冬」や「ぬばたま（漆黒《しっこく》）」という表現で示されたな。……吾は明るい「あらたま」で来年を期待する歌にしよう）

あらたまの年行き還《かへ》り春立たばまづわが宿にうぐひすは鳴け
（大伴家持　万葉集　巻二〇・四四九〇）

「お見事な歌、さすがでござる。家持殿のご心境、吾らよく分かっておりますぞ。お互いに、静かに、うぐひすの初音《はつね》を待ちましょう」

雪が霙《みぞれ》に変わったが、三形王の邸宅には、ほのぼのとした温かさがあった。


十二月二十三日、親友の大原今城《おおはらいまき》の館に呼ばれた。

「二十四日が立春だから、二人だけでゆっくり飲もう。吾は出世遅れの王族崩れ。政事《まつりごと》の中枢とは程遠い、治部少輔《じぶしょうふ》だから、そなたと忘年会をしても、仲麻呂の密偵はつくまい。ついても無駄と悟るだろう」

今城は、旅人の友人高安王の王子で、臣籍降下前は今城王と名乗っていた。生母が大伴氏族の出であったので、親子二代にわたる親交が続いていた。旅人と家持、書持が太宰府から帰京するとき、難波津の高安王の館に泊まって以来、今城を兄のように慕っていた。

今城の厚意に応えて、家持は、もし候《うかみ》が張り込んでいれば聞こえるように、大きな声で――月の上ではまだ冬だが、もう立春だ――と、春待つ心を詠んだ。

月数《よ》めばいまだ冬なりしかすがに霞たなびく春立ちぬとか
（大伴家持　万葉集　巻二〇・四四九二）

三形王、旧伊香王、旧今城王……仲麻呂を気にせず、家持に忘年会の声をかけてくるのは、浮世の名利を超越していた王族の末裔であった。家持は立ち直り、越年した。

（二）玉帚《たまほうき》

天平宝字二年（七五八）の元旦は、雲一つない好天気で明けた。朝賀は開催されなかった。半年前の奈良麻呂の変で、合計四百人にも及ぶ、軽重様々《けいちょうさまざま》な処刑がされたので、その悲惨な余韻《よいん》がくすぶっていたからである。

正月三日は初子《はつね》の日になる。この日は、帝《みかど》が、王臣や侍従、竪子《じゅし》（身の回りの世話をする少年たち）に、玉帚を下賜され、酒宴（肆宴《しえん》）が催される恒例であった。玉帚は、蚕《かいこ》の床を掃く道具である。農家は、蚕が無事に育つようにと、鋤《すき》とともに、初子の日に飾り、養蚕《ようざん》の成功と農作物の豊作を祈る慣習であった。この神に祈る慣習が、天皇家に国家儀式として継承されていた。（現皇室にも伝わっている）

内裏には下賜する多数の玉帚が用意されていた。コウヤボウキの茎を束ねて、手元を紫に染めた革ひもで巻き、金糸を何重にも巻き付け、枝先には緑色のガラスの玉を飾っている、見事な装飾品である。

――当日、和歌でも漢詩でもよい、用意しておくように――との内示が、内相の藤原仲麻呂から参加者に伝達されていた。家持もこの晴れやかな肆宴を楽しみに、歌を用意した。

始《はつ》春の初子《はつね》の今日の玉帚《たまばはき》手に執《と》るからにゆらく玉の緒

（大伴家持　万葉集　巻二〇・四四九三）

当日、突然、家持に――大蔵省に出向け――との指示が出て、肆宴には出席できなくなった。大蔵省に赴くと、大輔の甘南備伊香《かむなびのいかご》と、大監物《だいけんもつ》の三形《みかた》王が、済まなさそうな顔つきで待っていた。

「何かあったのでしょうか？」

と、家持が訊ねた。三形王が、

「いや、年頭早々、紫微中台に――大蔵の出納《すいとう》帳簿の記載に、おかしいところがある――との、たれ込みがあったのでな。――大監物は直々に監査の指揮を取れ――と、命ぜられたのだよ。調べているが記載相違はない。再監査は、何も正月三日にやらねばならぬほどのことではないのに……」

「吾々三人が、忘年会を開いたことが、どなたかのお耳に入り、ご機嫌を損なったようだ。家持殿には今日の肆宴に出られず、ご迷惑をかけたな。……しかし、ご油断なされるな……まだまだ何が起こるか分からぬぞ」

「心得ました」

この日、三人は初子の宴に出ず。終日、帳簿をめくった。何も瑕疵《かし》はなかった。家持は憮然《ぶぜん》として、佐保の館に帰った。大嬢が楽しみにしていた玉帚は手にしていなかった。

五日、孝謙女帝の詔《みことのり》が出た。

——朕は母のように君臨し、人民を子のように養っている。……ところが、思いがけなく心のねじけかたよった近臣が、ひそかに道ならぬことを心に抱き、同悪の者どもが助けあって、遂に反逆を起こそうとは。……しかし……忽ちにことごとく滅ぼされた。過誤を犯した者は、改めて心を洗い清め、みずから努めて、わが身を新しくせよ——

恭《うやうや》しく拝聴した家持は、

（一昨日の初子の肆宴の出来事は意図された嫌がらせだった。帝や仲麻呂卿は、まだまだ諸兄卿や奈良麻呂卿の交友関係者を赦《ゆる》していないな。身分の高低は関係なさそうだ）

と、痛感していた。

翌六日、内裏の内庭に樹木を植えて、林帷《かきしろ》（林の垣根）として諸王や諸卿が酒宴を賜ることになった。本来は七日に予定されていた節会の肆宴《とよのあかり》が取り消され、六日の林帷の宴となった。家持は、当初七日のおめでたい節会の肆宴に、女帝に捧げる歌を、あらかじめ用意していた。——七日の節会に、青馬を見た人は、長生きする——という故事を踏まえていたが、奏上の機会はなくなった。

水鳥の鴨の羽《は》の色の青馬を今日見る人はかぎりなしといふ

（大伴家持　万葉集　巻二〇・四四九四）

六日の林帷の肆宴に相応しい歌を用意した。

うちなびく春ともしるくうぐひすは植木の樹間《こま》を鳴き渡らなむ
（大伴家持　万葉集　巻二〇・四四九五）

——春になった証拠に、この植木の樹の間を、鶯が鳴いて通ってくれるであろう——

しかし、家持に、肆宴に出よという連絡はなかった。

「家持様、お歌を披露されるお招きがなくても、よろしいではありませんか。貴方様が憶良様のご遺志を継がれて、編集されている『万葉歌林』は、後世の人たちへの歴史資料でございましょう。詞書《ことばがき》と左注《さちゅう》をきちんと書かれて、蔵の歌稿へ綴じ込みなさいませ。それで一件落着です。さあさあ、わらわと飲みましょう。ほほほ」

大嬢《おおいらつめ》は、母坂上郎女の気性をそっくり受け継いでいた。

「そうだな、——柳に風——と、受け止めよう。明日は明日の風が吹こう」

家持は端然として、右中弁の職務に励んだ。

（三）風雅の朋《とも》

二月に入って、思いがけない、懐かしい人から歌宴の招待を受けた。式部大輔（式部省上席次官）となっている中臣《なかとみ》清麻呂であった。式部省は文官の人事、朝廷の儀式、学校行政を担当する役所である。清麻呂とはこれまで二回、歌の宴席で風雅の時を過ごした思い出があった。

家持が越中守から少納言となって帰京した天平勝宝三年（七五一）の十月、当時左大弁だった紀飯《きのいい》麻呂《まろ》の館に招かれ、左中弁の清麻呂と同席して歌を楽しんだ。

二度目は二年後の天平勝宝五年（七五三）八月、今は亡き池主と三人で、酒壷を下げて高圓《たかまと》の丘に登り、歌を詠みあった。神祇畑の人柄だけに、立身出世にはこだわらない、端然とした風格があった。

紀飯麻呂は、参議に出世していたが、中臣清麻呂は出世せずに、今は格下の式部大輔の職にあった。

「家持殿、正月の初子《はつね》の肆宴《しえん》や、六日の林帷《かきしろ》の肆宴で、久々に貴殿の歌を聴けると思って楽しみにしていたが、参席なく、残念に思っていました。人伝《ひとづて》に――歌を詠む機会を与えられないようにされている――と、耳にしました。人生には様々なことがございますが、気分転換をなさいませ。風雅の朋を集めて、拙宅で酒宴をしますので、どうぞお越しくだされ。梅が盛りを過ぎたので、太宰府の旅人殿の梅花の宴には及びませぬが、思う存分に飲み、詠いましょう。客は歌人の王族。それも傍流なれば密偵は手配されまい。ははは」

参加者を聞けば、旧知の面々であった。清麻呂の配慮は行き届いていた。

主人　式部大輔　中臣清麻呂
主客　右中弁　大伴家持
客　大監物　三形王
　　治部大輔　市原王
　　治部少輔　大原今城《いまき》（旧今城王）

大蔵大輔　甘南備伊香《かむなびのいかご》（旧伊香王）

全員年長者であったが、職位は右中弁の家持が、上位になる。しかし、これまで身分の上下は意識せずに、対等の付き合いをしてきた朋友であった。中でも市原王とは、亡き安積《あさか》親王の内舎人《うどねり》時代からの親友であった。『万葉歌林』上梓の熱心な支持者で、王子・五百枝《いおえ》王が、後に父の遺志を引き継ぐ。治部省は、氏姓、葬儀、仏事、外交など、地味な職場であった。奇しくも二人の次官が家持の心強い親友であった。

「ご厚志、何とお礼申してよいか……家持、言葉が出ませぬ。喜んでお受けします」

二月初旬、久々の酒宴は盛り上がった。

「ではそれがしが前座に一首……」と、今城が立ち上がった。

恨《うら》めしく君はもあるか宿の梅の散り過ぐるまで見しめずありける

（大原今城　万葉集　巻二〇・四四九六）

――貴男は恨めしい方ですね。お屋敷の梅が散ってしまうまで隠して、見せてくださらなかったことよ――

見むといはば否といはめや梅の花ちり過ぐるまで君が来まさぬ
（中臣清麻呂　万葉集　巻二〇・四四九七）

――見たいとさえ仰れば、否だとは申しませぬよ。どしどし見に来て、梅の花が散ってしまうまで、見てほしかったが、貴男はお見えにならなかったではありませぬか――

どっと哄笑《こうしょう》が起きた。家持が立って、清麻呂に、お招きのお礼の歌を詠んだ。

はしきよし今日の主人《あろじ》は磯《いそ》松の常にいまさね今も見るごと
（大伴家持　万葉集　巻二〇・四四九八）

――お懐かしい今日の宴会の催し主は、この庭の池の石の上の松のように、いついつまでも、今見ているように、お健やかでいらっしゃいませ――

四十一歳の壮年家持は、初老五十七歳の催主、清麻呂の長寿を祈った。清麻呂は家持をわが子のごとく気にかけていた。家持に謝意の歌で応えた。

吾背子し斯《か》くしきこさば天地の神を乞《こ》ひ祈《の》み長くとぞおもふ
（中臣清麻呂　万葉集　巻二〇・四四九九）

――家持殿がこうしてたびたび来られるのならば、私は天地の神にお願いし、お祈りして、長生きしようと思います――

後日談であるが、清麻呂は八十七歳まで生き、遂に右大臣となり、不遇の家持の昇格、昇叙を実現する。その運命が、無意識に予知されていたような贈答歌であった。

市原王が「おもふ」を受けて、梅の花を題にして詠んだ。

梅の花香をかぐはしみ遠けども心もしのに君をしぞおもふ

（市原王　万葉集　巻二〇・四五〇〇）

――梅の花の香りのよろしさに、遠く離れているのだが、心がしおれるぐらい、貴男を思っています――

伊香王《いかご》、今は甘南備《かむなび》伊香も梅花を詠んだ。

梅の花さき散る春の永き日を見れども飽かぬ磯にあるかも

（甘南備伊香　万葉集　巻二〇・四五〇二）

家持が「磯」を受け、清麻呂が応え、今城が詠んだ。

「この席に池主が居ないのが寂しいのう。家持殿と三人で、高圓離宮《たかまとのとつみや》の丘で飲み、詠《うた》った日が懐かしい」

と、清麻呂が追懐した。

「では聖武帝と池主へ挽歌を捧げますか」

家持が居住まいを正して詠唱した。

高圓《たかまと》の野の上《うへ》の宮は荒れにけり立たしし君の御代遠そけば
（大伴家持　万葉集　巻二〇・四五〇六）

――高円の野辺の御所は、荒れてしまった。そこに立って景色をご覧になっていたお方が、治めていた時代が遠のいたので――

今城が、家持の歌を少し変えて、――たとえ荒れても、そこに立ってご覧になっていた方のお名前はお忘れしませんよ――と、和した。

「それがしも高圓の丘を詠みましょう」

伊香が酒杯を置いて、立ち上がった。

大君の継ぎて見《め》すらし高圓の野べ見るごとにねのみし泣かゆ
（甘南備伊香　万葉集　巻二〇・四五一〇）

——亡くなられた聖武帝が、冥土から引き続いてご覧になっているに違いない。その高円の野を見るたびごとに、涙が溢れて止まらない——

何となく先帝を偲ぶ湿っぽい雰囲気になった。

「皆の衆、では先帝と池主に献杯して、歌の題を変えよう」

と、三形王が献杯の音頭をとった。

「それがしはこの屋敷の山斎《しま》の馬酔木《あしび》の花が気に入った。いかにも早春を感じさせるので一首詠んだ」

鴛鴦《をし》の住む君がこの山斎《しま》今日見ればあしびの花も咲きにけるかも
（三形王　万葉集　巻二〇・四五一一）

すぐに家持と伊香が続いた。

池水に影さえ見えて咲きにほふあしびの花を袖に扱入《こき》れな
（大伴家持　万葉集　巻二〇・四五一二）

磯かげの見ゆる池水照るまでに咲けるあしびの散らまく惜しも
（甘南備伊香　万葉集　巻二〇・四五一三）

これほど優雅な歌の宴は、長い間なかった。歌の友六人は、名残を惜しみつつ別れた。

(四) 酒宴禁止、禁足、端午の節句停止

歌の宴から暫く経った二月二十日。女帝が変わった勅《みことのり》を出した。

――……近頃、民間の宴会に集まる者は、ややもすると常軌を失い、あるいは同悪の者が集まり、みだりに聖者の政治をそしり、あるいは酔い乱れて節度をなくし……今後、皇族・貴族以下の者は、祭祀の場合と病気の治療をする時以外は飲酒してはならぬ。友人や同僚の者たち、遠近の親戚・知人らが、暇のある日に、お互いに訪問する時には、まず所属に官司に申し出て、その後に集会を許すこととする。……――

「何だ、この勅は！　酒宴禁止、友人を訪問するのに上官の許可が必要だと！　驚いた」

(清麻呂殿の歌会が、孝謙女帝の神経を逆撫《さかな》でしたのかな……。あの十八首が、天平最後の、民間の歌宴となったのかもしれぬ。……心の通い合った素晴らしい、宴《うたげ》だった。父の梅花の宴には及ばずとも、憶良殿に恩返しができた……)

三月十日、またまた国民が驚く勅が出た。

――……去る天平勝宝八歳（七五六）五月、先帝は崩御なされた。朕はこの不吉な出来事に会ってから、哀傷の心を抱いているが、礼式のために、心ならずも耐えて慶事の儀式にも従ってきた。ただ

端午《たんご》の節句が来るたびに、樹々を吹く風にも心が痛み、宴席に臨んで盃を取ることを為すのに忍びないところがある。そこで今後、国中の公私にわたり、重陽《ちょうよう》に準じて、端午の節句を行うことを停止せよ――

重陽の節句、九月九日は、天武帝の忌日であった。

「端午の節句も祝えなくなったか……行楽の季節が来たというのに、皆、家に籠っていなければならぬか……」

「堅苦しい世の中になりましたね。女性の私から申し上げるのはどうかと思いますが、女帝は何かこだわり過ぎるように思いますが……大宮人の方々は、おとなしく従われているのでしょうか？」

「詔《みことのり》に書かれている刑罰が厳しいから、皆、黙って従っている。端午の節句は、吾ら武人にとっては男の節句よ。寂しいが、致し方あるまい」

家持は、次々と出る勅令が、大伴の氏上である自分の首を、真綿で締め付けてきている感じがしていた。予感は当たっていた。

権が情報を持ってきた。

「若、お気をつけなさいませ。上皇后や女帝、仲麻呂は、先月の清麻呂邸で、王族の方々が、歌の宴を楽しみ、その上に、聖武上皇を追悼したことを気にされているようです。――古麻呂や池主を叩きに叩いたが、首を振って家持の名を出さなかった。おかしい。家持は奈良麻呂の仲間だった筈だ。家持は尻尾を出さぬ。内裏での肆宴《とよのあかり》を外したら、王族たちの歌会を楽しんだ。けしからん。内裏で顔を見たくもない――と、申しているそうです。くれぐれもご用心を」

（五）因幡守《いなばのかみ》断詠

権の心配が現実となった。

六月十六日、高官だけの地方官任命が出た。

兼出雲守　　参議兼治部卿　　　従三位　文室智努《ふんやのちぬ》（旧智努王）

常陸守《ひたち》　　春宮大夫兼右京大夫　従四位上　佐伯毛人《えみし》（仲麻呂の腹心）

因幡守　　右中弁　従五位上　　大伴家持

文室智努は仲麻呂政権の重臣であり、出雲守は兼任であった。佐伯毛人が赴任する常陸国は、大国であり、かつ親王任地国として、格が高い。

家持が任命された因幡国の格は、大国に次ぐ上国である。しかし、石高は初任地の越中国の三分の一の規模であった。格は低い。通常、従五位下の新人任地国である。右中弁から因幡守は、職位で見ると三段階以上の大左降である。二人の地方官任命に合わせているが、家持だけ大左遷であった。いや、配流《はいる》と言った方が妥当であろう。大伴氏族に衝撃が走った。家持は、従容《しょうよう》としていた。

「騒ぐな。皆、黙って己の職務に励め」

と、氏族に緊急指示を出した。

初秋七月五日。親友の大原今城《いまき》が、詔に従って上司の治部卿、文室智努の許可を取って、自邸で餞別の宴を持ってくれた。二人は黙って酒杯を重ねた。

「家持殿、何と申し上げてよいか分からぬが、お互いに隠忍自重を続けよう。陽の昇らぬ夜はない。餞別の歌は辛くて詠めぬ。勘弁してくれ」

「宴会が禁じられているなか、送別会を開いてくださり、感謝します。吾の気持ちを歌にしましたので、お受け取りくだされ」

秋風のすゑ吹きなびく萩の花ともに插頭《かざ》さず相か別れむ

（大伴家持　万葉集　巻二〇・四五一五）

――秋風が、葉の先を吹き寝かせる萩の花を、お互いに插頭《かざし》に飾る秋まで待てずに、ここで相分かれるのは、いかにも辛いが……お互いに我慢しよう――

家持は、今城の手を取って、男泣きした。今城も滂沱《ぼうだ》の涙を流した。

家持が、赴任した因幡国は現在の鳥取県の東部である。国府は鳥取県岩美郡国府町にあった。鳥取市の東南である。

いつもなら、貴族になったばかりの新任国主を迎えるのに、今回は、宮内少輔、越中守、少納言、兵部少輔、兵部大輔、右中弁という出世街道を歩いてきた高官である。四年前には、山陰道巡察使として、因幡国も監査され、指導されてきた。その本人が国守として赴任してきた。国司や郡司たちは、複雑な、困惑した表情で、左遷の家持を出迎えた。

家持は、端然としていた。国主の職務には十分精通していた。厳しくなく、疎《おろそ》かにならず、定刻出仕、定刻退庁、淡々と日々を送った。

(仲麻呂一派に付け込まれる隙を造ってはいけない)

助以下、山辺衆の下男たちが、脇を固めていた。休みの日には、助たちと人知れぬ山野を馬駆けし、密かに武技も磨いた。父旅人が買いためた書籍を持参し、読みふけった。

年が明け天平宝字三年(七五九)の元旦となった。朝から牡丹雪が降り積もっていた。

(因幡の冬は寒いな。しかしこの雪ならば、豊作となろう)

越中での体験が、あちこちで生かされていた。

国主は、朝賀と同じように、国司や郡司たちと伊勢神宮に向かって拝礼し、彼らに酒食を振舞うのが、儀式であった。いつもなら賑やかな雑談の声はひそやかであった。

介《すけ》(次官)が立ち上がった。

「国主殿、おめでたい元旦でございます。吾らに一首、詠んでいただけませぬか。皆、望んでおりますので……」

「そうか。ありがとう。では皆の幸せと、因幡国の繁栄を祈って、詠もう」

家持は、盃を置き、立ち上がると、少し脚を開いて、背筋を延ばした。これを見た国司や郡司たちが、一斉に正座した。全員が、貴人、家持を凝視していた。男盛りの武人にして公卿、著名な歌人の風格に圧倒されていた。

眼を閉じた家持の脳裏には、天平十八年（七四六）正月、諸兄《もろえ》に声をかけられた元正上皇《げんしょう》ご在所の雪掃《は》きの宴が浮かび上がった。

（あの席で、葛井諸會《ふじゐもろあひ》卿がいい歌を詠まれた。頭を借りよう）

新《あら》しき年のはじめに豊の年しるすとならし雪のふれるは

（葛井諸會　万葉集　巻一七・三九二五）

「では朗詠するぞ。下の句は二回詠む。その後に全員で合唱するゆえ、よく聞くがよい」

「えっ、合唱ですか！」

一同は驚き、興奮し、頷いた。大広間に緊迫感が溢れた。

家持は大きく息を吸いこみ、朗々と発声した。

新《あら》しき〜……年の始の〜……初春の〜……今日ふる雪の〜……

いや重《し》け吉事《よごと》〜……今日ふる雪の〜……いや重《し》け吉事《よごと》〜……

——今日ふる雪の　いや重け吉事——

（守殿は、吾ら官人だけでなく農民、漁民、商人、すべての領民の幸せを願っている！）

国司や郡司たちは、表現できぬ感動に、身を震わせていた。

全員での合唱が終わった時には。国守、国司、郡司の一体感ができていた。

名歌は瞬《またた》く間に因幡国中に広まり、行政はつつがなく進んだ。

家持はこの歌をもって、『万葉歌林』四千五百余首の締めとした。心魂籠めた——いや重け吉事——。文字の名詞止めに、自ら満足した。

（憶良殿、父上、書持、……古麻呂兄さん、池主……歌稿はできましたぞ！）

家持は、躊躇《ちゅうちょ》なく、生涯の断詠を決めた。

第十一帖　左遷　その二　竹園の醜聞

み苑生《そのふ》の竹の林にうぐひすはしば鳴きにしを雪はふりつつ
（大伴家持　万葉集　巻一九・四二八六）

（一）竹の園

因幡《いなば》国は現在の鳥取県の東半分である。鳥取平野は、北は日本海に面し、東は氷《ひ》の山、南は後山や那岐山、西は三国山や高鉢山に囲まれている。稲穂を収納する稲場《いなば》が、因幡の国名になったという。因幡の白兎伝説が示すように、古代は出雲族の国であった。出雲族は、壮大な出雲大社の造営を条件に、大和族の支配下になり、従順な農耕、漁労の民となっていた。

正月元旦の初雪に、——いや重け吉事《しよごと》——と、あらゆる人の幸せを、謙虚に神に願った家持を、国司、郡司ばかりでなく、領民たちも深く畏敬していた。

日本海から吹き付ける風は冷たかったが、血なまぐさい政争から離れた因幡で、家持の心は静謐《せいひつ》であった。雪を眺めていると、平城京には珍しかった一尺二寸（約三十五センチ）積もった大雪の日を思い出した。

（五年前になるか、天平勝宝五年（七五三）一月十一日だったな。越中から帰り、少納言として内裏に伺候《しこう》していた。竹の園、白い雪、鶯、梅の花……皇居に相応しい見事な景観だった……）

み苑生《そのふ》の竹の林にうぐひすはしば鳴きにしを雪はふりつつ

うぐひすの鳴きにし垣内《かきつ》ににほへりし梅この雪にうつろふらむか

（大伴家持　万葉集　巻一九・四二八七）

皇居や皇族を「竹園」という。中国の古代、前漢の文帝の皇子、孝王の庭園を、人々が「竹園」と呼んだ故事が、日本にも伝わっていた。「み苑生の竹の林」は内裏であり、鶯が雪の日に飛来して、大いに鳴くことは、吉祥であった。

（しかしこの五年に、竹園は……激変したな）

平城京の有様は、山辺衆の首領《かしら》・権が入手し、時々刻々、配下に因幡まで届けさせていた。

（二）淳仁帝の即位

半年前になる。家持が因幡国に着任した翌月、天平宝字二年（七五八）八月一日、孝謙女帝は退位した。権の手紙によれば、

――ご母堂、光明上皇后と、仲麻呂の意向によるもので、孝謙女帝は皇位を譲りたくなかったようです。仲麻呂の館《やかた》、田村第《たむらてい》に住んでいた二十五歳の皇太子、大炊王《おおいおう》（舎人《とねり》親王の子）が、淳仁《じゅんにん》天皇として即位しました。大炊王は、藤原仲麻呂の亡き長子、真従《まより》の妻、粟田諸姉《あわたのもろね》と結婚させられていました。したがって、仲麻呂は新天皇の義父になったことになります。準皇族です。すべて仲麻呂の筋書き通りでございます。孝謙先帝と仲麻呂の間に、少し隙間風が吹き始めています。今は蜜月の関係ですが、将来一波乱あるかもしれません――

と、書かれていた。後日、候の権の予見は当たる。

（仲麻呂卿は、光明上皇后と孝謙先帝の二人を籠絡《ろうらく》して、まるで自分が天皇のように振舞っているな。それにしても権は宮廷の動きをよく把握している。山辺衆が官人にいるのか）

家持は、竹園の荒廃を、因幡の地から冷静に眺めていた。

――女帝にこれまでよく仕えてきた官人を表彰するとの詔が出て、昇格大盤振る舞いがございました。若がご興味を持たれている方五名をお知らせします――

正三位　従三位　石川年足《としたり》（天智の功臣、蘇我石川麻呂の曽孫。仲麻呂の腹心）
従三位　正四位上　氷上塩焼《ひかみしおやき》（天武帝の孫。臣籍降下前は**塩焼王**）
正四位上　正四位下　**白壁王**《しらかべ》（天智帝の孫。光仁帝。桓武帝の父）
従四位上　従四位下　佐伯毛人《さえきのえみし》（のち氷上川継事件に関与）
従四位下　正五位上　藤原真楯《またて》（旧名八束《やつか》。家持の親友）

（ほほう。年足卿は蘇我一族らしく佞臣《ねいしん》としてご出世だな。硬骨の皇子、塩焼王は、恭仁《くに》遷都に反対されて伊豆に配流《はいる》された。復位されたが、橘奈良麻呂殿の事件では譴責《けんせき》の上免罪とされた。天武帝の孫として存在感があり、古来の豪族の信望もあるので、さすがの女帝や仲麻呂も、無視できないのだな）

注目したのは白壁王であった。

（おとなしい歌人の志貴《しき》皇子の長子で、若い頃有能な方という評判であったが、勤めを避け田舎へ引きこもり、酒におぼれ、渡来人の、それも平民の娘を妻女にされた。――皇統争いに巻き込まれて、命を失いたくない――との判断だったと噂に聞いているが……天武の塩焼王、天智の白壁王か……壬《じん》申《しん》の乱の再発にならねばよいが……）

家持の危惧《きぐ》は、後日、いろいろな形で現実となり、家持自身も巻き込まれる運命となる。

（八束、いや真楯殿が四位になられたのは祝着至極だ）

親友八束は、昔、父房前《ふささき》が藤原本家の嫡男武智麻呂《むちまろ》の嫉妬《しっと》を避けたように、本家次男、従兄仲麻呂の嫉妬を避けていた。極力才を抑え、着々と栄進していた。

家持とは官位や職位で大きく差が開いていたが、

（吾には『万葉歌林』の上梓という、生涯をかけた大目標がある。首が繋《つな》がっていればよい）

と、家持は達観していた。

憶良に仕えていた権が、今は植木商として、参議、藤原真楯（八束）の庭仕事をしていることは、三人以外誰も知らない。

権の手紙には、やけに長ったらしい内相仲麻呂の、歯の浮いたような奏上文と、新上皇の仲麻呂大讃美の、まるで恋文のような詔の要旨が、要領よく簡記されていた。

仲麻呂「……孝謙太上天皇を上台宝字称徳孝謙皇帝《ほうじしょうとくこうけんこうてい》と申し上げ、……ゆかしい称号を永遠に賞揚したいと思います」
孝謙上皇「紫微内相《しびないしょう》藤原仲麻呂は、国家に対して勲功が立派であったけれども、それに報いる措置が行われていないし、勲功に見合う名号も、まだ加えられていない。……功績に相応しい名号を奏上せよ……」

（三）恵美押勝《えみのおしかつ》誕生

暫くして、追加の知らせが入った。

――八月二十五日、唐風の辞令が出ました。仲麻呂が大納言から大保《たいほ》、右大臣に昇格しました。さらに、またまた長い仲麻呂讃美の勅《みことのり》が出ました――

孝謙上皇「……大保の藤原仲麻呂は……精勤に職責を守り……私心がない。……反逆の徒、橘奈良麻呂を、戦う前に鎮圧……皇室の統治は長く続くことになった。……本当に称賛すべきである。……藤原氏は祖先の近江大津宮、天智朝の内大臣、藤原鎌足以来……皇室を助け……過去において、仲麻呂に匹敵するものはなく、ひろく**恵**みを施す**美**徳も、これに過ぎる者はない。今より藤原の姓に、「恵美」の字を加えよ。また暴逆の徒を鎮圧し、強敵に**勝**ち、兵乱を**押**し静めたので、名付けて「押勝」と言おう。……」

（そうか、孝謙上皇は、愛人の仲麻呂を「恵美押勝」と命名されたのか。それにしても、奈良麻呂殿の仲麻呂粛清《しゅくせい》の失敗は、まだまだ尾を引いているな。孝謙上皇と仲麻呂はしつこい。言動に心せねばなるまい）

――お役所の名前が全部変わりました。いずれ官報が届きましょうが、省名のみ速報――

旧省名 ➡ 新省名
紫微中台《しびちゅうだい》 坤宮官《こんぐう》（坤は地を示し、天から地が治世を委譲されたとの意）
中務省《なかつかさ》 信部省（中務は勅語を扱うので、信用が第一ゆえ）

式部省　　文部省（文官の考課と禄賜を扱うゆえ）
治部省　　礼部省（僧尼、外国の賓客を扱うには、礼が必要ゆえ）
民部省　　仁部省（民の治世には仁の心が必要ゆえ）
兵部省　　武部省（武官の考課と禄賜を扱うゆえ）
刑部省　　義部省（罪人を取り調べ、罪科を課すには、正義が必要ゆえ）
大蔵省　　節部省（財物出納には節制が必要ゆえ）
宮内省　　智部省（天皇の品を集めるのは、智者の水が万物を生かすに似る）
（語呂遊びのような省名変更など、くだらない。仲麻呂卿の唐趣味だろうが……吾には関係ない。黙っておこう）

（四）家持抜擢さる

越中守の時の家持は、部下の国司だった同族の池主などと共に、四季折々の風景を楽しむ酒宴を張り、時には遊行女婦《うかれめ》等を入れて、優雅な時を過ごした。しかし、ここ因幡では、まったく遊ばなかった。黙々と国守の仕事をこなして、部下の国司や郡司はもとより、領民からも、中央政府へ密告されるような事態を避けた。夜は読書に過した。

因幡守として三年半が過ぎて、四度目の正月を迎えた。

天平宝字六年（七六二）一月四日、台閣の人事異動があった。

昇叙　御史大夫《ぎよしたいふ》（大納言）　中納言・正三位　文室浄三《ふんやのきよみ》（旧智努王）
新任　参議　兼信部（中務）卿・従三位　氷上塩焼《ひかみしおやき》（旧塩焼王）
新任　参議　中衛少将・従四位上　藤原恵美真先《まさき》（仲麻呂の次男）

続いて九日、大夫たちの人事異動があった。家持も動いた。国司たちが驚愕《きようがく》した。

信部《しんぶ》（中務《なかつかさ》）大輔《たいふ》　因幡守・従五位上　大伴家持

中務省は、八省の中では、一段格が上である。その上席次官の任命は、因幡守から見れば三段階ほどの、異例の昇格となる。右中弁から因幡守へ大左遷された家持が、再び、中央官庁、それも天皇と密接な関係にある信部（中務）省の上席次官に帰り咲いた裏には、親友で参議に栄進していた八束の、兄の中納言・藤原永手への推挙があった。

律令の官位相当表では、中務大輔は、前任の右中弁と同格の、正五位上の役職であった。

しかし、家持には、昇格はなく、二階級下の従五位上のままであった。

（わが主《ぬし》は天平勝宝元年（七四九）に従五位上になられたが、十三年も据え置きとは……）

権や助は歯ぎしりしたが、家持は従容としていた。

仕えるのは、参議兼中務卿・氷上塩焼（臣籍降下前は塩焼王）であった。天武帝の御子、新田部《にいたべ》親王の皇子であり、一時は聖武帝の遺言で皇太子なっていた道祖《ふなど》王の兄である。塩焼の正室は、聖武帝の皇女不破《ふわ》内親王。家持が仕えた安積《あさか》親王の姉姫であった。光明上皇后や孝謙上皇にとっては、昔から対立的な存在であった。家持は、己の置かれている立場が、天武系皇親や、古来豪族たちの期待の職位であると、感じていた。微妙な立ち位置であった。

家持と皇親の関係図（一部の皇子略）（関係者太字）

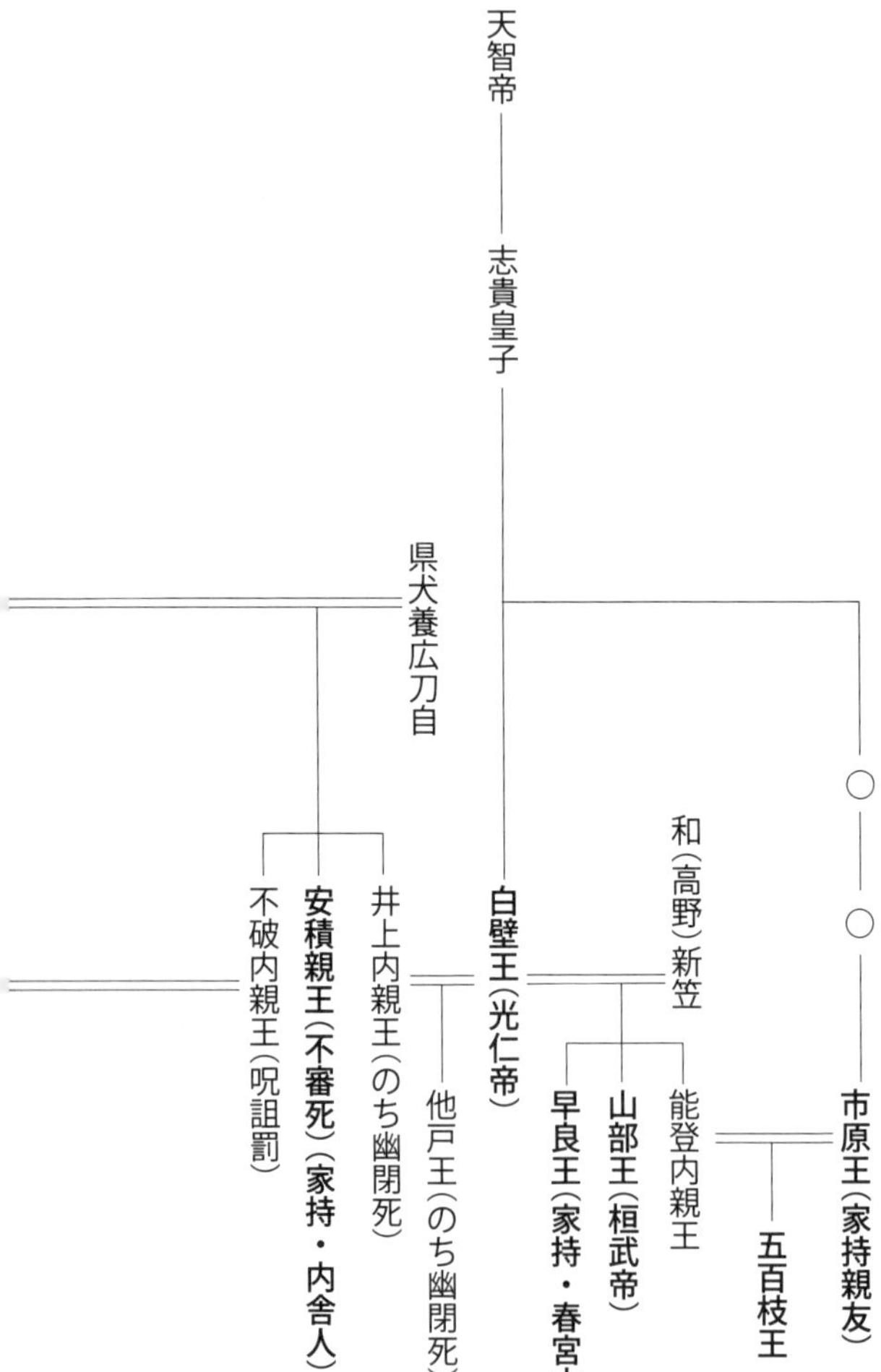

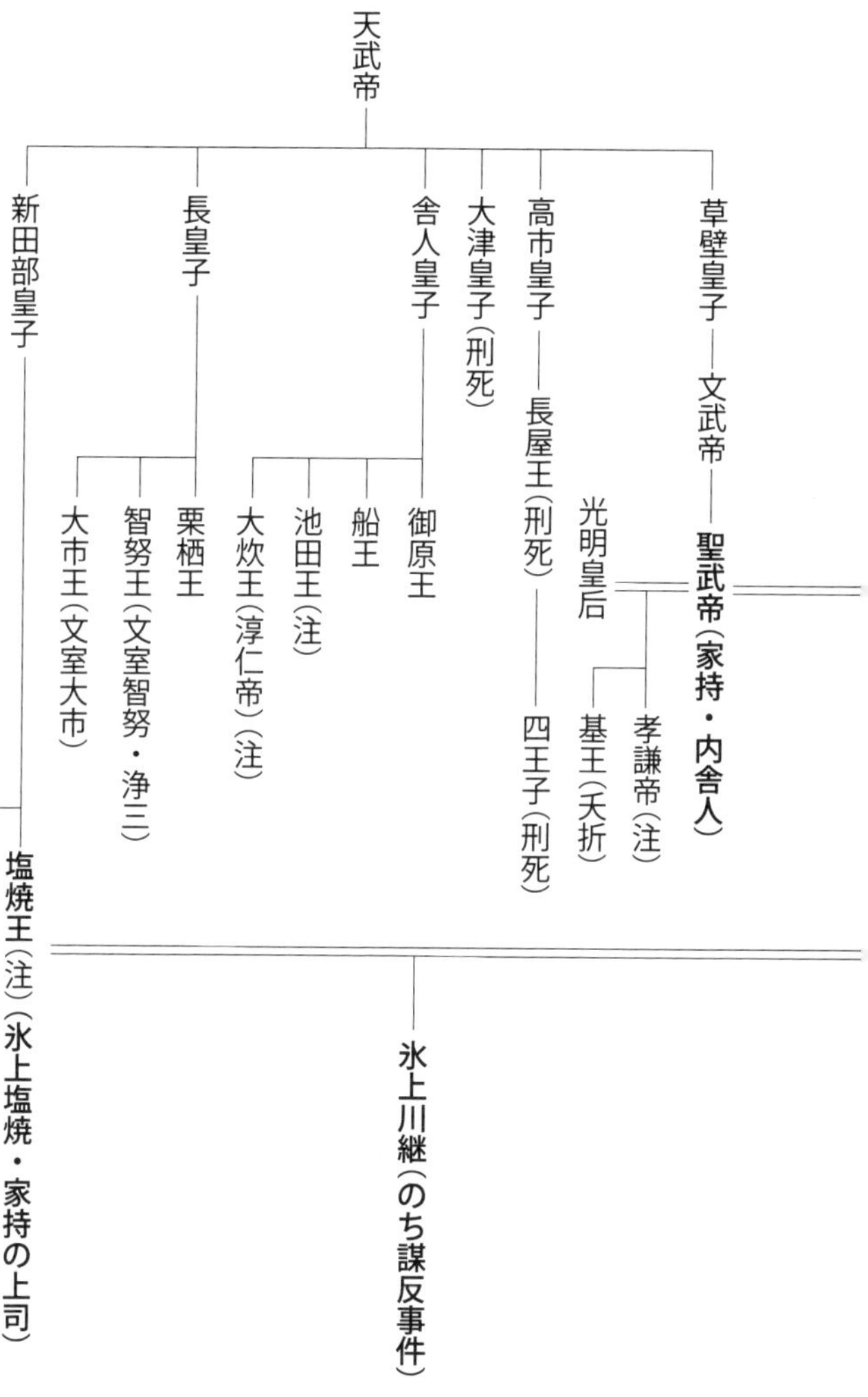

（注）皇位継承会議での三派　池田王支持　文室智努、大伴古麻呂（獄死）
塩焼王支持　藤原豊成（左遷・復位）、藤原永手
大炊王支持　孝謙女帝、藤原仲麻呂

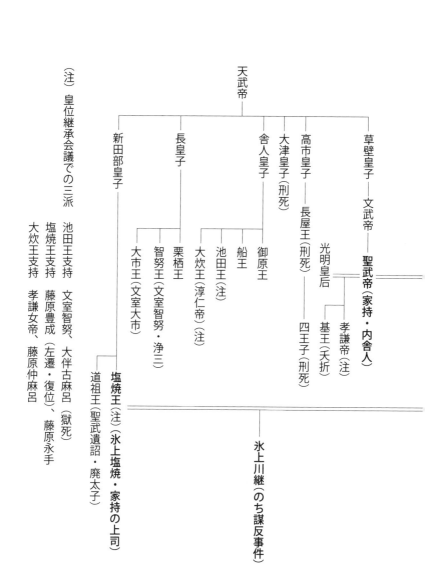

帰京するとすぐに、直属の上司、信部卿・塩焼王に挨拶に伺った。

「家持、久しぶりだのう。藤原広嗣《ひろつぐ》反乱の際に、吾が御前《みまえ》長官として、そなたたち内舎人《うどねり》や文官を率いて、聖武先帝彷徨《ほうこう》の旅にお供したのは、もう二十年も前になるな。あまり大きな声では言えないが……吾は伊豆配流《はいる》になり、また奈良麻呂の事件でも、あらぬ疑いで譴責《けんせき》された。……そなたも、とばっちりを受け、苦労のようだが……人生は七転び八起だ……吾もやっと、参議となった。中務大輔《なかつかさたいふ》は詔勅の作成や、上奏文の受理、校正など、法文の知識が必要だ。並の者では務まらぬ。伝え聞くところでは、そなたは因幡国でも、漢籍の読書や法令の勉強に耽《ふけ》っていたと聞く。朝議の何方《どなた》かが、きちんと考課されたのだ。……捨てる神あれば、拾う神あり。ははは、人生は面白いのう。さて、わが祖父天武帝はもとより、吾ら皇親に大伴はよく仕えている。天武と大伴の絆《きづな》は固い。古麻呂は残念であった。このたびは大輔で吾を支えてくれ。吾もまた及ぶ限り、そなたの面倒を見よう」

左遷されていた家持には、ありがたい言葉であった。

中務省は、詔勅を扱うので、新しく皇位に就かれた淳仁《じゆんにん》帝や右大臣の仲麻呂ら台閣の面々と接する機会が多い。それだけではない。退位されたはずの孝謙上皇は、高野《たかの》天皇と自称して、政事《まつりごと》に関与していた。孝謙上皇、淳仁帝、仲麻呂……三つの渦があった。中務大輔は、権力闘争渦巻く中で、その中心にある難しい立場であった。上司が天武帝の孫、塩焼王であることは、心強かった。

しかし権から内々忠告があった。

――塩焼王は臣籍降下されておりますが、正室は不破《ふわ》内親王です。群臣会議で皇太子は大炊《おおい》王に決まり、淳仁帝として即位されましたが、塩焼王は、内心、皇位に執着されております。姉君、陽侯《やこ》女王は恵美押勝《えみのおしかつ》こと藤原仲麻呂の室です。今は藤原仲麻呂に取りいって、参議まで出世されました。若が因幡《いなば》に赴任されている間に、孝謙上皇は、弓削道鏡《ゆげのどうきよう》と申す美男の僧を、寵臣にされて、男女の関係になっております。したがって、女帝と仲麻呂の関係は、ややこじれかけていますので、塩焼王には心を開かれぬように、ご用心くだされ――

（なるほど、上司の塩焼王にも、不即不離《つかずはなれず》で臨まねばならぬか……いやはや、地方の国守が気楽でよいわ……しかし、信部（中務）大輔に抜擢されたからには、上席次官の役職は、きちんと勤めよう）

と、職務に励んだ。

（五）真楯《またて》と清麻呂《きよまろ》

懐かしい友人、藤原八束が他人のいない時を見計らい、声をかけてきた。少年の日、山上憶良から形見の品として、藤原八束は端渓《たんけい》の硯《すずり》を、家持は黄山《こうざん》の硯を頂き、生涯の勉学を誓い合った仲である。藤原北家、皇親派房前《ふささき》の三男、八束は、今は真楯と改名して、従三位・参議に大出世していた。

職務上、毎日のように打ち合わせがあった。真楯は、塩焼王の前任の中務卿であったから、業務に詳しい。家持に多くの助言をした。房前と旅人、真楯と家持、親子二代にわたる親交が、秘かに続いていた。

「今は人の口がうるさい。酒を酌み交わし、文学や政治を語りたいが、暫くは我慢しよう。お互いに他人付き合いを続けよう」

と、二人は話し合った。

故人となった一族の池主と共に、酒壷を下げて、高圓《たかまと》の丘に登った中臣清麻呂は、六十歳の老人となっていた。神祇官畑《じんぎかん》であり、清廉潔白な人柄であった。政争とは無縁の世界で、淡々と職務に励み、故事来歴に詳しく、文部（式部）大輔であった。家持が信部（中務）大輔として帰京した正月の人事で、従四位下に昇格していた。

清麻呂の母は、往時、左大臣で皇親派の巨頭多治比嶋《たじひのしま》の女《むすめ》である。家持の実の母、多治比郎女とは従兄妹であった。妻女も多治比家の出身である。それだけに、十五歳年下の家持を、何かと気にかけていた。

「家持殿、政事《まつりごと》の中枢に帰ってこられて、良かった。大伴はやはり平城京が似合いだ。しかし、正直なところ、今の竹園は醜聞《しゅうぶん》にまみれている。神祇の仕事とは異なり、中務省の仕事はご三方との意見調整で、何かと泥を被《かぶ》るであろう。お気をつけてくだされ。仲間と歌会を催したいが、そのような雰囲気ではない。暫くはご意見を出されず、風の吹くままに、靡《なび》いておられよ」

「ご助言ありがとうございます」

家持は、歌人仲間の情報や助言に感謝した。

帰京して一年が経とうとする十二月一日、新任中納言と新任参議の人事があった。

中納言　参議・信部（中務）卿　従三位　氷上塩焼（**塩焼王**）
々　参議　従三位　**白壁王**（のちの光仁帝）

中納言兼信部（中務）卿　参議　従三位　**藤原真楯**（八束・家持の親友）
参議　従三位　藤原弟貞（旧名山背王、兄王二人を密告）
々　従四位下　藤原恵美訓儒麻呂（仲麻呂の子）
々　々　藤原恵美朝獦（仲麻呂の子）
々　文部（式部）大輔　々　**中臣清麻呂**（家持の歌友）
々　々　石川豊成

親友の真楯が中納言に昇叙すると同時に、家持の直属の上司、信部卿を兼任することになった。中臣清麻呂が参議に昇叙したのも嬉しいことであった。

（少し運が向いてきたかな）

と、喜んだ。

しかし、現実は甘くなかった。従来参議は豪族から一人が原則であった。今は仲麻呂が自分の息子を二人も参議に入れて、権勢を誇っていた。

（六）式家・藤原宿奈麻呂の反抗心

世間は藤原不比等の四人の兄弟一族を「藤原四家」と呼んだ。嫡男武智麻呂の南家。次男房前の北家。三男宇合の式家。四男麻呂の京家である。

南家は、嫡男の右大臣豊成が、弟の仲麻呂に、大宰員外帥つまり定員外の大宰帥、という屈辱的な左降をさせられていた。豊成は太宰府に赴任せず、病と称して、自宅に引きこもったことは、前に述べた。仲麻呂に対する、兄の抵抗であった。

旅人や憶良と親交のあった房前の北家は、仲麻呂の意見に逆らわず、永手も真楯（八束）も中納言に栄進していた。

京家の麻呂の家系には人材が出ず、没落していた。

宇合の式家は、嫡男・広嗣が大宰少弐に左遷され、天平十二年（七四〇）筑紫で反乱を起こして斬殺された。広嗣の弟、宿奈麻呂《すくなまろ》は連座し、伊豆に配流された。その後、赦されて官職に戻ったが、出世は遅れていた。やっと、東国の上野守《こうずけ》に、任命されていた。

宿奈麻呂は、天下の政事や人事を、右大臣として操る南家の仲麻呂を、心の奥底で憎んでいた。

（従兄弟たちが、三位や四位の公卿となり、中納言や参議に出世しているのに、吾は、いまだ従五位上の末席貴族だ。兄、広嗣の——玄昉《げんぼう》のような男は重用すべきでない——との献言は正しかった。仲麻呂は、骨のある人物を粛清する男だ。仲麻呂こそ粛清《しゅくせい》されるべきだ）

と、考えていた。

家持が帰京して一年後の、天平宝字七年（七六三）正月九日、人事異動があった。大伴一族や旧知の友が、家持の職場の周辺に転勤してきた。

少納言　　　　　従五位下　大伴東人《あずまひと》
兼左大弁　参議・従四位下　中臣清麻呂《なかとみのきよまろ》（左大弁は、家持の中務省を管掌する）
左少弁　　　　　従五位下　大原今城《いまき》（今城王）
文部（式部）大輔　従五位上　石上宅嗣《いそのかみやかつぐ》（大伴と同じ古代豪族で、知人）
文部（式部）少輔　従五位下　大伴小薩
摂津大夫　　　　正五位下　市原王（家持と安積親王時代から仲間）

（一時は干されていた大伴氏族から、有能な若者たちが登用されてきたな。清麻呂殿が左大弁（長官）とは、嬉しい。次席次官が今城殿とは、願ったり叶ったりだ。何方かの配慮だな。政務が順調に捗《はかど》ろう）

と、喜んだ。

家持が注目したのは、東大寺造営の人事であった。

造東大寺長官　　　従四位下　佐伯今毛人《いまえみし》
上野守兼造営大輔　従五位上　藤原宿奈麻呂《すくなまろ》

（橘奈良麻呂卿の変で、わが大伴は、古麻呂《こまろ》兄、古慈斐《こしび》、池主《いけぬし》ら有能な人材を巻き添えにされたが、佐伯氏も重鎮全成《またなり》殿を失った。佐伯と大伴は旧交が深いゆえ、今毛人殿はよく知っているが……藤原広嗣の乱で伊豆に配流されていた宿奈麻呂が上席次官か……何も無ければよいが……）

家持にいやな予感がしていた。

三月、坤宮官《こんぐう》（紫微中台《しびちゅうだい》）に密告があった。

――藤原宿奈麻呂が、佐伯今毛人《いまえみし》、石上宅嗣《いそのかみやかつぐ》、大伴家持と謀って、恵美押勝《えみのおしかつ》（藤原仲麻呂）卿の暗殺計画を練っている――

弾正台《だんじょうだい》は、直ちに四名を逮捕し、訊問した。

家持にとっても、佐伯今毛人、石上宅嗣にとっても、寝耳に水の、根も葉もない、でっち上げの密告、いわゆる誣告《ぶこく》であった。仲麻呂が仕組んだ、大伴、佐伯、石上など、有力古来豪族の殲滅《せんめつ》作戦であった。

藤原宿奈麻呂は、

「私は仲麻呂卿のご動静や政事《まつりごと》には、必ずしも共感しているわけではありません。しかしながら、暗殺計画などは考えてもいませぬ。ましてや佐伯今毛人卿、石上宅嗣卿、大伴家持卿と、話し合ったことなどありませぬ。これらの人々を巻き込むことはおやめくだされ。ご三方には、まことにご迷惑千万なお話でしょう。もし、罰するのであれば私だけにしてください。誰が誣告《ぶこく》をしたのか知りませんが、迷惑千万な話でございます」

と、強く主張した。

弾正台が、佐伯今毛人、石上宅嗣、大伴家持の三名を調べても、何も証拠を得なかった。

証拠が出るはずもない。猿芝居であった。仲麻呂にとっては、無実であっても、名家の三人が話題になればよかった。

四月十四日、人事異動があった。三カ月前の人事の総替えという、異常な事態であった。

解任　少納言　従五位下　大伴東人　新任　少納言　従五位下　石上奥継
解任　左少弁　従五位下　**大原今城**　新任　左少弁　従五位下　池田足継
解任　信部大輔　従五位上　**大伴家持**　新任　信部大輔　従五位上　石川人成
解任　文部大輔　従五位上　**石上宅嗣**　新任　文部大輔　従五位上　布勢人主
解任　造東大寺長官従四位下　**佐伯今毛人**　新任　造東大寺長官　正五位下　市原王
摂津大夫・市原王の後任　兼摂津大夫・参議・左大弁　従四位下　中臣清麻呂
解任　上野守　従五位上　**藤原宿奈麻呂**　新任　上野守　従五位下　大原今城
解任　造営大輔　従五位上　**藤原宿奈麻呂**　新任　造営大夫　五位下　石川豊人
官位官職藤原姓剥奪　無姓　**宿奈麻呂**

家持、佐伯今毛人、石上宅嗣の三名は、現職を解任され、散位（無官職）となった。
家持の友人大原今城は、京から遠い上野国に飛ばされ、市原王は閑職になった。
内裏の散位寮に出勤するが、何もすることはない。待命の日々が八カ月続いた。

憂鬱な年が明けて、天平宝字八年（七六四）となった。

正月二十一日、人事の大異動があり、その末尾に家持らの名があった。大左遷であった。

大宰大弐　　　　　　　従四位上　佐伯毛人《えみし》
大宰少弐　　　　　散位・従五位上　石上宅嗣《いそのかみやかつぐ》
営城監（大宰府）　散位・従四位下　佐伯今毛人《いまえみし》
薩摩守　　　　　　散位・従五位上　大伴家持

佐伯毛人は、仲麻呂の覚えが良かった。――一族の今毛人や石上宅嗣、大伴家持を見張れ――との、仲麻呂の指示での大宰大弐であった。

薩摩国は国の格では、大国、上国に次ぐ三等国の中国である。通常、六位の非貴族の赴任地であった。しかし、四十七歳の家持は達観していた。

――柳に風と受け止めよ。疾風に勁草《けいそう》の強さを知る――

（少年時代に、父と筑紫へ行ってよかった。憶良殿の教えが、今生きている。吾には『万葉歌林』上梓の大望がある。歌稿の保管は、しばらく大嬢《おおいらつめ》と助に任せよう。吾は薩摩で隼人たちと遊ぼう）

薩摩へ赴任する家持は、旧知の偉才石上宅嗣と、別れを惜しんだ。

「宅嗣殿、お互いに雪に萎《しお》れないようにしましょうぞ」

「そうだな、今度は誇らかに咲く梅花の歌を、いつの日か、また京師《みやこ》で詠みたいものだな」

十年ほど前になるが、家持が少納言の天平勝宝五年（七五三）正月、当時治部少輔《じぶしょうふ》だった石上宅嗣に招かれて、道祖王《ふなど》らとの歌会に参加したことがあった。梅の花を題にした小宴であったが、催主の宅嗣の詠んだ歌が、家持の脳裏にあった。

こと繁み相問はなくに梅の花雪に萎《しを》れてうつろはむかも

（石上宅嗣　万葉集　巻一九・四二八二）

――人の評判のうるささに、尋ね逢わないでいるうちに、梅の花が雪に凋《か》れて色が褪《あ》せてしまうかもしれません――

（あの時道祖王《ふなど》はまだ皇太子ではなく、平凡な大膳大夫だった。寂しい王族だったのだろう、皆と集うのがうれしいと詠まれた）

新《あらた》しき年の始に思ふどちい群れてをれば嬉しくもあるか

（道祖王　万葉集　巻一九・四二八四）

（道祖王はこの宴の三年後に、聖武帝の遺詔《いしょう》で、突然皇太子になられたが、孝謙女帝と仲麻呂の意向で、すぐに廃太子にされた。それに比すれば、吾が薩摩守に飛ばされるぐらいは、どうということはないな）

第十一帖　左遷　その三　政争の渦

隼人《はやひと》の薩摩《さつま》の迫門《せと》を雲居なす遠くも吾は今日見つるかも
（長田王　万葉集　巻三・二四八）

（一）激流

薩摩国は現在の鹿児島県の西部である。国府は、今の薩摩川内《せんだい》市にあった。太宰府で、石上宅嗣《いそのかみやかつぐ》や佐伯今毛人《さえきいまえみし》に別れを告げて、家持はさらに南下の旅を続けた。

筑紫は、少年時代に三年を過ごしたが、薩摩は訪れていなかった。しかし、父旅人から、隣国大隅の隼人の乱を制圧後の民政や、薩摩、大隅の国情などは聞いていた。旅人は、隼人の勇猛さや、誠実な忠誠心を評価し、民政の安定のため、彼らを皇居の警備兵に雇用することを長屋王に進言し、実現していた。そのため隼人たちは、旅人に感謝し、畏敬していた。旅人の嫡男、家持を国守として迎える日を、心待ちしていた。不知火《しらぬい》の海（八代海《やつしろ》）に沿って馬を進めると、だんだん山地が海に迫り、筑後《ちくご》と薩摩の国境に来た。

関所には、国司や郡司、それに隼人の頭たちが、出迎えに来ていた。大宰府の帥館や、佐保の館に、折々顔を見せていた隼人たちの老顔もあった。

「国守殿、川内の国府はすぐでございます。少し回り道して、薩摩の迫門《せと》（現在の黒の瀬戸）をご案内しましょう。おいしい鯛で有名でございますれば、昼餉《ひるげ》を用意しておりまする」

「そうか。父に、黒の迫門の激流は、聞いておる。それは楽しみだな」

黒の瀬戸は、九州本島阿久根《あくね》市黒之浜と、天草諸島の長島の間の海峡である。

丁度見計らったような、上げ潮の時刻であった。岸辺に立った家持の、すぐ前の長島との間は、狭く長い天然の水路になっていた。外洋からの上げ潮は、瓶《びん》の口のように、僅かに開いた迫門の口に向かって、押し寄せ、あたかも大群衆が我先にと揉み合うように、渦を巻き、白波を立てて、不知火の内海めがけて滔々《とうとう》と流れ込んでいた。海というよりも、洪水のような大激流であった。

眼下の大自然の凄まじい景観を、家持は息を呑んで見詰めていた。この激流に、己の人生を投影させていた。ふと、父に教わった古歌を想い出した。

隼人《はやひと》の薩摩《さつま》の迫門《せと》を雲居なす遠くも吾は今日見つるかも

――隼人の住む国の薩摩海峡を、空か海か分からぬ水平線の辺りに、遥かに遠く、今日、はじめて見たことだ――

　長田王は、天武帝の御子、長皇子の王子であった。役目とはいえ、京から下ってきた王にとって、筑後や薩摩は随分遠い、僻地《へきち》と感じたであろう。

（少年の日、太宰府を知っている吾でさえ、はるばる遠くへ来たものだと実感する。しかし、国司はじめ隼人たちから温かく出迎えられて、涙が出るほど嬉しい。まずは、京師《みやこ》の醜い政争から離れて、のんびり過ごそう）

　家持の肚《はら》は決まった。

（二）梟雄《きょうゆう》、仲麻呂の反乱死

　家持は、微笑みを以って、国司や郡司に接した。因幡の時と同様に、余った時間は、散策と読書で過ごした。間もなく来客があった。宗像海人部《むなかたあまべ》を率いる健であった。

「殿、玄界灘の海産物と、唐の酒や菓子などをどっさり持ってきましたぜ。国司や郡司の皆さんに、着任の挨拶代わりにお配りください」

　家持は健の気配りに感謝した。健が囁いた。

「殿、京師《みやこ》の権殿からの情報では、孝謙上皇は、美男の坊主、道鏡に色狂いで、前の愛人・仲麻呂と口争いが多いようでござえます。最近、上皇の艶話《つやばなし》を話題にしたお役人三名が、禁忌《きんき》に触れたと流罪になり、密告者は大幅に昇格したそうでがす。上皇が二股の色狂いとは、とんでもねえが、密告流行で、いやな世になりやしたな。——暫くは薩摩で見物を——との首領《かしら》の伝言で……」

「相分かった。権によろしく伝えてくれ」

最果ての地で読書に耽《ふけ》っていた九月。健が、山辺衆首領・権が整理した情報を運んできた。

——内裏《だいり》では異常な事態が発生。

内裏は、孝謙上皇・道鏡派と、淳仁帝・仲麻呂派に分裂。

陰陽師《おんみょうじ》の大津大浦《おおうら》が、配下の候《うかみ》を使って、仲麻呂派の謀反を察知、上皇に密告。

九月十一日、上皇は、淳仁帝が所有する駅鈴と玉璽《ぎょくじ》を奪取すべく、淳仁帝の住む中宮院に、山村王と少納言を派遣。回収。これを聞いた仲麻呂は、息子の参議・訓儒麻呂《くずまろ》を派遣、奪い返す。

上皇は猛将、坂上苅田麻呂《さかのうえのかりたまろ》らを派遣、訓儒麻呂を射殺。

仲麻呂は中衛将監《しょうげん》、矢田部老《やたべのおゆ》に甲冑で武装させ派遣。しかし上皇側の舎人《とねり》、紀船守《きのふなもり》が矢田部老を射殺。近江守を兼務していた仲麻呂は、近江に逃亡。

上皇は三関（鈴鹿《すずか》、不破《ふわ》、愛発《あらち》）を固め、近江に討伐軍派遣。内乱となる。

とりあえず、最近の騒動を報告します。権——」

健が追報を届けてきた。

——両軍激突は、まさに壬申《じんしん》の乱の再発。途中経過は省略。結果のみ報告します。

討伐軍は、仲麻呂より一足早く、要衝の瀬田唐橋《からはし》を占拠、焼却。
このため仲麻呂は、近江国東部を支配しようとしたが、敗戦。船で琵琶湖西岸、高島に逃げ、拠点とするも、敗戦。九月十八日、逃亡の船上にて捕縛され斬殺さる。
この間、塩焼王を擁して、今上帝《きんじよう》となさいました。塩焼王も敗死。
九月二十日。孝謙上皇は勝利宣言。新政権任命。
　大臣禅師　　禅師　　弓削《ゆげ》道鏡
　右大臣　　　大宰員外帥　藤原豊成（弟の仲麻呂による左遷より復位）
九月二十二日。仲麻呂が変えた官名は、旧に戻す。密告者の陰陽師、大津大浦は正七位上より従四位上へ十階級特進。左兵衛佐《すけ》（次官）に昇叙。仲麻呂派を一掃し、反仲麻呂派復活の、大人事異動が行われる見込み。権――

（奢れるもの久しからずだな。仲麻呂卿は自滅した。しかし、上皇の愛人、道鏡が大臣では、豊成殿も苦労されるだろう。塩焼王は、やはり皇位に未練があったのだ。――密告人事は則天武后の得意とされた政事手法であった。……大君は神ではない。大君も人だ――と、憶良殿に教えられた。『大君は神にしませせば……』と詠まれた御行《みゆき》大叔父殿が、孝謙上皇をご覧になったら、どう感じられるだろうか。吾は薩摩でも沈黙だ）
家持は、仲麻呂追討の戦に加わる機会を逸したが、まったく気にしないで過ごした。

（三）友人たちの復活

仲麻呂の敗死により、反仲麻呂派の宿奈麻呂と宅嗣の復活人事の公報が、薩摩の国府に届いた。

十月三日。

昇格　正四位上　従四位下　藤原宿奈麻呂（三階級特進）

　　　正五位上　従五位上　石上宅嗣《いそのかみやかつぐ》（二階級特進）

昇叙　大宰帥　無官　藤原宿奈麻呂

　　　常陸守　大宰少弐　石上宅嗣

家持の下男頭として薩摩に来ている剛が、

「殿、孝謙上皇の人事も激しゅうございますな。昨年四月、無位無官に処罰された宿奈麻呂卿が、三階級特進で大宰帥とは……驚きの厚遇でございますな。帥は通常三位の方ではございませぬか？……吾には異常に思われますが……」

家持は、黙って首を振った。

「吾にとっては、友人の石上宅嗣殿が、大国（一等国）の常陸守になられてよかったと思う。常陸は親王方が任命される格式高い国だ。宅嗣殿は、多分栄転が続こう」

石上宅嗣は、大和で古い石上《いそのかみ》神宮を氏神とする名門貴族である。大伴のように大氏族ではないが、天皇家を支えてきた豪族であった。

（家持殿は、ご自分よりも友人の栄転を喜ばれるお方だ……歯がゆい気がするが、吾はそのご性格に惚れる。男の中の男だ！）

家持自身は、悟っていた。

（吾は聖武帝に仕え、安積《あさか》親王に誠心誠意お仕えした。それが光明皇后や阿倍内親王に嫌われたようだ。安積親王暗殺事件を知り過ぎているゆえに、いまだに孝謙上皇に疎外されている……多分、孝謙上皇がご存命の間は……嫌われ続けるであろう。まだまだ左遷や降格はありうる。しかし、孝謙女帝に頭《づ》を低く垂れることはしたくない）

その姿勢がまた孝謙上皇には気に入らなかった。

（四）淳仁廃帝、称徳重祚《しょうとくちょうそ》

「殿、内裏は大騒動のようでございますぞ」

と、剛が取り次ぐ首領の権からの知らせは、想像を絶していた。

——十月九日。孝謙女帝は淳仁帝を退位させました。淳仁帝は仲麻呂と図って、孝謙上皇を除こうと謀反を図っていた、との理由でございます。淳仁帝は、親王に格下げになり、淡路島に流されました。表面は淡路公でございますが、幽閉されております。同時に、仲麻呂派の船《ふな》親王は、船王に格下げ、隠岐《おき》に流罪《るざい》。池田親王も、池田王となり、土佐に流罪。余震は続いております。淳仁廃帝に伴い、孝謙上皇は、称徳帝として重祚《ちょうそ》なされました。権――

「下々から見ますと、女帝は凄まじゅうござりますなあ。つい二～三年前までは、孝謙上皇様と藤原仲麻呂大臣は、仲睦まじい関係でござりましたが、美男道鏡に惚れこまれ、仲麻呂は簡単に捨てられましたな。さらに、女の恨みはしつこうございますな。そもそも仲麻呂卿が大炊《おおい》王を抱き込んで、淳仁帝にしたのが、孝謙先帝には気に入らなかったのでございましょう。ご自分がまた天皇になられるとは、女の権勢欲も強うございますなあ」

庶民感覚での、歯に衣着せぬ痛烈な批判であった。

「うむ。吾は泥沼の京《みやこ》に居ずによかった。暫くこの薩摩でのんびり見物していよう」

激動の一年が明けた。しかし、女帝の粛清人事は続いていた。

正月六日。

多褹《たね》島守　大宰大貮　佐伯毛人《えみし》（仲麻呂派だった――との罪により左遷）

多褹島は現在の種子島である。下国（四等国）でもない。島守、実質は流罪《るざい》であった。

大伴と佐伯は、古来伴造として同族の付き合いがあった。皇室の慶事に舞う久米舞では、大伴一族が歌い、佐伯一族が剣舞を踊った。呼吸合わせをする集会も多かった。家持は複雑な気持ちで、川内《せんだい》の港から、知人の佐伯毛人を種子島に送り出した。

正月七日。元号は天平神護元年（七六五）と変わった。称徳女帝は、仲麻呂の国政私物化を一変し、

道鏡を首班とした新しい重臣を決めた。（太字は留任）

旧　仲麻呂の台閣（七六二）

大師（大臣）　藤原仲麻呂（南家）
御史大夫（大納言）　文室浄三（智努王）
中納言　**藤原永手**（北家）
々　氷上塩焼（塩焼王）
々　**白壁王**（のち光仁帝）
々　**藤原真楯**（北家・八束）
参議　藤原弟貞
々　藤原御楯（北家）
々　藤原巨勢麻呂（仲麻呂の弟）
々　藤原真先（仲麻呂の次男）
々　**藤原清河**（北家・在唐）
々　藤原訓儒麻呂（仲麻呂の三男）
々　藤原朝獦（仲麻呂の四男）
々　**中臣清麻呂**（家持の友人）
々　**石川豊成**（仲麻呂の腹心）

⬇

新　道鏡の台閣（七六五）

大臣禅師　弓削道鏡
右大臣　藤原豊成（南家）
大納言　**藤原永手**（八束の兄）
中納言　**白壁王**
々　**藤原真楯**（家持友人）
参議　吉備真備（帝の家庭教師）
々　**藤原清河**（北家・在唐）
々　山村王
々　和気王
々　**中臣清麻呂**（家持友人）
々　**石川豊成**
々　藤原縄麻呂
々　粟田道麻呂
々　弓《ゆ》削《げ》浄人《きよひと》（道鏡の弟）

仲麻呂の家族は一掃されたが、朝議には女帝の皇太子時代の侍講（家庭教師）であった吉備真備《きびのまきび》と、弓削道鏡の弟、弓削浄人らが加わった。

（真楯殿と中臣清麻呂殿が残られてよかった！　どのような政事《まつりごと》に変わるのであろうか？）

傍観する家持に、二月五日、辞令が届いた。

薩摩守　　大宰少弐　紀広純（仲麻呂派につき薩摩へ左遷）
散位　　　薩摩守　　大伴家持

家持は薩摩守を、僅か一年ほどで解任になり、帰京することになった。

（五）混迷の内裏

二月末、佐保の館に帰ってくると、権が待っていた。すっかり造園業の大商人になりきっている。

「お帰りなさいまし。殿、今は散位で、様子見をなされまし。猟官《りょうかん》はなさいますな。内裏は告げ口、密告が大流行でござえますぞ。散位寮では、片隅で、当たり障りのない文選《もんぜん》でもお読みになって時間を潰されまし」

「相分かった。そうしよう」

権の言う通り、いろいろな事件が起きた。

三月五日、称徳女帝が、詔《みことのり》を出した。

――……諸王や臣下の中で、心の在り方を正しく清らかに保とうとするものは、自家に武器を蓄えてはならぬ。……ある人は、淡路におられる人（淳仁廃帝）を連れてきて、再び帝として立て、天下を治めさせたいと思っている人もあるらしい。……どうしてこの人をまた立てようなどと思おうか。今後はこのようなことを謀ることをやめよ――

（また誰かが何かたくらみ、それを別の者が女帝の耳に入れているのか……）

家持は背筋が寒くなるのを感じた。

八月一日、参議・兵部卿の和気《わけ》王の謀反が発覚し、逃走中逮捕され、絞首刑になった。女帝がその事態を長々と、詔で明示した。

――……先に橘奈良麻呂らの謀反の時には仲麻呂は忠臣として仕えていた。その後、反逆の心を起こして、……武器を蓄えていたが、（兵部卿の）和気はそのことを上申してきた。これにより和気の官位を上げた。このように和気もはじめは良かったが、反逆の心を抱いた。……和気が先祖の霊に祈願した文書には……『遠方に流されている方（隠岐流罪の船王、土佐流罪の池田王）を平城京に召上げさせ、天皇の臣とする』……『自分の仇敵の男女二人（称徳帝と道鏡）を殺してください』とあった。……和気は天武帝の御子、舎人親王の嫡孫になる。船王、池田王、大炊《おおい》王（淳仁廃帝）は、父、御原王の弟。和気王から見れば叔父たちであった。称徳女帝は未婚であり、誰が皇位を継承するのか、混とんとしていた。……和気と飲食し会談をしていたのは、参議・式部大輔の粟田道麻呂、兵部大輔兼美作守の大津大浦、式部員外少輔・石川永年である。……ある時、和気王の館からの帰路、道麻呂の刀が、門の塀に当たって折れた。和気は道麻呂に、立派な飾り太刀を贈った。これが人々の疑心を招き、陰謀が露見した。……けれども道鏡が、『彼らの惑っている心を教え導き……臣下として仕えさせましょう』というので罪を許す。ただし官職は解任、散位とする——


「権に尋ねるが、大津大浦は、以前は陰陽師で、仲麻呂の陰謀を察知し、密告して十階級特進した男ではないか」

「その通りでございます。更に栄進して兵部大輔になり、兵部卿の和気王に仕えていましたから、和気王が天皇になることに、大博打《ばくち》を打ったのでございましょう」

「密告者たちが、密告されたのか……天に唾したようだな」

十日後、三名の人事が公表された。大左降であった。

飛騨員外介《すけ》（定員外の二等官）　元参議　粟田道麻呂
飛騨守　従四位下　上道《かみつみちの》斐太都《ひたつ》
日向員外介（左遷）　大津大浦（後日、官位も剥奪）
隠岐員外介（左遷）　石川永年

「権、上道斐太都は、以前、橘奈良麻呂殿の事件では、藤原仲麻呂の密命により、昔の上司、小野東人《あずまんど》の命に従うように振舞い、奈良麻呂殿と会議している方々の氏名や、計画を聞き出し、仲麻呂に報告した男だ。奴のために、古麻呂兄や池主を失った。奴は、十五階級特進し、紫微《しび》中将までなった。なぜ下国（四等国）の飛騨守に飛ばされたのか？」

「氏上殿、これは左遷ではございませぬ。上道斐太都は、かねてより粟田道麻呂卿に私怨《しえん》を抱いていました。道鏡はそれを知り、斐太都を道麻呂卿の上司にして、何か密命を……」

権の言う通り、飛騨守となった上道斐太都は、汚い密命を帯びていた。藤原仲麻呂に引き立てられていたので、道鏡に追放される身であったが、元参議の貴顕《きけん》、粟田道麻呂夫婦を幽閉し、殺害する役目を引き受け、保身を図った。

式部大輔を兼任していた粟田道麻呂に仕えていた少輔の石川永年は、隠岐島に着任すると、数年後、自決した。

「助。密告で大抜擢された大津大浦も、明日の命は分からぬ激動の世になったな」

「まことに新参議の和気王も粟田道麻呂卿も、あっという間に、粛清《しゆくせい》されましたな」

冬、十月二十二日。淡路島で幽閉されていた先帝、淳仁《じゆんにん》廃帝（もと大炊《おおい》王）が、幽閉生活に耐えかねて、垣根を越えて脱出しようとした。警備兵に逮捕され、殺害された。

佐保の館に知らせてきたのは、船長《ふなおさ》の甚の息子、健であった。高齢となった甚に代わり、宗像海人を率いる逞《たくま》しい男になっていた。左の腰には若き日、帰京の旅人から拝受した短刀を帯びていた。

「氏上殿、あっしら平民から見ると、淳仁廃帝は哀れですなあ。当時の孝謙女帝と藤原仲麻呂に利用され、道祖王《ふなど》の代わりに、皇太子にされて、傀儡《かいらい》の帝位につかれたが、何にもできず、義父の仲麻呂が、女帝に袖にされると、廃帝は命も失われた。……最近は、道鏡があたかも天皇のように振舞っていると、首領の権殿から聞きました。皇位とはいったいなんですかなあ？　どのような帝であれ、伴造として忠誠を誓われている氏上殿が……無官職とは……あっしらにはよう分かりませぬなあ」

家持の傍に仕えてきた助と剛も頷いた。

「うむ。今は吾が館を訪れる官人はいない。いい機会だから、年末、そなたら山辺衆の幹部と酒を飲み、わが存念《ぞんねん》を語り明かそう」

「結構ですなあ、殿、その時には、ご紹介したい吾ら山辺衆の者を一人連れてまいります」

と、助が口を添えた。

「よかろう」

宗像海人の若頭、健が皇位継承者に疑問を抱くのも不思議ではなかった。

淳仁廃帝を殺害して七日目の十月二十九日、女帝は、道鏡の故郷に造った弓削行宮《ゆげのあんぐう》（今の八尾市）に行幸した。道鏡との蜜月の日々であった。民の眼にも異様に写っていた。

閏《うるう》、十月二日。女帝の勅《みことのり》が出た。

――道鏡禅師に太政大臣を授ける。文武百官は太政大臣禅師を拝礼せよ――

(帝《みかど》に仕える吾らが、なぜ道鏡ごときに、天皇同様に拝礼せねばならぬか？)

官人たちは複雑な心境で、女帝の寵臣を、帝に準じて、拝礼した。

家持がホッとする、明るい話題もあった。

十一月二十三日、女帝の詔つきで、五名昇格した。内二人が関係深い人物であった。

――参議・神祇伯・正四位下の中臣清麻呂は、その心も名前の通り清廉で、身を慎み職務に勤勉であり、神祇官の官職を歴任した。……よって従三位を授ける――

――……美濃と越前が、朝廷の守りとして、関を固め、良く政務を行っている……よって、両国の守と介に位階を与える――

従四位下　従五位上　越前守　藤原継縄《つぐただ》

藤原継縄は、温厚な右大臣・藤原豊成の嫡子である。家持の妹、多治比家で育てられた留女《るめ》の夫であった。仲麻呂の政権下では、父と同様に疎外され、仲麻呂が反乱を起こした時、信濃《しなの》守であった。隣国の越前守であった仲麻呂の子、藤原辛加知《からかち》が戦死の後、越前守に任命され、仲麻呂の逃亡を阻止した功績が、見直された。

中臣清麻呂の生母と妻は多治比の出身であり、家持と留女の生母も多治比の出身である。

多治比家の要職者は、橘奈良麻呂の乱の際に、仲麻呂により多数獄死していたが、徐々に復権していた。家持は皇親派の中心、多治比家の眼に見えぬ力を感じていた。

温厚誠実、政争には距離を置き職務に勤勉、神職（中臣）として敬虔《けいけん》な清麻呂の昇格を、家持は心から喜んだ。

（六）陰陽師、山上船主《ふなぬし》登場

万年従五位上を続けている散位（無官職）家持の、天平神護元年が終わろうとしていた漆黒《しっこく》の晦日《みそか》の夜。静かな佐保の大伴館の奥の間に、権、助、剛、健と覆面の男が座って、家持の入室を待っていた。目の前には、健の持参した魚や海老、鮑《あわび》などの海産物や、剛たちの捕獲した猪や山鳥などが、すでに調理されて並べられていた。

襖《ふすま》が開いて、家持が座に就いた。

「氏上殿、親父は高齢で、足腰が弱くなっているので、参《いた》れませぬが、よろしくとの伝言でござーます」

「そうか、甚も卒寿を迎え、隠居か。大事に身を労われと伝えてくれ。また会いたいものだ。では、権、始めようか。酔わぬ前に今の吾が存念を披歴《ひれき》する。意見があれば忌憚《きたん》なく述べよ」

一同が頷いた。

「吾は幸運にも少年の日、碩学《せきがく》山上憶良殿に様々なことを教わった。権や助は陪聴《ばいちょう》して、存じていよう。当時の吾には単なる知識であったが、実社会を経験すると、その教えが真理と知るに至っている。まず、先般、健が話題にした皇統の理想と現実の矛盾について私見を述べる」

家持は、覆面黒衣装の忍びの若者の眼が、憶良に似ているなと、感じていた。

「太古、各地の諸王が、相争うことは愚であると悟り、領土争いをやめ、巫女《みこ》の女王、卑弥呼《ひみこ》を大王家として、諸王は豪族となり、倭国が成立したことは、知っていよう。大王家は、諸豪族を含む倭国のために、天、太陽神に五穀豊穣《ごこくほうじょう》を祈り、天災を鎮め、国家の安寧を祈ることを、本義とした。秋には五穀を神に供え、豊明節会《とよのあかりのせちえ》の饗宴をする儀式は、今なお皇室に続いている。大王家は領土を持たず、諸豪族が群臣となり、税を納め、律令国家の運営が成立した。吾が大伴や佐伯は、当時の諸王ではない。大王家の警護をする伴造《とものみやつこ》である。その後、吾が大伴は、蘇我、物部と並ぶ大豪族になったが、大王家が天皇家と名称を変え、蘇我氏や物部氏が没落しても、伴造であるという基本姿勢は、吾になっても変わりはない。よいな」

「はい」

「歴代の大王や女王は、この伝統を守られて、国民を代表して敬虔《けいけん》な祈りを神に捧げ、五穀豊穣を祈られてきた。大王は、諸王の子孫である群臣たちの会議で、選任され、即位されてきた。しかし、中大兄皇子は、斉明女王のご崩御《ほうぎょ》の際に、九州で天智大王を僭称《せんしょう》された。さらに飛鳥に帰られても、群臣会議は開かれなかった。大津に遷都された時には、吾が大伴一族は、全員が病と称して、近江宮に随行しなかった。いかに伴造であっても、群臣会議で選ばれなかった天智大王には、吾が祖先は違和感があったのだ。――皇太弟、大海人皇子、後の天武帝こそ、皇統の継承者である――という一族の見解であった。したがって、壬申《じんしん》の乱では、大伴は結束して大海人皇子を支援した。飛鳥浄御原宮《あすかきよみはら》で の大海人皇子の即位は、群臣たちの合議で承認されたものだ。以後今日まで、天武系の皇位が継承されてきた。祖父も、父も、吾も、伴造としての立場を弁《わきま》え、大貴族となるも、女《むすめ》を後宮に送り込むことは、微塵も考えなかった。諸王の末裔の豪族は采女《うねめ》を出すが、皇位を操《あやつ》ろうとする者はいなかった。

皇后には皇族、王族が選ばれる慣習があった」

　権や助は、憶良の講義を想起していた。

（家持殿は、完璧に記憶されている！）

「後宮が変わったのは、中大兄皇子・鎌足以来である。鎌足の子、不比等《ふひと》は、天智帝の落胤であるが、己《おのれ》が皇位に就けなかった代わりに、天智の皇女、異母姉の持統女帝に接近し、寵臣となるや、自分の女《むすめ》、宮子を文武帝に嫁がせ、聖武帝が誕生した。更に聖武帝には、女の光明子を後宮に入れた。皇族や王族の女は排除した。藤原一族は、光明子夫人《ぶにん》を、皇后にしようとした。これに反対した天武系皇統の血の濃い長屋王と吉備内親王や御子たちは、全員、抹殺された。聖武帝に仕える中納言で大将軍の父や、東宮侍講だった山上憶良殿を、筑紫へ左遷している間の謀計だった。父や憶良殿は、無念であった」

　一同は、粛然《しゅくぜん》として、家持の言葉を聞いていた。

「皇位は、聖武帝の皇子、安積《あさか》親王ではなく、光明子との間に生まれた阿倍内親王に譲られ、今、孝謙女帝が重祚《ちょうそ》され、称徳女帝の御代となっている。この間、佞臣《ねいしん》、藤原仲麻呂の排除を巡り、橘奈良麻呂卿の事件があり、さらに道鏡との対立で、仲麻呂自身が乱を起こした。吾は安積親王の内舎人《うどねり》であり、また橘諸兄卿父子とは親密なお引き立てを頂いてきたので、孝謙女帝や仲麻呂には睨《にら》まれ、あらぬ疑いを持たれてきた。吾が昇格昇進しないのは、宿命であると、割り切っている。卑下《ひげ》することはなく、人を羨むこともない。上を恨むこともない。運命は神の思し召《おぼめ》しだ。暗闇《くらやみ》の夜は明け、陽《ひ》はまた昇ろう」

「よく分かりました」

と、健が応えた。

「ところで、伴造《とものみやつこ》としての今後であるが、あまりにも仕えがたき時には、往時の先祖のように病になり、どこか鄙《ひな》びた温泉にでも引きこもろう。吾の尊敬する親友、藤原八束《やつか》、今の参議真楯《またて》卿は、若き日、同族の仲麻呂の嫉妬を避けるために、わざと病と称して、出仕されず、ご自宅で読書に耽《ふけ》られ、自ら昇格昇進を遅らせた。健、その時には九州の温泉地に行こう。しかし今ではない。職位の任命あれば、――滅私奉公――国の民のために働く所存だ」

「ご存念、よく分かりました」

「健と剛、それに覆面の若者に、申すことがある。父旅人と憶良殿は、左遷を卑下されることなく、むしろ、良き機会ととらえ、二人で筑紫歌壇を造り、大いに社会歌、人生歌を詠まれた。憶良殿の『類聚歌林《るいじゅうかりん》』を基に、さらに国民歌集というべき『万葉歌林』の充実、上梓を、人生の新しい課題になされていた。この『万葉歌林』は単なる歌集ではなく、朝廷の作られる日本書紀や続日本紀《しょくにほんぎ》を補完する、歴史資料集との意味も含まれていた。お二人とも老齢であったので、最終の編集は吾に託された。したがって吾の人生のもう一つの目的は、『万葉歌林』の上梓と、公表である。吾の歌才は『山《さん》柿《し》』に及ばぬ。歌は四千五百余首あり、社会詠の資料としては十分だ。問題は、いつ上梓するかであるが、今のような混とんとした時には無理であろう。この出版の時期については、またそなたらに相談して、意見を聴く。以上だ」

覆面の男が深く礼をした。権が合図して、黒装束を脱がせた。

陰陽師《おんみょうじ》の正装をした清々《すがすが》しい顔の、三十前後の若者が現れた。

権が、家持に紹介した。

「氏上殿。正六位上、陰陽寮の允《じょう》（三等官）、山上船主《ふなぬし》殿でございます。山上憶良殿の孫になります。

このたび、助、甚と相談して、吾らは身を引き、山辺衆の新しき頭領《かしら》に、船主殿を選びました。船主殿の下に、剛、健が仕え、山辺衆と宗像海人で、家持殿を支えますゆえ、ご休心くだされ。これであっしらは肩の荷が下り、隠居できます」

「驚いたのう。しかし、権、助、甚には、少年の日より、随分長い間、身を守ってもらい、情報を知らせてもらった。家持、感謝の言葉もない。隠居しても、遠慮なく苦言、助言を頼むぞ。さて、船主。山上憶良殿にそっくりだが、そなたの父は？」

「父は、祖父が大唐から帰国後、生まれました。その際、名付け親になったのが、船長《ふなおさ》の甚でございます。――山の上に、船の主。憶良殿同様に、宗像海人も率いてくだされ――との懇請でした。亡父は陰陽寮の史生《ししょう》でしたが、早逝《そうせい》しました。その時の仲間の方々が、父の才を惜しみ、吾に父の俗名、船主を名乗らせました。したがって、正確には船主二世でございます。父の仲間や後輩の陰陽師の方々が、祖父が侍講を勤めた聖武帝に、孫の吾にも隠位《おんい》（五位以上の貴族の特典）の及ぶよう懇請して、それがしは陰陽寮に勤めたのでございます。山辺の武技は、幼少の時より学んでおります」

「そうか、聖武帝の配意か。権、助、そなたらは吾を警護すると並行して、山辺衆首領の後継者をも養成していたのか！　吾は内裏勤務もしていたが、知らなかった」

「陰陽寮は密《ひそ》やかに学問に励む職場でございますゆえ、表に出る機会は殆どございませぬ。今後も、殿に接することは、控えますゆえ、内裏でお目にかかってもご挨拶は致しませぬ。山辺衆は、滅私奉公のお方を、引き続きお支え致します。陰より家持殿を護りましょう。ではこれにて失礼致します」

船主は、手早く黒装束を纏い、あっという間に館から消えた。

一瞬、呆然とした家持であったが、いつもの家持に戻った。

「権、では今宵は、船長の甚はいないが、世代交代の祝宴としよう。乾杯だ」

家持と権、助、剛、健の五名は、晦日の夜遅くまで、久々にうまい酒を酌み交わした。

（七）怪僧道鏡と寵臣吉備真備《きびのまきび》

年が明け、天平神護二年（七六六）正月八日。称徳天皇は、自ら天智系を公言し、光明上皇后同様に、母系藤原氏族重視の詔を出した。

――口に出すのも畏《おそ》れ多い近江の大津宮で、天下を統治された天智天皇の時代にお仕えした藤原大臣（鎌足）や、後の藤原大臣（不比等）の功績を讃え、その霊を慰める言葉（誄《るい》）に『藤原大臣の子孫の、浄く明るい心を持って、朝廷に仕える者を、必ず相応に処遇しよう。その跡継ぎを絶えさせることはない』と申した。それを実行する――

同日、新しい昇叙が発表された。

右大臣　大納言・従二位　藤原永手《ながて》（真楯の兄）
大納言　中納言・正三位　白壁王《しらかべ》（天智帝の御子・志貴親王の皇子）

々　　々　　々　　藤原真楯《またて》（家持の親友、旧名八束）
中納言　参議・正三位　吉備真備《きびのまきび》（称徳女帝の皇太子時代の侍講）
参議　右大弁・従四位上　石上宅嗣《いそのかみやかつぐ》（家持の知人。古代豪族）

称徳帝を支えているのは、道鏡と吉備真備であることがはっきりしていた。

これまで宮廷生活を避け、田野《でんや》に引きこもり、大酒を飲み、渡来人の平民の娘を妻にめとっていた白壁王が、最近抜擢され、異常な昇進をしていることに、家持は内心驚いていた。

（何か裏事情がありそうだな……いつか調べよう）

家持は、親友真楯の昇進を祝福した。未来に希望の光りを見た。しかし、その喜びも束の間であった。二カ月後の三月十二日、真楯は薨去した。五十二歳であった。

（藤原北家、房前卿の三男として幼少時より俊才の名が高く、器量が大きかった。従兄仲麻呂の、男の嫉妬を避けるため、言動に細心の注意を払われてきたが、……これから実力を発揮してほしかった。悔《くや》しい……惜しい方であった。頼りにしていた方だった。天は吾に非情だ……）

家持は、終日、呆然自失《ぼうぜんじしつ》していた。気を取り直して、般若心経を読み、冥福を祈った。

即日、後任が決まった。

大納言　中納言　吉備真備

半年後の十月二十日。驚きの辞令が出た。法王という官職名が作られた。

法王・太政大臣　禅師・太政大臣　弓削道鏡《ゆげのどうきょう》
左大臣　右大臣　藤原永手
右大臣　大納言　吉備真備
中納言・正三位　参議・従三位　弓削浄人《きよひと》（道鏡の弟）

称徳帝を操っているのは、法王・弓削道鏡と、新右大臣・吉備真備であることがはっきりした。

家持は、淡々として散位寮へ出仕し、政情を傍観していた。

あっという間に、天平神護三年（七六七）となった。

六月に伊勢外宮の空に、五色の雲がたなびき、七月に都の空にも瑞雲が出た。

八月十六日、元号は「神護景雲」と改元された。この日、山上船主が貴族に昇進した。

従五位下　従六位上　山上船主

家持は、助に祝い酒の樽を届けさせた。しばらくして、八月二十九日、家持に辞令が出た。

大宰少貳　散位・正五位上　淡海三船《おうみのみふね》（元兵部大輔）

々　　散位・従五位上　大伴家持（元兵部大輔）

右中弁を経験している五十歳の家持にとって、大宰少弐は、誰の眼にも明らかな左遷、それも左降であった。

「殿を三船と同僚にするとは、称徳帝も、執念深い、意地悪なお方でございますなあ」

と、権や助や剛が憤《いきどお》った。

淡海三船は、以前、大伴の重鎮、古《こ》慈《し》斐《び》を仲麻呂に誣《ぶ》告《こく》し、古慈斐は土佐に配《はい》流《る》されていた。その密告により、三船は兵部大輔に出世した。しかし、選抜されて巡察使になった時、自分の栄達のために、ある国司に過酷な検察報告を作ったことが、暴露され、女帝の怒りを買って、官位を取り上げられていた。

「殿、女帝の詔にありますように、三船は聡明で、文学、歴史の知識は優れていますが、己《おのれ》の出世のためには、弁舌で、だれかれとなく利用致す男でございます。古慈斐殿や、上野国の国司のように、奴の犠牲にならぬように、くれぐれもお気をつけくだされ」

と、隠居した権が、心配した。

「相分かった。気を引き締めよう」

家持は、懐かしい太宰府に転勤して、平然と、少弐の職務に就いた。大伴宗本家の氏上でありながら、二十年近く無昇格の万年従五位上の下級貴族は、もはや人の噂にもならなかった。

第十二帖　復活

葛城《かづらぎ》寺の前なるや　豊浦《とよら》寺の西なるや　おしとど　としとど
桜井に白壁《しらたま》しづくや　好《よ》き壁しづくや　おしとど　としとど
然《しか》すれば　国ぞ昌《さか》ゆるや　吾家《わぎえ》らぞ昌ゆるや　おしとど　としとど
（童謡《わざうた》　続日本紀　巻三一　光仁天皇）

（一）中臣清麻呂と山上船主の栄進

神護景雲二年（七六八）二月十八日。大きな人事があった。

大納言　中納言・正三位　弓削浄人《ゆげきよひと》（道鏡の弟）
中納言　参議・神祇《じんぎ》伯・従三位　中臣清麻呂《なかとみのきよまろ》

「道鏡は弟を大納言にしましたな。諸兄《もろえ》殿は良いお方であったが、ご子息奈良麻呂殿を若くして参議にされ、藤原やそのほかの豪族の嫉《ねた》みを買いました。仲麻呂もまた息子たちを多数参議にされ、没落しました。道鏡も同じ轍《てつ》を踏むことになるのではありませぬか？」

と、下男頭の剛が家持に所見を述べた。

「女帝の道鏡贔屓《ひいき》も、度が過ぎているが、ここだけの話だ。吾にとっては、穏健清廉な清麻呂殿が、着実にご出世されていることのみを喜びたい。権に連絡して、大三輪《おおみわ》の酒樽を贈ってくれ。大伴家としてぼかしておいてくれ。お分かりになろう」

晩夏六月末、大朗報が太宰府に届いた。

——従五位下、右京人　山上臣《おみ》船主　に、朝臣《あそん》の姓を下賜する——

「剛、健、驚いたな。船主が朝臣の姓を与えられた。吾ら大伴は宿禰《すくね》だ。八色《やくさ》の姓《かばね》では、朝臣は真人《まひと》に次ぐ高い姓だ。おめでたい。大三輪の酒と、明石の鯛をすぐ手配せよ。しかし、なぜ平民の臣から、名門貴族の朝臣に異例の下賜がなされたのだろうか？」

八色の姓は、天武十三年（六八四）天武帝が定めた八種の姓——真人、朝臣、宿禰、忌寸《いみき》、道師、臣、連《むらじ》、稲置——である。

「殿、船主殿は陰陽寮開設以来の天才との評判でございます。先般の五色の瑞雲の出現など、天文ではその豊富な経験と才能で、は様々な予兆をなされているので、そのご貢献が高く評価されているとの噂でございます。――いずれ陰陽寮の頭《かみ》になろう――との評判でございます」

「そうか。憶良殿が国家第一の碩学であられた。その才を継いでおるのだな」

家持は、憶良と密接な関係を持った父、旅人の慧眼《けいがん》に感謝していた。

（二）不破《ふわ》内親王呪詛《じゅそ》事件

神護景雲三年（七六九）正月。宗像海人の健が、隠居の権の知らせと、玄界灘の鮮魚や鮑《あわび》などを大宰府の家持館に届けてきた。

――春、正月一日の朝賀は雨で二日に行われました。女帝は大極殿に出御され、恒例の百官拝賀が行われました。異例なのはその翌日、三日です。法王・道鏡が西宮の前殿（正殿）に、でんと座り、大臣以下、五位以上の百官が拝賀し、道鏡が祝いの言葉をかけました。さらに、七日。天皇が法王宮に出御され、そこで、五位以上の百官と宴を催しました。道鏡と女帝から、全員に、地位に応じてお祝いの品が下賜されました――

「剛、これではまるで道鏡が天皇で、称徳帝が皇后のようだな。吾は筑紫に居て、道鏡ごときに拝賀しないだけでも幸運だ。船主から正確な情報が、迅速に届けられて、……ここだけの話だが、……吾は宮廷の喜劇を観ているようだのう」

「おぞましゅうございますなあ。諸兄殿や仲麻呂も權臣《ごんしん》となられましたが、群臣に、拝賀までは求めませんでしたな。道鏡は小さな氏族の出なのに、相当傲慢《ごうまん》になっていますなあ」

六月初旬。鰹《かつお》を下げて健が来た。

「殿、あっしが叩きを作りましょう。これでいっぺえ飲みながら、ご隠居、権老の便りをお聞きしてえものです」

「どれどれ、酒の肴に手紙を読もう」

家持の顔色が一変していた。

「どうなされましたか？」

と、下男頭の剛が訊ねた。

「……女帝は……なんという執念深いお方だ！　口に出したくない。読んでみよ」

――藤原仲麻呂事件は、まだ尾を引いております。仲麻呂に騙《だま》されて仮の天皇になり、殺害された塩焼王（氷上塩焼《ひかみしおやき》）の妃、不破内親王は、女帝の異母姉妹でございますが、五月二十五日、内親王は、事件後も、女帝を排除する謀反を企んでいるとの疑いで、罰せられました。お名前を『厨真人厨女《くりやくりやめ》』と変えられ、平城京外に追放されました。ご子息の氷上志許志麻呂《ひかみしけしまろ》殿は、遠流《おんる》の罪《ざい》となり、土佐に流罪となりました。それだけではございませぬ。内親王のご生母、県犬養広刀自《あがたいぬかいのひろとじ》様の一族で、女官だった県犬養姉女《ねめ》が、不破内親王や二～三の女王と共に、志許志麻呂殿を皇位につけようと謀り、女帝を呪ったとの讒言《ざんげん》があり、『犬部姉女《いぬべあねめ》』と改名され、遠流になりました――

不破内親王は、――阿倍内親王（孝謙・称徳帝）のためには邪魔な皇子だ――と、光明上皇后と仲麻呂に抹殺された安積《あさか》親王の姉である。夫君塩焼王は、仲麻呂の乱の際に、女帝の討伐軍に殺害されていた。女帝には怨念があった。そこを付け込まれた。

「氏名を汚い名に変えるのは、女帝は則天武后そっくりだな。呪詛《じゅそ》など、どうせ誰かの、ありもしないでっち上げの密告であろう。……京に居ずによかった。清めに飲もうぞ」

朗報も次々と届いた。

――六月十九日。中臣清麻呂卿に、神祇伯を二度務めたとの褒賞に、「大中臣《おおなかとみ》」賜姓の詔が出ました。中臣の姓は、全国いたるところの神官が使っていますが、彼らとは区別された名誉ある姓となりました。前回同様に、大三輪《おおみわ》の酒樽を大伴家の名で届けておきました――

（清麻呂殿が女帝の信を得ているのは、心強い）

――八月十九日。

陰陽寮助《すけ》（次官）　陰陽寮允《じょう》（三等官）・従五位下　山上船主

大三輪の酒樽と、明石の鯛を手配しました。権――

「剛、健に玄界灘の鯛を持参させよ。太宰府の三人で首領昇格の祝杯をあげよう」

家持は、船主の出世の速さに驚いていた。

（父のお陰で、吾はよき候《うかみ》の集団を得た。幸運はいずれ吾にもあろう）

(三) 宇佐神宮ご神託事件

晩夏、九月に健が来た。

「氏上殿、権老翁はなかなか隠居できませぬな。早舟を仕立てて、知らせを運びました」

「どれどれ、都の便りを読もう。……何だと！　道鏡が皇位を望んだと！　……剛、健、この手紙を読め、国家の一大事だな。この大宰府政庁の役人で宇佐神宮の神官を兼ねている主神《かんづかさ》、習宣阿曽麻呂《すげのあそまろ》が絡《から》んでいるとは……船主はすごい情報を入手したな」

――道鏡は、七月に初めて法王の官職印を、玉璽《ぎょくじ》のように使用しました。この頃から、皇子のいない称徳帝に代わり、己《おのれ》が天皇になることを画策《かくさく》しました。道鏡は皇統の身分ではありませぬから、いかに女帝の寵臣とは言え、即位について、大臣や群臣の承認は得られませぬ。そこで国家大神、宇佐神宮を利用することを考えました。宇佐神宮の神官の阿曽麻呂は、己の栄達を図るために道鏡に媚《こ》びておりました。道鏡は、阿曽麻呂に手をまわして、宇佐神宮の大神のお告げとして『道鏡を皇位に就ければ、天下は太平になろう』と、奏上させました。

さすがに女帝も、道鏡への譲位までは考えていませんでした。側近の尼僧、法均尼（和気広虫《わけのひろむし》）に、『宇佐へ行き、大神のご神託を確認せよ』と命じました。法均尼は虚弱でしたので、代わりに弟の和気清麻呂代参の勅命を出されました。出発に先立ち、道鏡が清麻呂に、『吉報を持ち帰れば、そなたを大臣に登用しよう』と持ち掛けました。

和気清麻呂が宇佐神宮の大神のご神託を仰ぐと、『吾が国家は、開闢《かいびゃく》より君臣の秩序は定まっている。臣下を君主にすることはいまだかつてなかった。日嗣《ひつぎ》（皇位）には、必ず皇統の者を立てよ。無道の人は早く払い除け』とのお言葉を得ました。清麻呂は、ご託宣をそのまま女帝に奏上されました——

「驚きましたなあ、この大宰府の主神、習宣阿曽麻呂が絡んでいたのですか！　しかし、和気清麻呂という若者は、勇気がありましたな」

「そのあとを読め」

——怒った道鏡は、清麻呂の官位を剥奪し、『別部穢麻呂《わけべきたなまろ》』と改名し、女帝に、清麻呂を因幡《いなば》国の員外介《すけ》に左遷させ、さらに任地につかないうちに、官位剥奪、大隅国へ配流の勅命《はいる》を出させました。道鏡はまだまだ女帝を操る力を持っていました。道鏡は、清麻呂が大隅へつかないうちに暗殺しようと、刺客を差し向けました。不思議にも、白衣猪面の集団が妨害し、暗殺は失敗しました。また姉の法均尼は還俗《げんぞく》させ、旧名の広虫売《ひろむしめ》として、宮中から追放し、備後《びんご》国（広島）に配流しました——

「女帝は、もはや道鏡を抑えきれなくなっているのだな」

家持は暗然としていた。

——和気清麻呂が宇佐に赴いたとき、百頭余りの猪の集団が、宇佐神宮に案内したとの噂が都で噂されていますが、これも、国東《くにさき》半島の行者集団が、猪面を被《かぶ》り、護衛したものです。以上、近況とりまとめ、速報。権——

（……待てよ。和気清麻呂の派遣と護衛、道鏡即位阻止の神託の背後には……神祇畑では隠然あるお力のある中納言・神祇伯の大中臣清麻呂殿が、密《ひそ》かに動かれたのではなかろうか……）

武将としての、動物的な勘は当たっていた。

――宇佐神宮ご神託事件の内容を知った内裏の官人たちは、混乱しております。それを鎮めるために、十月一日、女帝はまことに長々しい詔を出されました。その中で聖武帝のお言葉を引用されております。『この天皇の位というものは、天が授けようと思われない人に授けては保つこともできず、またかえって身を滅ぼすものである』と。女帝は、道鏡に譲位されないと決断されました。権――

手紙の差し出し主は権であるが、新首領の陰陽師・船主が、宮廷の裏事情を、正確に把握しているのは明白であった。

「まずは国体が維持されてよかった。和気清麻呂の勇気ある行動が国を救ったな」

剛と健が深く頷いた。

（四）家持復活

年が明け神護景雲四年（七七〇）正月。前年のように道鏡法王を拝賀する儀式はなかった。

初夏四月、船主の情報を、権が手紙で寄こした。船便で運ぶのは健の配下の水夫《かこ》である。

――最近、女帝の心に変化が見られます。春三月三日、女帝は博多川（大和川の支流）に行幸され、宴を催され、遊覧されました。百官や、文人、大学生らが、曲水の宴で詩を献上しました――

（ほう。珍しいことだな。政事《まつりごと》好みの女帝が、曲水の宴を催されたのか。情緒が安定されたのかな）

――三月二十八日、久々に、大規模な歌垣《うたがき》が開催されました。奉仕したのは、葛井《ふじい》、船《ふね》、津《つ》、文《ふみ》、武生《たけふ》、蔵《くら》の六氏。男女二百三十人です。全員が青褶《ず》りの衣を着て、紅の長い帯紐を垂らし、男女相並んで、分かれ、ゆっくりと前後に歩み、優雅に詠《うた》い合いました。

乙女《をとめ》らに　男立ち添《そ》ひ　踏み平《な》らす　西の都は　万世《よろずよ》の宮
淵《ふち》も瀬も　清くさやけし　博多《はかた》川　千歳《ちとせ》を待ちて　澄《す》める川かも
（続日本紀　巻第三〇　称徳天皇）

女帝はたいそう喜ばれ、この歌垣に、内舎人《うどねり》や若い女官も参加させました。歌垣のあと、和舞《やまとまい》も舞奏されました。久々に皇室と若い民が、心を通わせた雅《みやび》なひと時でした。氏上殿にお見せしたいと思いました――

六月一日、大赦の勅が出た。

――朕《ちん》（称徳帝）は非才薄徳の身であるのに、誤って重大な皇位を受け継いだが、下を慈《いつく》しむ方法が間違っているので、人民は安住の場所を失っている。……この頃、思うところがあって……天下に大赦をすべきである。……近年二度の反逆者（橘奈良麻呂と藤原仲麻呂）に連座した者たちは、刑部《ぎょうぶ》省が罪の軽重を査定して、赦免する者の名を奏上せよ――

この勅令に該当したのか、家持に帰京の辞令が出た。

六月十六日
民部少輔（次席次官）　大宰少弐・従五位上　大伴家持

相変わらず昇格はなく、民部少輔は五十三歳の家持には、格下の職位であるが、気に懸けなかった。——柳に風——憶良の教訓が身についていた。三年ぶりの佐保の空気が、肺腑《はいふ》に心地よかった。小鳥の声が新鮮であった。

八月四日、称徳女帝崩御。家持と同年の享年五十三歳であった。長い間、家持の頭上を覆っていた、眼に見えぬ黒雲が消えたような、感慨であった。

左大臣・藤原永手、右大臣・吉備真備、参議・兵部卿の藤原宿奈麻呂、参議・式部卿の石上宅嗣《いそのかみやかつぐ》らが、宮中で会議し、大納言の白壁王《しらかべ》を皇太子とした。

八月二十一日、皇太子白壁王は、道鏡を、——皇位簒奪《さんだつ》の陰謀露見の罪であるが、先帝の恩顧を考慮する——との令旨を出され、造下野《しもつけ》国薬師寺別当に格下げして、配流した。

道鏡即位の偽神託を奏上し、正七位下相当の神官から、一挙に六段階昇格し、従五位下の貴族となっていた宇佐八幡神託事件の首謀者、習宣阿曽麻呂《すげのあそまろ》を多褹《たね》島（種子島）に流した。

二十二日、道鏡の弟、大納言であった弓削浄人《ゆげきよひと》と、息子三人を土佐に配流した。

二十三日、道鏡の陰謀告発の褒賞があった。

正四位下　従四位上　坂上苅田麻呂《さかのうえのかりたまろ》（武官で家持の友人。田村麻呂の父）

民部少輔となった家持は、朝議の決定を即時に知っていた。

（道鏡が皇位を望むまでに傲慢になったのは、女帝に半分の罪がある。しかし、女帝は不幸なお方であった。阿倍内親王時代に皇太子になられた故に、貴公子たちとの青春の喜怒哀楽の交遊を知らずに過ごされた。独身で皇位に就かれた故に、夫婦の愛を知らず、仲麻呂や道鏡と、不倫の欲望に耽《ふけ》られた。すべては、内親王を皇太子、さらに女帝にして、権力を藤原で独占しようとした光明上皇后の欲望にあった。……光明皇后に引きずられた聖武帝は、……長屋王ご一家の抹殺の勅《みことのり》に玉璽《ぎょくじ》を押された。……安積《あさか》親王の暗殺を黙認された。……仏道に逃避された聖武帝は、憶良先生の申された通り、お人柄は良いのだが、気性の弱いお方であった……もし、安積親王がご存命であったなら、真楯殿、市原王、橘奈良麻呂殿や吾らがお仕えして、まともな政事ができていたのではないか……しかし、孝謙帝・仲麻呂と、重祚《ちょうそ》された称徳帝・道鏡の暗黒時代はやっと終わったな）

佐保の山は、はや黄葉が始まっていた。家持は、独りでしんみりと飲んでいた。

九月六日、和気清麻呂《わけのきよまろ》と姉の広虫が、配流されていた大隅と備後から帰京した。

九月七日、称徳女帝に重用されていた右大臣・吉備真備《きびのまきび》が辞表を提出した。

九月十六日、家持が、要職に就いた。

左中弁兼中務《なかつかさ》大輔　民部少輔・従五位上　大伴家持

「家持殿、長い間ご苦労様でした。これからは永手殿の新台閣を支えてください」

と、中納言・大中臣清麻呂が、昔のままの丁寧な言葉で、年下の家持を労《ねぎら》った。

明らかに、亡き親友藤原真楯《またて》の兄、左大臣の永手と、歌の友、清麻呂の配慮であった。

佐保の館に、久々に一族の者たちが訪れ、歓声が沸いた。

「氏上殿、今、平城京の内外で、このような童謡が流行していたますよ」

と、一人が歌った。民人が世相を風刺して作り、子どもたちに歌わせていた。

葛城《かづらぎ》寺の前なるや　豊浦《とよら》寺の西なるや　おしとど　としとど
桜井に白璧《しらたま》しづくや　好《よ》き璧しづくや　おしとど　としとど
然《しか》すれば　国ぞ昌《さか》ゆるや　吾家《わぎえ》らぞ昌ゆるや　おしとど　としとど

――葛城寺の前であろうか　豊浦寺の西であろうか
桜井の井戸に白璧が沈んでいるよ　好い璧が沈んでいるよ
そうすれば　国が栄えるか　吾らの家が栄えるだろうか――

葛城寺や豊浦寺は、飛鳥の甘樫丘《あまかしのおか》の北にある。蘇我氏に所縁《ゆかり》が深い。この葛城寺の南、豊浦寺の西に、桜井の池があった。（現在の和田池）

白壁王は天智天皇の皇子、おとなしく優れた歌人志貴親王の御子であった。桜の木のあったこの池の近くで、白壁王は育った。「壁」と「璧」はよく似ている。白壁王の帝としての諱《いみな》は「白璧」である。井は、白壁王の妃、井上《いのえ》内親王を意味していた。

井上内親王は、聖武帝と県犬養広刀自《あがたいぬかいのひろとじ》の間に誕生していた。家持が仕えた安積《あさか》親王の姉である。次姉は、仲麻呂の乱で殺害された塩焼王の妃、不破《ふわ》内親王であった。血統は抜群であったが、妹君と弟君の不運が、家持の気になっていた。井上内親王は、家持には身近に感じられる存在であった。

（童謡のように皇太子の白壁王が、このまま皇位に就かれると、井上内親王は皇后になられるであろう。亡き安積親王もお喜びだろう）

と、思っていた。

第十三帖　皇統揺動《ようどう》　その一　老王即位

吾背子し斯《か》くしきこさば天地の神を乞《こ》ひ祈《の》み長くとぞおもふ
（中臣清麻呂　万葉集　巻二〇・四四九九）

（一）老人、光仁帝の即位

宝亀元年（七七〇）冬、十月一日。前《さきの》大納言であり、僅か二カ月間の皇太子であった白壁《しらかべ》王は、大《だい》極殿《ごくでん》で即位し、光仁《こうにん》帝と名乗り、元号を「宝亀」と改めた。六十二歳。崩御された称徳《しょうとく》女帝は五十三歳であったから、九歳も年上の老人への、異常な皇位継承であった。深く暗い裏事情があった。

光仁帝は、即位の詔《みことのり》で、所見と改元の根拠を、簡潔明瞭、謙虚に示された。

——……朕《ちん》は、この天つ日嗣《ひつぎ》の高御座《たかみくら》（皇位）の業は、天に座《ま》す神と地に座す神が、共に承諾し、共に扶《たす》けになることによって、この天皇の地位には平らかに安らかに座して、天下を治めることができるものであるらしいと、思っている。また天皇として天下を統治する君主は、能力のある賢い臣下を得て、天下を平安に治められるものであるらしいと、聞いている。……今年、八月五日と八月十七日に、肥後《ひご》国が白い亀を献上した。大瑞《だいずい》に相当する。この故に、神護景雲四年を改めて、宝亀元年とする……——

光仁帝の詔は、聖武帝や孝謙・称徳女帝のように長々しくなかった。御仏のご加護には一言も触れずに、皇統本来の、天と地の神、大自然に安寧を祈る姿勢と、統治は賢く能力ある人材の登用を行うことを明示された。これまでの、何を言いたいのか分からなかった詔勅を、居眠りしながら聞くことに慣れていた群臣たちは、全員、驚いた。

（御仏《みほとけ》のお話が一言もない！　仏教政治から神道政治への回帰だな。縁故や寵臣人事から、人物能力重視の政事への切り替えか！）

詔は続いた。

——仕えている人たちの中で、その仕えている様子にしたがって、若干の人たちの冠位を上げ、然《しか》るべく取り計らうことにする。また天下には大赦《たいしゃ》を行う。……——

老人の新帝とは思えない、鮮やかな方針説明と、見直し人事の公表である。群臣たちは、（誰が最初の冠位引き上げの対象になるのか？）と、固唾《かたず》を飲んで、耳を澄ました。

正一位　　従一位・左大臣　藤原永手《ながて》

正三位　　従三位・大納言　大中臣清麻呂《おおなかとみのきよまろ》

続いて、参議や、若干の王、藤原氏の数名の名が読み上げられた。

(何だ、つまらない。いつもの通りのお偉いさんの官位引き上げではないか)

と、白けかかった時、意外の名が群臣の耳に入った。大伴家持の名である。

従四位下　正五位上　大伴三依《みより》(壬申《じんしん》の乱功臣、御行《みゆき》の子)

正五位下　従五位上・左中弁兼中務大輔《なかつかさ》　大伴家持

〃　〃・肥後守　大伴駿河麻呂《するがまろ》(御行の孫)

——二十年、従五位下。名門大伴氏族の氏上ながら無昇格——と、秘かに侮蔑《ぶべつ》されていた。

広い大極殿に、声にならないどよめきが広がった。大伴氏三名のほかに、佐伯、阿倍、石上《いそのかみ》、巨勢《こせ》などの古い豪族の、誰もが納得する有能な中堅実務家が読み上げられた。

(光仁帝は、孝謙・称徳女帝や仲麻呂、道鏡に冷遇されてきた大伴家や、古くからの豪族の処遇を見直されたな)

群臣たちは、短いが内容の濃い詔が、即日実行されたことを認識していた。

律令の規定では、通常六年ごとに見直され、平均点でも一階級昇格する。家持の場合には、少なくとも三階級上の、四位になっていてもおかしくなかった。

（やっと一階級昇格か。これまで若い者たちにどんどん追い抜かれていったが、命があるだけでもありがたい。吾が大伴にも少し陽が当たるようになったかな）

と、分家筋の三依や駿河麻呂の昇格を喜んだ。即位の儀式が終わると、多くの群臣から祝辞を貰った。

（宮仕えの方々は、風見鶏だな。浮《うわ》つかぬようにせねばならぬ）

と、家持は自戒していた。

（二）天地の神を乞《こ》い祈《の》み

佐保の館は湧いた。深夜、祝い酒の酔いを醒まそうと、庭に出た。

（称徳女帝がご病気になり、ご崩御される寸前の六月に、吾は大宰少貮から民部少輔に転勤し、帰京した。僅か三カ月後の九月に、左中弁《さちゅうべん》兼中務《なかつかさ》大輔になった。以前、右中弁も兵部大輔も経験しているので、この歳では格別の抜擢ではないが、朝議の実務を扱う中枢に入った……そして今回、一カ月で、昇格した。一度に大幅な引き上げをせず、人々の眼を晦《くら》ますように、少しずつ時間をおいて昇格、昇叙をされている。光仁帝には接点はない……どなたのご配慮か？）

これまで右大臣兼中衛大将《ちゅうえのだいしょう》として、政事《まつりごと》と軍事の大権をひと手に握っていた、称徳女帝の寵臣、吉備真備《きびのまきび》は、女帝崩御の直後に辞表を提出していた。太政大臣の道鏡は、下野《しもつけ》国に追放されている。

（すると、ここ数カ月の吾が人事は、真楯《またて》殿（八束《やつか》）の兄上、左大臣の藤原永手《ながて》殿と、大納言の大中《おおなか》

臣《とみ》清麻呂殿のご配意か）

三日月が上空にあった。感性が冴える。

（今日の詔には、――天の神、地の神に扶《たす》けられて――とあった。天皇は、み仏にご自身の死後を祈るのではなく、民の豊作安寧を大自然の神々に祈るべきだと。これは明らかに神祇伯としての清麻呂殿の哲学ではないか！　天地に祈る……吾にも以前、詠んでくださった！）

家持が右中弁（次官）の頃、式部大輔（上席次官）清麻呂が、家持の友人、治部大輔、市原王や治部少輔、今城《いまき》王（大原今城）と共に、自邸に招いてくれた歌の宴を想い出していた。

（あの夜は、次官仲間の歌の友、四人で十首を楽しんだ。その中で、吾の長命を天地の神に祈ってくださった）

吾背子し斯《か》くしきこさば天地の神を乞《こ》ひ祈《の》み長くとぞおもふ
――私が好きな貴男（家持）が、こういう風にわが家にしばしばお出でくださるなら、天地の神々にお祈り申し、お願いしてでも長く生きてくださるようにしたいと思います――

（あれからすぐに、吾は因幡《いなば》守に左遷された。お人柄の清麻呂殿は、地道に昇格昇叙され、今は大納言の要職にあるが、吾のことを、陰で心配され、支えてくれていたのか）

上層部に疎《うと》まれ、地方勤務の多かった家持は、意識して歌仲間との接触を絶っていた。

（友の人生に、影響を及ぼしてはならない）

との信念であった。それだけに、十五歳も年上の清麻呂の、さりげない気配りがありがたかった。家持の頬に、一筋の涙が流れた。男泣きであった。

十一月二十五日、大伴氏族の長老、大伴古慈斐《こしび》が、本位の従四位上に復位した。古慈斐は、――反藤原仲麻呂派である――との、淡海三船《おうみのみふね》の讒言《ざんげん》で、官位を剥奪《はくだつ》され、土佐に流されていた。家持の気になっていた人事が、一つ解消された。

十一月二十七日、新帝は、二つの事件、即ち橘奈良麻呂の変と藤原仲麻呂の乱の関係者は、全員特赦にすると、勅を出した。即位の詔の大赦は、完全に実行された。

十二月二十八日、土佐の流罪から帰京した大伴古慈斐は、平城京を護る要地、大和国の国守に任命された。大和国の格は大国（一等国）である。家持は佐保の館に古慈斐を招き、長い間の流罪《るざい》を慰労した。

「家持殿、淡海三船は油断ならない奴です。太宰府では奴の犠牲になりませんでしたが、あの男は、王族として、今なお官職にありますゆえ、くれぐれもご注意くだされ」

「相分かった。心して引き続き、慎重に行動しよう」

配流《はいる》の辛さを知る二人は、橘奈良麻呂の慎重さを欠いた仲麻呂暗殺計画の犠牲となった重鎮古麻呂や、熱血漢であった池主の獄死を偲び、冥福を祈ってしんみりと盃を交わした。

「杖罪《じょうざい》でなく、たとえ地の果て、海の果ての流罪で、命あれば、恩赦でここにいたものを」

「惜しい人材でした。しかし古麻呂は鑑真和上招聘で、名を遺した。池主は、若を支え、歌を多数残した。若よ、吾ら大伴氏族は、前《さき》の氏上旅人殿より託された『万葉歌林』を、いつの日か、必ず世に出し、――文武の大伴――の名を、後世に残しましょうぞ」

「必ず」

二人は固く手を握り合った。寒気深々たる大晦日《おおみそか》の星空に、流れ星が二つ、続いて流れた。

(三) 井上《いのえ》内親王の立后

光仁帝《こうにん》は、十一月七日、妃の井上内親王を皇后に定めた。同時に、長子である山部王《やまべ》に四品《しほん》(民臣では四位)を授与した。

翌年、宝亀二年(七七一)正月二十三日、新帝は、井上内親王との間に生まれていた他戸《おさべ》親王を皇太子に定めた。皇太子のために側近が任命された。

兼東宮傅《とうぐうふ》　大納言・正三位　大中臣清麻呂《おおなかとみ》(家持の歌の友)

兼春宮大夫《とうぐうたいふ》　兵部卿・従三位　藤原蔵下麻呂《くらじまろ》(式家・宇合《うまかい》の六男)

兼春宮亮《すけ》　右中弁・従四位下　大伴伯麻呂《おじまろ》(壬申《じんしん》の乱の功臣、馬来田《まくた》の孫)

その夜。佐保の大伴館の奥座敷に、黒衣黒覆面の男が、家持の前に座っていた。隣の間で剛が見張りをしていた。

「氏上殿、候装束《うかみしょうぞく》のままで失礼仕ります」

声は、山辺衆の新首領、陰陽師《おんみょうじ》の山上船主《ふなぬし》であった。

「構わぬ。大事ゆえ急ぎ参ったのであろう。聴こう」

「本日、他戸《おさべ》親王が立太子されました」

「うむ。吾は新皇后の弟君、故安積《あさか》親王の内舎人《うどねり》を務めたので、内親王や他戸親王には、何となく親近感がある。このたびの立后、立太子を、安積親王は天でお喜びであろう。実直、清廉な大中臣清麻呂殿や、わが一族の伯麻呂殿が東宮を支えることになり、吾は安心しているが、……何か問題でもあるのか？」

「氏上殿、表立ってはまことに穏当な皇位継承に見えますが、裏事情は複雑でございます。今後のこともありますゆえ、ご説明致しておきます。この皇統図をご覧くだされ」

船主は半紙を広げた。

「聖武天皇の方の系図は、よく存じているが……新帝の経歴やご家族の系図はよく知らなかった。お父上の志貴《しき》皇子は、憶良殿に歌とお人柄を教わった。素晴らしい歌人だ」

家持は、志貴皇子の歌を思い出し、久々に和歌を口にした。

岩激《いはばし》る垂水《たるみ》の上のさわらびの萌《も》え出づる春になりにけるかも
（志貴皇子　万葉集　巻八・一四一八）

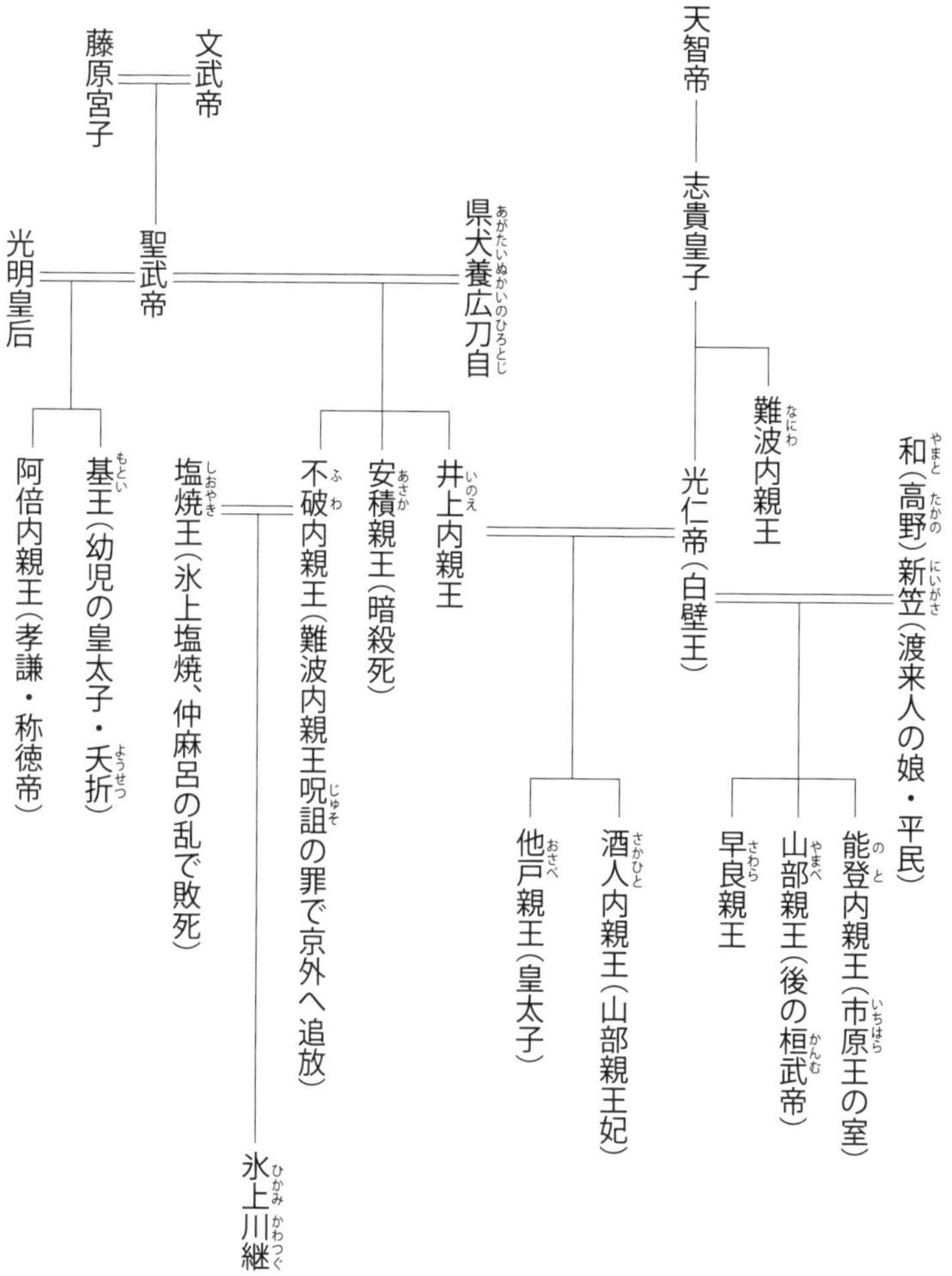
天智帝
志貴皇子
難波《なにわ》内親王
光仁帝（白壁王）
和《やまと》（高野《たかの》）新笠《にいがさ》（渡来人の娘・平民）
能登《のと》内親王（市原《いちはら》王の室）
山部《やまべ》親王（後の桓武《かんむ》帝）
早良《さわら》親王
酒人《さかひと》内親王（山部親王妃）
他戸《おさべ》親王（皇太子）
井上《いのえ》内親王
県犬養広刀自《あがたいぬかいのひろとじ》
安積《あさか》親王（暗殺死）
不破《ふわ》内親王（難波内親王呪詛《じゅそ》の罪で京外へ追放）
塩焼《しおやき》王（氷上塩焼、仲麻呂の乱で敗死）
氷上《ひかみ》川継《かわつぐ》
文武帝
藤原宮子
聖武帝
光明皇后
基《もとい》王（幼児の皇太子・夭折《ようせつ》）
阿倍内親王（孝謙・称徳帝）

「そこが盲点でございます」

船主の言葉は、冷静であった。

(四) 白壁王(光仁帝)の前半生

「志貴皇子は、幼少の時、壬申《じんしん》の乱を、目《ま》の当たりにされました。長じても持統女帝の大津皇子謀殺など、皇統継承の事件を、傍観されました。生き延びるため、出仕されず、ひっそりと、身を隠されるように、お過ごしになりました。お亡くなりになる前、皇子は八歳の白壁王を呼ばれ、この歌を示されました」

陰陽師《おんみようじ》船主の口調は、祖父の元東宮侍講憶良に似て、論理的かつ具体的であった。

むささびは木末《こぬれ》求むとあしひきの山の獵夫《さつを》にあひにけるかも
(志貴皇子 万葉集 巻三・二六七)

——このムササビは、きっとあちらこちら自分の棲むのに、適当な梢を探そうとして、うろついているうちに、山の猟師に出あったのであろう——

「ご遺言は人生訓でした。『白壁、そなたも知っていようが、壬申《じんしん》の乱は、吾には異母兄になる大友皇子が、蘇我赤兄《あかえ》らに唆《そそのか》されて、皇位に意欲を示されたことにより、引き起こされた。ムササビの大友皇子は、皇太弟を辞した猟師の大海人皇子（天武帝）に敗死した。深山での狩猟を詠んだように見せかけているが、これは寓意《ぐうい》、例え話を詠んだ歌だ。そなたは天智帝の孫になるが、決して皇位を望むような言辞《げんじ》は、誰にもしてはならぬ。仕官を望むな。誰かに殺されるか、流罪《るざい》になろう。できるだけ京《みやこ》より離れた鄙《ひな》びた場所で、ひっそりと暮らせ。運命を天に任せよ』と」

「なるほど」

「光仁帝は八歳で、父志貴皇子と死別しました。天武系の御代でもあり、庇護者はありませんでした。父君が、血で血を洗うような皇統の政争から身を隠されたように、ご遺言通り、宮仕えをなされませんでした。京から遠い鄙びた交野《かたの》（現枚方《ひらかた》市と交野市）の里に、ひっそりと身を潜《ひそ》め、渡来人の娘、それも民の女を娶《めと》りました。恐れていたのは光明上皇后や孝謙・称徳《しょうとく》女帝でございましょう。わざと大酒を飲んで、酔いつぶれ、凡庸暗愚《ぼんようあんぐ》を装い、皇位後継者の候補になることを避けられてきました。初めて官位を得たのは天平九年、二十九歳ですから、皇親としては極めて遅い初叙でした。従四位下から従四位上に一階級上がったのは天平十八年です。九年もかかっています。しかし、淳仁《じゅんにん》帝即位や光明上皇后の崩御《ほうぎょ》あたりから、急に朝議の要職に抜擢《ばってき》されました。ご即位までの略歴を、当時の（天皇）と共に書いてみましょう」

和銅二年　（七〇九）（元明）　一歳　志貴皇子の第六皇子として誕生。

天平九年　（七三七）（聖武）　二十九歳　初叙　従四位下　散位（無官職）

天平十八年　（七四六）（聖武）　三十八歳　従四位上　散位

天平宝字二年（七五八）（淳仁）　五十歳　正四位上　散位
天平宝字三年（七五九）（淳仁）　五十一歳　従三位　散位
天平宝字四年（七六〇）（淳仁）　五十二歳（光明皇后崩御）　山作司《やまつくりのつかさ》
天平宝字六年（七六二）（淳仁）　五十四歳　中納言
天平宝字八年（七六四）（称徳）　五十六歳　正三位（仲麻呂の乱）（淳仁廃帝）
天平神護二年（七六六）（称徳）　五十八歳（道鏡法王）　大納言
天平宝亀元年（七七〇）（光仁）　六十二歳（称徳帝崩御）　立太子
光仁帝即位
山部王の親王宣下《せんげ》と四品《しほん》（民臣の四位）
井上内親王の立后
天平宝亀二年（七七一）（光仁）　六十三歳　他戸親王の立太子

「なるほど、吾が因幡守《いなば》に左遷された天平宝字二年から、突然大浮上されたのだな。吾はその後も薩摩国や大宰府など地方を転々としていたので、よく知らなかったはずだ」

「この間、舎人親王や新田部親王など、天武系の皇子のご子孫が、いろいろな事件で亡くなられたり、追放されたりしました。光明上皇后と称徳女帝による皇位継承候補者の排除は、身の毛もよだつ凄まじさがございます。それがし陰陽師ゆえに、日本書紀や公文書の天文・天変地異の記事を調べるついでに、過去の資料を閲覧して、驚きました」

皇位継承候補（排除された手法）　　**（候補者の支持者）**

高市皇子《たけち》	長屋王（＝藤原長娥子《ながこ》）	膳夫王ほか三王（誣告《ぶこく》・自死）	（大伴旅人、山上憶良）
		安宿王《あすかべ》（山背王が密告、流罪）	
		黄文王《きぶみ》（山背王が密告、流罪）	（橘奈良麻呂）
		山背王《やましろ》（奈良麻呂密告、従三位・藤原弟貞《おとさだ》に改名）	
新田部親王《にいたべ》	道祖王《ふなど》（立太子、孝謙帝により廃太子）		（聖武帝遺言）
	塩焼王《しおやき》（氷上塩焼《ひかみ》）（仲麻呂の乱で追討敗死）		（藤原豊成・永手・藤原仲麻呂）
舎人親王《とねり》	船王《ふな》（孝謙帝は男女関係で否認）		
	池田王《いけだ》（孝謙帝は不幸者と否認）		（文室浄三、大伴古麻呂）
	大炊王《おおい》（淳仁廃帝）		（藤原仲麻呂）
	御原王《みはら》	和気王《わけ》（皇位を望み絞首刑）	（粟田道麻呂・大津大浦）
長親王《なが》	栗栖王《くりす》		
	智努王《ちぬ》（意識して臣籍降下文室浄三《ふんや きよみ》）		（吉備真備）
	大市王《おおいち》（〃　文室大市）		（吉備真備）
聖武帝	安積親王《あさか》（仲麻呂により暗殺死）		（市原王、藤原八束、大伴家持）

「天武系の皇位継承候補者は、ほぼ全滅です。結果として、光明上皇后と、称徳女帝の念願通り、天智系の皇子、高齢ながら白壁王が選ばれました」

「孝謙・称徳帝は、天武系の聖武帝の皇女ながら、ご生母、光明皇后と共に、強烈な天智帝崇拝、藤原庇護のお方であったな」

「その通りでございます。光仁帝は、前半生を野に過ごされ、政事《まつりごと》の実務は全くご存じありません。それゆえに、朝議は左大臣の藤原永手《ながて》卿と、大納言の大中臣《おおなかとみ》清麻呂卿にお任せです。侍従や内臣なども北家の若手で揃えています。称徳女帝の寵臣、右大臣の吉備真備《きびのまきび》卿は、女帝のご崩御で辞意を表明されています。今は実権ございません。光仁帝の詔にありましたように、ご統治は派閥人事から能力人事に変わると思います」

「では、問題ないではないか？」

「前半生をご苦労された光仁帝はご立派な方です。何も問題ございませぬ。注意すべきは、長子の山《やま》部《べ》王です」

「山部王？」

（五）山部《やまべ》王と藤原雄田《おだ》麻呂（百川《ももかわ》）

「交野《かたの》に引きこもられた白壁王は、渡来人の平民の娘、和《やまと》（高野）新笠《にいがさ》を娶《めと》り、二人の間に、能登《のと》内親王、山部王と早良《さわら》王が生まれました。しかし卑母ですから、この二人の王子も皇統の争いに巻き込まれることはないと、白壁王は思われていました。しかし、白壁王の意向とは反対に、山部王は野心家でした。青年になると官人になり、様々な職場を体験されましたが、ご出世されていませんでした。屈折した感情を、西の市の料理屋で酒に癒《いや》していました」

家持は、身を乗り出して、船主の話を聞いていた。憶良に学んだ少年の日のようであった。

「海鮮料理自慢のその店に、同じように、出世の表街道から少し外れていた貴人の若者も顔を出していました。藤原雄田《おだ》麻呂、現在の百川《ももかわ》です」

「何！　藤原百川？」

「百川も無名でした。天平宝字三年（七五九）に、従五位下の貴族になり、女帝の下でご活躍でしたから、家持殿とは入れ違いです。ご面識ないのは当然でございます」

十年余り地方勤務をした家持には、馴染みのない二人の名であった。

船主は、懐からもう一枚の半紙を出した。

「藤原四家の男子の系図です。ゆっくりご覧くださいませ。主な方は太字にしました」

（まるで憶良先生の講義のようだ！）

家持はゆっくりと目を通した。

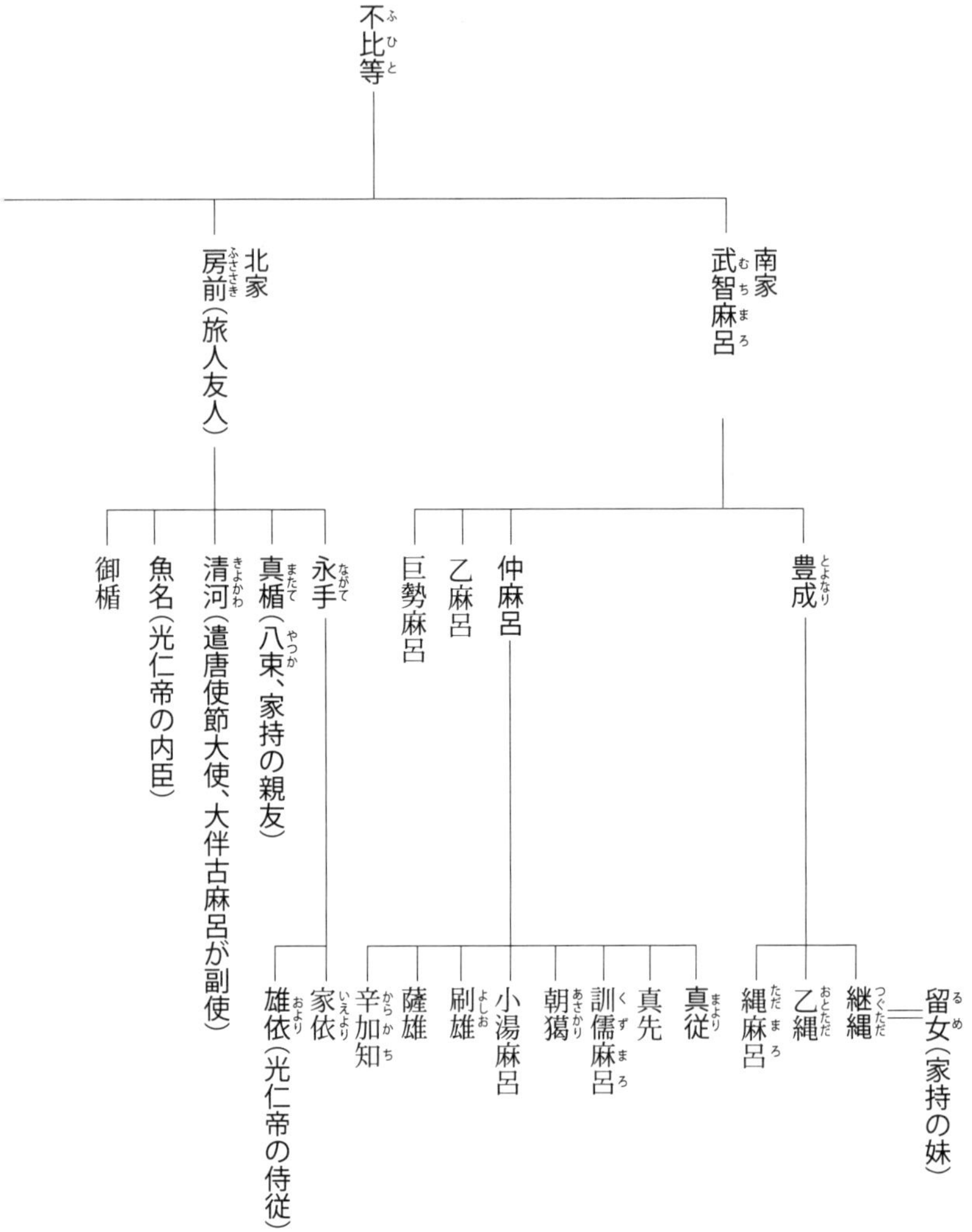

不比等《ふひと》
南家
武智麻呂《むちまろ》
北家
房前《ふささき》（旅人友人）
豊成《とよなり》
仲麻呂
乙麻呂
巨勢麻呂
永手《ながて》
真楯《またて》（八束《やつか》、家持の親友）
清河《きよかわ》（遣唐使節大使、大伴古麻呂が副使）
魚名（光仁帝の内臣）
御楯
留女《るめ》（家持の妹）
継縄《つぐただ》
乙縄《おとただ》
縄麻呂《ただまろ》
真従《まより》
真先
訓儒麻呂《くずまろ》
朝獦《あさかり》
小湯麻呂
刷雄《よしお》
薩雄
辛加知《からかち》
家依《いえより》
雄依《おより》（光仁帝の侍従）

- 式家 宇合《うまかい》
  - 広嗣《ひろつぐ》（筑紫で反乱・斬殺）
  - 良継（宿奈《すくな》麻呂《まろ》）（反仲麻呂事件・復活・参議）
  - 清成
    - 種継《たねつぐ》
  - 田麻呂
  - 百川《ももかわ》（雄田《おだ》麻呂《まろ》・正四位下・参議兼大宰帥）
  - 蔵下麻呂《くらじまろ》（従三位・兵部卿兼春宮大夫）
- 京家 麻呂《まろ》
  - 浜成《はまなり》（光仁帝侍従）
- 宮子（文武帝夫人、聖武帝生母）
- 光明子（聖武帝皇后、孝謙・称徳生母）

「これは分かり易いな」

「百川は、筑紫で反乱を起こした式家嫡男、広嗣《ひろつぐ》の弟です。山部王と百川は、この場末の酒場で、刎《ふん》頸《けい》の友となり、壮大な計画を練ったと、分かりました」

「ほう、それはなんだ？」

「天武系から天智系への皇位簒奪《さんだつ》です」

「何！　皇位簒奪！」

「はい、今回の白壁王の光仁帝即位と、井上《いのえ》内親王の立后、他戸《おさべ》親王の立太子は、全て山部王と百川の描いた筋書きの途中段階です」

　家持は、頭が混乱していた。

「ちょっと待て……吾が頭を醒ます。剛、水を持ってこい」

（六）二人の策謀

「ご理解いただくため、少し古い時代に戻します。藤原四家の内、式家は、嫡男広嗣が反乱を起こし、南家の仲麻呂に悪者にされました。そのために、反仲麻呂の家風でした。百川の兄、藤原宿奈麻呂は仲麻呂に睨《にら》まれて、式家は政事《まつりごと》から疎外されていました」

「吾は藤原宿奈麻呂の旧知であったとの理由で、孝謙女帝や仲麻呂に冷や飯を食わされた」

「その後、仲麻呂は道鏡の出現で失脚しました。仲麻呂の乱を鎮圧した将軍は、百川の弟、蔵下麻呂《くらじまろ》です。式家は見直され、宿奈麻呂は良継と改名、百川ともども、今は参議に大出世しました。末弟蔵下麻呂は、今回、春宮大夫《とうぐうたいふ》に抜擢されています」

「なるほど」

「この背景には雄田麻呂《おだまろ》こと百川の裏の策謀と活動を知らねばなりませぬ。氏上は、今後好むと好まざるとにかかわらず、百川や山部王と様々な関りが生じると思いますゆえ、重要なことと思います。人事のことゆえ、ご内密にお願い致します」

「心得ておる」

「酒を酌み交わしながら雄田麻呂（後の百川）が山部王に持ち掛けた密約を、会話で再現しましょう」

百川「山部王、王はお仕事がよくできるお方と存じております。酒の上ですが、ずばり申せば、朝議の中に入り、政事を行い、できれば皇位をお望みでございましょう」

山部王「馬鹿なことを申すではない。そなたも承知の通り、吾が父、白壁王は、従四位ではあるが、大酒飲みの凡愚として有名で、いまだに官職はなく、母は百済渡来人の平民の娘だ。吾が皇位に就けるわけがない。冗談も限度があるぞ。それに皇位は代々、天武帝のご血統で継がれている。父は天智帝の孫だが、皇位継承の候補にはならない。ましてや卑母腹の吾を、誰が天皇に推そうか。馬鹿馬鹿しい」

百川「それがしがお支え致しましょう。お耳を拝借」

「百川が持ち掛けたのは、遠大な計画でした。昔、皇位継承権の圏外にあった葛城《かずらぎ》皇子（中大兄皇子）と無位無官の鎌足が、天下を取ろうと、策を練った故事と似ております」

「そうか。なるほどそう考えれば分かり易いな」

と、家持は同意した。船主の話は続く。

百川「王は、これまで通り、お仕事に精勤され、政事の実務をしっかり把握なされ。天皇になった時、仕事を熟知しておれば、鬼に金棒でございます」
山部王「ははは、俺は鬼か……」
百川「問題は天武系の多くの皇子たちです。中大兄皇子と鎌足が、一人ずつ片付けられたように、排除せねばなりませぬ。その点では、孝謙女帝が独身で、皇子方のどなたかに譲位せねばならないので、いろいろなお方が、皇子を担がれています。これはそれがし が動かなくても、群雄相争って、次第に淘汰されるでしょう。その間、吾も職務に精励し、政事の実権者たちとの地歩を固めます。天武系皇子の候補者を策謀で一掃します」
山部王「全員を！　驚いたな。できるか？」
百川「光明皇后と孝謙女帝は天智系好みですから。天武系の排除は可能です」
山部王「しかし吾の卑母腹の問題はどうする？　皇位継承の候補には、群臣が承知しまい」
百川「山部王が皇位に就かれる前に、お父上に皇位に就いてもらうのです」
山部王「何だと！　父を？　酒飲みの老人だぞ？」
百川「歳は問題ではありませぬ。問題は正室です。お父上に、内親王を正室にお迎えするのです」
山部王「呑兵衛の年寄りに、妃に入る姫がいるはずがない。馬鹿馬鹿しい！」
百川「よい候補者がいます」
山部王「何方《どなた》ぞ？」

百川「長い間、伊勢の斎宮を務められた井上《いのえ》内親王でございます。聖武天皇と県犬養広刀自《あがたいぬかいのひろとじ》様との間に生まれたお方です。今はご任務を終えられて独身でございます。お母上や、王には少し我慢をしていただかねばなりませぬが、井上内親王を正室にされますと、お父上、白壁王は志貴親王の御子ですから、皇位継承の候補になります。そのためには、白壁王は少し宮仕えをせねばなりませぬ。いつまでも散位というわけにはいきませぬ。それがしが適当な切っ掛けを考えます」

山部王「そうか……相分かった。その方向で下話を進めてくれ。雄田麻呂《おだまろ》、そなたは相当な悪だのう。ははは。ところで吾の皇位継承は？」

百川「それはお父上が皇位に就かれると同時に、親王になられた後です。……」

「百川は恐ろしい男です。山部王に政事の実務を学ぶように要請されると同時に、自身も練達の官僚となりました。淳仁帝や兄宿奈麻呂や永手殿に裏工作して、白壁王と自分の出世を実現していきました。この過程を、先ほどの白壁王の経歴と重ねてみましょう。特に淳仁帝、称徳帝・道鏡の時代に、二人は大栄進をしています。太字にご注目ください」

船主は、懐から和紙を取り出して、筆を走らせた。（【　】内は歴史的事項）

	皇位	白壁王	藤原雄田麻呂（百川）
天平宝字二年（七五八）	（淳仁）	正四位上　散位	
天平宝字三年（七五九）	（淳仁）	従三位　散位	従五位下
天平宝字四年（七六〇）	（淳仁）	【光明皇后崩御】山作司《さんさくし》（やまつくりのつかさ）	
天平宝字六年（七六二）	（淳仁）	中納言	
天平宝字七年（七六三）	（淳仁）		智部（宮内《くない》）少輔
天平宝字八年（七六四）	（称徳）	正三位【仲麻呂の乱・淳仁廃帝】	
天平神護元年（七六五）	（称徳）	【淳仁幽閉死】	左中弁・内匠頭《たくみのかみ》・右兵衛督《うひょうえのかみ》
天平神護二年（七六六）	（称徳）	大納言　山陽道巡察使	
神護景雲二年（七六八）	（称徳）	兼武蔵守（正五位下）	従四位下・中務大輔
神護景雲三年（七六九）	（称徳）	【宇佐神宮ご神託事件】	従四位上・兼河内守
天平宝亀元年（七七〇）	（光仁）	【称徳帝崩御】立太子・即位	右大弁内匠頭右兵衛督
		大学頭《だいがくのかみ》山部王親王宣下、四品（民臣の四位）侍従	
		【井上内親王の立后】	
天平宝亀二年（七七一）	（光仁）	【他戸《おさべ》親王の立太子】	

「このような裏事情で、白壁王は井上内親王を正室にお迎えになりました。百川《ももかわ》の申した通り、天武

系の皇子方は、光明上皇后と孝謙・称徳女帝によって、皇位継承者からつぎつぎと排除されました。

この間、狡知《こうち》に長けた百川は、仲麻呂亡き後の道鏡に巧みにすり寄り、同時に藤原南家の実権者、永手殿にも接近しました。道鏡は称徳女帝の寵を得ていましたが、政事の実務は知らないので、実務家の百川を頼りにしました。百川は着々と地位を高めていきました。百川が、道鏡と永手殿の二股をかけたのが、宇佐神宮ご神託事件です。道鏡には胡麻をすりつつ、同時に永手殿と和気清麻呂に意を含め、ご神託の変更を手配しました。道鏡や女帝が怒って清麻呂を配流しましたが、百川は、秘かに清麻呂の支援を続けたようです」

「ほう、宇佐神宮神託事件にも関与していたのか」

「百川は時代の動きを先取りする動物的勘があったようです。自分の栄達のためには道鏡を利用しましたが、機を見て永手殿に乗り換えたのです」

「なるほど」

「称徳女帝が崩御されると、左大臣・藤原永手殿、右大臣・吉備真備《きびまきび》卿、参議、藤原宿奈麻呂《すくなまろ》卿、参議石上宅嗣《いそのかみやかつぐ》卿が、次期皇位を協議されました。候補者として、吉備真備卿は、天武帝の孫になる智努王、文室浄三《ふんやのきよみ》卿か、大市王、文室大市卿の名を出されました。これに対して、永手殿は、白壁王の名を出され宿奈麻呂卿が賛同されました。宿奈麻呂卿は百川の実兄です。百川は兄宿奈麻呂卿と永手殿に手をまわしていたのです。庇護者の称徳女帝を失っていた真備卿は、もはや自分の力はなくなったと実感され、辞意を表明されたのです。こうした、実に長い期間の裏工作があって、白壁王の光仁帝即位、山部親王の侍従、百川の右大弁という人事で、朝政を山部王と百川が把握したのです」

「そうであったか。白壁王は、井上内親王を正室に迎えられ、朝議に見直され、大納言になられ、遂に即位され、山部王は親王となられたか」

「すべては脚本家、百川の筋書き通りです」

家持は、息を呑んで聴いていた。

「……吾は狡知《こうち》の策謀家、百川の後釜として、今、左中弁兼中務大輔《なかつかさたいふ》にある。……」

「白壁王と井上内親王の間には他戸《おさべ》親王がお生まれになり、このたび立太子されました」

「問題ないではないか？」

「実は、これまで女帝の仲麻呂・道鏡との色情狂いの間、朝議の中枢にあって、国政をなんとか纏めてこられたのは、藤原永手殿のお力です。しかし、それがしは、永手殿の後が心配でございます。山部王と百川は、まるで中大兄皇子と鎌足に見えます。――皇位継承のためには、利用できる者は利用し、邪魔者は除く――という手法を取らねばよいがと、それがしは懸念しております。陰陽師、いや山辺衆の配下より得た情報と、動物的勘でございますのでこの場限りにお願いします」

そう告げると、船主は姿を消した。

家持は背筋に寒さを感じていた。

第十三帖　皇統揺動　その二　井上廃后《いのえはいごう》幽閉死

一《いち》二《に》の目のみにあらず五《ご》六《ろく》三《さむ》四《し》さへありける雙六《すぐろく》の采《さえ》
（長意吉麻呂《ながのいきまろ》　万葉集　巻一六・三八二七）

（一）政権激変

宝亀元年十月、光仁帝即位。十一月、井上内親王立后。翌二年正月、他戸《おさべ》親王立太子と、慌《あわただ》しく慶事が続いた。

二月十三日、光仁帝は故郷の交野《かたの》に行幸した。里帰りである。最初に娶《めと》った和新笠《やまとにいがさ》に挨拶する里帰りであった。翌日、難波宮に移られた。留守の平城京で異変が起きた。右大臣、藤原永手《ながて》が急な重病になった。難波宮でそのことを聞いた帝は、大納言の大中臣清麻呂に、政務を執行させる詔《みことのり》を出した。

二月二十一日、光仁帝は龍田道《たつたみち》を通って帰京していた。ところが途中、風もないのに、天皇旗の竿がぽきんとひとりで折れた。従駕の者たちは、永手の薨去の予告ではないかと、囁き合った。
二月二十二日、永手は薨じた。五十七歳。まだ働き盛りであった。称徳女帝の寵を受けた弓削道鏡が、皇位を望むという野望を抑えて、白壁王を光仁帝として即位させ、国家を安定させるために、蔭で大きな力を発揮した。光仁帝は大いに悲しまれて、太政《だじょう》大臣を追贈して、恩に報いた。

山上船主の使いとして竹蔵が佐保の館に来た。少年の日、柿本人麻呂に仕え、遺稿の人麻呂歌集を山上憶良に届けたあと、山辺衆となり、剛や助の訓練を受けてきた。今は、隠居した権の造園業を継ぎ、西の市で配下の候を纏め、小頭《こがしら》となっていた。
「氏上殿、首領からのお言葉でござえます。――山部王と藤原百川にとっては、白壁王が即位されれば、穏健良識派の永手卿は、もはや不要になりました。父帝を難波に行幸させている間に、永手卿に微毒を盛り、数日の病に見せかけ、片付けられました。旗折れも、運命に見せかけた工作です。これで政事の実権は、山部王と百川に移ります。暫くは宮廷人事をご静観くだされ。流れに棹《さお》をさされますな――とのことで……」
「相分かった」

数日後の三月十三日、新しい朝議の顔ぶれが発表された。

右大臣　　大納言・正三位　　大中臣清麻呂（家持の歌の友）

内臣　正三位　藤原良継《よしつぐ》（式家・旧名宿奈麻呂。百川の兄）
大納言　中納言・正三位　文室大市《ふんやのおおいち》（旧大市王）
〃　〃　藤原魚名《うおな》（北家・藤原永手・八束の弟）
中納言　参議・正三位　石川豊成（旧蘇我の末裔）
〃　〃・従三位　藤原縄麻呂《ただまろ》（南家・豊成の三男）
中務卿　大学頭・四品　山部王（光仁帝の長子。後の桓武帝）
式部卿　参議・従三位　石上宅嗣《いそのかみやかつぐ》（家持友人）
兼大宰帥　右大弁・従四位下　藤原百川（山部王の腹心）

「剛、えらいことになったぞ。船主が注目している山部王が、吾が直属の上司になられた！」

「首領の申される通り、――柳に風――と、受け止め、流れに掉さされることは、厳にお止めなされ」

陰陽師、船主からの伝言を、次々と竹蔵が佐保に届けてくる。造園師だから目立たない。

「――山部王と百川は、次の大人事異動に紛《まぎ》れ込ませて、曲者二人を配下に取り込みます。七月の人事をご注目くだされ――」

二十三日の人事に、さりげなく二名の名があった。

陰陽頭《おんみようのかみ》　元兵部大輔兼美作《みまさか》守・従四位上　大津大浦（藤原仲麻呂の謀反密告者）
刑部大輔《ぎようぶたいふ》　大学頭・正五位上　淡海三船《おうみのみふね》（大伴古慈斐の讒言《ざんげん》者）

「何と、仲麻呂を密告して、十階級ほど大特進して貴族になった大浦が、陰陽頭とはな。奴が仲麻呂を密告したときは、たしか船主の下僚だったはずだ。密告者が船主の直属の上司になるのか！……三船は、古慈斐殿を讒言《ざんげん》し、そのため古慈斐殿は土佐に流罪になってご苦労された。三船は、更に、地方の国司の不正査定をして、中央官僚から追放されたが、刑部大輔に帰り咲いたとは、ふざけた人事だな」

「吾が殿も、首領《かしら》も、暫くはご苦労されますなあ」

「剛、吾らを冷やかすではないぞ。問題は、山部王、百川、大浦、三船の曲者四人が揃って、何を企むのか……吾も、船主も注意せねばならぬ」

(二) 神寿詞《かんよごと》

癇性の強い女帝から、好々爺《こうこうや》の老帝に替わり、大内裏の雰囲気はのびやかとなった。穏やかに時が流れた。農作物の収穫も終わり、冬になった。

十一月二十一日、光仁帝は、大内裏の太政官院で、大嘗祭《だいじょうさい》の神事を執り行った。天皇に即位して最初の新嘗祭《にいなめさい》である。天照大神や天地の神々に、国民を代表して新穀を捧げ、感謝の祈りを捧げる、一代一度の大祭である。この年は参河《みかわ》国と因幡《いなば》国が、新穀を奉献する国に卜定《ぼくてい》されていた。

由緒ある石上《いそのかみ》神宮の一族で、参議の石上宅嗣《やかつぐ》、丹波守・石上息嗣《おきつぐ》、勅使少輔の石上家成《いえなり》らが、帝の御座所を示す「神の楯鋒《たてほこ》」（大楯と大鋒）を立てた。

大和守・大伴古慈斐と、左大弁兼播磨守の佐伯今毛人《いまえみし》の両名が、伴造《とものみやつこ》を代表して左右に門を開いた。

文人の氏族、内蔵頭《くらのかみ》・阿倍息道《おきみち》と、内蔵助・阿倍草麻呂《くさまろ》が、名誉ある今宵の宿直者氏名を読みあげた。

右大臣で大神官の大中臣清麻呂が、古式ゆかしく神寿詞《かんよごと》を奏上した。参河と因幡から献上された新穀が奏上された。新興の貴族で、仏教徒である藤原一族には役割はなかった。

（仏教政権から神道政権への回帰だな）

と、家持は感じていた。

大神事を無事終えた光仁帝は、大変満足して、大幅な昇叙・昇格人事を行った。さりげなく百川が、参議に抜擢されていた。

十一月二十三日。
中納言　参議・従三位　石上宅嗣
参議　右大弁・従四位下　藤原百川
〃　従四位上　阿倍毛人
十一月二十五日・二十六日。
正四位下　従四位上　大伴古慈斐《こしび》
従四位上　従四位下　大伴伯麻呂《おじまろ》

従四位下　正五位上　大伴駿河麻呂《するがまろ》
〃　　　正五位下　大伴家持（二階級特進）
従五位上　従五位下　大伴潔足《きよたり》

久々に大伴一族の昇格が目立った。一同は佐保の館に集まって、家持昇格の祝宴を張った。家持の二階級特進は、光仁帝と大中臣清麻呂の配慮であった。老帝と老臣二人は、藤原一門と古代豪族の均衡と調和を尊重した。六十四歳の帝は、凡愚の大酒飲みを演じていた白壁王時代に、交野の里から、孝謙・淳和・称徳帝の激動の政事を冷静客観に観ていた。

(三) 井上《いのえ》内親王の廃后

翌宝亀三年（七七二）二月十六日。家持は中務大輔《なかつかさたいふ》の要職を外された。

兼中務大輔　少納言・信濃守　従五位上　菅生王《すごう》
兼式部員外大輔　右中弁　従四位下　大伴家持
兼大蔵卿　参議　従三位　藤原継縄《つぐただ》（家持の妹・留女《るめ》の夫）

すぐに竹蔵が、首領《かしら》船主の伝言を知らせに来た。庭師だから出入りは目立たない。

——氏上殿が中務大輔を外され、少納言の菅生王が兼任になったのは、重大な意味があります。中務卿の山部王と、白壁王の侍従でもある少納言の菅生王、それに新参議の百川、陰陽頭大浦と刑部大輔の三船が、目下、詔の案文を練っております。氏上殿には関与されたくない内容なので、山部王が右大臣に異動を求めたのでしょう。式部員外大輔は閑職ですが、氏上殿の俸禄は変わりありませぬ。大中臣清麻呂殿の配慮です。大浦がしばしば山部王に呼ばれています。不気味なことが起きるかもしれませぬが、驚かれぬように。ご静観、ご注意を——

内裏の建礼門を出るとすぐに中務省である。陰陽寮は中務省の建物の中である。陰陽寮の助(次官)である山上船主は、中務卿山部王の部屋に出入りする人物が把握できていた。

十数日後、百官のみならず国中が驚いた。

三月二日、光仁帝の詔が発表された。

——井上内親王を呪詛《じゅそ》の罪で皇后の地位から廃す。皇后の家臣が、皇后は呪師《じゅし》や巫女《みこ》に命じて、朕《ちん》が早死にするように呪詛させていると自首してきた。この家臣の罪を許し、昇格させる。呪師や巫女は断罪にすべきところ、罪一等減じ流罪とする——

自首してきた家臣は、従七位下から七階級特進して、外従五位下の貴族に昇格した。

「剛、井上内親王が皇后になられて僅か一年余りだ。御子の他戸《おさべ》親王は立太子されている。お幸せの最中ではないか。なぜ夫君の光仁帝を呪詛せねばならないのか？　何かおかしい。船主から直接背後関係を聴きたい。連絡してくれ」

その夜、一陣の風と共に、黒覆面、黒装束の船主と竹蔵が現れた。

「お前に候《そうろう》。皇統や政事にも関わることゆえ、核心の部分のみ取りまとめて、お話し致します。なにしろ山部王と百川のよからぬ皇位簒奪《さんだつ》の計画の一端でございますゆえ、少し昔話から致します」

（四）雙六《すごろく》の目

「井上内親王は聖武帝と県犬養広刀自《あがたいぬかいのひろとじ》の間に生まれました。妹が不破《ふわ》内親王、弟が安積《あさか》親王です。安積親王は仲麻呂に暗殺されました。不破内親王の夫、塩焼王は仲麻呂に唆《そそのか》され、皇位を望み、仲麻呂の乱で敗死しました。井上内親王は、光明皇后に疎《うと》まれ、十一歳の時、伊勢の斎宮にされました。十九年務められ三十歳で都に帰られ、静かに暮らされていました。聖武帝は内親王の人生を気にかけていました」

「吾は安積親王の内舎人であったので、事情はよく存じておる」

船主は、祖父憶良が権や助を教育したように、剛や竹蔵の知識を増やしていた。

「この独身の内親王に目を付けたのが、藤原百川《ももかわ》でした。百川が、皇位を望む山部王の野望のために、まずは第一段階として、白壁王の正室として井上内親王を迎えることを山部王に提案し、画策したのです。もちろん白壁王には内密です。百川は従兄になる聖武帝に、近づきました。聖武帝が、井上内親王を不憫《ふびん》に思っていることを承知していたからです。聖武帝に、――交野の里に隠棲《いんせい》している白壁王の正室として賜婚《しこん》されてはどうでしょうか——と、勧められました」

「賜婚？」

「もちろん百川の造語です。白壁王は志貴皇子《しきのみこ》の御子として王族ではありますが、無官でございます。片田舎で渡来人の娘、和新笠《やまとにいがさ》を娶《めと》って暮らしておりましたから、初老の白壁王から正室にというお話はありえませぬ。聖武帝の方から——井上を娶《めと》ってくれ——と、申されれば、お人柄の白壁王はお引き受けになられるでしょうと、帝に勧められたのです」

「なるほど、それで白壁王はお受けになられたのか」

「はい。お年の差は問題ではありませぬ。お二人は琴瑟《きんしつ》相和し、天平勝宝六年（七五四）三十八歳で酒人《さかひと》内親王を、さらに天平宝字五年（七六一）四十五歳で他戸《おさべ》親王を、お産みになられました」

「ご高齢の結婚とご出産であり、当時は京《みやこ》で話題になったものだ」

「皇位継承の争いから距離をおいてこられたお二方でしたが、運命の神というよりも、百川の脚本通り、白壁王はご即位され、井上内親王は、思いもかけず皇后になられ、お二方は睦《むつ》まじく暮されていました。ある日、帝は皇后と雙六《すごろく》を楽しまれていましたが、冗談半分にこう申されました」

光仁帝「井上、雙六の目の面白さを、昔、長意吉麻呂《ながのいきまろ》という歌人が歌に詠んでいるが、知っているか？」

井上皇后「いいえ、存じませぬ。妾《わらわ》は伊勢の斎宮《さいぐう》を勤めておりましたので、神に関わる歌は学びましたが、遊びの歌は存じませぬ。しかし、今は斎宮ではありませぬ。皇后として民の歌も遊びも知りとうございます。教えてくださいませ」

光仁帝「そうだな。では詠むぞ」

一二《いちに》の目のみにあらず五六三四《ごろくさむし》さへありける雙六《すぐろく》の采《さえ》

光仁帝「――人の眼は二つ、時には一つだが、これは五六三四という多くの目がある。雙六の采は面白いな――という雙六讃歌だ」

井上皇后「まことにその通りでございますわ。どのような目が出るのか、見当がつきませぬ。それがまた楽しみでございますわ」

光仁帝「たしかに雙六は面白いが、何も賭けないのはつまらぬ。そうだ、朕が負ければ、そなたに男盛りのいい男を斡旋しよう。もし朕が勝てば、そなたの侍女、吉備由利《きびのゆり》を紹介してくれ。あの子は絶世の美女だな」

井上皇后「お互いによぼよぼですから、偶には若い相手と過ごすのも……ほほほ」

「お二人は長々と雙六を楽しまれ、結果は皇后がお勝ちになりました。光仁帝は、まさか雙六で負けるとは思ってもいませんでした。皇后から、毎日、冗談半分に、『お約束のいい男はどなたでございますか？　空約束でございましたか？』と、揶揄《やゆ》され、責められました。雙六賭博は、称徳先帝が詔《みことのり》で禁じられています。そのうえ不倫話ですから、誰にでも相談できる話ではありませぬ。ましてや、謹厳実直の右大臣、大中臣清麻呂卿にはとても相談できませぬ。困り果てた帝は、ついつい藤原百川に、愚痴をこぼしました」

「なるほど」

「百川はにたりと微笑みました。帝《みかど》に、『山部王を斡旋されてはどうですか』と勧められました。一方、山部王には『お父上の苦境を救われるのが孝行です』と口説きました。氏上殿もご承知の通り、山部王は精気溢れている男前です。帝が申された――男盛りのいい男――でございます。山部王は、ある夜、皇后の閨《ねや》に入りました。それからたびたびお二人は睦むようになりました。しかし、山部王は、――いつか皇后を見放さねばならぬ――と、冷たく計算していました」

（憶良先生は、中大兄皇子や天智系の持統女帝の視線を――蛇の目――と、表現されていたな……）

家持は、上司であった中務卿・山部王が、時折見せる冷たい視線を想い出していた。

「山部王は百川や大浦、三船を呼び、別れさせる方策を打ち合わせました。大浦は陰陽頭《かみ》ですから呪術師や巫女《みこ》を管理しております。三船が、――皇后が、毎夜、夫君の光仁帝のお命を縮める呪いをかけている――という虚構の話を作り、家臣が刑部《ぎょうぶ》省に自首し、刑部大輔の三船が取り調べるという、見事な脚本を作りました」

「そうであったか。悪役を引き受けた家臣、それも身分の低い従七位下の男に、貴族登用の恩賞をちらつかせ、引き受けさせたのだな。悪役の呪術師や巫女たちも、流罪で済ませている」

「たっぷり恩賞を与えております」

「仲の良かった白壁王と井上皇后は、あれよ、あれよという間もなく、生木を裂くように別れさせられたのだな」

「はい。お楽しみであった初めての雙六《すごろく》が、大変な結果になりました。しかし、これは、山部王と百川にとっては、政事の実権を握る絶好の機会となりました。光仁帝の面目や権威は失墜したからです」

「船主、よく分かった。ありがとう。それにしても、中大兄皇子が、天智帝として皇位簒奪を成し遂げるまでの、鎌足の描いた遠大な構想や謀計の筋書きと、よく似ているのう」

「同感でございます。山部親王と百川は、まさに――先祖の血を引く二人――と言えましょう。氏上殿、まだまだ事件が続きますぞ。お気をつけくだされ」

そう言うと、船主と竹蔵は瞬時に消えた。

（五）皇太子交代

翌四月七日。朝廷に下野国《しもつけ》から、――造薬師寺別当の道鏡《どうきょう》死す――との報告があった。

佐保の鳥の声を聴きたいと、西の市から駕籠《かご》で来ていた隠居の権が、

「僅か二年あまりの流罪で、悪僧は消されましたな。京の街中は、道鏡と先帝の艶話で持ちきりです」

と、家持に告げた。

五月二十七日、皇太子の他戸《おさべ》親王を廃太子とする。詔《みことのり》が出た。

――母の元皇后・井上内親王が、たびたび光仁帝の死を望む大逆の呪詛《じゅそ》を行っていたと判明した。

このような者の子を、いつまでも皇太子にしておくわけにはいかない。百官や民に示しがつかない。したがって他戸皇太子を廃し、親王の位を剥奪《はくだつ》し、庶民とする――

（船主の予告通り、大事件が続くな。いずれこうなるかと思ったが……早い）

家持に、大嬢《おおいらつめ》が女の気持ちを語った。

「帝《みかど》にとって他戸親王は、歳とって生まれた愛《いと》し子でしょう？　……雙六に負けたとはいえ、ここまでなさいますとは……男親は冷淡で無慈悲でございますわね」

家持との間に子はなく、大嬢は亡くなった妾《めかけ》の子、永主《ながぬし》をわが子のように育てていた。

「吾は帝のご本心のお言葉ではないと思う。冷たい側近たちの原稿だ。しかし、もはや帝は、引き返せない船に乗られた」

「次の皇太子にはどなた様が……」

「ご長子の山部《やまべ》王だろう」

「渡来人の御子ではありませぬか？」

「それは、他人に申すな。今は、法の上では、れっきとした四品《しほん》（民臣の四位）の親王だ」

冬、十月五日。家持の後任中務大輔《なかつかさたいふ》・菅生《すごう》王の人事と処罰の内容が公表された。

官籍剥奪　　中務大輔・少納言・信濃守　菅生王

事由　小家《おかけ》内親王を犯した罪

竹蔵が船主の伝言を届けてきた。

――菅生王は、一連の事情を知り過ぎたので追放されました。実際は強姦ではございませぬ――

（吾は中務大輔を外されていてよかった……と、考えよう）

家持は大中臣清麻呂の配慮に、再び感謝した。


重苦しい一年がやっと終わった。

宝亀四年（七七三）正月二日、中務卿・四品の山部親王が、皇太子となった。三十七歳の働き盛りである。ひ弱い世間知らずの他戸《おさべ》親王とは対照的に、体格は良く、精気凛凛《りんりん》としていた。官人の仕事はすべてこなしてきた自信が、言動に溢れ出ていた。政事《まつりごと》は、皇太子と参議の藤原百川が中軸となって、見事に運営されていた。

光仁帝は、飾りに過ぎなかったが、帝の居心地は悪くはなかった。

久しぶりに船主が佐保の館に来た。黒装束のままである。

「百川の脚本通り、皇位簒奪《さんだつ》が進んでいます。しかし、大浦らはまだまだ動いております。ご油断なく、ご注目ください」

(六) 井上《いのえ》内親王母子の幽閉死

謹厳実直な右大臣、大中臣《おおなかとみ》清麻呂の下、律令国家としての政事は済々《せいせい》と進められていた。謀反の謀議を防ぐために、先帝の時から宴会は禁止され、友人の館を訪問するにも許可が必要であったので、季節が変わっても、歌の宴も、詩の宴もなかった。明らかに文芸は衰えていた。官人は、身分の上下に関係なく、保身に汲々《きゅうきゅう》としていた。静かだが面白みのない世であった。

すぐに冬、十月になった。十四日、光仁帝の姉、難波《なにわ》内親王が薨去《こうきょ》された。

五日後の十九日、光仁帝の詔が出た。

――難波内親王が薨去されたのは、井上《いのえ》内親王がまたまた呪詛を行ったからである。それゆえ他戸《おさべ》と共に幽閉する――

(帝や山部皇太子は、内親王を廃后に、他戸親王を廃太子にされただけでなく、さらに幽閉とは！お二方をなおも鞭打たれるのか！)

(類は友を呼ぶとか……悪の四人が揃ったからな)

百官も庶民も、もはや驚かなかった。冷めた目で皇統の推移を観ていた。

詔《みことのり》を起案し、実行しているのは、皇太子山部親王と、参議の藤原百川、刑部大輔・淡海三船、陰陽頭・大津大浦であることは、明白であった。

内親王母子は、平城京から遥かに離れた大和国宇智郡(五条市)にある、官が没収していたある館に幽閉された。手入れのされていないあばら家同然の廃屋であった。

竹蔵が首領《かしら》船主の伝言を届けに来た。

――難波内親王は、普通の老病死でございます。井上内親王には難波内親王を恨まれる事情は何もございませぬ。百川らにとっては、井上内親王を京《みやこ》から離し、内親王母子を悪者に仕立てる材料にされたのでございます。重ね重ねの呪詛《じゅそ》の冤罪《えんざい》に、井上内親王は、さぞかしお怒りと思います。陰陽師のそれがしには、内親王の怨念の気が、時空を超えて察知できます。人の噂も消えた頃、何か起こるでしょう。山部親王のような、一見豪胆な方は、意外にも細心で粘液質な性格でございます。くれぐれも、故安積《あさか》親王や、親王の姉上・井上内親王を気遣う『気』を消されますように――

「竹蔵。相分かったと伝えてくれ」

家持は、閃《ひらめ》いた。

（右大臣まで着々と昇進され、今は大中臣《おおなかとみ》の賜姓を受けた清麻呂殿は、宮中では己の『気』を消されて、気難しかった孝謙・称徳女帝や、奸臣《かんしん》の仲麻呂、道鏡に仕え、今は山部親王や百川に接しているのではなかろうか。もしや、神官を配下とする候集団の首領《かしら》かもしれぬ。宇佐神宮神託問題の解決は、その実証ではなかろうか）

家持は淡々として右中弁の職務に精励した。

宝亀五年（七七四）正月二日。後宮の長官となっていた吉備由利《きびのゆり》が突然薨去した。光仁帝が井上内親王と雙六の賭けに求めた美女であっただけに、人々は、幽閉された内親王の怨念ではないかと、噂した。

三月、大規模な人事異動があり、家持は相模《さがみ》守兼任となった。

半年後の九月、左京大夫兼上総《かずさ》守に転出した。右中弁という政事《まつりごと》の中枢《ちゅうすう》から見れば、左京大夫は現場勤務であり、栄転ではないが、窮屈な内裏から離れる開放感があった。

実直の右大臣、大中臣清麻呂は政事に嫌気がさしたのか、年末近くに辞表を提出したが、丁重に慰留されて、認められなかった。


宝亀六年（七七五）となった。

正月十五日、大伴一族には予想外の慶事があった。重臣の古慈斐《こしび》が正四位下から二階級特進して、従三位となった。以前、佞臣淡海三船《ねいしんおおみのみふね》の讒言《ざんげん》により、土佐国に配流《はいる》されていたが、隠忍辛苦《いんにんしんく》、仲麻呂の敗死により、着実に復活していた。人物重視の大中臣清麻呂の人事であった。

「剛、すぐに古慈斐殿の祝宴を用意せよ。駿河麻呂殿も招きたいが、陸奥《みちのく》国ではのう、残念ながらやむをえない。二人で酌み交わそう」

大伴駿河麻呂は、正四位下、陸奥国按察《あぜち》使兼陸奥守、鎮守将軍として、蝦夷《えみし》鎮圧に活躍していた。

その慶事の余韻も三カ月で打ち消された。

初夏、竹蔵が、船主の命で、佐保の館に来た。悲報、文字通り、心身が凍るような、悲惨なる報告であった。

「井上内親王と他戸《おさべ》王が、幽閉先の館、というよりも草生す蓬屋《あばらや》で同時に亡くなられました。図書寮《ずしょりょう》の公文書では、ただ一行、『四月二十七日、井上内親王と他戸王卒』でございます。国史にはそれだけしか載らないでしょう。しかし、内親王と御子の同時のご最期は、腑《ふ》に落ちませぬ。僅か一年半余りの幽閉でございます。まことにお気の毒と申すほかありませぬ。内密に警備の者や下人、下女に手をまわして、重い口を開かせ、語らせました。驚くべき残酷な幽閉でございました。ご衣裳は、まるで襤褸《ぼろ》を纏《まと》ったようなお姿。この間のお食事はまことにお粗末で、毎日飢えに悩まされていたそうでございます」

家持は粛然《しゅくぜん》と聴いていた。

「内親王は、天に向かって、恨み言をぶちまけていたそうです」

壮絶な言葉であった。竹蔵が内親王の絶叫を再現していた。

――初めての雙六《すごろく》が間違いだった。……でも、閨《ねや》に忍んできた山部王は、妾を強く抱きしめながら、『終生愛します』と言った。……『他戸《おさべ》皇太子を支えます。お任せくだされ』と約束した。だから妾は燃えた。女の歓びを知った。……だが、本心は、妾と他戸を皇統から外すことだったとは……騙《だま》された。……妾は白壁王、今の帝に愛されてきた。皇后にしていただき、他戸を皇太子にしていただいた。他戸は天武と天智の両方の血統であり、立太子を諸豪族が喜んでいた。……帝のお命を呪詛《じゅそ》する理由は何もない……妾が帝の姉上、難波《なにわ》内親王のお命を呪詛《じゅそ》する恨みもない。……全てが山部王と百《もも》川《かわ》の策謀だ。陰陽師の大津大浦は、仲麻呂を裏切り、密告した悪《わる》だ。呪詛の罪にするとは、大浦も三船も極悪人だ！　……妾と他戸を、人里離れた襤褸《ぼろ》家《や》に押し込めるとは……帝のお人好しも程がある……情けない……帝を騙《だま》し、妾を騙した山部王や百川が憎い！　恨めしい。……そのうえ毒を盛るとは……妾と他戸は、この怨みを晴らさずにおくものか……必ず祟《たた》ってやるぞ。山部王の子にも祟ってやるぞ！――

「首領《かしら》が般若心経《はんにやしんぎよう》を誦えられ、瞑想されますと、内親王のお気持ちの歌が湧き出たそうでございます」


天よ地よ咎《とが》なき母子の飢えと渇《かつ》……帝《みかど》の民に知らしめ給へ

（そうか、憶良先生は父旅人に代わって母への挽歌を詠まれた。船主は、内親王のお気持ちを透視されたか！）

家持は、内舎人《うどねり》として仕えた安積《あさか》親王の姉君、井上《いのえ》内親王と、他戸《おさべ》前皇太子の臨終を、身近な家族のように、眼前に見ている気がしていた。自然に合掌していた。


天地の異変が続けざまに起きた。

翌五月四日。初七日が終わると、京に大きな地震があった。

十一日。備前国に飢饉があり、国府は民に物を恵んだ。

十三日。野狐が、朝堂院の大納言・藤原魚名の席に座っていた。

十四日。天空に白い虹がかかった。

十七日。井上内親王と他戸王母子の三七忌に、陰陽頭兼《かみ》安芸《あき》守の大津大浦が卒去《そつきよ》した。病死ではない。突然の在職死であった。大浦は山部親王の寵臣になっていた。陰陽師というよりも策士であった。

（井上内親王の祟りではないか？）

と、人々は囁き、大浦の突然死を憐れむ者はいなかった。

六月。畿内の諸国に疫病が流行した。朝廷は諸国の疫病の神に使者を送り、祀《まつ》らせた。日照りが続いた。二十五日。朝廷は丹生川上神《にうのかわかみ》に、黒馬を奉納し、雨乞いを祈った。

秋、七月一日。参議兼大宰帥《だざいのそち》、藤原蔵下麻呂《くらじまろ》が突然死した。百川《ももかわ》の弟であり、山部王を皇太子に担いだ一味である。まだ四十二歳の若さであった。

五日。参河《みかわ》、信濃《しなの》、丹波《たんば》の三国が飢饉となり、穀倉を開いた。

十六日。下野《しもつけ》国の一郡に、黒鼠数百匹が現れ、数十里四方の草木の根を食い荒らした。

十九日。京に碁石のような大きい雹《ひょう》が降った。

八月五日。和泉国が飢饉となり、民に物を恵んだ。

七日。再び野狐が、内裏《だいり》の門前にうずくまった。

二十二日。伊勢、尾張、美濃《みの》の三国に異常な風雨があり、民三百余人、牛馬千頭余が水死した。

三十日。朝廷は三国のために大祓《おおはらえ》を行った。長雨となった。

晩秋、九月二十日。長雨を治めるため、朝廷は丹生川上神に、白馬を奉献した。

冬、十月一日。日蝕があった。

二日。前右大臣、吉備真備《きびのまきび》が薨去した。井上《いのえ》内親王を伊勢の斎宮に送り出し、安積《あさか》親王を仲麻呂に暗殺させた孝謙・称徳女帝の東宮侍講であり、寵臣であった。八十三歳であったので、老衰死のように見えるが、人々は井上内親王の幽閉死と結び付けた。

十九日。朝廷は、僧二百人を招き、内裏と朝堂院で、大般若経を読経させた。

二十四日。風雨、地震を鎮めるため大祓を行った。

これまで意見を控えていた右大臣・大中臣清麻呂が、光仁帝、山部皇太子、参議藤原百川に、元神祇伯として私見を進言した。

「皇室は伊勢大神宮をお忘れではありませぬか」

二十五日。朝廷は、伊勢大神宮に勅使を送り、幣帛《へいはく》を奉納した。井上内親王は、元伊勢大神宮の斎宮であり、今の斎宮は、光仁帝と内親王の愛娘、酒人《さかひと》内親王であった。他戸《おさべ》王の実姉である。地震や天災、動物の異変はやっと収束した。

親しく仕えて将来の即位を楽しみにしていた安積親王の姉君、井上内親王の幽閉毒殺死は、家持にとって衝撃的な事件であった。しかし、船主に諭《さと》された通り、憤《ふん》怒《ぬ》の気を消して、左京大夫（長官）の職務をこなした。
十一月二十七日、辞令が出た。
衛門督《えもんのかみ》（長官）　左京大夫　大伴家持
ついに衛士《えじ》を率いて宮城の諸門を警備する武将となった。大伴の氏上に相応《ふさわ》しい武官の職位であった。

第十四帖　家持異例の栄進

……大伴と　佐伯《さへき》の氏は……梓弓　手に取り持ちて　剣太刀《たち》　腰に取り佩《は》き
朝守り　夕《ゆふ》の守りに　大君の　御門《みかど》の守護《まもり》　吾《われ》をおきて　また人はあらじと
いや立《た》て　思ひし増《まさ》る　大君の　御言の幸《さき》の　聞けば貴《たふと》み
（大伴家持　万葉集　巻一八・四〇九四）

（一）翡翠《ひすい》の勾玉《まがたま》

宝亀六年は、井上《いのえ》内親王と他戸《おさべ》王の悲惨な幽閉死と、相次ぐ天候の不順で、平城京の雰囲気は暗かった。朝廷は相次ぐ各地の飢饉の対応に追われた。その一年がやっと明けた。

七年（七七六）春正月一日、光仁帝は五位以上の公卿や大夫と宴を催した。

年末に衛門督《えもんのかみ》（長官）に昇叙したばかりの家持は、武官である黒漆《うるし》塗りの三山冠《さんざんかん》と、鍍金の綺羅《きら》びやかな唐太刀《からたち》を左の腰に吊《つる》した。いずれも亡父、大納言だった旅人の遺品である。家持はすでに五十八歳、還暦間近である。背は高く、生母譲りの品のある顔立ち、歌人として教養高い風格と、名門大伴の氏上としての威厳に、内裏前殿に集まっていた年下の貴族たちは、圧倒されて途を開けた。年配の公卿や大夫たちも、賀詞の挨拶に寄ってきた。光仁帝が、大伴や佐伯の氏族を引き立てている人事の雰囲気を、大宮人たちは、いち早く嗅ぎつけていた。

この様子を参議・右大弁の藤原百川《ももかわ》が、苦々《にがにが》し気に観ていた。

（家持の衛門督は……まさに鬼に金棒を与えたようなものだな。まずい。大内裏の門を護る衛士《えじ》たちの長官は、やはり吾ら藤原で握っておこう。家持は地方に飛ばそう）

宴が終わると、百川はすぐに皇太子の山部親王と密談した。

三月六日、大きな人事があった。その中に船主の昇叙もあった。

兼天文博士　陰陽頭《おんみようのかみ》　従五位上　山上船主
兼衛門督　治部卿　正四位上　藤原家依《いえより》（北家、故真楯《またて》の弟）
伊勢守　衛門督　従四位下　大伴家持

伊勢国の格は一等国の大国であるが、従四位の赴任地ではない。僅か三カ月で、またまた格下の官職へ左遷であった。

歌の友、右大臣の大中臣《おおなかとみ》清麻呂が、辞令を渡しながら、囁いた。

「家持殿。大事為すまで、時を待たれよ」

「心得ております」

(吾には目先の栄進栄達ではなく、『万葉歌林』上梓の大望《たいもう》がある。ともかくも命があるだけでよし
——と、考えよう)

佐保の大伴館の奥書院に、船主を呼んだ。深夜、黒装束で忍んできた船主は、部屋の隅で覆面と衣装を脱いだ。華やかな陰陽頭の正装であった。

「船主、昨年奸物《かんぶつ》の大浦が急逝し、助《すけ》のそなたが頭《かみ》になったのは、当然のこととはいえ、おめでたい。吾がお仕えした安積《あさか》親王の姉君、井上《いのえ》皇后や他戸《おさべ》親王は、廃后、廃太子という厳しいお仕置きの後、まことにお気の毒なご薨去であった。実は吾は内心服喪していた。それゆえ陰陽頭への昇格祝いは延ばしていた。今年正月に、そなたは従五位上に昇格し、さらに天文博士の昇叙を受けた。天国の憶良殿は、さぞかしお喜びであろう」

「身に余るお言葉、まことにありがとうございます」

「重なる慶事の祝いとして、これをそなたに譲る」

と、家持は、胸に下げていた飾りを外して、船主に渡した。

「氏上殿、これは見事な翡翠《ひすい》の勾玉《まがたま》でございます。それがしには不相応でございます」

船主は胸飾りを押し返した。

「いや、受け取るがよい。この勾玉は、沙弥《しゃみ》閼伽《あか》こと山部赤人から受け取った。吾が春愁絶唱三首を詠んだ時だ。赤人は『よき歌人になられた』と褒めてくれ、この勾玉を吾にくれた。赤人は、そなたの祖父、憶良殿が逝去される時に、遺品として頂いたそうだ」

「祖父に？」

「そうだ。その時こう申されたと。「この勾玉は百済王族の学者であった母方の祖父——船主には外玄祖父になる方——が身に付けていた玉だ。代々、学問や文芸に秀でた者が、血統にこだわらず引き継いできた宝石だ。砞《あか》よ、そなたは佳き歌人になった』と、憶良殿は赤人に譲り、赤人は吾に譲った。そなたはこのたび天文学の博士になった。この勾玉を帯びるに足る資格がある。これからも天文の道を究め、世のために尽くすがよい。吾はすでに歌をやめた。由緒ある勾玉を、よき人に渡せたと、安堵しておる。憶良殿も喜んでいよう。さあ酒杯を上げよう」

「事情よく分かりました。ではありがたく身につけまする」

和歌の道と天文の学を究めた二人は、政事《まつりごと》を離れて、春の夜の歓談を尽くした。

（二）還暦の家持

初夏四月早々、家持は伊勢国に赴任した。若き日、式家嫡男で大宰少弐であった藤原広嗣《ひろつぐ》の反乱の時、聖武帝の内舎人《うどねり》として、伊勢、美濃、近江彷徨《ほうこう》の旅にお供をした。

伊勢に着くとすぐ大神宮に参拝した。斎宮の酒人内親王に挨拶した。光仁帝と今は故人の井上内親王の皇女である。家持が仕えた安積親王の姪になる。

伊勢国は、昔、壬申《じんしん》の乱の際に、大海人皇子《おおあまのみこ》（天武帝）を支援した。地元の豪族たちは戦友であった大伴氏族に好意的であった。

ちなみに、中大兄皇子（天智帝）は渡来人の多い近江国大津に遷都した。大化の改新で、公地公民が標榜《ひょうぼう》され、各国の豪族は官人となり、所領を離れて、転勤するようになった。しかし、狡賢《ずるがしこ》い藤原一族は、鎌足以下代々、近江国の国守を続けた。家持や大伴一族には辛く当たった藤原仲麻呂も、大臣の職にありながら近江国守を兼務し、最後は近江に逃走して、敗死した。近江国は藤原贔屓《ひいき》である。伊勢と対照的であった。

家持にとっては、国守の経験は六度目である。

（越中、因幡《いなば》、薩摩、兼務の相模《さがみ》、上総《かずさ》……栄転もあれば左遷もあったが、吾も五十九歳だ。人生あれよ、あれよという間に、来年は還暦だ。伊勢守の勤めを終われば、無官職の散位寮入りだな。大伴贔屓の伊勢でありがたい……神祇伯を二度も務められた清麻呂殿のご配慮だな。お言葉の通り、無念無想の境地で過ごそう）

家持は、手慣れた国守の業務に精励した。伊勢は住み心地が良かった。

しかし三カ月後、悲報が入った。参議・正四位上・陸奥按察使《あぜち》兼鎮守将軍として、陸奥国で活躍し、大伴の武名を高めていた分家の駿河麻呂《するがまろ》が、現地で卒去した。少年の日から兄のように尊敬していた三歳年上の俊秀であった。

（六十二歳であったか。陸奥で殉職されたか……武人であれば、吾もまた、……山行かば　草生《む》す屍……となることも覚悟せねばならぬ）

年齢が接近していただけに、駿河麻呂の死は、家持に「生命と天命」を考えさせた。

（吾は、いつの日か『万葉歌林』上梓の大事をなさねばならぬ。それまでは石にかじりついても、長生きせねばならぬ……）

光仁帝の治世は、右大臣大中臣《おおなかとみ》清麻呂の地味な人柄が反映され、穏やかに推移した。

翌宝亀八年（七七七）正月、家持は従四位上に、一階級昇格した。六年ぶりである。

（やれやれ、やっと律令の規定通り、平均並みに考課されたか。まずはありがたい）

好事魔多し——という。昇格の喜びもつかの間であった。

八月、衝撃の訃報が届いた。一族の重鎮・大伴古慈斐《こしび》の薨去であった。古慈斐は、旅人の信頼が篤く、遺言で、少年家持の後見人に指定されていた。硬骨漢であった。淡海三船に反仲麻呂派と讒言《ざんげん》され、長く土佐に配流されていたが、仲麻呂の敗死で復活し、京師《みやこ》を護る大和守を務め、従三位の高官であった。享年八十三歳の大往生であったが、家持は、父を失ったように落胆した。失って知る古慈斐の存在感の大きさであった。

（古麻呂兄、池主、駿河麻呂兄、古慈斐翁……寂しくなったが、寿命は致し方ない）

六十歳という年齢が、落ち着きを取り戻していた。静かに念仏を唱えた。

宝亀九年（七七八）正月。駿河麻呂の逝去で空席となった参議に、氏族を代表して、分家筋の宮内卿・正四位下の大伴伯麻呂《おじまろ》が選任された。家持は、僅か一年で正四位下に昇格した。異例の速さである。右大臣、大中臣清麻呂の配慮であることは明白であった。

（三）怨念始動《おんねんしどう》

本来ならば、正月一日には朝賀の儀式が催されるが、昨年末から、帝と皇太子・山部王は体調不良に悩まされていたので、取りやめられた。しかし、朝堂に、五位以上の貴族を集め、饗宴は行われた。帝と皇太子がいないので、皆、ひっそりと食事をし、そそくさと退出した。昨年来の病は帝と皇太子だけではない。もう一つ重臣の病死があった。

白壁王を光仁帝に担ぎ出した藤原式家百川の次兄、旧名宿奈麻呂《すくなまろ》の良継は、その功績により中納言から内臣（律令の規定にない令外官）に出世し、さらには右大臣に次ぐ内大臣となり、人事を含む政事を掌握していた。

聖武帝の時、反乱を起こした広嗣は、長兄である。先帝称徳女帝の寵臣であった南家の仲麻呂に反意を以っていたので、一時は失脚していたが、末弟蔵下麻呂《くらじまろ》が、近江で仲麻呂を敗死させたこともあって、復活し、良継、百川《ももかわ》、蔵下麻呂の、策謀好きの式家が山部王の野望を支えていた。その良継が、七月、病となり、九月、六十二歳で薨じていた。

十一月に帝が不予《ふよ》となり、十二月に皇太子が発病した。

人々は、――宝亀七年は天候異変で飢饉だった。八年は、いよいよいじめた人がいじめられるか。良継卿は怨霊死よ――と、囁き合っていた。その声は大夫たちの耳に届いた。

十二月二十五日。朝廷は、慌てて、畿内の神社に幣帛を奉納した。

十二月二十七日。井上《いのえ》内親王と他戸《おさべ》王の遺骸《いがい》を改葬した。その塚を「御墓《みはか》」として、墓守一人を付けていた。


宝亀九年（七七八）正月二十日、光仁帝は勅使二人を「御墓」に送って、井上内親王を改葬した。幸い帝の病は癒えた。

光仁帝は、三月三日、内裏で曲水の宴を催された。文人に詩をつくらせたが、和歌は詠まれなかった。藤原一族は漢詩好みであった。

（まだまだ『万葉歌林』を出す時期ではないな）

と、家持は伊勢から京を眺めていた。

皇太子山部《やまべ》王の不可思議な病は続いていた。

光仁帝は、内々、長子山部王と、式家百川らの皇位簒奪の悪辣《あくらつ》な策謀を懸念していた。それ故に、皇后井上《いのえ》内親王や吾が子他戸《おさべ》親王の怨念を肌で感じていた。酒に飲まれてしまった己《おのれ》のだらしなさや、策謀を止めえなかった不甲斐なさを悔やんでいた。

三月二十日。帝は皇太子の病回復を、東大寺、西大寺、西隆寺《さいりゆうじ》で誦経《ずきよう》させた。

三月二十三日。先帝の称徳女帝が淡路に幽閉死させた淳仁帝の墓を、「山陵《みささぎ》」とし、墓守一人を付けた。しかし、皇太子の病ははかばかしくなかった。

光仁帝は、詔《みことのり》を出した。

――この頃、皇太子（山部王、のちの桓武帝）は病に伏して、思わしくない日が数カ月続いている。医療を加えたが、まだ回復していない。……それで天下に大赦を行う――

三月二十七日。帝は内裏で大祓《おおはらえ》を行った。伊勢大神宮と全国津々浦々の神々に、幣帛《へいはく》を奉献した。民が、井上内親王母子に対する山部皇太子や百川の悪行を知ることとなった。

冬十月になって、ようやく山部皇太子の病は治った。二十五日、皇太子は伊勢大神宮にお礼参りした。伊勢守の家持は国守として参拝に随行した。

この間、良継に替わる新しい内臣に、大納言・藤原魚名《うおな》が任命されていた。藤原北家、家持の親友であった真楯《またて》（八束《やつか》）の弟である。

（故房前《ふささき》殿のご薫陶《くんとう》を受け、北家の方々は、皆穏健で、良識、教養がある。右大臣の清麻呂殿も政事《まつりごと》がやりやすいであろう）

家持の予想通り、政事は順調に進められていた。

宝亀十年（七七九）正月、光仁帝と山部皇太子は大極殿に出御して、百官から朝賀を受けられた。内臣の藤原魚名が内大臣に昇叙、近衛大将と大宰帥は従来通り、との公報を、家持は伊勢の国府で受け取った。

秋、七月一日。日蝕があった。

（何か凶事が起こるのではないか）

と、人々は口にした。

九日。参議・中衛大将・式部卿・従三位の藤原百川《ももかわ》が、突然死した。

――卑母で皇位継承者候補ではありえない山部王を、必ず天皇にして、国政を二人で思うままに取り仕切ろう――

と、遠大な策謀を重ねてきた奸物《かんぶつ》であった。

井上《いのえ》内親王を老境の白壁王に娶《めと》らせ、政争を避けて鄙《ひな》びた交野に隠棲して暗愚を装っていた王を光《こう》仁《にん》天皇として即位させた。井上内親王を皇后に仕立てた。他戸《おさべ》内親王を皇太子にして、異母兄になる山部王を、親王に格上げさせた。不要になった井上内親王母子を冤罪《えんざい》の呪詛《じゅそ》の罪で幽閉死させ、山部王を悲願の皇太子に立太子させた。その壮大な脚本を書き、実現してきた演出家の策士、百川が、最後の仕上げである山部王の即位を見る直前に、あっけなく、四十八歳の若さでこの世から消えた。

「元気だった百川が、急逝したと！　嘘だろ、何故だ？　……まさか、井上内親王母子の祟《たた》りではなかろう……百川！　これから余が即位し、共に国政を動かそうと、固く約束してきたではないか。良継や百川を失った！　余は、誰を頼りにすればよいのか！」

山部王は天を仰いで号泣した。

（やはり……天は百川の悪行をお赦《ゆる》しにならなかった！）

と、人々は納得していた。

（四）家持台閣《たいかく》入り

光仁帝は、即位後十年の間に、穏健かつ真面目な人材を近臣に登用してきた。

北家の藤原魚名を内大臣に、左大臣だった故永手の嫡男の雄依《およ り》や魚名の子鷹取《たかとり》、京家の藤原浜成などの若手の俊秀を、侍従にしていた。

一方、山部皇太子は、父帝とは真逆の、激しい気性であった。策士ぞろいの式家の藤原良継（宿奈麻呂《すくなまろ》）や百川《ももかわ》を腹心としてきた。光仁帝の穏やかな性格の近臣たちの政事には、馴染《なじ》まなかった。

（良継や百川に代わる新たな腹心を作らねばならぬ。誰が良いか？）

山部皇太子は、良継や百川の甥になる若者に目をつけた。

左京大夫・正五位下の藤原種継《たねつぐ》である。父清成は凡庸であるが、母は渡来系豪族の秦《はた》一族、秦朝元《はたのちょうげん》の女《むすめ》である。唐の玄宗皇帝の側近となった囲碁の名手の留学僧、弁正《べんせい》は外曽祖父になる。頭脳明晰《めいせき》で個性が強かった。

宝亀十一年（七八〇）二月一日。台閣の人事異動が、伊勢の国司たちを驚かせた。

大納言	中納言・従三位	石上宅嗣《いそのかみやかつぐ》（石上神宮の一族、家持友人）
中納言	参議・従三位	藤原田麻呂《たまろ》（式家、百川の兄）
〃	参議・兵部卿・従三位	藤原継縄《つぐただ》（家持の妹・留女《るめ》の夫）
参議	伊勢守・正四位下	大伴家持
〃	右大弁・従四位下	石川名足《なたり》

二月九日、家持が右大弁、石川名足が伊勢守と、交代した。家持は閣議に入ると共に、右大弁として、朝議の実務を担当することになった。明らかに、光仁帝と右大臣、大中臣《おおなかとみ》清麻呂の人事であった。

一方、山部皇太子も密かに動いた。二月二十七日、奸智の王族、大学頭《かみ》・淡海三船《おうみのみふね》を、正五位上から従四位下に引き上げた。年末、種継を正五位上に引き上げた。両人とも、当日ただ一人の昇格だった。種継は皇太子に忠節を誓った。

（五）桓武帝即位と早良親王の立太子

伊勢の空に美しい雲が出た。光仁帝は、「……この吉瑞は、全ての官人が和合していることに、天が感応したのであろう。……」と、年号を「天応」に改めた。

元年（七八一）正月十六日。藤原種継ひとり、従四位下に昇格した。僅か一カ月で二階級の特進である。山部皇太子が種継を寵臣とすることが、天下周知となった。

三月下旬、光仁帝は体調を崩された。

四月一日、光仁帝は、重篤となった。宮廷は騒然となった。

四月三日、――皇位を山部皇太子に譲り、療養に専念する――との詔《みことのり》が出た。

山部皇太子は、即位して、桓武《かんむ》天皇となった。四十五歳であった。

四月四日、桓武帝は、十三歳年下の弟、三十二歳の早良《さわら》親王を皇太子とした。

早良親王は、白壁《しらかべ》王（光仁帝）と和《やまと》（高野）新笠《にいがさ》の間に、天平勝宝二年（七五〇）に生まれた。姉は能登《のと》内親王。家持の親友、市原王の室であったが、春二月に薨じていた。能登内親王の喪事には、参議・右大弁の家持が、監督・護衛を命ぜられていた。早良親王は、市原王の義弟になるので、家持とは少年時から知り合っていた。親王は、幼少時より温和な人柄であった。白壁王は、早良親王を慈《いつく》しまれ政争の中に置きたくないと考えた。東大寺の僧侶として修行させ、後に大安寺に移って、禅師として仏の道で活動させていた。そのまま親王禅師として、穏やかな人生を送るはずであった。

しかし、桓武帝は、早良内親王を還俗《げんぞく》させて、皇太子、正確には皇太弟《こうたいてい》とした。

その日、夜更け。家持の要請で佐保の館に山上船主が、黒装束で忍んできた。

「船主、長年僧籍にあった早良禅師を、わざわざ還俗させ、立太子させた背景を、説明してくれないか」

「承知致しました。これには複雑な背景がございます。

第一に、薭田《ひえだ》親王対策でございます。ご承知の通り、渡来人の和新笠《やまとにいがさ》を母とする山部親王（桓武帝）の皇太子、それに続く即位には、古来の豪族たちは、内心消極的でございました。白壁王には妃、尾張女王との間に、三十一歳の薭田親王がいます。尾張女王は天智帝の曽孫になるので、血統としては山部親王より遥かに高く評価されていました。通常であれば、薭田親王が皇太子に推薦されてもおかしくありません。しかし、山部親王（桓武帝）は、皇統が薭田親王に移るのを避けたかったのです。

第二に、山部親王（桓武帝）の本心は、自分の嫡男、安殿《あて》親王を立太子させたかったのです。しかしまだ幼かったので、もし強引に皇太子候補にすれば、保守的な豪族たちが、薭田親王の方を候補に担ぐのは、火を見るより明らかでした。山部親王は、この事態を避けたかったのです。安殿親王までの繋ぎとして、妻子のいない、素直な弟の早良親王を、一時的に皇太子に就けて、桓武帝自身の血統の劣等さを、粉飾したいと考えたのです。

第三としては、光仁上皇の意向です。上皇は、個性の強すぎる桓武帝の次には、穏やかな早良親王が天皇となり、安殿親王に繋げばよいとお考えになっていました。期せずして早良皇太子案で、上皇と桓武帝の意見が一致しました」

「よく分かった。しかし、壬申《じんしん》の乱の直前に、よく似ているな」

天智帝は、大海人皇子を皇太弟にしたが、本心は愛児、大友皇子に譲りたかった。天智帝の崩御後、壬申の乱が起こった。

「それがしも同感でございます。氏上殿はくれぐれもお気を付けくだされ」

と言って、船主は去った。


親王禅師、早良皇太子の任命は、大宮人たちに好感を以って、すんなり受け入れられた。

――桓武帝と正反対に、温厚なお人柄であり、光仁上皇も目をかけられてきた元禅師様だ。次の帝の御代が楽しみだ――

――春宮《とうぐう》にはどのようなお方たちが付けられるのであろうか？――

十日後の、四月十日。東宮人事が発表された。

兼東宮傅《ふ》（守役）　中納言・中務卿・従三位　藤原田麻呂《たまろ》（式家、故百川の兄）
兼春宮大夫《とうぐうたいふ》（長官）　参議・右京大夫・正四位下　大伴家持

春宮亮《すけ》（次官）　　　　　　従五位下　紀白麻呂《きのしろまろ》

――なるほど、桓武帝は親しい式家の田麻呂を東宮傅に起用したか。武の大伴氏と紀氏を付けたのは、故他戸《おさべ》親王の東宮傅であった大中臣清麻呂卿の配慮だな――

官人たちは、桓武帝と大中臣清麻呂の、見えざる綱引きを読み取っていた。

家持は、次々と大役を与えられ、政事《まつりごと》の中枢に立っていることを、強く意識していた。

翌日、功労褒賞人事があった。船主も着々と栄進を重ね、内裏での存在感を高めていた。

三品（民臣の三位）　四品　薭田親王《ひえだ》

正三位　従三位　石上宅嗣《いそのかみやかつぐ》（家持友人）

〃　〃　藤原田麻呂（東宮傅）

〃　〃　藤原是公《これきみ》（南家、故武智麻呂の孫）

正四位上　正四位下　大伴伯麻呂《おじまろ》（分家筋）

〃　〃　大伴家持（春宮《とうぐう》大夫）

〃　〃　佐伯今毛人《いまえみし》（家持友人）

〃　〃　坂上苅田麻呂《かりたまろ》（家持友人・猛将田村麻呂の父）

正五位下　従五位上　山上船主（陰陽頭・天文博士兼甲斐守）

――孝謙・称徳女帝時代に藤原仲麻呂や道鏡に疎《うと》まれていた古来豪族の友人たちが、次第に高官となられたな……右大臣、大中臣清麻呂の公平妥当な見直し人事だ――

と、反藤原の守旧派には好評であった。

(六) 新貴族五百枝《いおえ》王の決断

八月二十七日、家持の親友市原王の御子、無位の五百枝《いおえ》王と五百井《いおい》女王が、従四位下を授けられた。五百枝王は叔父になる桓武帝の侍従であった。家持は早速、

「まことにおめでたいので、重陽の節句に、佐保で観菊とご昇叙の祝宴を催したい」

と、市原王と五百枝王を佐保の館に招待した。

この時家持は、右大弁兼務から左大弁兼務になっていた。

「家持殿、この度は春宮大夫兼任で、参議・左京大夫・左大弁と、ご大役ご苦労様です。長い間のご忍従が、一気に開花されましたな」

「いやはや、驚いています」

「いずれにせよ長官の仕事は、決断です。これまでの次官のご経験が買われて、多部門を兼務させても十分こなせると、清麻呂殿がご判断されたのでしょう。五百枝、家持殿を見習うがよい。若い時から中年まで、地方勤務に不貞腐《ふてくさ》れることなく、実務をきちんとこなされた。そなたも、上にも下にも信用される、男の中の男にならねばならぬぞ」

「分かりました。家持様、今日、私はお願いがあります」

「何事でもご遠慮なく」

「父に聞いております『万葉歌林』の歌稿を拝見したく存じます」

家持は、二人を土蔵に案内した。古色を帯びてきた重厚な作りの長持ちを、開けて、歌稿と序文をとりだした。二人は熱心に原稿をめくっていた。

序文を読み終わった市原王が、やおら家持に顔を向けた。

序文の最初の署名者は、作者の山上憶良である。続いて、資金を提供する賛同者として大伴旅人、家持父子、大伴坂上郎女《さかのうえのいらつめ》の名があった。さらに、高安王（後の大原高安）、今城《いまき》王（大原今城）の父子、藤原房前《ふささき》、八束《やつか》（のちの真楯）父子、橘諸兄《もろえ》、橘奈良麻呂父子が連署していた。最近の墨跡で、中臣《なかとみ》清麻呂とあった。今の右大臣、大中臣清麻呂である。錚々《そうそう》たる文人貴族の顔ぶれであった。

「家持殿、それがしと五百枝の名を追加させていただけないか。些少だがぜひ献金致したい」

「ありがとうございます。どうぞお願いします。締めは、憶良殿のお孫、陰陽頭《おんみようのかみ》兼天文博士兼甲斐守の船主殿を予定しております」

「それは素晴らしい案でござる。長屋王や安積《あさか》親王がご生存であられたら……」

「市原王殿、この賛助署名者と故人の王お二方のお名前は、極秘でございます。この場限りでお忘れくだされ」

市原王父子は深く頷いた。部屋に序文を持ち帰り、自署した。歌稿と序文に感動した新貴族、侍従五百枝王が、『万葉歌林』上梓への協力を、人生の課題に決めた瞬間であった。

冬、十一月十三日。桓武帝は大嘗祭《だいじょう》（天皇となって最初の神嘗祭《かんなめ》）の神事を行った。

十五日。五位以上の貴族を呼び、雅楽寮の演奏と歌唱を楽しまれた。

正四位上の家持が従三位に昇格した。半年余りで二階級の、異例の特進であった。

ようやく大貴族大伴氏族の氏上に相応《ふさわ》しい職位と官位になった。

十二月十七日。薭田《ひえだ》親王が急逝した。三十一歳の若さであった。

――桓武帝や早良皇太子よりも血筋が良いので、消されたのではないか？――

と、多くの官民が推測したが、皆黙っていた。

父の光仁上皇は、愛児薭田親王の薨去を深く悲しみ、病の床に臥《ふ》した。生きる意味を失っていた。

十二月二十日。桓武帝は、光仁上皇の回復を祈り、半ば告白反省の大赦令を出した。

――……ことに処して過ちはなかったと思うと、心に恥じて恐れるものがある。……――

と、書かれていた。

十二月二十三日。光仁上皇は崩御された。七十三歳であった。家持は陵《みささぎ》を造る山作司《やまつくりのつかさ》の頭《かみ》に任命された。葬儀は無事終わった。人々は穏やかであったお人柄と治世を偲んだ。

（井上《いのえ》内親王の廃后と幽閉死事件を阻止できれば、名帝であったのに。惜しまれる帝だ）

家持は、権謀術数《けんぼうじゅつすう》家の百川《ももかわ》や山部親王に操《あやつ》られた光仁帝の芯の弱さを、残念に思った。

第十五帖　悲劇　その一　陸奥《みちのく》隠流《しのびなが》し

かささぎのわたせる橋に置く霜の白きを見れば夜ぞ更《ふ》けにける
（大伴家持　新古今和歌集　巻六・六二〇　小倉百人一首　第六首）

（一）奇妙な氷上川継謀反《むほん》事件

天応二年（七八二）正月六日。参議・大伴家持、造東大寺司・吉備泉《きびのいずみ》、多治比浜成など、家持とは親しい、光仁帝所縁《ゆかり》の山作司《やまつくりのつかさ》たちが心を籠めて造営した、広岡（添上郡旧広岡村）の山陵《みささぎ》が完成した。ちなみに吉備泉は、吉備真備の息子で学識深く、早良《さわら》親王が東大寺出身のため、親王とは親しかった。多治比家は家持の生母の実家筋である。浜成は親戚であった。光仁帝の寵臣たちが、そっくり早良親王の身辺に集まっていた。

参議・藤原小黒麻呂《おぐろまろ》が、死者を哀悼《あいとう》する詞《ことば》である誄《しのびごと》を、しめやかに奏上した。

――……天子として万民を統治するようになってからは、政治は大本になることを行い……清らかに導くことを重んじた。刑罰を用いることも稀で、中央も地方も喜んで天皇を戴《いただ》いた。……寛大で憐れみ深く、度量も大きく、人民の君主たるべき徳を具えられた天皇であった――

左遷に次ぐ左遷から見直され、今は参議にまで抜擢された家持は、涙を流して聴いていた。

翌七日。光仁上皇は山陵《みささぎ》に丁重に埋葬された。

埋葬が終わると、桓武帝は、年号を天応二年から延暦元年に改元した。内裏の雰囲気が一変した。

延暦元年正月十六日。僅か三名の人事異動があった。その中に、無官だった氷上川継の名があった。

因幡守《いなば》　散位（無官職）・従五位下　氷上川継《ひかみかわつぐ》

氷上川継。父は氷上塩焼《しおやき》と名乗ったが、臣籍降下前の塩焼王。天武帝の御子、新田部《にいたべ》親王は祖父になる。したがって、川継は天武帝の曽孫になる、旧王族であった。

父の塩焼王は、聖武朝廷の有能な高官であった。藤原式家の嫡男、大宰少弐の広嗣が、九州で反乱を起こした時、家持は聖武帝の内舎人《うどねり》として、伊勢、美濃、近江彷徨の旅に従軍した。その時、御前《おまえ》長官を務めたのが塩焼王であった。恭仁京《くに》では、正四位下・中務卿《なかつかさ》の要職にあった。しかし、移り気な聖武帝が、恭仁京から紫香楽宮《しがらき》へ遷都をしたいとの意向を示された時、直情の人、塩焼王は猛反対した。正論を述べたのだが、これが聖武帝の反感を買い、伊豆国三嶋に流罪《るざい》となった。朝政の中枢にあったので、内舎人《うどねり》の家持とは懇意であった。

赦《ゆる》されて京へ戻ってきた塩焼王が、政争に巻き込まれたのは、孝謙女帝の寵臣、藤原仲麻呂の排除を策した橘奈良麻呂事件であった。奈良麻呂たちは、孝謙女帝を廃帝にした後の帝として、四人の王——長屋王の御子、黄文《きぶみ》王と安宿《あすかべ》王兄弟と、新田部親王の御子、道祖《ふなど》王、塩焼王兄弟——の一人を候補に考えていた。謀反が暴露し、黄文王と元皇太子の道祖王は獄死した。安宿王は佐渡に流された。塩焼王は、謀議には加わっていなかったので、無罪となった。当時、家持は、橘奈良麻呂から誘われたが、首を振って、参加しなかった。しかし、従兄古麻呂《こまろ》と、親友の池主《いけぬし》を失った苦い経験をした。道鏡の出現で称徳《しょうとく》女帝の寵を失った藤原仲麻呂は、血統の良い塩焼王を新天皇に担ぎ、反乱を起こした。塩焼王は近江で斬殺されて、数奇の人生を閉じた。

川継の生母は、聖武帝の皇女、不破《ふわ》内親王である。家持が仕えた安積《あさか》親王の姉になる。従姉妹の孝謙・称徳女帝に疎《うと》まれ、長姉井上《いのえ》内親王と共に、何かとご苦労をされていた。

父塩焼王と、母不破内親王の下に、川継は悲運の星の下に過ごしてきたといえよう。

光仁帝は寛大であった。宝亀十年（七七九）正月、無位の氷上川継を従五位下に直叙された。川継は晴れて貴族になった。以来、二年、散位寮に出仕していた。因幡守は初めての官位であった。

（ほほう、川継殿が因幡守になられたか。悲運のご一家にもようやく光が差してきたか。因幡とは懐かしいな。吾は右中弁から因幡守に左遷されたほろ苦い思い出があるが、因幡赴任の正月、国司たちに歌を所望されたお蔭で、『万葉歌林』の締めの歌が詠めた。物は考え様だ……）

家持は、ひととき往時を偲んだ。

数日後、歌の友、三形王《みかた》（三方王）を介して、佐保の館に川継が訪ねてきた。三形王は天武帝の皇子、舎人《とねり》親王を父とする王族である。三形王と川継は天武系王族の仲間であった。

川継が、参議の家持に丁重に頭を下げた。

「それがしこれまで責任ある官職に着いた経験がございませぬ。このたび因幡守を拝命して、嬉しい反面、まことに不安でございます。つきましては、因幡国や、国守の勤めについて、ご経験豊富な家持殿に、ぜひともご指導ご助言をお願いしたいと、三形王に懇請した次第でございます」

「川継殿、吾は若き日、聖武帝の御前《おまえ》長官や、中務卿《なかつかさ》を務められた、そなたのお父上には、何かとお引き立てを頂いた。またそなたの叔父になる亡き安積《あさか》親王には、舎人としてお仕えし、歌や野遊びを楽しんだ思い出が深い。吾の国守の経験を語ることは、お父上や安積親王へのご供養にもなろう。喜んでお教え致そう」

家持は、夜の更けるのも忘れ、川継の質問に回答し、助言を与えた。これが一カ月後、謀反《むほん》の共犯者として追及されるとは、夢にも思わなかった。

この年は閏《うるう》年で正月が二回となった。約一カ月後の閏正月十一日、内裏《だいり》が震撼《しんかん》した。

――前日十日、氷上川継の資人、大和乙人《やまとのおとひと》と申すものが、武器を帯びて、宮中に許可なく侵入した。取り調べてみると、『今夜、北門から川継たちが侵入し、朝廷を転覆しようとしています。そのため私を派遣して、宇治《うじ》王の一味と連絡を命ぜられました』との、謀反計画が暴露した。朝廷はすぐさま川継の逮捕に向かった――

――川継は、逮捕の一行が来た時、裏から逃げたらしい――

三日後の十四日。川継は大和国葛上郡《かずらのかみぐん》で逮捕された。

家持は驚愕《きょうがく》した。

(因幡国の国情や、国守の在り方を熱心に学び、勇躍、因幡守として赴任するはずの川継がなぜ、天下を覆す計画を？　……川継はこれまで無官であり、従五位下になって、僅か二年だ。朝廷から支給される家臣の資人とて、五位では僅か二十名ではないか。気心の通じた友や従者は少ないはずだ。天下を覆すほどの力は無い。……それに、大和乙人が申し立てた宇治王は、……たしか聖武帝の時代の中務大輔であったが、今はこの世にいない。何か大きな罠《わな》に利用されたのではなかろうか？)

桓武帝は、詔を出された。

――死罪にすべきところ、一等減じて、妻法壱《ほういち》ともども伊豆国三嶋に配流する。母の不破内親王は淡路流罪――

伊豆配流《はいる》は、父氷上塩焼と同じ扱いであった。

「法壱様は、参議・侍従兼大宰員外帥の大官、藤原浜成卿のご息女ではないか！　何かおかしい！剛、すぐ船主に調べさせよ！」

翌十五日、大地震があった。

「何だ、この地震は！　不吉な予感がするな、剛」

（二）余震

正月十八日。家持は、桓武帝の詔と人事に、吃驚《びつくり》した。

――参議・侍従の藤原浜成は法壱の父であるから、謀反の一味であろう。解任する。ただし大宰員外帥はそのままとする――

隠岐介《おきのすけ》に降格左遷　　陰陽頭兼甲斐守・正五位下　山上船主
日向介《ひゅうがのすけ》に降格左遷　　大監物《だいけんもつ》・従四位下　三形王《みかた》

（船主が！　三形王が！　なぜだ？）

家持の頭は混乱していた。

翌十九日、家持本人が呼び出された。顔面がひきつった。

全官職解任　　参議・春宮大夫《とうぐうたいふ》・左大弁・従三位　大伴家持
〃　　右衛士督《うえじのかみ》・正四位上　坂上苅田麻呂《さかのうえのかりたまろ》
京外追放　　散位・正四位下　伊勢老人《いせのおきな》
〃　　〃・従五位下　大原美気《みけ》

〃　　　　　　　　　　〃・従五位下　藤原継彦《つぐひこ》

――謀反人、氷上川継と謀議を行った――

との処分理由であった。川継の親戚や友人三十五名が、京外追放になった。


三月二十六日、桓武帝の詔が出た。罰と賞、二つの人事があった。

――三形王と妻女弓削女王、ならびに山上船主の三名は、共謀して朕《ちん》を呪詛《じゅそ》した。本来は死罪にすべきところ、一等減じて流罪とする――

日向国へ配流　　　　三形王と弓削女王
隠岐国へ配流　　　　山上船主

参議（新任）　　従四位上　藤原種継《たねつぐ》

「何という馬鹿げた詔だ。調べても謀反の謀議の証拠など出るはずがないから、呪詛《じゅそ》罪にすり替えたのか！　誰がこのような冤罪《えんざい》の脚本を書いているのか？　……この日、種継一人が昇叙になったのは……もしや」

夕闇に紛れて、右京西の市の植木商店主の竹蔵が、隠居権の使いで来た。

「――今、桓武帝の側近は、藤原式家、故百川の甥になる種継と、策謀と讒言《ざんげん》好きの大学頭《かみ》・文章博士《もんじょうはかせ》の淡海三船《おうみのみふね》（臣籍降下前の御船王）でございます。氏上殿の推察通り、種継らの策謀です。まだまだ大きな人事がございましょう。くれぐれも吹く風に流されて、抵抗されないように、言動にご注意くだされ。――との首領の伝言でございます。なお、首領《かしら》が隠岐に流されている間は、剛が首領代理に命ぜられました」

「相分かった。船主には――赦され帰京し再会する日を楽しみにしている――と伝えてくれ」

これが叶わぬ夢となるとは、神のみぞ知る運命であった。

家持や苅田麻呂《かりたまろ》を叩いても埃《ほこり》は出るはずもない。やむなく奇妙な復位人事が公表された。

五月十六日。

　右衛士督（復位）　　正四位上　坂上苅田麻呂

五月十七日

　参議・春宮大夫（復位）　従三位　大伴家持

家持と苅田麻呂は、同じ武官畑の育ちであり、気心の知れた仲間であった。武将二人は、謀反の嫌疑が晴れたことを、喜び合った。しかし、四カ月間、罪人として無官で過ごした。

（無実だったとはいえ、世人には罪人と受け止められたであろう）

「家持殿、誰が吾らを讒言《ざんげん》したのであろうか？　お互いに今後も気配りしましょうぞ」

と、苅田麻呂が、口を、への字に噛みしめた。

余談ながら苅田麻呂の嫡男田村麻呂は後に蝦夷征服の大将軍として有名になる。

六月十四日。光仁帝を支えていた藤原北家、左大臣魚名の一家が、槍玉に挙がった。

罷免　　　左大臣兼大宰帥・正二位　藤原魚名《うおな》（家持親友八束の弟）
石見《いわみ》介（次官）　　正四位下　藤原鷹取《たかとり》（魚名の嫡男。光仁帝侍従）
土佐介　　　　　　　従五位下　藤原末茂《すえもち》（魚名の三男）
太宰府へ追放　　　　従五位下　藤原真鷲《まわし》（魚名の四男）

——罪名は事情在り、公表できない。四名すぐに京を去れ——との厳しい詔であった。

（功労ある左大臣に、何という失礼千万な人事異動だ！　魚名殿の藤原北家は、先代房前卿以来、永手殿、八束（真楯）殿など、時の帝《みかど》に誠実に仕えられてきたご一家だ。謀反など起こす筈もない。……無実の川継殿を、出汁《だし》にして、光仁帝に仕えていた人材の一斉排除を図ったな。恐怖政治の始まりか……）

家持は、心中に湧く憤怒を抑えかねた。庭に出て、諸肌を脱ぎ、弓を射た。ようやく落ち着きを取り戻した。

この日、またまた畿内に大きな地震があった。

（三）陸奥隠流《みちのくしのび》し

三日後、家持に辞令が出た。

兼陸奥按察使《みちのくあぜち》・鎮守将軍　参議・春宮《とうぐう》大夫・従三位　大伴家持

――参議・春宮大夫は従来通り。しかし、直ちに現地赴任のこと――

「老人に陸奥へ行けと！　何という酷《ひど》い人事でございますか。これでは参議とは名目で、朝議には出られないではありませぬか。早良《さわら》皇太子さまにはどうお仕えするのですか？」

「大嬢《おおいらつめ》、そう怒るではない。帝《みかど》の命の通りに従うのが、吾ら伴造《とものみやつこ》だ。朝議には出ぬとも、吾は陸奥国から書面で献策はできる。早良親王にも書信で交信できる。心配するな」

（ならぬ堪忍するが堪忍か……怒りを面に出すまいぞ）

家持は六十五歳となっていた。

親子二代の「隠流し」、栄転に見せかけた左遷であった。

（父が、同じ年頃、中納言でありながら兼大宰帥として筑紫へ下向した時の心情が、よく分かるな。あの時は、碩学で東宮侍講の山上憶良殿が、筑前守で、聖武帝や長屋王から離され、左遷されていた。今回は、孫の船主が隠岐《おき》へ、吾は陸奥へ、早良親王から離された……長屋王に異変が起きたような事態にならねばよいが……気にかかる……）
家持もまた優れた武将の氏上として、研ぎ澄まされた統領の感覚を持っていた。
（何とか早く都へ帰任せねばなるまい）

早良親王が還俗《げんぞく》して立太子したのは、天応元年（七八一）四月である。親王を輔弼《ほひつ》するために、家持が春宮《とうぐう》大夫の要職を命ぜられて、僅か一年での別離になる。

家持は、碩学山上憶良の薫陶を受けた歌人で、武道達人の貴公子。中年の頃は地方の国守を数カ国経験し、中央も地方もよく知っている苦労した公卿《くげ》である。皇太子早良親王は、六十五歳の家持の豊富な知識や経験を頼りにし、名門を誇らず謙虚な人柄を尊敬し、慈父のごとく尊敬していた。

それゆえに、兼春宮大夫ではあるが、実質は、反乱の多い蝦夷《えみし》との前線に赴任する辞令に、大きな衝撃を受け、落胆した。人払いをして、本心を吐露《とろ》した。

「家持。余は十一歳で東大寺の僧として入門し、二十一歳で受戒《じゅかい》した。三十二歳までひたすら仏門にあったので、世俗のことは全く知らない。亡き父帝から、——還俗《げんぞく》して皇太子となれ——と申された時には、強く拒否した。父、光仁帝は、実に悲しそうな目をしていた。余の生来の性格や資質は、政事《まつりごと》に向かないことは、自他ともに認めていよう。この父の目を見た時、——余の立太子は、父のお考えではなく、兄山部王と故百川《ももかわ》の構想だ——と、悟った。兄帝の本心は、嫡男の安殿《あて》親王を皇太子にしたいが、幼少なので、繋ぎに、余を皇太子になされたのだ。皇太子の候補は、血統の良い氷上川《ひかみかわ》継《つぐ》や、薭田《ひえた》親王、あるいは、今、侍従の五百枝《いおえ》王などがいた。もし、これらのお方を、群臣が担ぎ出されると、再び兄、桓武帝が卑母であることが、また公卿の口に出て、安殿親王への譲位が難しくなる。薭田親王は、父の崩御直前に、急逝された。多分、兄たちの謀殺であろう。……兄帝は、氷上川継の岳父《がくふ》である参議の藤原浜成《はまなり》卿ら京家を、朝議から追放した。さらに、光仁帝ご病気の頃、薭田親王を皇位に推薦した北家、藤原魚名一家を、理由なく、強引に免職した。……策謀家の気質の式家《しきけ》、百川の甥になる種継が、先日、新参議になった。そなたも参議であるが、陸奥《みちのく》では朝議に出席できぬ。直に申せば、そなたは巧言令色《こうげんれいしょく》の人ではないから、兄帝には苦手なのだ。このような時、大中臣《おおなかとみ》清麻呂がいれば……と、思うが、清麻呂はこういう事態を嫌気したのか引退し、隠棲した。余は、誰を頼りにしてよいか……愚痴になるが……残念だ。家持。そなたは若くはない。仕事はほどほどにして、身体を労《いた》わり、早く元気で帰ってこいよ。……辞令が辞令だけに……餞別の宴は催せぬ。許せ……」

穏やかな、口数少ない早良親王が、一気に語ると、するすると家持に寄ってきて、両手を握りしめ、さめざめと泣いた。

家持には返す言葉がなかった。年の功であろうか、ゆっくりと諭《さと》すように語った。

「春宮《とうぐう》様、それがしが陸奥《みちのく》に参りましても、お側《そば》には、春宮亮《とうぐうのすけ》（次官）の紀白麻呂《きのしろまろ》や、造東大寺司《ぞうとうだいじつかさ》次官で春宮学士の林稲麻呂《いなまろ》、若手武人では春宮少進《しょうしん》の佐伯高成《たかなり》、事務方では春宮主書首《ふみのつかさのかみ》に多治比浜人《たじひのはまひと》という有能かつ名門貴族がついております。また、官職はありませぬが、博学の吉備真備卿の嫡男泉《いずみ》や、和気清麻呂《わけのきよまろ》殿の息子広世《ひろよ》が出入りしております。さらに、それがしの親友、市原王の御子、五百枝王《いおえ》が、春宮様を慕ってしばしばお見えになっています。五百枝王は、今、桓武帝の侍従職です。兄帝との意思疎通は、よしなに取り計らいましょう。ご身辺の警備の従者には、吾が一族の大伴竹良《ちくら》や継人《つぐひと》らを付けておきましょう。継人は、鑑真和上を招聘《しょうへい》した古麻呂兄《こまろあに》の嫡男で、政事《まつりごと》にも、武道にも長《た》けております。よろしくお引き立てください。この一年で春宮のお側には、東大寺以来の優秀な官人や、多彩な人材が蝟集《いしゅう》しております。老人の春宮《とうぐう》大夫めが暫く留守でも、ご心配無用でございましょう。ご安心くだされ」

早良親王が落ち着きを取り戻した。

これが早良親王との永遠の別離になるとは、家持は夢想だにしなかった。

佐保の館には、右京亮《うきょうのすけ》（次官）に栄進している嫡男の永主《ながぬし》、鑑真和上《がんじんわじょう》を請来《しょうらい》した熱血漢、大伴古麻呂の嫡男継人《つぐひと》と國道《くにみち》の父子、大伴竹良《ちくら》、主税頭《ちからのかみ》の大伴真麻呂《ままろ》、大和国の大掾《だいじょう》（三等官）大伴夫子《おのこ》など、春宮に出入りしている若手が集まって、息巻いていた。

――このたびの氏上殿の陸奥赴任は、明らかに左遷だ！――

――蝦夷対策に、高齢の氏上殿を派遣しなくとも、武人は山のようにいるではないか――

――光仁上皇のご崩御を待っていたかのように、光仁帝時代の功臣排除が始まったと、巷《ちまた》では噂されておる――

――その通りじゃ、桓武帝は、佞臣《ねいしん》、淡海三船《おうみのみふね》と、策謀の式家の種継《たねつぐ》を重用して、恐怖政治を敷くのだろう――

――極悪人種継討つべし――

と、誰かが息巻いた途端、家持が、

「馬鹿者、黙れ！」

と、怒鳴った。

「そちらの申すことは、いちいち尤《もっと》もである。しかし、吾が大伴は、伴造《とものみやつこ》。帝《みかど》にお仕えする臣である。帝がどのようなお考えであれ、臣が従ってこそ政事《まつりごと》が行われる。吾を陸奥《みちのく》に送るは、帝のご意志だ。吾は鎮守将軍として、蝦夷《えみし》にも大和にも、双方に良い民政をしたいと、考えておる。左遷だなどと、外部で申すではないぞ。また、種継を切るなど、たわけたことを口にするな。これまで橘奈良麻呂事件、和気《わけ》王事件、藤原仲麻呂事件など、いくつかの謀反《むほん》があったが、いずれも悲惨な結果だ。一人の男を切るということは、こちらも切られる覚悟が必要だ。軽々と、――誰それを討つべし――と、口にするな。継人、そなたの父、古麻呂殿は、橘奈良麻呂卿の謀反に反対したが、結果としては、巻き込まれた。痛恨《つうこん》の極みだ。今なお胸が痛い。吾が陸奥から帰ってくるまでは、政事《まつりごと》がどうあろうと、口にするな。口は災いの因。黙って職務に励め。重ねて申す。吾が帰京するまで、堪忍袋の緒を切るな。よいな」

血気盛んな一族の若者たちが、深く頷いた。

「よし。安心して陸奥へ行く。父旅人は大隅隼人《はやと》の乱を鎮圧し、その乱の原因を追求し、隼人を信頼して、宮中の衛門《えもん》の警備に採用され、隼人に職を与えた。吾は蝦夷の制圧に赴くが、武力ではない、民政で融和を考えてみたい。よいな。左遷ではないぞ。もう一つ、やりたいことがある」

継人や竹良たちは、意表を突かれていた。

「まだ何か？」

「辺境に勤務する者たちの教育じゃ」

「教育ですか？」

「よいか。吾は少年の頃、太宰府に三年を過ごした。その時、山上憶良殿に、様々なご指導を頂いた。憶良殿は、東宮侍講から大学頭《かみ》になるかと思われたが、筑前守に左遷された。だが筑紫《つくし》で、吾が父と共に、筑紫歌壇を作られ、多くの歌人を養成された。南は薩摩大隅《さつまおおすみ》、北は壱岐対馬《いきつしま》の下級国司たちも和歌を楽しんだ。今、和歌は詠まれていない。吾は、僻地《へきち》で苦労している部下たちに、中央官人と同様に、文選や、書儀《しょぎ》を学ぶ機会を与えたいと、考えている」

「書儀を？」

書儀は宋の司馬光が編集した手紙や事務書類の書き方の見本例文集である。上級官僚になると、書信のやり取りが、非礼になってはいけない。宮仕えして向上心のある者には、必須の書式集であった。現代の商業英語文例集や、事務文書や手紙の書き方と思えばよい。

「そうだ。武人の父は、――長屋王の別邸で、憶良殿より書儀を学び、それが大変役に立った、恥を書かずに、文通や書類を作れるようになった――と、述懐していた。上に立つ者の役割の一つは、後輩の指導だ。その機会の少ない陸奥国勤務の若者に、学びの楽しみを教えるつもりだ。だから、左遷されたなどと言いふらすではないぞ」

――さすがは氏上殿だ。吾らとは考えることの次元が違う！　腹が大きい――

血気盛んな継人や竹良たちは、冷静になり、納得して帰った。

「永主《ながぬし》、吾は政事も軍務も十分務めた。陸奥《みちのく》勤務を終わり、無事帰京したら、致仕《ちし》を申し出ようと思う。古希も近いから隠棲して、『万葉歌林』の歌稿を、上梓するつもりだ。剛、それまで大嬢《おおいらつめ》と蔵の歌稿を、火災や盗難から守ってくれ。よろしく頼むぞ」

「氏上殿、お任せくだされ。陸奥国の冬は寒うございましょう。ご無理をなさいませぬよう。お体を労《いた》わってくだされ」

大嬢、永主の義母子と剛は、陸奥鎮守将軍として、多賀城《たがじょう》（宮城県多賀城市）へ向かう家持を、見送った。剛は、腕の立つ山辺衆の候《うかみ》数名を下男として家持の警護に付けた。

（四）家持の献策

家持は、まだ木の香も新しい多賀城の物見櫓《やぐら》に立って、広大な平原を眺めた。周囲を山に囲まれた平城京が、ちっぽけな盆景のように思われた。

（この城が大和朝廷の威光の及ぶ限界地か……大野東人《あずまびと》将軍は、よくぞこの地に城を築かれたことよ。さすがだ）

家持は、聖武帝の内舎人《うどねり》をしていた頃を懐かしんだ。

藤原式家嫡男の広嗣《ひろつぐ》が、筑紫で反乱を起こした時であった。大伴氏族の若き氏上家持は、右大臣橘諸兄に、戦略を諮問された。その時家持は、蝦夷《えみし》との戦いに戦果をあげていた猛将大野東人将軍の起用を進言した。諸兄は、参議、陸奥按察使《みちのくあぜち》兼鎮守府将軍の東人を、直ちに、征西国持節大将軍に任命し、広嗣の大反乱は鎮定された。諸兄が、少年家持の慧眼に驚き、以後重用したきっかけであった。

（遥かに見える山並みの向こうは、蝦夷地か。……僅か四年前に、蝦夷軍を率いた伊治呰麻呂《これはるのあざまろ》が、参議・陸奥按察使の紀広純《きのひろすみ》卿を殺害し、この城を襲い、倉庫の品を奪い、城を焼いたのか。……信じられぬ。明日襲撃があるかもしれぬ）

懐旧と景観に酔っている場合ではなかった。武者震いがした。

家持が懸念した蝦夷の大乱は、四年前、宝亀十一年（七八〇）三月、光仁帝治世の最期《さいご》の年に起きた。当時、陸奥国は現在の宮城県南半分と、福島県である。仙台平野から北は、蝦夷の居住地であった。蝦夷の一族を率いて帰順した伊治呰麻呂は、上治郡の大領（郡の長官）の職位と、公の姓、外従五位下という貴族に準ずる厚遇を与えられていた。陸奥按察使の紀広純に、従順に仕えているように見えた。しかし、広純に従って、配下の蝦夷軍を率いて、北辺の伊治《これはる》城に入った時、主の広純などを殺害して南下、国府のある多賀城の倉庫の物品を強奪し、城も国府もすべて焼き払った。呰麻呂だけではない。多くの帰順蝦夷も呼応し、大乱は鎮定されないままになっていた。朝廷の認識と、現場の状況は、大きな乖離《かいり》があった。

（今、吾は、武人として憧れの大野東人卿と同じく、参議、陸奥按察使兼鎮守府将軍として、ここにある。武人冥利だ。これに勝る喜びはない。……しかし、蝦夷の反乱は大規模だったと聞いている。

広純卿の後任になった藤原継縄《つぐただ》卿は赴任せず、副使の大伴益立《ますたて》が来たが、この地に留まることがやっとだったとか。同様に、藤原小黒麻呂《おぐろまろ》卿も進軍されず、桓武帝に叱責《しっせき》された。さて吾は、如何にすべきか。ここは思案のしどころだな。のここ蝦夷地に乗り出せば、広純卿と同じ運命を辿《たど》る最悪の事態も覚悟せねばならぬ。やるべきことは、この辺境陸奥の民政と、蝦夷の慰撫《いぶ》友好策だ。まずは東国を含む軍政全体を見直してみよう)

武将の決断は早かった。

家持の鎮守府将軍を歓迎したのは、東国の農民たちであった。家持がまだ若く、兵部少輔の時、防人交代の検校《けんこう》を命じられた。その時、防人や家族の嘆きの歌を多数選歌し、実態を左大臣橘諸兄に直言。防人を東国から徴募して、西国に送る制度は廃止された。東国の農民たちにとっては、恩人であった。

(家持殿には感謝しろ。恩に報いよ!)

と、親は子に伝えていた。

東国上毛野《かみつけの》(上野《こうずけ》、現群馬県)には、大伴旅人や山上憶良を畏敬《いけい》する豪族がいた。長屋王の館に出入りしていた上毛野宿奈麻呂《かみつけのすくなまろ》たちである。長屋王の変では、宿奈麻呂は流罪《るざい》になっていたが、旅人や憶良は、秘かに流罪の宿奈麻呂らを慰めていた。宿奈麻呂らは十三年後に赦《ゆる》されて、再び貴族に復位したが、服役中の恩を忘れなかった。山上憶良が東歌《あずまうた》を集めたいと知り、蔭で支援した。このたび、家持が陸奥へ鎮守将軍として下向すると知った一族は、内々蝦夷と連絡を取った。

――家持殿は、征服した隼人たちを宮城の警備人に採用した英傑旅人殿の子息だ。蝦夷を侵害するような軍政はなさらぬ。東国の防人徴発を止めさせたお方だ。信用せよ。手を出すな。万一の場合には、吾ら東国の豪族や農民は、大伴父子に恩義あり。一致して家持殿を支援する。家持殿の民政を吾らは信用している――

蝦夷の民は、もともと戦好きではない。蝦夷たちは納得した。

都人《みやこびと》は「隠流し《しのびながし》」と囁《ささや》いたが、辺境に赴任した家持は、思う存分の仕事ができることに満足していた。すぐに配下の武将や近隣の国守から、本音の意見を聴いた。兵部少輔の時選歌した防人たちの苦労の歌を想い起していた。蝦夷対策の問題点を抉《えぐ》り出し、参議、陸奥按察使兼鎮守府将軍の地位を以って、書面で朝議に献策した。

無事冬を越し、延暦二年（七八三）となった。

多賀城には半月遅れで人事の公報が届く。夏四月十八日付の詔《みことのり》に目をとどめた。

藤原夫人《ぶにん》乙牟漏《おとむろ》を皇后とする

従三位　　正四位下　　藤原種継《たねつぐ》（二階級特進）

（ほほう。桓武帝の多くの夫人の中で、乙牟漏が皇后に選ばれたか。藤原良継《よしつぐ》の女《むすめ》だから、種継とは従妹になるか。皇統は藤原式家に移ったな……吾にはかかわりなき事だが……）

翌十九日。家持の民政の献言に応《こた》える詔が出た。屯倉《みやけ》の穀物が農民に還元された。

――……近年、蝦夷《えみし》は猛《たけ》り狂って乱暴を働き、吾らは辺境の守りを失った。事情やむをえずしばしば軍隊を征討に発動して、その結果、坂東の地方を常に徴兵と軍需物資の徴発に疲れさせ、農業に従事する人々を長い間、武器・兵糧の輸送にくたびれさせることになった。この苦労と疲れを思いやって、朕はたいへんあわれに思う。今、使者を遣わして慰問し、倉を開いて手厚く支給する。……およそ東国全土に、朕の意のあることを知らしめよ――

六月六日。徴兵と訓練に関する家持の具体的な献言も、そのまま詔の文章に引用された。

――……なすべきことは兵卒を訓練し教育して、蝦夷の侵略に備えておくべきである。……坂東諸国の民は、軍役がある場合、つねに多くは虚弱で全く戦闘に堪《た》えられないという。……坂東八国に命じて、その国の散位（無官職）の子、郡司の子弟、および浮浪人の類で、身体が軍士に堪えるものを選び取り、……もっぱら武器の使い方を習わせ、それぞれに軍人としての装備を準備させせよ。……そこで、職務に堪能な国司一人に命じて専門にこれを担当処理させせよ。もし非常なことがあれば、すぐさまこれら軍士を統率して、現地へ急行し、事の報告をせよ――

現代ビジネスの要諦《ようてい》である「計画・実行・報告」が、そのまま詔に書かれていた。
上毛野《かみつけの》一族や、防人の子孫は、家持支援の体制を整えた。

七月十九日。顕官の人事異動があった。家持は中納言に昇叙した。

右大臣・中衛大将《ちゅうえのだいしょう》　大納言・中衛大将・正三位　藤原是公《これきみ》（藤原南家、故武智麻呂の孫）
大納言・中務卿《なかつかさ》　中納言・中務卿・正三位　藤原継縄《つぐただ》（南家、家持の妹留女《るめ》の夫）
中納言・春宮《とうぐう》大夫　参議・春宮大夫・従三位　大伴家持

真摯《しんし》な家持の執務姿勢が、評価された。

——鎮守府将軍、万歳！——

多賀城はもとより、さらに辺境の守りについている兵士たちは、兵站《へいたん》や武器・兵糧の輸送、農民の負担軽減、兵士の補充、教育・訓練にまで配意している家持を、深く尊敬していた。将軍家持の昇格を全員が祝福した。東国の豪族や農民も喜んだ。

七月下旬、氷上川継《ひかみかわつぐ》事件に関連して処罰されていた藤原北家の鷹取《たかとり》、末茂《すえもち》、真鷲《まわし》の三兄弟が、石見《いわみ》、土佐、太宰府の配流《はいる》から入京を赦された。しかし、左大臣だった魚名《うおな》は病で薨じた。

——この藤原北家親子四名の処罰に関する公式記録は破棄せよ——との詔が出た。

（明らかに北家追放のため仕組まれた冤罪《えんざい》であった。川継の謀反そのものがでっち上げの事件だった。桓武帝や種継、三船にとっては、冤罪の証拠を残したくなかったのだ。卑怯《ひきょう》な奴らだ……魚名卿は、わが親友八束殿の弟だけに、まだ六十三歳の薨去は惜しまれる。病気というよりも憤死であろう）

家持は、遠く多賀城から、旧知の魚名の冥福を祈った。

（五）かささぎの橋

神々が出雲国へ集まるという伝説の神無月（十月）となった。陸奥国《みちのく》には京師《みやこ》より一足先に寒気が訪れた。

（いよいよ二度目の冬を迎えるのか）

深夜、酔い覚めした家持は、満天の星空を仰いだ。天の川が輝くばかりに白く光っていた。佐保に残してきた老妻大嬢を想った。ふっと漢詩が浮かんだ。唐の詩人張継《ちょうけい》の「楓橋夜泊《ふうきょうやはく》」の七言絶句《しちごんぜっく》であった。この唐詩は陸奥の多賀にも伝わってきて、京師に家族を残して赴任している国司や将兵にも評判となっていた。家持はゆっくりと口にした。

月落烏啼霜満天　月落ち烏啼き霜天に満つ　月落ち烏啼いて霜の寒気が天に満ちている
江楓漁火対愁眠　江楓《こうふう》の漁火《ぎょか》愁眠《しゅうみん》に対す　岸の楓越しに漁火が旅愁に眠れぬ目に入る
姑蘇城外寒山寺　姑蘇《こそ》城外の寒山寺《かんざんじ》　姑蘇城外にある有名な寒山寺から
夜半鐘声到客船　夜半の鐘声客船《しょうせいかくせん》に到る　夜半を告げる鐘音がこの客船に響いてくる

（張継が旅愁を詠んだ夜は、このような寒気に満ちた星月夜であったのだろう）

突如歌が湧いた。何年ぶりであろうか。

かささぎのわたせる橋に置く霜の白きを見れば夜ぞ更《ふ》けにける

——牽牛と織女の逢瀬を取り持つために、天の川を埋め尽くしたという伝説の鳥、鵲《かささぎ》たち自身の架け橋にもこの霜が降って真っ白だろう。旅愁に眠れぬわが目には、まことに美しい天の川の夜が更けていく——

家持の眼には、夜に輝く天の川が、己の人生に見えていた。地上の白き霜の冷たさは、現世の厳しさであった。

(吾の人生も更けてきた……)

家持が歌に詠んだ伝説の鵲は、日本の鳥ではない。韓国に多いカチ(カンチェギ)である。かささぎというが、鷺ではなく、スズメ目カラス科の小型の鳥である。背は黒、長い尾羽は光沢のある瑠璃《るり》色、羽の一部と腹部が白い。当時多くの日本人は実物を知らず、アオサギのような白い鳥を想像していた。(鵲は現在佐賀平野に住んでいる。カチガラスともいう)

翌日、家持は副将軍や軍監(三等官)たちに披露した。

「昨晩の天の川は、寒気のせいか、格別に見事だった。七夕ではないが、こんな歌が浮かんだよ」

中国の七夕伝説や、張継の名詩に詠まれた旅愁が、淡々と和歌で表現されていた。皆感嘆した。僻地の赴任先で妻を想う気持ちは同じである。

「お見事な、名歌でございます。将軍が編纂されていると漏れ聞いております歌集にお加えになるのでございましょう」

「いや、加えぬ。『万葉歌林』は因幡守の時の新年賀歌を締めの歌にした。以後歌人としての詠唱は絶っている。これはほんの即興よ」

「もったいのうございます。それでは多賀城赴任の記念に、この歌を半紙に書いて戴けませぬか」

「よかろうぞ」

次々と希望者が出た。兵卒にも分け隔てなく書き与えた。


余談ではあるが、家持が万葉歌林に入れなかったこの歌は、多賀から京師へ伝わり、口から口へと広まり、さらに後世に伝わっていった。

約四百二十年後の建仁五年（一二〇五）。

後鳥羽《ごとば》上皇の院宣《いんぜん》を受けた藤原定家は、叙景と心象風景が見事に詠みこまれ、枯淡の境地に達したこの歌を家持の辞世と受けとめ、「題知らず」として新古今和歌集に撰進した。また小倉百人一首にも選ばれ、今日多くの人たちの知る歌となっている。

奈良平安時代、権勢を誇った藤原四家（南家、北家、式家、京家）は、その後、旅人の親友、北家・房前の三男真楯の子孫のみが繁栄し、他の三家は滅びた。新古今和歌集の選者、藤原定家は、家持の親友、藤原八束こと真楯の直系の子孫である。偶然というには不可思議すぎる人の縁であろう。

閑話休題《はなしをもとにもどす》。

延暦三年（七八四）正月。喜びが重なった。生母を幼くして失った永主が貴族になった。

従五位下　　　正六位上　大伴永主
持節征東将軍　　　　　　大伴家持

持節とは天皇から全権を委譲された節刀を授かり、軍政、民政を執行できる。

（永主が貴族になって、正直ほっとした。大嬢《おおいらつめ》は妾《めかけ》の子を、よくぞここまで育ててくれた。ありがたい。父は持節征隼人大将軍であった。吾も節刀を授かった。ようやく彼岸《ひがん》で顔向けできるかな）

佐保の里にも、陸奥多賀城にも、春が来たようであった。

第十五帖　悲劇　その二　藤原種継《たねつぐ》暗殺事件

鯨魚《いさな》取《と》り海や死《しに》する山や死《しに》する死ぬれこそ海は潮《しほ》干《ひ》て山は枯《かれ》すれ
（作者不詳　万葉集　巻一六・三八五二）

（一）長岡京建設

先帝光仁上皇の崩御《ほうぎょ》とともに、皇位の継承を脅かしかねない稗田《ひえだ》親王や氷上川継《ひかみかわつぐ》、上皇に重用された藤原北家左大臣の魚名《うおな》父子、京家の参議浜成《はまなり》、天武系王族に顔の利く三形《みかた》王、さらに、古来豪族の筆頭、参議（当時）家持、陰陽師《おんみょうじ》たちを率いる陰陽頭《かみ》、山上船主などの光仁派を宮廷から一掃して、桓武帝はご機嫌であった。

寵臣種継とともに、重用してきた俊秀の文人王族、淡海三船《おうみのみふね》に、司法の権限を与えた。

夏四月二日。

刑部卿《ぎようぶ》（長官）　大学頭《かみ》・因幡守《いなば》は従来通り・従四位下　淡海三船

多賀城の政庁で、家持は公報に首を傾《かし》げた。

（何だと！　吾が大伴の重鎮、古慈斐《こしび》殿を讒言《ざんげん》して保身を図り、按察使《あぜち》としては地方国司の無実の罪を捏造《ねつぞう》して、己の成果として出世を謀って批難を浴び、川継謀反や不破《ふわ》内親王呪詛《じゆそ》など、根も葉もない脚本を書いた品位劣等の曲者が、漢詩漢文に長《た》けているからと、大学頭《かみ》・文章《もんじよう》博士に登用された人事すらおかしいと思っていたが、さらに刑部卿とは……前科多数の悪者が、司法の長官に任命されるとは、とんでもないふざけた人事だ、世も末だな）

家持は、平城京より一カ月遅い多賀城の桜の花を眺めながら、宮仕えの虚《むな》しさを痛感していた。

桓武帝は、多くの者を粛清し、追放して皇位を掌中にした平城京に、何となく嫌な霊気を感じていた。怨念という方が適切かもしれない。

渡来人の母の影響か、もともと冷酷な性格であった。神も仏も信じていない。人生は自分で切り開くという、乾いた感情の性質であった。性欲は異常であった。説教がましい奈良の大寺の高僧たちに、嫌悪《けんお》感を抱いていた。天武帝ゆかりの神社は、苦手であった。

（坊主どもは、――上は帝《みかど》から下は浮浪人に至るまで五欲を捨てよ、極楽往生には喜捨をせよ、念仏をとなえよ――と、説教し、金を集め、大きな仏像や寺院を作り、時には政事《まつりごと》にも口を出す。朕《ちん》は、仏徒の聖武帝とは全く血縁がない。あの巨大な毘盧遮那《びるしゃな》大仏と、東大寺、いやすべての寺から離れたい。新しい都を、この手で創りたい。飛鳥は狭いし、神臭い。そうだ未開の北がよい。しかし、早良《さわら》は、奈良から離れることに反対するだろう……）

勤勉、穏やかな戒律の僧であった早良親王とは、全く正反対の性格や思想と行動であった。二十年間、別世界に暮してきた二人の間には、水と油のような、相容れない雰囲気があった。この三年間、帝と皇太子の間の、心の隙間が融和することはなかった。争うこともなかった。

「遷都《せんと》には巨額の費用がかかる。このところ天災が多かったので、今財政は逼迫《ひっぱく》している。……どうしたものかのう、種継」

桓武帝は遷都の候補地を、内密に寵臣種継に諮問《しもん》した。種継は、瞬時に応《こた》えた。

「長岡がよろしゅうございます」

「長岡？　どこだ？」

「山背《やましろ》国乙訓《おとくに》郡長岡村でございます」

現在の京都府向日《むこう》市から長岡京市に相当する地域である。

種継が長岡を選んだのは理由があった。山背国は、渡来系の豪族、富豪の秦氏《はた》の居住地であった。秦氏族の資金を当てにできる。種継の生母は、秦一族の俊秀で主税頭《ちからのかみ》を務めた秦朝元《ちょうげん》の女《むすめ》である。朝元の父で種継の曽祖父になる弁正《べんせい》は、昔、山上憶良とともに渡唐し、現地の薬師《くすし》の娘と恋に落ち還俗《げんぞく》、玄宗皇帝の寵臣となった。朝元は日唐の血を受け、遣唐使節の一員となって活躍した。種継の母方は頭脳明晰で、朝廷に寄与していた功績があった。

秦一族は、ともに渡来系の母を持つ桓武帝と種継の遷都構想を大歓迎した。造営の労役には、全面的に協力する約束をしていた。湿地埋め立てと宮殿や官人、商人などの住宅建設で、秦氏族には莫大な収入になるはずであった。巨額な利権が絡んでいた。

五月十六日。桓武帝は、藤原と古来の名門豪族、文官と武官、神祇官《じんぎ》の均衡をとった長岡調査団を任命した。朝議の重臣と、陰陽師であった。

調査団　中納言　藤原小黒麻呂《おぐろまろ》、藤原種継、
　　　　参議　紀船守《きのふなもり》（兼近衛中将）、大中臣子老《おおなかとみこおゆ》（兼神祇伯）、坂上苅田麻呂《かりたまろ》（兼右衛士督）、
　　　　左大弁　佐伯今毛人《いまえみし》（兼皇后宮大夫）、　衛門督・佐伯久良麻呂《くらまろ》
　　　　陰陽助（次官）船田口《ふなのたぐち》

――長岡の地は、巨椋池《おぐらいけ》や、大河川が合流し、難波へ注ぐ、交通の要衝でございます。都を造営すれば、畿内各国の産物が集散し、大いに栄えることは明らかでございます。造営の資金や労役には、地元の秦氏が全面的に協力する約でございます。建物の資材は、難波宮を取り崩せば、柱や瓦はそのまま利用できます。陰陽師・船田口は、『長岡は後ろに山を持ち、南面は開け、大河が流れる、風水の相に叶《かな》った地』と、卜《ぼく》しております――

予定通り、初めから作られていた報告書が奏上された。

「よし、決まりだ。長岡に移るぞ。税収は長岡に集めさせよ！」

と、桓武帝は詔を出した。

六月十日。帝は、種継を頭《かしら》として、紀船守、佐伯今毛人を副とする造長岡宮使を任命した。即日、都城の工事に取り掛かった。

しかし、長岡の地形は、起伏が複雑だった。大河川や巨椋池が合流する湿地が拡がっていた。丘には宮殿が建ったが、庁舎の工事は難航した。夜間にも工事しなければならなかった。

遷都が決まると、奈良の大寺は衝撃を受けた。朝廷に反抗的な態度を示すようになった。

工事人相手の飲食の商人や、工事関係の官人家族が、だんだんと長岡に移ると、平城京が寂《さび》れ、治安が乱れてきた。群盗が市民を襲うようになった。


陸奥多賀城に、嫡男永主の昇叙人事と、詔が届いた。

十月二十六日。

右京亮《うきようのすけ》（次官）　従五位下　大伴永主《ながぬし》

十月三十日。廃都となる平城京の治安対策の詔が出た。

――……この頃平城京中で盗賊が次第に多くなって、街路で物を奪い取るとか、家に放火しているという。今後は隣組《となりぐみ》を作り、間違ったことを検察するようにせよ。つとめて賊を捕らえ、悪者を根絶せよ――

北風が雪を運んできた陸奥多賀城で、詔に目を通した家持は、若き日を思い出した。

（聖武帝の恭仁京《くに》遷都のため荒廃してゆく平城京を嘆いて、市民たちは多くの歌を詠んだ。漢詩全盛の今、民は平仄《ひょうそく》を気にしながら漢詩を作っているのだろうか。和歌が詠まれなくなったのは、残念だな。しかし致し方ない。藤原は漢詩だ。永主が右京亮（次官）を命ぜられたのは嬉しいが、これらの暴徒や盗賊を取り締まれということであったか。西の市の竹蔵の店で、茶飲み話をする暇はあるまい）

と、案じた。


平城京では、長岡遷都を強引に進めている種継に、不満の声が集中するようになった。

十一月十一日。帝は平城京から長岡京へ遷都した。

十一月二十四日。皇后（乙牟漏《おとむろ》）と中宮（高野新笠《たかののにいがさ》）が長岡に到着した。

十二月。造宮の功労者に昇格と昇叙があった。

正三位　従三位　藤原種継《たねつぐ》
従三位　正四位上　紀船守《きのふなもり》
参議　左大弁・皇后宮大夫・兼大和守・従三位　佐伯今毛人《さえきのいまえみし》

――まだ工事は終わっていないのに、褒賞が先か――

官人たちは羨望半分に、冷ややかに見ていた。

（二）山は枯《かれ》すれ

家持は多賀城で三度の冬を送り、延暦四年（七八五）となった。六十八歳となっていた。家臣に文選《もんぜん》や書儀《しよぎ》を教えることも少なくなっていた。老境の単身赴任は、さすがに心身に負担を感じる。ふと、沙弥《しやみ》閼伽《あか》こと山部赤人が、集めた作者不詳の歌を想い出した。壮年の頃にはさほど気にしなかったが、人生の無常を諭《さと》しているこれらの歌に共感した。

世間《よのなか》の繁《しげ》き借盧《かりいほ》に住み住みて至らむ國のたづき知らずも

（作者不詳　万葉集　巻一六・三八五〇）

――この人間世界という、むさくるしい仮小屋の中に、こうして住んでいて、住み続けるほかないか。行こうと心がけている彼岸の国に行く目途もたたないので――

（閼伽は、河原寺の仏堂の中の和琴《わごん》の面に書かれていたと、言っていた。吾は、まことに醜い人間世界の抗争の中に住んでいるわ。この作者の心情は、今のわが身だ……そうだ、こんな歌もあったな）

鯨魚《いさな》取《と》り海や死《しに》する山や死《しに》する死ぬれこそ海は潮干《しほひ》て山は枯《かれ》すれ

——鯨魚取りよ、人間は死ぬ、というが、あの海や山は死なないで、人間ばかりが死ぬものであろうか。もちろん、死ぬとも。死ぬからこそ、海は潮が干き、山は木が枯れるのだ。それで分るだろう——

(そうだ。人は死ぬ。海も山も死ぬ。吾は死ぬる前に、しておかねばならぬことがある)

家持は、最後の献策の筆を執った。

名取《なとり》以南の十四郡、即ち亘理《わたり》、伊具《いぐ》、苅田《かつた》、柴田（以上宮城県）、宇多、行方《なめかた》、標葉《しめは》、磐城《いわき》、菊多、信夫《しのぶ》、安積《あさか》、磐瀬、白河、会津《あいづ》（以上福島県）は、山や海の僻地に在って、砦《とりで》（多賀《たが》城）から遥か遠くに離れています。それで徴兵して出勤しても機急に間に合いません。このために仮に多賀・階上《しなかみ》の二郡をおいて、人民を募り、人や兵を国府に集めて、東西の防御としました。まことにこれは、あらかじめ不意の事態に備えて、鋒先《ほこさき》を万里の遠く離れた地までおし及ぼすものでありますす。ただ思いますに、単に名ばかりの開設であって、未だ郡を統率する官人は任命されておりません。これでは人民があたりを見回しても心のよりどころがありません。どうか正規の郡をつくって、官員を備え置くことをお願い致します。そうすれば人民は全体を管理していることを知り、賊は隙《すき》をうかがう望みを絶たれることになりましょう。

四月七日

中納言・春宮大夫《とうぐうたいふ》・陸奥按察使《みちのくあぜち》・持節征東将軍・従三位　大伴宿禰家持　花押《かおう》

桓武帝はこれを許可した。（家持の献策文は、後日、そのまま国史である続日本紀に記載された）

六月二十日。家持と親しい藤原北家を代表する参議・侍従・兵部卿の家依《いえより》が薨じた。

七月十七日。家持の嫌った刑部卿《ぎょうぶ》・大学頭《かみ》・文章博士の淡海三船《おうみのみふね》が、卒した。

（天智帝の愛児、大友皇子の曽孫になる三船卿は、漢詩に優れていたが、謀計が好きな奸臣《かんしん》であったな。……天武系の皇子がたは、さんざん貶《おとし》められたが、わが国では初の漢詩集、懐風藻《かいふうそう》を編集されたのはお見事であった。漢詩流行の基を作られた三船卿の功績を讃えて、今は冥福を祈ろう）

歌人と詩人。人生観は異なっても、同じ文芸の道を究めていた同朋でもあった。家持は合掌し、ゆっくり般若心経を読経した。

（三船卿は六十四歳だったか、……吾は陸奥で三年を過ごした。幸いなことに蝦夷《えみし》たちは穏やかだった。そろそろ交代の令が出よう。帰京したら致仕《ちし》を願い出て、『万葉歌林』の歌稿を上梓しよう）

秋口から、家持は、時々、胸が締め付けられるように痛んだ。陸奥に来て、冬塩気の多い漬物野菜を食べるために、血管が傷んでいたのであろう。

八月二十八日。家持の心臓は、突然、静かに、停まった。家持は六十八歳の人生を閉じた。

（三）闇夜の矢音

桓武帝や皇后は、長岡の新京に移ったが、そのほかの役所や市街地に予定した場所の造営は、大幅に遅れていた。造《ぞう》長岡宮使の長官、藤原種継は焦《あせ》っていた。原因は水であった。種継の頭には、己の手柄と、利権しかなかった。もともと調査団には、多治比一族のような土木関係や水処理に詳しい専門家が加わっていなかった。

例えば、家持の母方、多治比家は、河内平野の水処理を見事に成し遂げ、その土木建築の技術力が評価されて、平城京の造営を任せられた実績があった。多治比嶋《しま》、その子には池守《いけもり》、縣守《あがたもり》など、水に所縁《ゆかり》の名がつけられていたことでも分かろう。

調査団だけではない。造長岡宮使の副長官の紀船守《きのふなもり》や、佐伯今毛人《いまえみし》は武人である。水処理の知恵も技術もない。新京を造る幹部三名が、土木工事は専門外であった。

一年経っても、なかなか捗《はかど》らなかった。堤を築き、区画を整理しても、湧き水で崩れた。

種継は、秦一族の職人や工夫を総動員して、昼夜分かたず突貫工事を行っていた。

一方、朝議では、桓武帝の信任と、正三位・中納言の高い地位を嵩《かさ》に、種継は独断専行していた。藤原南家の右大臣・藤原是公《これきみ》、大納言・藤原継縄《つぐただ》（家持の義弟）、北家の中納言藤原小黒麻呂《おぐろまろ》らは、朝議では黙っていた。

税収は、長岡京に集められ、平城京はますます寂れた。奈良六大寺は悲鳴を上げていた。

地方の国府の屯倉《みやけ》の蓄えも減っていた。種継に対する怨嗟《えんさ》はあちこちで深まっていた。しかし、帝の罰を恐れて、公の声とはならなかった。

――陸奥《みちのく》や東国の民政や軍政の献策をなされ、三年間、蝦夷《えみし》の侵攻を抑えられた実績のある家持殿が早く陸奥から帰られ、武将の中納言として、民意を朝議に出してほしい――

と、誰もが望んでいた。

しかし、九月上旬、平城京と長岡新都に届いたのは、

――中納言・春宮大夫《とうぐうたいふ》・陸奥按察使《みちのくあぜち》・持節征東将軍・従三位　大伴宿禰家持卿、八月二十八日急逝

――

との訃報《ふほう》であった。

――美男の貴公子にして武芸に優れ、著名な歌人。名門大伴氏族の氏上《うじのかみ》にして、配流《はいる》にも似た左遷の連続。悲劇の主かと思えば、朝議顕官への異例な抜擢。民や仏教界期待の、人格者早良《さわら》皇太子の春宮大夫。ところがまたまた、父旅人将軍と同じように、蝦夷との戦いに陸奥の辺境へ――まるで京劇の主人公のような人生を、現実に過ごしていた。家持を、目の当たりにしていた平城京の官人はもとより、東国陸奥《みちのく》から西国薩摩《さつま》大隅《おおすみ》の農民まで、家持の薨去を惜しんだ。

だが桓武帝は、持節征東将軍として苦労した家持の訃報に、何の弔意も示さなかった。

血気盛んな大伴氏族の者たちは、光仁上皇とは正反対の、冷酷な桓武帝の対応に、怒った。

その頃、桓武帝は、平城京にいた。斎宮として伊勢大神宮に向かう朝原《あさはら》内親王を、見送るためであった。そのあと遊猟などを楽しんでいた。帝が平城京に行幸中は、皇太子の早良親王、右大臣の藤原是《これ》

公《きみ》、中納言の種継の三名が、留守官に任命されていた。

工事の遅れに焦っていた種継は、遂に自ら工事現場に出るようになっていた。秦氏の職人や工夫たちに、昼夜兼行で、労務を強いていた。労働者は、くたくたになりながら、水と戦っていた。

（新京が完成せねば、吾は咎《とが》められ、これまでの寵と権力を一気に失う）

種継は、必死であった。

九月二十三日の夜も、種継は、赤々と松明《たいまつ》をかざして、現場を見回り、叱咤《しった》激励していた。

突然、ヒュー、ヒューと、二回、矢音がした。種継が、松明を落とし、倒れた。胸に矢が二本、刺さっていた。

驚いた家臣や人夫たちは、急いで矢を抜き、種継を長岡の館へと運んだ。しかし、翌二十四日。種継は息を引き取った。四十九歳の男盛りであった。


――種継卿暗殺さる――

との報告を受け取ると、桓武帝は直ちに長岡京に引き返した。

（朕《ちん》の行幸中を狙ったのか！　種継を連れだして行けばよかった！）

桓武帝は、寵臣種継を暗殺され、怒り狂った。

（種継を殺すことは、朕への当てつけだ。謀反だ）

「誰が犯人か？　至急検挙せよ、極刑にせよ！」

と、厳命した。

（四）断罪

京内の事件や官人の綱紀などを担当する弾正台《だんじょうだい》は、すぐさま犯人の割り出しに入った。

種継は多くの者に反感を持たれていた。中でも、朝議ではしばしば早良《さわら》親王と意見が合わなかった。家持が、陸奥に赴任する前の、一年間は、早良親王は還俗《げんぞく》したばかりであり、政事《まつりごと》には不慣れであったから、親王は朝議では黙っていた。種継らと何か意見の相違があっても、高齢で官僚の経験の広い家持が、とりなしていた。しかし、家持が陸奥に赴任していたこの三年間は、緩衝《かんしょう》役の人材がいなかった。早良皇太弟と、中納言になった種継の関係には、亀裂ができていた。

朝議での対立だけではなかった。次の皇統の問題が絡んでいた。

桓武帝が即位する時、父、光仁帝は、山部王の冷酷さを懸念していた。温和な早良内親王をわざわざ還俗させて、立太子させた。山部親王（桓武帝）の愛児、安殿《あて》親王がまだ幼かったこともある。しかし、この四年の間に、安殿親王は十二歳になっていた。安殿親王の生母である皇后乙牟漏《おとむろ》は、種継と同じ式家良継の女《むすめ》であり、種継とは従妹《いとこ》になる。種継は、――安殿親王を、早く立太子させたい――という意向を、周囲に漏らし、宮廷では衆知の事実となっていた。それゆえに、真っ先に早良親王の従者が調べられた。

早良親王の従者、右衛門大尉《うえもんだいい》・大伴竹良《ちくら》と部下の射手・牡鹿木積麻呂《おしかのこづみまろ》、および竹良の親友で熱血漢の左少弁・大伴継人《つぐひと》と近衛の射手・伯耆桴麻呂《ほうきのいかだまろ》の四名が逮捕された。四人は拷問《ごうもん》にあった。

竹良と継人は、

『種継は天下を乱す悪者である。君側《くんそく》の奸《かん》を排するために、種継を暗殺した。誰にも命ぜられていない。吾ら二人の個人的な判断である』

と、主張した。

桓武帝は、狡猾《こうかつ》であった。すぐに覚った。

(種継の暗殺は、春宮大夫《とうぐうたいふ》の家持の死によって、氏上を失い、不安になった竹良や継人が、早良の将来を案じて、個人的に実行したものだな。事実はその通りであろう。……大伴の氏上家持は、旅人同様に、伴造《とものみやつこ》の意識が強かった。だから反仲麻呂派の謀反には加わらなかった。今回も種継暗殺は、指示しているはずはない。……しかし待てよ。この機会に、種継暗殺を、早良擁立の謀反《むほん》事件に仕立てて、いまだ光仁帝を心酔する者や、早良の近臣、藤原に対抗する大伴はじめ古来の豪族を一掃しよう。——謀反の計画者は、家持と早良である——とすれば、朕《ちん》の政事《まつりごと》に批判的な奴らを、大っぴらに抹殺できるわ。種継の死を無駄にせず、利用しよう。一挙に安殿《あて》の立太子にまで持ち込めば、冥土の種継も喜ぼう)

冷徹な桓武帝は、早良親王や春宮府の近臣、東大寺関係者、さらには家持の親友にまで、逮捕の網を広げた。見せしめのため、十分調べもせずに、十九名に断罪を下した。

斬刑　九名

（首悪）**大伴継人**（鑑真和上《がんじんわじょう》を招聘《しょうへい》した古麻呂の子。左少弁《さしょうべん》）
（首悪）**大伴竹良**《ちくら》（右衛門大尉《うえもんだいい》。五百枝王《いおえ》の部下で、春宮《とうぐう》従者）
（射手）牡鹿木積麻呂《おしかのこづみまろ》（春宮従者）
（射手）伯耆桴麻呂《ほうきのいかだまろ》
大伴真麻呂《ままろ》（主税頭《ちからのかみ》）
大伴夫子《おのこ》（元造東大寺司《ぞうとうだいじつかさ》少判官）
大伴湊麻呂《みなとまろ》
佐伯高成《たかなり》（春宮少進《とうぐうしょうしん》）
多治比浜成《はまなり》（春宮主書首《とうぐうふみのつかさのかみ》）

配流等《はいる》　十名

幽囚《ゆうしゅう》・淡路流罪《るざい》・廃太子　**早良親王**《さわら》（春宮・皇太子）
除名・遺骨隠岐流罪　**大伴家持**（中納言・春宮大夫・陸奥按察使・鎮守府将軍）
伊予流罪　**五百枝王**《いおえ》（右兵衛督・侍従・越前守、家持親友市原王の子）
隠岐流罪　藤原雄依《おより》（大蔵卿、元光仁帝侍従、家持親友八束の甥）
〃　紀白麻呂《きのしろまろ》（春宮亮、元造東大寺司次官）
伊豆流罪　林稲麻呂《いなまろ》（春宮学士・造東大寺司次官・備前介）
禁錮（監獄幽囚）　和気広世《ひろよ》（和気清麻呂の子）
左降・佐渡権守　吉備泉《いずみ》（吉備真備の子）

隠岐流罪　大伴永主《ながぬし》（家持の子、右京亮）
佐渡流罪　大伴国道《くにみち》（継人の子）
（余談ながらこの一大粛清の処分内容は、続日本紀にはほとんど書かれていない）

早良親王は、種継暗殺を承認したとして、捕縛され、長岡の乙訓寺《おとくにでら》に押込められた。

「私は何も知りませぬ」

と、申し立てたが、兄桓武帝は聞き入れなかった。

——淡路島《あわじ》に幽閉せよ。それまで飲食を与えるな——

肉親とは思われぬ過酷な指示であった。

「兄上、咽喉《のど》が乾きました。せめて水を！　私は何も知りませぬ！　信じてくだされ！」

早良親王は絶叫した。

十数日後、親王を載せた駕籠《かご》は、淡路へ向かった。山崎津《やまさきのつ》から、川船で難波に向かった。しかし、飲食を絶たれた親王は、途中、高瀬橋（大阪府守口市《もりぐち》）で絶命した。十月十七日であった。遺体は淡路島に埋葬された。奈良の仏教界は、恐怖し、沈黙した。

（五）家持遺骨の隠岐配流《おきはいる》

家持には、想定外の極刑が下された。

「除名」とは、中納言・春宮大夫・陸奥按察使・鎮守府将軍といった官職と、従三位の冠位を公式の記録から取り消し、かつ「大伴」の姓を剥奪、財産没収を意味する。大伴家は収入が無くなっただけではない。大貴族から、一挙に農民同様に、無姓の「家持」となる。まことに名誉も誇りも、資産も奪い取る断罪であった。大伴宗本家断絶であった。

その上に、桓武帝の詔《みことのり》が出た。

――遺骨は本土の土に埋めることを認めぬ。隠岐島《おきのしま》へ配流する。永主は、家持の遺骨とともに隠岐へ流罪《るざい》とする。家族は直ちに京外へ去れ――

――遺骨を流罪になされとは！　帝《みかど》はなんと酷《ひど》いお方か！――

大伴氏族の者たちは、唇を噛んで、屈辱に耐えていた。

弾正台《だんじょうだい》の役人や刑部省《ぎょうぶ》の刑吏《けいり》たち大勢で、佐保の館に、差し押さえに来た。蔵から、高価な財宝とともに、桐の長持ちも運び出された。山上憶良が、山辺郷出身の匠《たくみ》に作らせた、からくり細工、二重構造の長持ちである。

「お待ちくだされ、その中は歌稿でございます。書類ではございませぬ！」

と、下男頭の剛が叫んだ。

「駄目だ。書類は、謀反《むほん》の証拠書類として、全て没収せよと命ぜられている。それよりも、このからくりを明かせ、鍵を寄こせ！」

役人が、抜刀して、剛を脅した。若い下男たちが、飛びかかろうとするのを、剛が抑えた。

「控えろ！　お役人に逆らうな！」

長持ちは開けられた。『万葉歌林』の歌稿や序文、その他の資料がきちんと整理され、格納されていた。砂金の入った袋も数個あった。上梓に賛同した旅人や、藤原房前《ふささき》、高安王《たかやす》、橘諸兄《もろえ》、市原王、大中臣清麻呂《おおなかとみ》などの醵金《きょきん》であった。

役人たちは、鬼の首でも取ったように喜び、再び鍵をかけると、内裏へ持ち去った。


役人の姿が消えると、剛は山辺衆の若者数名を集めて、指示を出した。

「三名で尾行し、長持ちがどこに運ばれるか、確認せよ。一人はすぐに帰り、一名は、長持ちを見張れ。一人は、竹蔵と、内裏の役人や下働きをしている吾らの候仲間《うかみ》に、事態を知らせよ。今後、長持ちが焼却とか、毀損《きそん》されそうな時には、内裏に付け火して、どさくさにまぎれ、皆で長持ちを奪い返す。これは最悪の場合の対策だ。それまでは、さりげなく監視を続ける。では行け！」

素早く、三名が、目立たぬように後を追った。

「隠岐へ流される永主殿には、二名の者を随行させる。役人に気づかれぬように隠岐で暮らせ。いつ赦され帰京できるか、予断は許されぬ。それゆえ、見張りは適宜交代させる。隠岐の国司には、宗像《むなかた》海人《あま》の健からすぐに手配をさせる。隠岐では、吾らが首領《かしら》、船主殿の指示に従え」

隠岐には、氷上川継の事件で流罪になった元陰陽頭、蔭の顔は山辺衆候の首領、山上船主がいた。

今回の事件で隠岐に流されるのは、大蔵卿（長官）藤原雄依《おより》、春宮亮（次官）紀白麻呂《きのしろまろ》、それに右京亮《うきょうのすけ》（次官）大伴永主の三名、いずれも大物であった。

（隠岐の国司は、天手古舞であろう。ふふふ、吾ら山辺候が、何かとお手伝いしましょう）

と、剛は独り言を呟《つぶや》いた。

囚人駕籠に入っている永主の胸には、白布にくるまった家持の遺骨壷が抱かれていた。

道端に、腰の曲がった白髪白髭の権や、竹蔵などが、間を置いて佇《たたず》んでいた。さりげなく合掌していた。駕籠の後先になりながら、行商人風の若者二人が、山陰道を下っていった。変装しているが、二人とも佐保の館の下男であった。永主は安堵した。

永主の妻子は、山辺の里に身を潜めた。

空き家になった佐保の館の剛の許に、

――歌稿の入った長持ちは、弾正台で検閲された後、図書寮《ずしょりょう》の倉庫に移管されています。万一処分される話が出た時には、山辺衆の内裏班が、あちこちに火をつけ、どさくさにまぎれ運び出します。その手配終了済み――

との報告があった。

（内裏は建て替えできるが、『万葉歌林』は作り直せぬ。価値が違う。これからが、お上《かみ》との戦いだぞ）

と、剛は部下に訓示した。

佐保の山風が、冬の訪れを告げていた。

第十六帖　怨霊《おんりょう》

人魂《ひとだま》のさ青《を》なる君がただひとりあへりし雨夜《あまよ》の悲左思久所念《ひさしくおもほゆ》
（作者不詳　万葉集　巻一六・三八八九）

（一）安殿《あて》親王立太子

山部親王が、桓武帝として皇位を掌中にして四年目。延暦四年（七八五）の晩夏から秋にかけて、わずか四カ月の間に、帝の周辺に凶事が多発したことは、前帖で述べた。列挙してみよう。

六月、侍従で参議・兵部卿の藤原家依《いえより》が薨去。
七月、腹心の刑部卿・大学頭《かみ》の淡海三船《おうみのみふね》が急逝。
八月、中納言・春宮大夫《とうぐうたいふ》・陸奥按察使《みちのくあぜち》・鎮守府将軍の大伴家持が、多賀城で客死《かくし》。
九月、寵臣の中納言・藤原種継《たねつぐ》が、長岡京建設の現場で暗殺死。

家持父子および光仁帝時代の侍従・藤原雄依《およ り》らを隠岐流罪。

桓武帝の甥で侍従の五百枝《いおえ》王を伊豫に流罪。

皇太子の早良《さわら》親王を、長岡京乙訓寺《おとくにでら》に幽囚。

これらにより、内裏から、皇太子、中納言、参議、卿、侍従など多数の要人が消えた。

冬十月八日。桓武帝は弟早良親王の廃太子を決めた。帝は、直系三代、すなわち曽祖父・天智帝の山科陵《やましなのみささぎ》、祖父・志貴《しき》親王の田原山陵、父・光仁帝の後佐保《のちのさほ》山陵に、勅使を派遣、廃太子を報告した。

十月十七日。長岡乙訓寺から淡路《あわじ》国に配流《はいる》の途中、早良親王は餓死《がし》した。遺体は淡路国に葬られた。


十一月二十五日。安殿親王が皇太子となった。十二歳であった。お守り役が任命された。

皇太子傅《ふ》　兼大納言・中務卿・正三位　藤原継縄《つぐただ》
春宮大夫　兼参議・従四位上　紀古左美《きのこさみ》

要職皇太子傅に任命された藤原継縄は、藤原南家故豊成《とよなり》の次男である。格別の俊才ではない。性格温和で、礼儀正しく、謙虚控えめで、人と争論することはなかった。凡庸に見えたが、職務は遺漏なくこなして、いつしか大納言に昇進していた。継縄には二人の妻がいた。正室は百済渡来系の百済王理伯の女《むすめ》・明信。側室は、家持の妹、留女《るめ》である。

継縄が百済渡来系の女を妻にしているので、同じ百済渡来系の母を持つ桓武帝は、山部王の頃から継縄に親近感を持っていた。継縄の館には、たびたび行幸した。その時には、継縄は百済王族の楽師や踊り子を館に呼び、帝を歓迎した。今や南家の継縄が、暗殺された式家の種継に代わって、帝の寵臣となっていた。帝は、安心して皇太子傅の役割を継縄に任せていた。

（二）老貴人二人の密約

三年後の延暦七年（七八八）正月十五日。桓武帝と皇后乙牟漏《おとむろ》は、前殿に出御され、十五歳になった安殿《あて》親王の元服の儀式が行われた。大納言の藤原継縄《つぐただ》と、中納言の紀船守《きのふなもり》が、冠を安殿皇太子に被せた。

安殿皇太子にとって、継縄は祖父のような存在であった。蛇のような冷たい目をした父・桓武帝よりも、温和な継縄を慕っていた。

ある日、元右大臣で今は隠棲している大中臣《おおなかとみ》清麻呂から、継縄の館に使いが来た。

――このたびは加冠の御大役ご苦労様でした。ところでそれがし、八十七歳となりました。今後ますますご大役を担う継縄卿に、それがしが冥土に旅立つ前に、数代の帝《みかど》に仕えた経験談や、国事の慣例、故事来歴などをお話し致したく、お越しくだされませぬか――

清廉潔白、該博な知識経験で著名な大先輩である。継縄は、帝《みかど》の了解を得て、清麻呂邸へ赴いた。

国事に関する貴重な打ち合わせが終わった。継縄は、膨大な知見を得て、喜んだ。

「ところで継縄殿。そなたの側室留女《るめ》様が、今は亡き家持殿の妹御であることの縁《えにし》で、二人だけの極秘の話をしたい。よろしいか？」

（やはりな）

継縄は、大きく頷いた。

「それがし、若き日から、家持殿とは高圓山《たかまと》や、三形王《みかた》の邸宅で、たびたび和歌を楽しんだ。しかし、氷上川継《ひかみかわつぐ》の事件で、三形王は日向《ひゅうが》に流され、家持殿は、種継卿暗殺事件の罪を問われ、隠岐流罪、大伴家は断絶した。それがしはお二方の無実を信じているが、帝《みかど》の判決が出た以上、如何ともしがたい」

老翁の目尻に涙が一滴流れた。

「それがしの心残りは、――家持殿が、旅人殿や山上憶良の遺志を継いで、上は天皇《すめらみこと》から、下は農民、遊行女婦《うかれめ》に至るまでの歌草《うたぐさ》を集めた『万葉歌林』の膨大な歌稿が、陽の目を見ずに、消え失せるのではないか――との懸念でござる。小耳に挟んだ話では、吾らが拠金した金子は、大蔵省主税《ちから》寮が国庫に入れ、歌稿の長持ちは図書寮《ずしょりょう》に保管されているとか」

「その通りでございます」

「それがしは家持卿や三形王の大赦《たいしゃ》は求めぬ。ただ国家の運営を行ってきた者として、鳥の目で俯瞰《ふかん》すれば、名もなき民や防人の歌などの歌稿は、国家の文化財である。他人には話せぬが、そなたは英知を隠された貴人であり、皇太子傅《ふ》である。近い将来、右大臣になられよう。さらに血縁ではないが家持殿の義弟になる。頼りになるのは貴殿しかいない。……これも人に聞いた事だが、安殿皇太子は、少年ながら旧都平城京や、文芸にご興味がおありとか」

「その通りでございます」

「安殿皇太子に、ご先祖の志貴親王の歌を教え、もしご興味があれば、図書寮の歌稿をご覧いただいてはいかがであろうか？」

「お話、継縄《つぐただ》、よく承りました。実は、『万葉歌林』の歌稿については、それがし若き日より留女《るめ》から聞き及んでおります。藤原と大伴の確執《かくしつ》や、時々の帝により家持兄は苦労を重ねてまいりました。これまでは蔭から傍観しておりましたが、それがしも老境でございます。何か一つぐらいは後世に役立つような陰徳を積みたいと思っていました。帝《みかど》を刺激しないように配意しながら、及ぶ限りのことを致します」

（さすがは継縄卿だ。話してよかった！）

「頼みます。これで肩の荷が下りました」

遜《へりくだ》って人生を過ごし、顕官となった老翁二人が、固く握手をした。


元服が終わり、安殿皇太子は落ち着いた日々を過ごしていた。継縄はさりげなく話しかけた。

「今は漢詩一辺倒の時代でございますから、和歌を詠む者はいませぬ。春宮《とうぐう》は、曽祖父になられます志貴《しき》親王が、当時を代表する歌人であったことをご存じですか？」

「いや知らない。父帝や母上から聞いたことはない。ご先祖の志貴親王はどのような歌を詠まれたのじゃ、教えてくれ」

「この場限りでございますぞ。お約束なされますか？」

「誰にも言わぬ」

継縄は、志貴親王の一首を、心を籠めて朗詠した。

石激《いはばし》る垂水《たるみ》の上のさわらびの萌《も》え出づる春になりにけるかも

（志貴皇子　万葉集　巻八・一四一八）

十五歳という年頃は多感である。名歌の響きに感動した。

「素晴らしい。清らかな渓谷の春の息吹《いぶき》が、よく分かる。継縄、他にも親王が詠まれた歌はないのか？」

「飛鳥京から藤原京へと遷都され、寂《さび》れた飛鳥の哀歓を色彩豊かに詠まれた名歌がございます」

采女《うねめ》の袖吹きかへす明日香《あすか》風京《みやこ》を遠みいたづらに吹く

（志貴皇子　万葉集　巻一・五一）

「采女の袖吹きかへす明日香風か……目を閉じて往時を偲ばれたのか……美しい」

安殿皇太子が、和歌の心髄に接した瞬間であった。

「継縄《つぐただ》、余は、漢詩は固くて苦手だ。和歌がよい。和歌をもっと知りたい」

数日後、内裏の役所の勉強にかこつけて、継縄は皇太子を図書寮に連れていった。倉の見学と称して、人払いして、『万葉歌林』の歌稿を取り出し、巻一と、巻八の、志貴親王の歌を、実際に見せた。十五歳の少年ながら、安殿皇太子は目を輝かせて、曽祖父志貴親王の万葉仮名の歌を見つめていた。

親王が一冊取り出し、ぱらぱらと捲《めく》って、驚きの声を出した。巻十六の巻末歌であった。

「継縄、これは何だ！　人魂の歌か！　何と読むのだ？」


人魂《ひとだま》のさ青《を》なる君がただひとりあへりし雨夜《あまよ》の悲《ひ》左《さ》思《し》久《く》所念《おもほゆ》

「仰せの通り人魂の歌です。この歌の二人は、愛していた男女か、母子か、あるいは親友かもしれません。歌の意は、――真っ青な人魂様、私とお前様が出会ったあの雨の夜から、悲しみながらも随分待ち焦がれていました――と、懐かしんでいます。怨念の人魂ではございませぬ」

「このような異様な歌も集めていたのか？」

「はい。志貴親王のような高貴なお方から、詠み人が分からぬ民の悲しみまで、四千数百首が、二十巻に纏められています。人に魂があるように、心を込めた言葉にも魂が宿っています。言霊《ことだま》と申します。これらの歌稿には言霊が宿っています」

「すると『万葉歌林』は言霊の歌稿か？」

「その通りでございます」

「誰が集めたのか？」

「この十六巻までは山上憶良。聖武帝の春宮《とうぐう》時代の侍講でした。今隠岐《おき》に流罪《るざい》になっている前《さきの》陰陽頭《おんみょうのかみ》、山上船主《ふなぬし》と申す者の祖父になります。十七巻からは、極悪人として遺骨が、同じく隠岐配《はい》流《る》の前中納言・大伴家持卿が編集されました。家持卿は、それがしの妻留女《るめ》の兄になります。義兄の労作です。船主も家持卿も、帝《みかど》の逆鱗《げきりん》に触れた方でございます。それゆえ、今日、それがしの申したことや、眼にされたことは、絶対に極秘にしてください。お口にされると、春宮とそれがしの人生は終わりになる禁断の書でございます」

温和な皇太子傅の継縄が見せた厳しい顔つきに、安殿皇太子は深く頷いた。

継縄からこの報告を受けた元右大臣で歌人、神祇官《じんぎ》の統帥《とうすい》・大中臣清麻呂《おおなかとみきよまろ》は、半年後、静かに、八十七年の人生を閉じる。

(三) 天・地・人の異変

皇太子元服の喜びも束の間であった。

五月、夫人《ぶにん》の藤原旅子《たびこ》が突然崩御した。まだ三十歳の若さであった。桓武帝との間には大伴親王(のちの淳和帝《じゅんな》)を産んでいた。旅子は、桓武帝にとっては特別の存在であった。

まだ山部王の頃、皇位簒奪《さんだつ》の謀《はかりごと》を練った心友故藤原百川《ももかわ》の女《むすめ》である。桓武帝は号泣した。

延暦八年(七八九)になったが、桓武帝の周辺には異変が続いた。

まず人々が驚いたのは、正月一日の日蝕であった。黒い太陽に、国民は不安を予感した。

正月九日、家持の友人で参議の佐伯今毛人《いまえみし》が辞任した。

正月二十五日、参議・宮内卿・神祇伯の大中臣子老《こおゆ》が卒去した。元右大臣の清麻呂の次男であった。

一月に二人の参議が朝議から姿を消した。

夏五月、陸奥の蝦夷《えみし》征討軍は、北上川の支流、衣川《ころも》（岩手県平泉町《ひらいずみ》）に陣を敷いたが、先へ進めなかった。蝦夷の首領、阿弖流為《あてるい》の軍が強かった。桓武帝は詔《みことのり》で、攻め込まない将軍を咎《とが》めた。やむなく現地軍は、北上川を渡って、蝦夷地へ踏み込んだ。阿弖流為の先陣は敗走したが、これは戦略であった。深追いした朝廷軍は包囲され、さんざんな敗北を喫した。

戦死二十五名、矢に当たった死者、二百四十五名、溺死《できし》者千三十六名、裸で泳いで帰還した者、千二百五十七名。大敗北であった。

持節征東将軍は、四年前、継縄《つぐただ》と同時に春宮大夫《とうぐうたいふ》を命ぜられていた参議の紀古左美《きのこさみ》であった。古佐味は、敗軍を解散して帰村させた。農繁期になっていたからである。

九月、陸奥から京へ帰還した古佐味は、

——詔で攻めよと厳命され、無理に攻め込んでこのざまだ。現場を知らぬお方の詔で、蝦夷征伐はやれない——

と、節刀を朝廷に返した。紀氏族の気骨を示した。

桓武帝は怒って、将軍たちの責任を、大納言の継縄らに追及させた。将軍たちは作戦の失敗と責任を認めた。しかし、誰も斬刑《ざんけい》にならず、将軍の官職剥奪のみで終わった。継縄の配慮であった。しかし、この日、右大臣兼中衛大将の藤原是公《これきみ》が薨去した。六十三歳であった。

——帝の無理な蝦夷征伐を現地に強いて、二千名の農民兵を死に追いこんだ大敗北の責任を、右大臣が取られたのだ——

と、官人たちは噂した。功績あった右大臣是公の薨去に、桓武帝は弔意を示さなかった。桓武帝と、武官・文官たちの間に、冷ややかな隙間風が吹いていた。

年初から、右大臣と参議三名が朝議から消えた。継縄が大納言兼中衛大将に任命された。

年末、十二月二十八日。桓武帝の母、皇太后の高野《たかの》（和《やまと》）新笠《にいがさ》が崩御した。十数日病気で寝込んでいた。光仁帝がまだ白壁王の頃、娶られ、能登《のと》内親王、山部親王（桓武帝）、早良《さわら》親王を産まれた。能登内親王は、家持の親友、市原王に嫁ぎ、五百枝《いおえ》王を産んでいた。

皇太后には孫、桓武帝には甥になる五百枝王は、叔父の早良親王と親しかった。そのため種継暗殺事件に関与しているとの罪状で、今は伊豫に流されていた。

明けて延暦九年（七九〇）正月。南家の継縄が右大臣になり、北家の小黒麻呂《おぐろまろ》が中納言から大納言に昇叙した。若手の参議が補充された。天下は、桓武帝と継縄、小黒麻呂で運営されるようになった。

閏三月十日、皇后乙牟漏《おとむろ》が危篤になり、その日のうちに崩御した。まだ三十一歳の若さであった。安殿皇太子（平城帝）、神野親王（嵯峨帝）の母である。皇太子傅《ふ》の継縄は、安殿親王を慰める言葉がなかった。

七月二十一日、後宮の坂上又子《またこ》が没した。家持の友人で武官の坂上苅田麻呂《かりたまろ》の女《むすめ》であった。

気象も異常であった。三月から四月にかけて、全国的に飢饉が発生した。五月には雨が降らず、干害となった。八月には、九州で八万八千人が飢えに苦しんでいると、太宰府から報告があった。長岡京や畿内に、三十歳以下の若い男女が、疱瘡《ほうそう》になった。

（四）安殿《あて》皇太子不予

九月には、安殿皇太子が病気になった。

――一昨年は藤原旅子《たびこ》様、昨年は皇太后の高野新笠《たかのにいがさ》様、今年になっては皇后の乙牟漏《おとむろ》様と坂上又子《またこ》様……皆さま若いのに、なぜ次々とお亡くなりになるのだろうか？――気候もおかしいよ。おまけに疱瘡まで大流行だ。古老の話では、五十年前、長屋王の変の後、疱瘡が大流行して、長屋王ご一家を自死させた藤原四兄弟が、一挙に病死したそうな。今年の疱瘡の流行や、安殿皇太子の病は……もしや早良《さわら》親王や井上《いのえ》内親王、他戸《おさべ》親王の祟《たた》りでは……――

と、人々は囁《ささや》き合った。

その声が桓武帝の耳に入った。長岡京にある七つの寺に、安殿皇太子の回復祈願の読経を命じた。その中には早良親王が幽閉されていた乙訓寺《おとくにでら》もあった。

――形式的に京の小さな七寺に祈願させても、治るものか――

と、奈良の大寺は冷ややかに見ていた。

帝は、淡路国に命じて、早良親王の陵《みささぎ》に、守家《しゅちょう》（墓守）を置き、郡司に管理させた。

九月、桓武帝は、服喪を理由に、例年大極殿で行う伊勢大神宮を遥拝する儀式、相嘗祭《あいなめさい》を行わず、幣帛《へいはく》（お供え物）を使者に届けさせた。

――天皇は、国民を代表する司祭者のはずだ。伊勢神宮の大神に五穀豊穣を祈願し、実りを感謝し、共に食すべきだが、私事《わたくしごと》の喪を優先なされたのか？――

神祇官たちは首を傾げたが、黙っていた。皇太子の病は癒えなかった。

皇室の不幸や、飢饉、疫病流行などが重なったので、延暦十年（七九一）正月一日の朝賀の儀式は廃止となった。

この年もまた飢饉や旱魃《かんばつ》が多発した。朝廷は五月の端午《たんご》の節句の宴の開催を禁止した。

安殿皇太子の病気は長引いた。何となくけだるく、頭痛に悩まされていた。

桓武帝は、長岡京の造営がなかなか進捗しないことに、いらいらしていた。あれやこれやで、ついつい伊勢大神宮への崇敬の念は消えていた。

八月、盗賊が伊勢大神宮を襲撃して、正殿や宝物殿、御門などを焼いた。皇統史始まって以来の失態であった。伊勢大神宮の斎宮は、桓武帝の皇女、朝原内親王であった。種継が暗殺される直前、帝は斎宮として出発する内親王を、見送っていた。盗賊の放火は、明らかに桓武帝への当てつけであった。

正殿が新築された。桓武帝は、長患いをしている安殿皇太子に、

「伊勢大神宮に参拝して、平癒《へいゆ》を自ら祈願せよ」

と命じた。

十月二十七日、皇太子は伊勢に出発した。大神宮に祈願し、十一月十一日、帰京した。

延暦十一年（七九二）正月一日、桓武帝は大極殿《だいごくでん》に出御《しゆつぎよ》して、百官から朝賀を受けた。翌二日には、近侍する側近たちと、前殿《ぜんでん》（内裏正殿）で宴会を催した。病の続いている安殿皇太子は欠席していた。

延暦三年から始まった長岡京の造営は、十年近くなるのに未だ完成していなかった。費用は膨大となり、国庫を圧迫していた。酒が入ると、官人たちのひそひそ話の題材となるが、誰も公《おおやけ》に口に出すことはなかった。

しかし、一人、帝に直接上奏した男が現れた。和気清麻呂《わけのきよまろ》である。以前、怪僧弓削道鏡《ゆげのどうきよう》が、称徳《しようとく》女帝を色欲で誑《たぶら》かし、皇位に就こうとの企みを図った時、宇佐神宮のご神託を告げて、皇統を護った快男児であった。和気清麻呂は栄進して、民部卿の地位にあった。

「長岡京の造営が遅れすぎているのは、調査が不十分で、変化にとんだ丘陵地や湿地の場所を選んだためです。これ以上の費用が嵩《かさ》むと、国庫は破綻《はたん》し、民意を失います。帝には申し上げにくいのですが、長岡京では種継殿が暗殺されているうえ、早良親王の幽閉死事件もありました。そのほか事件で斬首した九名や遺族の怨念も渦巻いております。これまで投じた費用に拘泥《こうでい》せず、これら凶事を想い出す不吉な長岡を捨て、清浄の地に遷都をご検討されてはいかがですか」

と、大胆な進言をした。

「遷都か？　どこかよい候補地はあるのか？」

「山背《やましろ》国葛野《かどの》郡宇太《うだ》村あたりは風水に適していると思います。直接帝の目でお確かめになられてはいかがでしょうか」

桓武帝は、大原野《おおはらの》（京都市西京区）の遊猟にかこつけて、正月、二月、五月、九月、閏十一月、密かに候補地の葛野川（桂川）近くを視察した。

安殿皇太子の病気は、長岡京七寺の読経《どきょう》では治らなかった。六月になって、畿内の有名な神社に幣帛《へいはく》を供えたが、効き目はなかった。

六月十日、遂に神祇官が卜《うらない》をすると、――早良親王の祟《たた》りである――とのお告げが出た。

桓武帝は直ちに勅使を淡路国に派遣し、早良親王の霊に陳謝した。

――お墓の周囲が雑然としていたので、祟りを引き起こしたのだ――と、郡司や墓守を叱り、今後は周囲を清潔に保つよう厳命した。

しかし、その程度の陳謝と弥《び》縫《ほう》策では、鎮魂にならない。皇太子の病気は治らなかった。

延暦十二年（七九三）正月十五日、桓武帝は大納言・藤原小黒麻呂《おぐろまろ》と参議・左大弁の紀古佐美《きのこさみ》を、遷都の候補地である山背国葛野郡宇太村の視察に派遣した。

三月、桓武帝は、寵臣種継が心魂籠めた長岡京を捨てて、山背国葛野郡（京都）に遷都すると決断した。伊勢大神宮と、天智帝、志貴親王、光仁帝の陵に、その旨を報告した。

和気清麻呂を造宮大夫に任命した。今回は人任せにせず、帝自ら候補地を決め、造営事業に力を注いだ。全国から人夫を集め、宮城の諸門は各国に分担させた。工事は順調に進んだ。

八月、桓武帝を怒らせる事件が起こった。帝《みかど》の内舎人《うどねり》と春宮《とうぐう》坊の帯刀舎人《たちはきのとねり》が共謀して、春宮坊帯刀舎人の一人を殺害しようとした企みが発覚した。二人は逃亡したが伊豫で逮捕され、処刑された。犯人二人は、――皇太子の命だ――と自白したようだと、噂が流れたからである。

桓武帝は、だらだらと病気がちな安殿皇太子に、内心失望していた。

(五) 鳴くよ鶯、平安京

延暦十三年(七九四)正月の朝賀は取りやめられた。長岡京の宮殿の解体工事が開始されたからである。

五月に不幸が起きた。皇太子妃帯子《おびこ》が急病になり、私宅へ移したが即死した。

――帯子妃は、早良《さわら》親王と対立していた藤原種継《たねつぐ》の孫娘だ。今度は皇太子妃に祟りが来たのではないか――

――皇太子は帯子妃の母、薬子《くすこ》様とも通じているとか――

と、人々は噂した。

右大臣で皇太子傅《ふ》の継縄《つぐただ》は頭を抱えた。継縄は何事にも控え目であり、桓武帝には凡庸で、才知のない老人に見えていた。年功序列で右大臣にしていた。藤原百川《ももかわ》や種継など癖のある寵臣を失った桓武帝は、いつしか親政を行うようになっていた。

皇太子の病を除けば、桓武帝の親政は順調に捗《はかど》っていた。

六月、征夷副将軍の坂上田村麻呂が、蝦夷を征討した。家持の友人、坂上苅田麻呂の息子で、武勇の名が高かった。

帝は、全国から人夫五千人を動員して、新京の掃除をした。

七月、長岡京の東西の市を、新京に移した。市民も移住させた。

八月、継縄《つぐただ》を頭として編集を命じていた国史、続日本紀が完成し、朝廷の書庫である図書寮に格納された。

十月、桓武帝は新京へ遷都した。

十一月、桓武帝は詔を出して、山背の国名を山城国に変えた。この地の自然が、城をなしていると の判断であった。人々が新京を「平安京」と呼んでいるので、その呼称とした。

祖先の天智帝ゆかりの古都近江国滋賀《しが》郡は「古津《ふるつ》」と呼ばれていた。これを「大津」と改称した。

翌十四年（七九五）の正月十六日。侍臣たちは雅楽の太平楽を奏し、集団で踏歌を歌い、

――新京は安楽で、平安京は楽土であり、いつも春の穏やかさを堪えている――

と、賛美した。帝に心のゆとりができていた。しばしば狩りに出かけた。

夏四月。曲水の宴を催した桓武帝は、古歌を詠唱して、継縄たち侍臣を驚かせた。


いにしえの野中古道《のなかふるみち》あらためばあらたまらんや野中古道　（古歌）

――人が往来している野中の古道は、たやすく変えることはできない。同様に、古くからの扈従者《こじゅうしゃ》

を大切にしなければならない——

帝は、継縄の正室で尚侍《ないしのかみ》の百済王明信に、応答歌を求めたが、明信はすぐには詠めなかった。すると、帝が、自ら和歌を詠んだ。

きみこそは忘れたるらめにぎ珠《たま》のたわやめ我は常の白珠

（桓武天皇　日本後紀　巻第三　延暦十四年）

——陛下は私のことを忘れてしまているかもしれませんが、私は常に光の変わらない白珠のような状態でいます——

継縄はもとより侍臣たち全員が驚愕《きょうがく》していた。

（冷酷な桓武帝が、このような古歌を知り、返歌さえご自身で詠まれるのか！）

（漢詩全盛の世に、和歌をたしなまれているとは！　何という優れた才能のお方だ！）

誰からともなく、万歳！　の大合唱となっていた。

桓武帝は極めて有能な帝であった。政事はてきぱきと片付いていった。

（六）興福寺僧・善珠の読経

一方、皇太子の病は、二十二歳を過ぎても、長患いになっていた。

十年前立太子した時には、何も事情は知らなかったが、父帝が、まだ山部《やまべ》王の時から、百川《ももかわ》らと策謀を巡らし、皇位に就いた経緯を知った。叔父早良親王が、還俗して立太子した事情や、種継《たねつぐ》暗殺と、その後の早良親王側近たちへの残酷な処遇も知った。

（吾の立太子の背後には、多くの方の怨念があったのだ。決して祝福された立太子ではなかったのだ。父の自己満足のためだったのだ）

大人になっていた安殿皇太子と、桓武帝の心の隙間は広がっていた。二人の間に立って皇太子傅《ふ》の継縄《つぐただ》は、苦悩していた。

（いつまでも、遜《へりくだ》ってばかりの人生では、悔いが残る。大中臣《おおなかとみ》清麻呂殿が――皇太子に、『万葉歌林』の歌稿を供覧してほしい――と念願したように、吾も一つ、桓武帝に進言をしよう。そろそろ吾の命脈も終わりそうだから……）

（これまで桓武帝は奈良の大寺を無視されてきた。弟君早良親王が東大寺や大安寺の僧であったことや、親王の側近に、造東大寺司の官人が多かったことなどから、奈良の僧を毛嫌いされている。しかし背に腹は代えられない）

継縄は遂に意を決し、帝に進言した。

「早良親王の怨念が、安殿皇太子の病《あて》になっていると卜定《ぼくじょう》されました。これまで再三、早良親王のお墓に陳謝されても、お清めになっても、親王はお赦《ゆる》しになられませんでした。つきましては、親王が長岡京を去られる直前に接しられた、親王の信頼厚かった興福寺僧の善珠《ぜんしゅ》に、鎮魂の読経《どきょう》をお願いしてみてはいかがでしょうか」

桓武帝は、黙っていた。怒らなかった。

肩の荷を下ろしたのか、七月、右大臣兼皇太子傅・中衛大将・正二位の藤原継縄は七十年の生涯を閉じた。日本後記には、――継縄は……右大臣に七年間在任した。……遜《へりくだ》り慎み深い態度で自制し、政績ありとの評判はなく才識もなかったが、世の批判を受けることがなかった――と、書かれているが、眼の眩《くら》んだ人には見えぬ、陰徳の賢者であった。

延暦十六年（七九七）春一月。奈良の興福寺僧、伝灯大法師の善珠が、平安京に呼ばれた。

安殿皇太子の病室で、静かに早良親王の亡霊に諭《さと》した。


――親王様が種継を殺害するご意志はなく、さらに帝《みかど》を殺《あや》められてまで皇位に就くようなお考えは毛頭なかったことは、拙僧、お別れの際に重々お聞きしております。しかし安殿《あて》皇太子には、何ら咎《とが》められる罪はございませぬ。この上は、親王はお悩みなく、さらに、何もご存知なき安殿皇太子を苦しませせず、安楽往生なされまし。これより拙僧、心を籠めて大般若経を転読致します。この世はすべて空《くう》、無相《むそう》の世界でございます。善も悪も、正も邪も、悟りも迷いもありませぬ。執着を離れれば、対立なく、自ずから空の世界に入りまする――


転読《てんどく》とは、何巻もの経典の大事な部分のみを読経することをいう。善珠の般若経の輪読が効いたのか、安殿皇太子の病は癒えた。善珠は僧正に任ぜられた。

実は、――善珠は聖武帝の母宮子と、僧玄昉《げんぼう》の間に生まれた不義の子――との噂があった。善珠も安殿皇太子も、罪を持つ親の許に生を受けていた。安殿皇太子は、同じような業《ごう》を持つ善珠に全幅の信頼を置き、崇敬した。

夏四月。皇太子の長年の病を癒した名僧善珠は、七十五歳の聖職を終えた。皇太子は善珠の大恩に感謝し、肖像画を描いて秋篠《あきしの》寺に安置した。安殿皇太子の心は、父の造営した平安京よりも、廃都の平城京に惹きつけられていた。

五月。雉が内裏の前殿（正殿）に集まる怪異が発生した。朝廷はすぐに般若経を転読した。

僧侶二人を淡路国に派遣し、早良親王のお墓で般若経の転読と、帝の罪を懺悔する悔過《けか》の儀式を行った。

（七）飢饉と富士山大噴火

安殿皇太子の病が快癒したので、桓武帝は安堵した。政事は順調であった。

冬になった。十月九日、啄木鳥《きつつき》が前殿に入ったので、不吉な印象を持った帝は、翌日、古里の交野《かたの》への行幸を止めた。その代わりに、曲水の宴を催した。宴酣《たけなわ》になった時、帝に歌が湧いた。

このごろの時雨《しぐれ》の雨に菊の花ちりぞしぬべきあたらその香を

（桓武天皇　日本後記　巻第六　延暦十六年）

――この頃の時雨で菊の花が散ってしまうだろう。その香が惜しまれる――

（これまで強気だった帝が、啄木鳥が前殿に入って不吉だとご心配された。菊の花が散る……しぬべき？　……なにか辞世めいて湿っぽいな）

侍臣たちからは万歳の声は起こらず、しんみりとした宴で終わった。


延暦十七年（七九八）八月、大風が吹いて、京中の農家が倒壊し、不作であった。

延暦十八年（七九九）二月、帝は春宮亮《とうぐうのすけ》・大伴是成と、伝灯大法師・泰信を淡路国に派遣して、早良親王の霊に謝罪した。

同じ二月に、寵臣で平安京の造宮大夫を務めていた民部卿・和気清麻呂が死去した。六十七歳であった。百川、種継、嗣縄、清麻呂と近臣を次々失い、桓武帝は落ち込んだ。

天は過酷であった。美濃、備中、大和国に飢饉が発生した。三月、近江、紀伊、伯耆、阿波、讃岐。四月、河内。五月、淡路、讃岐、越中、と広がった。

（やはり早良への陳謝が足りないのか）

六月、帝は僧侶三百人、沙弥《しゃみ》五十人を招き、内裏、春宮、朝堂院で、大般若経を、早良親王の霊に奉読した。


延暦十九年（八〇〇）駿河国から、三月十四日から四月十八日まで、一カ月以上、富士山の大爆発が続いていると、報告があった。日本列島は恒西風が吹いているので、富士の噴煙は平安京では実感できない。しかし、国守の報告は惨状を訴えていた。

——昼は噴煙であたりが暗く、夜は火光が天を照らすようになりました。噴火の爆発音は雷鳴のようであり、雨のように灰が降り、山の麓の川の水は、みな紅色となりました——

（これでは東国の農産物は駄目であろう。……早良の怨念は、まだ朕の治世を妨げるのか……待てよ、早良だけではないかもしれぬ。井上内親王《いのえ》も、他戸《おさべ》も朕を恨んでいよう。……体調が少しおかしいのは……もしや……）

桓武帝は、時折り不快を感じるようになっていた。

（八）神泉苑《しんせんえん》

秋七月。大内裏の東南隣接地に作っていた庭苑が、六年の歳月をかけて完成した。天皇のみ利用する禁苑である。東西二町、南北四町の大庭園であった。桓武帝は初行幸した。

「見事な庭園だ。和泉が湧くようだな、竜神が棲んでいるように神々しい。神泉苑と名付けよう。誰が設計し、施工したのか、褒めよう。呼べ」

初老の男が腰をかがめて現れ、頭を地につけた。

「よき池庭よ、礼を言う。そちの名は何という」

「奈良の西の市で造園業を営む剛と申します」

「褒美を取らせよう。何なりと望め」

「恐れ入ります。それがし作庭の勉強のため、図書寮の唐の書籍など、閲覧できればと……」

「欲のない男じゃのう。よかろう。今後も良き庭を造るがよい」

（しめた！　これで『万葉歌林』の歌稿を、吾が何とか見守れるぞ）

剛は、ほくそ笑んだ。作庭の苦労が消えた。職人たちは、七十年前、天平元年（七二九）の「長屋王の変」で失業した王家の嶋司《しまつかさ》の子や孫であった。

（山上憶良の指示で、権が引き取り、配下にした経緯は、「長屋王の変」参照）

庭師剛の勧めで桓武帝は小舟に乗って、空を仰ぎ、周りの景観を眺めた。まるで別世界にいるようであった。

（同じ庭の景色が、陸の楼閣《ろうかく》から見下ろすのと、水面から見上げるのでは、こうも違うのか！――知者は水を愛す――とは、よくぞ申した）

しかし、ふっと早良《さわら》親王や井上《いのえ》内親王の顔が浮かぶ。二人の苦悶《くもん》の顔が消えない。

七月二十三日、桓武帝は詔を出した。

――朕に思うところがあり、故皇太子早良親王を崇道《すどう》天皇と称し、故廃后《はいごう》井上内親王を皇后に戻し、二人の墓を山陵《みささぎ》と改称せよ――

同時に春宮亮《とうぐうのすけ》・大伴是成《これなり》に、陰陽師と多数の僧を付け、淡路の山陵に参拝させ、謝罪した。

それでも気になった。二十六日、命令を出した。

――淡路国の崇道《すどう》天皇陵の守戸を二戸に増やせ。また大和国宇智《うち》郡の井上皇后陵に守戸一戸をつけよ――

何か落ち着かなかった。

（手抜かりがあった！　早良には天皇号を贈ったこと、井上内親王には皇后に復位のことをきちんと報告してなかった！）

二日後の二十八日、王族の少納言と散位の王を、それぞれの山陵に派遣し、報告させた。

延暦二十年正月四日、帝は恒例の宴席で和歌を詠んだ。当日雪が降っていた。

梅の花恋ひつつをれば降る雪を花かも散ると思ひつるかも
（桓武天皇　日本後記　巻第九　延暦二十年）

鎮魂のせいか、朝政は順調であった。桓武帝は落ち着きを得ていた。過去を振り返った。

（志貴親王はじめ、朕ら天智系皇子は、天武朝廷では悲哀を舐《な》めてきた。しかし、光明皇后や称徳女帝、それに朕は、逆に、天武系皇子を強引に排除し過ぎた。……朕に聖武帝の血は流れていないが、これまで聖武帝を無視し過ぎていた）

と、悔《く》いた。年末、帝は、聖武天皇の佐保山陵《さほさんりょう》に使者を派遣した。

延暦二十年は、何事もなかったかと思われたが、天はまだ怒りを解いていなかった。

延暦二十一年（八〇二）正月八日。富士山が再び噴火した。昼夜を分かたず赤々と燃え、霰《あられ》のごと

く砂礫《されき》を降らせているとの報告であった。陰陽師に卜定《ぼくじょう》させると、凶作と疫病の前兆と出た。帝は、駿河と相模の国守に、

——神のお怒りを宥《なだ》めるよう、神官僧侶をあげてお祈りを捧げよ——

と、命じた。

やはり不作の年となった。

神泉苑に出かけ、独り小舟に乗り、神に黙想した。貴人の顔が浮かんだ。姉、能登内親王の子、帝には甥になる五百枝王《いおえ》であった。

（そうか！　早良の可愛がっていた五百枝王を、種継暗殺に関与していると、よく調べもせずに、伊豫に流した。叔父になる朕に反論も、嘆願もせずに、黙って僻地《へきち》へ行ったが、もう何年になるかな……侍従・右兵衛督《うひょうえのかみ》として、よく仕えてくれていたが、……あれは延暦四年だったから、十七年か……冤罪《えんざい》だった。申し訳なかった。朕が短気だった……そうか、朕の不予《ふよ》には、生霊《いきりょう》の祟りもあるのだろう。……五百枝はもうよかろう。赦そう）

六月二十二日。家持の親友市原王の御子で、桓武帝には甥になる五百枝王は、流罪を赦され、平安京外の居住を許可された。

五百枝王は宗像海人《むなかたあま》の健の船に乗り、難波津に上陸した。水夫《かこ》の背負う駕籠には、十七冊の写本が入っていた。それが『万葉歌林』の歌稿写本とは、誰も知らなかった。

（九）桓武帝不予《ふよ》

延暦二十三年（八〇四）は丑《うし》年であった。八月十日。異変が起きた。突然、内裏に大雨が降り、暴風雨となった。中和院《ちゅうわいん》の西舎が倒れ、牛が下敷きになって死んだ。

帝が愛してしばしば訪れる神泉苑の左右の閣や、市中の多くの家屋が倒壊した。それだけではなかった。全国的に被害があった。

（朕は丑年生まれだ。丑年に牛が死ぬとは……朕に良くないことが起こる予兆であろうか？）

翌日十一日には、大地震があった。

桓武帝は、怯《ひる》まなかった。天に逆らうように、その月、北野、大原野《おおはらの》、栗前野《くりくまの》と狩に出た。その後もたびたび狩りに出た。山鳥や兎や、鹿、猪を殺傷しては楽しんでいた。

冬十二月二十五日、遂に病に倒れた。苦痛にあえいだ。帝は慌てて、奈良の東大寺、興福寺、大安寺など七大寺に使いを派遣して、早良親王鎮魂の読経を要請した。同時に平安京の貧しい僧や沙弥に手厚いお布施をした。しかし、痛みは消えない。

翌日二十六日。天下に恩赦を出した。しかし病は続いた。

延暦二十四年（八〇五）正月一日の朝賀は、病のため中止となった。

近臣には告げなかったが、帝には早良親王の怨霊が、再び夢の中に現れてきたのであった。

遂に十四日、早朝、安殿《あて》皇太子を呼んだ。

（こんなに早く、大袈裟な帝だ）

皇太子はゆっくりしていた。再び使いが来て、皇太子を急《せ》かせた。

帝は重篤になっていた。こまごまと安殿皇太子に崩御後の指示を出した。

大法師を呼んだ。

「朕は鷹や猟犬を使って、か弱い小鳥や雉や山鳥、あるいは兎、狐、狸、鹿、猪など随分殺傷し、これを食して楽しんできた。しかし、このところ、早良、いや崇道《すどう》天皇が、悲し気な顔をして現れる。崇道天皇は敬虔《けいけん》な僧職にあったことを、朕は失念……いや、無視していた。……崇道天皇のお怒りはごもっともだ。直ちに鷹と猟犬を朕の手から解放させる。また崇道天皇のために、淡路国にお寺を建てる。全国のお寺の塔が傷んでいるところは、すぐに修理させることにした」

この結果、帝は小康を取り戻した。

ところが二十二日、午後二時頃、大きな流れ星が落下した。

二十五日、地震が起きた。

桓武帝の夢に、井上《いのえ》内親王と他戸《おさべ》親王の悶絶《もんぜつ》の顔が現れた。帝は慌てた。

二月六日、僧侶百五十人を呼び、内裏と春宮坊で大般若経を読経させた。同時に、二人を祀っている宇智（五条市）の竜安寺に、供え物をした。

帝の悪夢は収まった……と思ったのも束の間であった。

二月十日、由緒ある石上《いそのかみ》神宮と朝廷が悶着《もんちゃく》を起こした。

石上神宮は、家持の親友、石上宅嗣《いそのかみやかつぐ》など、旧物部一族が、石上氏族と改称して信奉してきた古社である。（神宝の七枝刀は現在国宝で有名である）

この由緒ある神宮の修復には従来から朝廷が費用を出していた。

昔、物部氏を滅した蘇我の子孫、石川吉備人《きびひと》が、造石上神宮使《ぞういそのかみじんぐうし》となった。

吉備人「修復に延十五万七千人の人夫が必要です。ご許可をください」

百済渡来人を母とする桓武帝は、在来の神宮や神社の知識には疎《うと》い。

桓武帝「なぜこの神宮が、他の神社と異なるのか？」

吉備人「多くの武器が収蔵されていることです」

桓武帝「どうして武器が収蔵されているのか？」

吉備人「代々の天皇が、勅使を派遣して、武器を供えてきたからです。今般、遷都したので、この神宮の修復を機に、万一の事態に備えて、大量の武器を、石上神宮の収蔵庫から平安京の近くに移してはいかがでしょうか」

桓武帝「いい考えだ。よかろう」

神宝の武器は、運び出されて、山城国葛野郡に建てられた倉に納められた。ところが、この倉が突然崩壊したので、内裏の兵器庫に運び込まれた。すると、桓武帝が再び病に倒れた。

朝廷は、最近都に現れた巫女《みこ》に占わせた。巫女には平安京のある神が憑《つ》いていた。

巫女「石上神宮の武器は、代々の天皇が、懇《ねんご》ろな志をもって送納した神宝《しんぽう》である。それを私の神社の庭に運んできたのは不当である。桓武天皇の名を天帝に告げ、報復する」

民人《たみびと》はあきれていた。――この期に及んで、畏《おそ》れ多くも石上神宮のご神宝である武器の数に目が眩《くら》んで取り上げ、平安京に持ち込むとは……欲深い。……ご病気は天罰だ――

慌てた桓武帝は、帝の年齢と同じ六十九名の有徳の高僧を集め、石上神宮に、お詫びの読経をして、武器を石上神宮に返却した。しかし病は癒えなかったので、十九日、全国の国分寺で薬師《くすし》たちに、帝の代わりに悔過《けか》、すなわち罪を懺悔《ざんげ》させた。

病は続いていた。生霊、死霊いろいろな怨霊が出るようになった。

三月、恩赦の詔《みことのり》が出た。

罪を免じ、帰京を赦す。　吉備泉《きびいずみ》、五百枝王、藤原雄依《おより》（藤原種継暗殺事件）
〃　〃　山上船主《ふなぬし》（氷上川継事件）
〃　〃　氷上川継《ひかみかわつぎ》（伊豆流罪）

船主と五百枝王は、隠岐と伊予に離れていたが、平安京の状況は、神泉苑を造庭した剛の配下から、刻々、隠岐に伝えられ、さらに伊豫に転送されていた。毎年、図書寮《ずしょりょう》の虫干しを利用して、『万葉歌林』の歌稿は、山辺衆候の雑役夫の手で一巻ずつ偽物と差し替えられていた。本物は、宗像海人の健によって伊豫に運ばれ、五百枝王の手元で書写されていた。

密かに、二十年ぶりに再会した元陰陽頭・船主と、元侍従・右衛門督《うえもんのかみ》の五百枝王《いおえ》は、肩を抱き合って、恩赦を喜び合った。新たな行動目標を打ち合わせた。

夏四月、桓武帝は崇道天皇鎮霊のため、命日を、天皇に準じて国忌とし、幣帛《へいはく》（お供え物）を捧げることにした。

崇道天皇を流罪地の淡路島から八島陵（奈良市八島町）に移すことにした。

しかしまだ怨念は残っていた。不予は治らなかった。ますます重篤になった。

第十七帖　万葉集誕生

ふるさととなりにしならのみやこにも色はかはらず花はさきけり
（平城《へいぜい》天皇　古今和歌集　九〇）

（一）陰陽師《おんみようじ》参上

延暦二十五年（八〇六）三月十七日。平安京の西の山に小さな黒雲が現れ、墨を流すように見る見る天空を覆いつくした。日中というのに夜のように暗くなった。

遠くで稲妻が光り、ゴロゴロと雷鳴が不気味に近づいてくる。

――またいつものように雷様がやって来るぞ――

――落雷に打たれてはならぬ、早く家に入れ――

町の人々は一斉に近くの家々に飛び込んだ。

――内裏《だいり》では今日もまた、帝《みかど》は早良《さわら》親王様や井上《いのえ》内親王様の怨霊《おんりょう》に襲われるのか、お気の毒に――

――しっ、知らぬが仏だ。黙っているのがよかろう――


その大内裏の上を凄まじい稲妻が走り、雷鳴が此処《ここ》彼処《かしこ》に轟く。官人官女たちは、それぞれの部屋の隅に身を縮め、生きた心地もせず、袂《たもと》で頭を覆っていた。

大粒の雨が、まるでみぞれのように降ってきた。

薄暗い清涼殿に、五百枝《いおえ》王が、白髪長髭白衣の老人を伴って現れた。白髪は背中まで垂れ、顎鬚《あごひげ》は一尺もあろうか。元陰陽頭《おんみようのかみ》、すなわち陰陽寮の長官であった山上船主《ふなぬし》である。

五百枝王は藤原種継暗殺事件の一味として、一年前までは伊豫に流罪《るざい》になっていた罪人であったとはいえ、桓武帝には甥になる。うずくまっていた宮廷の官人たちは慌てて立ち上がり、丁重に礼をする。

――はて、連れ立つ白髪の老人は誰ぞ？――

と、疑問を持ったが、老人の放つ異様な気に圧倒され、誰一人誰何《すいか》する者はいない。言葉が出ない。口封じの術にかかっているとは気がつかない。

病室の前には安殿《あて》皇太子が、雷に怯《おび》えながら青白い顔で出迎えていた。

「殿下、昨日お話し申し上げた元陰陽頭の山上船主でございます」

五百枝王の紹介で、船主は深々と頭を下げた。

三十二歳の安殿親王は、約二十年前、氷上川継事件の時は少年であった。隠岐《おき》に流された船主を知らない。初対面であった。穏やかな風貌ながら眼光鋭い船主に、親王は圧倒された。

「おお、そちが元陰陽頭の山上船主か、待っていたぞ。さあさ、入れ入れ」


病床では桓武帝が、昨日同様に呻《うめ》いていた。

宮廷の薬師《くすし》三名とその補助者が、もはや為す術《すべ》もないと、枕元にうなだれていた。

皇子はじめ多くの女人たちが、凄まじい稲妻と雷鳴に、身を震わせながら、詰め合って病床をのぞき込んでいる。

（女人は二十名ほどか。聞き及んではいたが、凄まじい好色荒淫の帝《みかど》であったな）

山辺衆の首領でもある船主は、すでに後宮の女人の序列と情報は頭に入れている。一瞬のうちに人数と顔ぶれを把握していた。


枕元には皇太子安殿《あて》親王（後の平城《へいぜい》帝）と神野《かみの》親王（後の嵯峨《さが》帝）の両親王が、でんと座っていた。

二人の生母である皇后の乙牟漏《おとむろ》は、藤原式家故宇合《うまかい》の孫であったが、十六年前、延暦九年（七九〇）に三十一歳の若さで崩御《ほうぎょ》していた。

次に大伴《おおとも》親王（後の淳和《じゅんな》帝）と伊予《いよ》親王が並んでいる。大伴親王の生母、藤原旅子《たびこ》もまた延暦七年（七八八）に、三十歳で没していた。旅子は、桓武帝が山部王の頃から皇位簒奪《さんだつ》の陰謀を練った策士、藤原式家の百川《ももかわ》の女《むすめ》であり、故宇合の孫だけに、皇位継承権の順位は高かった。

四人の皇子の隣に、帝の妃、酒人《さかひと》内親王がいた。先帝光仁《こうにん》帝の皇女であり、桓武帝とは異母妹になる。夫人《ぶにん》の筆頭は名門多治比《たじひ》の真宗《まむね》。次いで藤原吉子《よしこ》。藤原南家故武智麻呂《むちまろ》の曽孫で、伊予《いよ》親王を産んでいたから気位が高かった。

(伊豫親王には皇位継承権があるから吉子にとっては大事な場だな……)

船主の脳裏に女たちの無言の緊張感が入る。

夫人末席は藤原小屎《おくそ》。

(故房前卿の血をひき、夫人とはいえ北家らしく控えめにしているな)

病床を取り巻く最前列は、薬師三名と、四人の親王、酒人妃、夫人三名であった。

その背後に女御《にょご》六名。

藤原仲子、藤原正子、紀乙魚、橘御井子、橘常子、百済王教法《くだらおうきょうほう》。

さらに身分の低い宮人十一名が背中越しに覗き込んでいる。

宮人では藤原東子《とうし》が大きな顔をしていた。百川の没後、桓武帝の寵臣となり、長岡京造営中に暗殺された藤原種継《たねつぐ》の女《むすめ》である。

(東子もまた策謀の式家の出身だな。宇合の曽孫か。……並んでいるのは……)

藤原河子。藤原京家故麻呂の曽孫。南家の藤原上子。藤原平子は大宰帥として宮廷から追放された藤原豊成の曽孫。まだ若く、父の左遷もあって目立たぬように身を小さくしていた。

百済王教仁《きょうにん》、百済王貞香《じょうこう》。

(百済王氏族からは女御の教法を入れると三名も……やはり帝は渡来系だからな……ご生母高野新笠《たかののしんがさ》

が渡来の平民なので、後宮に王族を入れて背景を補強したのか。百川の策だな）

橘田村子、坂上春子、河上好、紀若子、中臣豊子。

（藤橘の名門のほか、武家の坂上《さかのうえ》氏までも取り込んでいたか）

女御、宮人の地位を得たのは、全員が桓武の皇子、皇女を産んでいたからである。

（帝の崩御後の自分たちや御子の運命を不安に思っているのだろう。御子を産んでいないためご臨終に呼ばれていない帝の愛人たちは、いったい何人いるのだろうか……）


雷鳴が轟くたびに、桓武帝が呻《うめ》いた。大声を上げた。

桓武帝には早良親王の恨めしそうな顔が見え、苦悶《くもん》の声が聞こえた。

――……兄上、お腹が空いた。何か食べたい……咽喉がからからだ……水をください……兄上を恨みます。この苦しみを兄上と安殿《あて》皇子に……――

「おお、早良、許してくれ、朕《ちん》が悪かった。安殿は許してやってくれ……頼む……」

「井上《いのえ》内親王と他戸《おさべ》親王か。許してくれ。朕が悪かった……」

「おお、そちは家持か、種継暗殺は抑えていたとは……知らなかった……済まぬ……」

陰陽師山上船主の心眼には四人の恨み顔が見えていた。心耳には恨み言が聞こえていた。

船主は薬師や妃たちに告げた。

「皇太子と親王様はこのまま。女人の皆さまはご退席ください」

妃の酒人《さかひと》内親王が目尻をあげて怒った。

「何故だ。苦しまれる帝の側にいてお慰めし、ご臨終に立ち会いたいのに、――退席せよ――とは失礼な。陰陽師とはいえ、妃の妾《わらわ》には過ぎたる言葉ぞ」

船主は静かに応じた。

「このままではそのほかの怨霊も次々と現れ、苦悶は続き、安楽往生はできませぬ。それがしが会得した秘術により、まずは帝《みかど》にすべての罪を懺悔《さんげ》させ、次々現れる怨霊を鎮め、帝を極楽浄土へ導きましょう。帝がこれまでの悪行を懺悔されずに、このまま息絶えれば、地獄へ落ち、更なる苦難を受けましょう。皆さまは穢《けが》れております。吾が祈祷の邪魔になります。帝の安楽往生を心から望むのであれば、皇太子と親王三人を残し、全員ご退席くださいませ」

老陰陽師の言葉は凛《りん》として筋が通っていた。

妃はうなだれ、立ち上がった。他の女人たちも足早に去った。

病室には、船主と五百枝《いおえ》王、安殿《あて》皇太子、神野《かみの》親王、大伴親王、伊豫親王の六名が残った。

船主は部屋中に、持参した隠岐《おき》の塩をたっぷりと撒《ま》いた。部屋の空気が、見る見る清浄になった。

帝の枕元に、榊《さかき》の枝束を置いた。

(二) 覇王《はおう》屈服

外では雷が遠く近く轟いている。稲妻が光る瞬間、桓武帝の青白い顔が浮かび上がる。

髭は伸び、眼はくぼみ、往時の迫力はない。まだもがき呻《うめ》いている。

五百枝王《いおえ》が桓武帝の耳元で告げた。

「叔父上、五百枝です。目を開けてくだされ。先日お話申し上げました陰陽師山上船主を連れて参りました」

桓武が目を見開いた。

「おう、昔の陰陽寮の頭《かみ》（長官）か。まだ生きていたのか」

（往時の帝の皮肉の口調になっているな……よし、聴き分けできそうだ……）

「昨年特赦を受け、都へ戻っております。このたびは五百枝王様のご要望とそれがしの存念《ぞんねん》もあり、帝《みかど》の怨霊鎮魂に参上致しました」

「そうか……早良《さわら》親王、井上《いのえ》内親王、他戸《おさべ》親王、不破《ふわ》内親王、それに大伴家持らが次々と現れ、朕は安らぐ隙もない。これでは冥土に行けぬ。三途《さんず》の川を渡ろうとするが、引き戻されるのだ。……――まだまだ苦しめ――とな。……ああああああ、また現れてきたわ……船主、何とか安楽往生させてくれ……頼む……」

「承知しました」

船主は榊《さかき》の幣《へい》を左右左《さゆうさ》と振った。腹の底から声を出した。

「陰陽師山上船主、慎みて、故早良親王、井上内親王、他戸親王、不破内親王、大伴家持将軍そのほかの御霊《みたま》、ならびに生霊《いきりょう》の方々に、畏《かしこ》み畏み、申し上げます。皆々様のお恨みはごもっともであります。それがしこれより鎮魂の魔訶般若波羅蜜多心経《まかはんにゃはらみたしんぎょう》をお供え申します。なにとぞお心御鎮めくださいますよう……」

船主は心を籠めて、頭上を彷徨《ほうこう》する怨霊たちに語り掛けた。

言霊《ことだま》が通じた。

雷の音が止んだ。

「帝《みかど》へ申します。まずは懺悔《さんげ》されよ」

陰陽師船主の口調は厳しかった。

「な、何と申した？　懺悔だと！」

「そうです。自ら犯した罪悪を自覚し、告白し、悔い改めねばなりませぬ」

桓武帝は唇を噛んだ。

船主は諭《さと》すように語り掛ける。

「亡くなられた方へ口先だけ『済まぬ、許せ』と申しても、許されませぬ。いかに大きなお墓を作られ、鎮魂鎮霊を僧侶や勅使に祈らせても無駄でございます。亡くなられた方だけではございませぬ。無実の罪で皇位継承権や活躍の場を奪われ、死罪や流罪《るざい》となった方々の、恨みも多くあります。『赦《ゆる》す』という言葉だけでは、無実の罪人《つみびと》や家族が本来得たであろう幸せの償《つぐな》いはできませぬ。帝が心から深い懺悔《さんげ》をせねばなりませぬ。お身内の五百枝《いおえ》王、安殿《あて》皇太子、神野《かみの》親王、大伴親王、伊豫親王にはお聞かせ難くとも、これまでの悪行をすべて認められ、告白され、胸の中を奇麗にし、真心の償いをなさらねば安楽往生はできませぬ。……まずは心の奥底よりすべてを懺悔されよ。これより懺悔文《さんげもん》を唱え、摩訶般若波羅蜜多心経と廻向文《えこうもん》を読経《どきょう》致す」

最後の言葉は、命令口調になっていた。


桓武帝は、わなわなと震えていた。

（これまで朕《ちん》はこのように命じられたことはなかった。……「無礼な奴め」と怒鳴りたいが……なるほどそうか……深い懺悔《さんげ》をせねば、この苦痛は続くのか……）

「分かった。朕の悪行すべてを懺悔し、死霊生霊すべてに心から謝ろう。船主、そなたの申す通り、懺悔後悔せずに、悪帝の朕が怨霊退散安楽往生を望むとは、たしかに虫が良すぎるわな……安殿《あて》、わが身を起こしてくれ。神野、大伴、伊豫、わが悪行の数々よく聞いておくがよい。船主、鎮魂廻向《ちんこんえこう》の祈祷を頼む」

船主が怨霊たちに向かって読経を始めた。老人の口からというより、地底からうなり出る様な重厚な音声であった。

「……懺悔文《さんげもん》……我昔所造諸悪業《がしゃくしょぞうしょあくごう》　皆由無始貪瞋痴《かいゆむしとんじんち》　従身語意之所生《じゅうしんごいししょしょう》　一切我今皆懺悔《いっさいがこんかいさんげ》……」

――私が昔から造ってきた諸々の悪い行いは、皆過去から始まる貪《とん》（欲深くむさぼること）瞋《じん》（自分の心に違うものを怒り恨むこと）痴（愚かで根本の原理をしらないこと）に由るものです。すなわち身体で行ったこと、言葉で語ったこと、思ったことの三業から生まれたものです。私は今それらの悪行の一切合切《いっさいがっさい》を皆懺悔《みなさんげ》致します――

「摩訶般若波羅蜜多心経《まかはんにゃはらみったしんぎょう》……観自在菩薩《かんじざいぼさつ》　行深般若波羅蜜多時《ぎょうじんはんにゃはらみたじ》　照見五蘊皆空《しょうけんごうんかいくう》　度一切苦厄《どいっさいくやく》（一切の

苦厄を度《ど》したもう） 舎利子《しゃりし》 色不異空《しきふいくう》 空不異色《くうふいしき》 色即是空《しきそくぜくう》 空即是色《くうそくぜしき》……能除一切苦《のうじょいっさいく》（一切の苦を除きて） 真実不虚《しんじつふこ》（真実にして虚ならず）……故説般若波羅蜜多呪《こせつはんにゃはらみたしゅ》（故に般若波羅蜜多の呪を説く） 即説呪曰《そくせつしゅわつ》（即ち呪を説いていわく） 羯諦《ぎゃてい》 羯諦《ぎゃてい》 波羅羯諦《はらぎゃてい》 波羅僧羯諦《はらそうぎゃてい》 菩提娑婆呵《ぼぢそわか》 般若心経《はんにゃしんぎょう》（ひろく ひろく 偏らない心 こだわらない心 とらわれない心 これが空の心 般若心経である）」

船主が全霊を傾けて、怨霊の鎮魂と往生を祈祷した。

最後に怨霊たちの追善供養と、懺悔による桓武帝自身の成仏のために廻向文《えこうもん》を読んだ。

「願以此功徳《がんにしくどく》 普及於一切《ふぎゅうおいっさい》 我等與衆生《がとうよしゅじょう》 皆共成仏道《かいぐじょうぶつどう》」

――願うところは此の経の功徳を以って、一切の人々にあまねく及び、我ら等しく諸々の人と、皆共に仏の道を敬《うやま》いゆかん――

桓武帝は、息苦しさに、時々話を停めながらも、これまでの悪行をすべて吐露《とろ》した。親王たちは初めて耳にする父帝の、凄まじい権力闘争の過去であった。

「早良《さわら》や井上《いのえ》内親王、他戸《おさべ》親王、不破《ふわ》内親王にはまことに済まなかった。告白懺悔するぐらいでは怨霊は収まらないであろう。安殿《あて》、神野《かみの》、大伴、そなたらは朕に代わり陵《みささぎ》を造り、今後手厚く早良親王、井上内親王らを手厚く慰霊、崇敬するように心掛けよ」

遠雷が聞こえてきた。

「そうだ。種継暗殺事件関係者すべてに、わが生存中に、特赦を与えよう。特に、暗殺を抑えようとした家持を、よく調べもせずに首謀者と見做《みな》して、こともあろうに遺骨を子の永主《ながぬし》と共に隠岐《おき》の島に流したことは、まことに申し訳ない。――埋葬を許さず――と命じたが、人間のなすことではなかった。――申し訳なかった。直ちに家持父子の本位を回復し、遺骨を佐保の大地に丁重に埋葬するように。ただ古麻呂の子、継人《つぐひと》が、朕の寵臣種継を暗殺した事実は許し難い。ゆえに大伴の本家筋は、以後、『無名』より『伴《とも》』として姓名の復活を認める――と永主に伝えてくれ」

「承知しました」

雷がだんだん近づいてきた。稲妻が光る。

「大伴家持殿にはまだ許すべきことがありませぬか？　怨念が残っておりますぞ……」

「没収した『万葉歌林』の歌稿のことか？」

「はい。わが祖父山上憶良も関わることにあれば……」

「権力欲と色欲にしか興味なかった朕に、歌稿のことは分からぬが、『言霊《ことだま》』という言葉が気になる。執念が残れば、家持の霊魂は落ち着くまい。……歌稿は焼き捨てるか……」

「叔父上、この期に及んでも、何と無茶なことを申されますか。……歌稿原本は焼き捨てても、怨念は残りますぞ。また写本は吾が手元に残しております」

と、五百枝王が激高《げっこう》した。

「何、何と申した？」

「それがし伊豫配流《いよはいる》の十七年間に、十七巻を書写済みでございます。隠岐《おき》流罪の山上船主殿の手の者が、密かに図書寮《ずしよりよう》の保管庫より、虫干しの時、一冊ずつ偽物と差し替えて、伊豫に届けてくれました。帰京して残り三巻、つまり全冊写しました。原本を焼いても無駄です」

桓武帝と四人の皇子は驚いた。

「なぜそのようなことができたのか？　冥土へのお土産に、聞かせてくれ」

「ははは、吾は元陰陽寮の頭《かみ》なれば……」

船主はぼかした。──吾は山辺衆《やまのべしゅう》と宗像海人《むなかたあま》を統《す》べる候の首領《うかみかしら》──とは明かさなかった。

「そうか……家持鎮魂には『万葉歌林』の上梓が、何よりの功徳《くどく》となるか。……分かった。……そうだ、安殿《あて》、そなたは吾が皇子ながら和歌に興味を持っている。わが亡きあと、そなたの手で速やかに世に出すがよかろう」

「心得ました」

稲妻が軽く光った。


疲れたのか、桓武帝は肩で息をしていた。

水を飲んだ。

「船主。朕は一度図書寮に行き、『万葉歌林』の原稿と序文を見たことがある。原稿には祖先の志貴《しき》親王や天智帝の御歌《みうた》があるから軽率には扱えなかった。しかし憶良の書いた序文には、いささか引っ掛かるところがある。序文の出版は許すわけにはいかぬ」

「どこがお気に入りませぬか？　名文でございますが……」

と、五百枝王が訊ねた。

「冒頭と末尾だ。わが国の大王は王たちが選び、地方の王は豪族となって倭国が大和朝廷になった。

吾も天智帝も、皇位を強引に奪ってきた。英邁《えいまい》な天武天皇のことは明記されているが、吾が祖、天智帝の御名《みな》はない。それに賛助者は大伴であり、その後、橘諸兄《もろえ》の名も追記されていた。天智帝と藤原に対抗してきた者たちが後援者だ。天武系の皇子たちを粛清してきた朕の悪行《あくぎょう》は、この序文により明瞭に非難されよう。船主、五百枝、頼むからこの序文だけは、上梓から外してくれないか。冥土への旅の心残りになる」

（令和万葉秘帖　長屋王の変　第十帖　万葉の序　を参照ください）

船主は今、祖父憶良の心境になっていた。山辺衆候《うかみ》の変身の術であった。

――序文がなくても歌稿が世に出ればよい――

「分かりました。序文の上梓はやめましょう。安殿《あて》皇太子よろしくお願いします」

四人の皇子たちは、瀕死の父帝と老陰陽師の、息詰まる会話に圧倒されていた。

「船主、もう一つ意見がある。いや助言だ」

「何でございましょうか？」

「題名を変えよ」

「はっ？」

「皇位を簒奪《さんだつ》した悪名高い朕ではあるが、祖父志貴皇子の血が流れておる。朕が時折和歌を詠んだことは承知しているか？」

「隠岐《おき》にも伝わってまいりまして、よく存じております」

「『万葉歌林』では憶良の『類聚歌林《るいじゅうかりん》』の臭いが強すぎ、いかにも硬すぎる。『万葉集』とせよ。どうだ、柔らかで心地《ここち》よい響きだ」

「なるほど、『万葉集』でございますか……いや、素晴らしいご助言でございます」

「悪帝の朕《ちん》も歌人としてこの世に一つぐらいは善行《ぜんぎょう》を残したいぞ。安殿、上梓頼むぞ」

「はいご安心くだされ」

「では心おきなくあの世に行ける。今は早良も、井上内親王も、家持も、生霊も誰も現れないわ。天上から朕が造ったこの平安京の守り神になろう。さらばじゃ」

稲妻が光った。

「喝《かつ》!!」

大音声で船主が引導を渡した。

どかんと、内裏に落雷があった。

安殿皇太子の腕の中で、帝の頭がガクンと落ちた。安らかな表情になっていた。

(三) 万葉集誕生

桓武天皇が崩御すると、平安京の天空を覆っていた不気味な分厚い黒雲が、見る見る薄れて、東山に消えていった。晴れ間が広がった。

都の中では雷鳴や稲光に怯《おび》えていた民衆が、おそるおそる戸を開け、蔀《しとみ》を上げ、外に出て空を見上げていた。

間もなく都中に——桓武帝ご崩御《ほうぎょ》——の知らせが広がった。

生気が平安京に溢れた。まるで旱魃《かんばつ》にしおれていた草木が、甘露《かんろ》の雨水に身震いして、葉を開き、茎がしゃきっと立ち直る姿に似ていた。

宮中では安殿《あて》皇太子が、大夫たちを前に、皇位を引き継ぐ践祚《せんそ》の儀式を行った。元号が延暦から大同に改元された。

崩御二カ月後の大同元年（八〇六）五月十八日、皇太子は平城《へいぜい》天皇として即位した。

桓武帝は、生前、「平安京より遷都すべからず」との勅《みことのり》を出していた。しかし新帝は旧都平城京をこよなく愛していた。いつの日か還都《かんと》したいと考えていた。それが後日物議をかもすが、本書では触れない。それゆえに人々は新帝を「奈良《なら》の帝《みかど》」と呼んだ。


ふるさととなりにしならのみやこにも色はかはらず花はさきけり

皇太子の時代から素行《そこう》にはとかくの問題を起こした平城帝ではあるが、和歌には深い興味を持っていた。噂に聞いていた柿本人麻呂や大伴旅人、家持、山上憶良などの歌を、わが手で世に出せる幸運に、感動していた。

平城帝は即位するや直ちに図書頭《ずしよのかみ》（長官）を呼び、命じた。

「図書寮の倉庫で保管している大伴家文書の中の『万葉歌林』の歌稿二十巻を四部、三カ月以内に上梓せよ。図書寮の史生《ししょう》を動員し、残業をさせても完成させよ。十分な手当てを支給せよ。なお先帝の意向により『万葉集』と改題する。歌稿の『序文』は書写するに及ばず。後日歌稿と共に家持遺族に返却するゆえ、封印し厳重に保管せよ」

顕官たちの血なまぐさい政争に明け暮れてきた大内裏で、平素目立たぬ役所の図書寮が俄然活気を帯びた。史生たちは喜んで残業に精を出した。

間もなく筆墨の香る見事な『万葉集』二十巻、それも四部が完成した。

秋八月。

五百枝《いおえ》王と山上船主、隠岐流罪から放免された永主《ながぬし》の三名が、平城帝に呼ばれた。

「五百枝王、そなたが伊豫流罪の十七年間を含め、一巻ずつ筆写した『万葉歌林』が、史生たちの見事な筆で、読みやすく完成したぞ。それ、手に取って見よ」

五百枝王は二十巻を押し頂いた。

「感無量でございます。多くの民人《たみびと》が、この『万葉集』を読みたいと熱望するでしょう。それがしの受け取りました二十巻は、直ちに供覧に回す所存でございます」

「佳き心がけじゃ。さて船主、そちの祖父憶良は『万葉歌林』と名付けていたが、これは先帝の申す通り硬すぎた。『万葉集』は語感がいい。たしかに優しい響きだ。いろいろ悪名高い先帝ではあったが、――『万葉集』に改題せよ――とは、実に見事な助言であり遺言であった。正解であった。そうは思わぬか？」

「お見事なお言葉でございました。今頃は極楽浄土で呵々《かか》大笑、祖父にご自慢されていることでございましょう」

「うむ。そう願いたいな。ところで永主《ながぬし》。隠岐流罪二十年、そちには無関係の冤罪《えんざい》であったが、ご苦労であった。先帝に代わり詫びよう。大伴は本位を回復し、家持悲願の『万葉歌林』も遂に陽の目を見た。先帝の命で、『大伴』は『伴』になったが、『万葉集』が世にある限り、『文武の大伴』の名は不滅となろう。二十巻を持ち帰り、家持の墓に供え、上梓を報告せよ。朕も歌人の端くれで――いや重け吉事《しよごと》――と喜んでいると伝えてくれ」

永主は答える言葉が出ず、滂沱《ぼうだ》の涙を流していた。

「五百枝王、朕は不良の皇太子であったが、今日は『万葉集』上梓の天皇として、実に晴れ晴れしい気持ちぞ。憶良、旅人、家持に、ますます畏敬と感謝の念を抱いておる。帝《みかど》としての初仕事だ。まことに誇らしく幸せな気持ちぞ」

――家持殿は最後を締める歌に「……いや重け吉事……」と、切々たる祈りを詠まれた。朝廷に没収された『万葉歌林』の歌稿が、よくも二十年間、廃棄散逸せずに保管された。皇統の争いや政争に明け暮れするこの世にあって、和歌に関心ある平城帝に巡り会うとは、まさに言霊《ことだま》の導きとしか思えぬ。『万葉集』はまさに言霊に守られた歌集なのだ――

陰陽師山上船主にしか分からない霊感であった。

数日後、山辺郷の鎮守の森、山神《やまのかみ》の祠《ほこら》の前に、里長《さとおさ》と五十戸の戸主、里帰りした覆面の山辺衆の幹部数名が正座していた。神前には桐の長持ちと、万葉集二十巻が供えられていた。

誰も私語をせず、瞑想していた。

清らかな風が吹き渡った。一同の背後から、白衣の山上船主が静かに現れた。

正五位下、元陰陽頭。もう一つの顔は、祖父憶良と同じく山辺衆を率いる首領である。戸主五十名が初めて見た首領の姿であった。一同は深く礼をした。

船主が口を開いた。

「吾ら山辺衆は、『相互扶助』を目的として山辺郷《やまのべ》に所縁《ゆかり》ある者の幸せを図ってきた。同時に、国家のために尽くすお方のお役にたつべく『滅私奉公』をも行ってきた。このたび大伴旅人、家持父子殿ならびに吾が祖父念願の歌集が、平城帝《へいぜい》の御心《みこころ》で上梓され、吾に一部二十巻が下賜された。この中には詠み人不詳となっているが、吾ら山辺の民の歌も収録されている。今は伴《とも》の姓になっているが、大伴氏族の当主永主殿より、祖父や家持殿が心血を注いだ歌稿や序文の原稿を譲り受けた。ついてはこの貴重な原稿が収納されている長持は、吾らのみが知る奥の岩窟《がんくつ》に納め、永久に保存する。此度《こたび》の四部が散逸、消滅した時、再びこの歌稿が必要になるやもしれぬ。吾ら山辺郷の宝ぞ。守れ。他方この『万葉集』二十巻は山神の祠に納め、里長が管理し、山辺衆と村民のみの閲覧に供する。このこと極秘ぞ。他言は許さず。よいな」

「心得ました」

「では各員、山神に榊《さかき》を捧げ、歌稿を守りしご先祖や仲間の冥福を祈り、誓約をしよう」

船主が厳かに拝礼し、山辺衆と村民が続いた。

簡素ではあったが厳かな儀式が終わると、山辺衆と里長が長持を担ぎ、山奥の秘密の岩窟に向かった。

憶良、赤人、家持苦心の歌稿と序文の入った長持は、岩窟奥深くに収納され、入り口は磐の扉で覆われた。

船主が威儀を改めた。

「皆の者、余はこれより奥山に向かう。今は乱世。粟田真人卿《あわたのまひとけい》や大伴旅人卿、家持卿のごとき山辺衆が『滅私奉公』するに相応《ふさわ》しき方は、今後暫くは見当たるまい。そなたたちは新しき首領《かしら》を選び、時が来るまで「相互扶助」に専念するがよかろう」

「首領はこの後……」

「気にするに及ばぬ。奥山で静かに暮らし、いつか果てる。どこぞの岩窟で干からびた躯《むくろ》になるか、獣の餌になるか、神の御心《みこころ》にゆだねる。後は追うな。さらばじゃ」

まるで白い獣が駆けるように、船主の姿は緑の森に消えた。

――山人《やまびと》になられるのか――

山人とは仙人である。山辺衆たちは静かに合掌していた。

(四) 古今和歌集仮名序《こきんわかしゅうかなじょ》

後日談を付して令和万葉秘帖シリーズ六冊の締めとする。

光仁《こうにん》、桓武《かんむ》の御代は、血を見る皇統や政権争いの時代であった。皇室にも顕官たちにも、優雅に和歌を詠む心のゆとりはなかった。

桓武の御子安殿《あて》親王は即位前、妃の母薬子《くすこ》と密通し、――別れろ――と、桓武帝に叱られていた。だが即位すると、薬子の夫を大宰帥として左遷し、再び薬子を内侍に迎えるという品行の悪さであった。後に「薬子の乱」が起こる。

しかし、この時代には珍しく和歌を愛していた。万葉集上梓が無事に実現したのは、不行跡《ふぎょうせき》であった平城《へいぜい》帝が、この世に残した功績であった。

平城帝の後、嵯峨《さが》、淳和《じゅんな》、仁明《にんみょう》の代となった。漢詩漢文が隆盛し、和歌を詠む者は皆無であった。文徳《もんとく》、清和《せいわ》、陽成《ようぜい》、光孝《こうとく》の御代は、藤原一族隆盛の摂関《せっかん》（摂政関伯）政治一色であった。しかし権力闘争の圏外にあった一部の者は、和歌に心の救いを得ていた。

宇陀《うだ》帝、醍醐《だいご》帝になって、ようやく宮廷で歌の宴が催されるようになった。

延喜五年（九〇五）春、醍醐天皇は紀貫之《きのつらゆき》、紀友則《きのとものり》、凡河内躬恒《おおしこうちのみつね》、壬生忠岑《みぶのただみね》に、万葉集以後の歌集編纂を命じた。平城帝からのち十代の帝が変わり、百年の時が流れていた。

最初は『続《しょく》万葉集』という題名であったが、すぐに『古今和歌集』と変更された。勅撰であるという矜持《きょうじ》と、万葉集とは別個の独立性を主張したかったのであろう。

紀貫之が序文を書いた。万葉集成立の時期に触れている。

……いにしへよりかくつたはれるうちにも、ならのおほむ時（奈良の大御代）よりぞひろまりにける。かのおほむよや、うたのこころをしろしめしたりけむ。……これより先の歌をあつめてなむまえふしふ（万葉集）となづけられたりける。……かのおほむときよりこのかた、としはもとせ（百年）あまり、よはとつぎ（十代）になむなりにける。……

（紀貫之　古今和歌集　仮名序）

――万葉集を上梓した奈良《なら》の帝《みかど》――の名は、百年後、歌人紀貫之の筆で後世に残った。

新《あらた》しき年の始めの初春の今日降る雪のいや重《し》け吉事《よごと》

山上憶良、大伴旅人、山部赤人ら悲願の『万葉歌林』は、家持の断詠約五十年後、――すなわち家持の遺骨隠岐流罪二十年後――家持の親友市原王の御子、伊豫配流の五百枝《いおえ》王、憶良の孫、隠岐《おき》流罪の山上船主の、密《ひそ》やかなる二十年近い尽力で、『万葉集』として遂に陽の目を見た。

和歌を愛した「奈良の帝」平城天皇の在位は僅か四年にすぎない。

国史である『日本後記』には、平城天皇が万葉集を上梓した記録はない。

覇王《はおう》桓武帝が、家持の怨霊と山辺衆首領《かしら》、陰陽師《おんみようじ》山上船主に屈服した屈辱の記録も、皇統の正史には記載はない。

天の時　地の縁　人の縁

『万葉集』は、まさに歴史の奇跡であり、天の命、言霊による『いや重け吉事』であった。

（終）

あとがき

今年（令和四年）一月、満八十七歳となり、数え年は米寿となった。気力体力があるうちに「令和万葉秘帖シリーズ」の「結」に相当する最終冊「いや重け吉事」を仕上げたいと鞭打ち、四月末に無事脱稿、肩の荷をおろした。最後の「あとがき」として、私がこの歴史浪漫の大河小説に挑戦した背景を振り返ってみたい。

私は万葉学徒ではなく、歴史の研究者でもない。ただ、国民学校（小学校）一年生六歳の十二月に太平洋戦争が勃発し、五年生の八月、敗戦を経験した。途端に、教科書の黒塗りをし、今まで教わった天孫降臨の皇統史は否定された。十歳の少年時の価値観激変の体験から、新制中学では、縄文、弥生、古墳文化の古代史に興味を持った。万葉歌は高校時代の受験勉強で知った。大学は歴史の宝庫京都と決めた。勤めは、短歌の川田順、俳句の山口誓子、軽文学の源氏鶏太を生んだ住友の香気に憧れた。彼らはビジネスのエリートでもあった。銀行では国内（関西・関東）海外、本店支店、関係企業でも多様な経験をした。

この貴重な体験から、中納言・大宰帥の大貴族大伴旅人や、遣唐使節録事、東宮侍講、伯耆守・筑前守を務めた実力派の碩学山上憶良、左遷や栄転を繰り返しながらも、「伴造《とものみやつこ》」として矜持《きょうじ》高く精励恪勤《かっきん》した忍従の貴公子大伴家持、それぞれの人生に、宮仕え（サラリーマン）の先輩として、時代を越えて、ある種の共感と畏敬の念を懐いた。三者ともに、優れた高級官僚であると同時に、優れた歌人、文人でもあった。

それゆえに万葉集を、ビジネスマンの視点から、巨視的・動態的に捉えてみることにした。

——万葉集とは何か（What）、誰が（Who）、いつ（When）、どこで（Where）、どのようにして（How）編集したのか？　万葉集最後の家持の歌から、上梓されるまで、なぜ（Why）半世紀もかかったのか？　家持の遺骨隠岐流罪の間、歌稿はどこ（Where）で、保管されていたのか？　なぜ（Why）平城天皇が上梓したのか？——

手許の広辞苑（一九九一年版）では、

——……現存最古の歌集。二十巻。……約三百五十年間の長歌・短歌・旋頭歌……約四千五百首、……編集は大伴家持の手を経たものと考えられる。……豊かな人間性にもとづき現実に即した感動を率直に表し、調子の高い歌が多い。——

と、書かれているが、核心の部分は説明がない。納得のいく回答を得ることができなかった。

一方、万葉集及び家持研究の第一人者、小野寛氏（高岡市万葉歴史館名誉館長、駒澤大学名誉教授）は、ご高著「孤愁の人大伴家持」のあとがきで、

——今、われわれの見る万葉集二十巻が、いつ誰によって編纂されたか、これは永遠の謎である。そのことについて確かに記すものが全くないのである——

——万葉集二十巻の編纂に、いったい家持はどのようにかかわっているのか。私にはまだ見えて来ない。私の家持の生涯の記述の中に、万葉集編纂にいそしむ家持の姿を描くことがついに出来なかった——

と、真摯な学者らしく、率直に述懐されている。

それでは英国勤務時代に、若手行員から「ロンドン憶良」の綽名《あだな》を頂戴した筆者にも「謎解き」の出番がある。万葉集の歌や、日本書紀、続日本紀、日本後記や、万葉学者、歴史学者の専門書籍を参考に、史実を柱にし、初心者の基本姿勢に立ちつつ、空白の部分を想像逞しく創造して、謎解きを試みた。

――万葉集とは何か？――

万葉集二十巻、約四千五百首は、巨大な民間のプロジェクトであると、捉《とら》えた。政府の事業ではない。純粋の私選歌集である。同じ二十巻でも勅撰の古今和歌集は約千百首、新古今和歌集は約千九百八十首である。桁違いの蒐集である。内容は多岐にわたる。秀歌も凡歌もある。天皇や政事に対する批判もある。詠み人は天皇から遊行女婦まで、多彩である。身分の差別はない。万葉の文字通り、国民の国民による歌集であった。

――しかし、凡歌や類似歌なども含めて約四千五百首も集めたのは、文芸的な目的とは異なる、何か特別な目的があったのではないか？――

と、穿《うが》った見方をした。

万葉学者の書かれている名歌秀歌の解説書に掲載されているのは、せいぜい五百首である。どなたも凡歌四千首の存在意義には触れていない。

日本書紀や、続日本紀と読み比べているうちに、万葉歌には国史に書かれていない事件や、政事に対する不満、庶民の生活などが鮮明に分かる貴重な記録が、さりげなく散りばめられていると判明した。典型的な事例が「防人の歌」である。続日本紀には、東国十カ国から徴募された三千人に及ぶ防人交代の大行事の記載はない。家持が選歌した防人歌と、家持本人が詠んだ長歌短歌や、その詞書や左注によって、歴史家は防人の実態を知る。つまり、万葉集は、朝廷編集の国史を補う、民衆の生活史の資料集としても編集されたと解釈した。

——この壮大な企画を立案、収集を実行したのは誰か？　どこで編纂されたのか？——

企画立案者は山上憶良と判断した。憶良が蒐集と分類を開始し、柿本人麻呂はじめ宮廷歌人や民衆も協力。憶良の館で編集されていたが、憶良の死後、歌稿は佐保の大伴館に保管され、山部赤人や大伴坂上郎女が関与したと想像した。家持は前半生で大いに詠んだが、後半の人生では浮沈が激しく、編集に関与する余暇はなかったであろう。

——山上憶良とはどういう男なのか？——

憶良のイメージは、貧乏で子沢山、愛妻家のしょぼくれた酒好きの中級官人であったが、調べてみると、実像は真逆であった。

選り抜きの実務型外交官　白村江の惨敗後、唐との国交回復交渉の遣唐使節の録事
貴族への昇叙　無位から従五位下への異例の叙任
有能な官僚　伯耆守（片山元鳥取県知事を想起）
　　　　　　筑前守（大宰府は唐や新羅との通商外交窓口）
碩学・教育者　首皇太子（のちの聖武帝）の東宮侍講（小泉信三教授を想起）に抜擢

文芸家	大伴家持の個人指導、歌人として養成（大宰府時代）
歌人	類聚歌林七巻（原万葉集）を編集
	大伴旅人と筑紫歌壇形成。生活歌、人生歌、社会歌を詠む

――山上憶良はどのようなことから万葉集という巨大プロジェクトを構想したのか？――

と、自問自答しながら六冊のシリーズを書き綴った。

上梓の都度、熱心な読者から反響があり、自信を以って書き進めることができた。本誌を借りて厚くお礼を申し上げたい。

ビジネスマンの視点として、最終冊に、マトリックス作業表を添付した。律令の「官位相当制」は、現代企業の能力重視の資格制度と同じ発想である。官位と職位の辞令を見比べることにより、左遷か昇進か分かる。これを等メモリの年度でグラフ化すると、家持の浮沈の状況が一目瞭然となる。当時の上皇・天皇と政事の実権者を上部に、下欄には当時の事件を書き入れた。誰が家持を引き立て、誰が左遷を強いていたのか、はっきり分かる。家持の断詠は和歌の終焉でもあった。文芸の中心は藤原氏の好きな漢詩に移っていく。

――天平時代から平安京遷都までの奈良は明るくのびやかであったのか？――

飛鳥から奈良時代にかけて、天智系と天武系の皇統の争いは熾烈《しれつ》であった。新興貴族の藤原と、大伴、佐伯、紀などの古来の守旧派豪族との政争も激しい。奈良時代の後半は、明るい時代とはいいがたく、血なまぐさい時代だったと断定できる。伴造として天皇に忠誠を誓う大伴家持の立ち位置は微妙であり、苦悩の連続であったといえよう。

早良親王の春宮《とうぐう》大夫でもあった家持の遺骨が、藤原種継暗殺事件に絡《から》み、二十年もの間、隠岐《おき》に流され、大伴家は無位無官無姓となり、断絶していた。

――その間、歌稿はどこでどのように守られたのか？――

歌稿は、大伴家の財産とともに朝廷に没収されたと推論した。憶良の子孫、陰陽師山上船主が、実在の存在であり、家持同様に皇統の争いに巻き込まれ、家持の遺骨と同時期、隠岐に二十余年流罪になっていたのは偶然ではない。歌稿は船主配下の山辺衆が守ったと考えると、筋が通る。

――山辺衆候の存在は？――

私の創作である。しかし、在英時代に、英国現王朝の始祖ノルマンディー公ウィリアムの「ノルマンの征服（一〇六六）」を調べた。ヴァイキングの子孫、庶子のウィリアムが、多くの暗殺を乗り越え、騎馬軍団を組織して、至難の英仏海峡の渡海作戦に成功したのは、馬を扱う階層が、蔭の情報戦略組織として、支えたのではないかと推論した。現代でも英国の諜報機関の活躍は、政治を支えている。この陰の存在を、処女作『見よ、あの彗星を（ノルマン征服記）』に書いたが、今回もその手法を使ってみた。

裏日本史でもある万葉集の歌稿は、山辺衆に守られ、陰陽師船主による桓武帝の怨霊鎮魂と引き換えに返還され、まさに「天の命」で、平城《へいぜい》天皇によりこの世に出たと確信した。

「天の時、地の縁、人の縁」に関連して、私と恩師との縁について語り残したい。

生まれ育ちは大分県北海部《きたあまべ》郡《ぐん》津久見町（現津久見市）。著名な国文学者西郷信綱氏（文化功労者）の生家、赤八幡神社の境内で遊んだ。信綱さん作詞の校歌を六年間唱った。

国民学校（現小学校）の頃は戦時中で読み物は無かった。敗戦直後、五年生の二学期、三浦義孝先生が担任となり、ご自宅から児童書を持参され、学級文庫を作られた。私は三学期までに全冊読了した。六年生になった時、先生は隣町臼杵に転勤された。「大人の本でよければわが家に来なさい」と声を掛けられた。私は風呂敷を持参し、吉川英治の「宮本武蔵」を借りた。京都郊外一乗寺下り松の決闘に興奮した。次に「太閤記」を読了した。敗戦後で教科書も少年雑誌もない時であったが、この二つの長編小説が私の六年生の国語の教科書であった。ご褒美に「小公子」（偕成社）を戴いた。戦後間もない出版書であり、嬉しかった。

新制中学になると、歴史は縄文や弥生、古墳文化の紹介となった。臼杵の母の実家近くで古墳の発掘が行われたので、泊りがけで見学した。石棺の朱の色が鮮明であった。偶々《たまたま》、大分大学の歴史の教官であった渡辺澄夫先生（のち名誉教授）が又従姉と結婚されて、同じ町に住んでいたので、古代史の疑問点を解説していただいた。中学の英語は米会話のテキストであったが、担任の西郷四郎先生に「わが家に英国英語の旧制臼杵中学のリーダーがある」と誘われ、夜学に庄屋屋敷を訪れた。おかげで旧制中学の英語の水準を維持できた。

臼杵高校では国語の授業が印象的であった。一年生の時、糸井寛一先生手作りのガリ版刷り「明治大正文章読本」という小冊子が教科書であった。尾崎紅葉・幸田露伴・高山樗牛・徳富蘆花・徳富蘇峰などの名を知り、美文を、クラス全員で声を出して朗読した。翌年先生は大分大学の教官として栄転された（のち名誉教授、第12回新村出賞）。私は一年生から三年生まで図書クラブに入り、図書館に出入りした。漢文は釘宮久男先生、国語は万葉好きの森山勲先生に教わった。両先生の勧めで、斎藤茂吉の「万葉秀歌　上・下巻」、吉川幸次郎の「新唐詩選」、「新唐詩選続篇」の岩波新書四冊を買った。特に茂吉の二冊は、今は日焼けしてボロボロになっている。森山先生はのちに大分短期大学の客員教授になられた。九州の片田舎で、小中高時代に優れた恩師に恵まれ幸運であった。

大学二年の英語の授業で、英国の歴史家、アーノルド・トインビーのエッセーを読んだ。トインビーは、歴史を巨視的に観ていた。文明を発生・成長・衰退という有機的にとらえ、それが繰り返される考えである。親文明と子文明の相互作用という発想もあった。後日、山崎正雄教授が、銀行時代以来の親友山崎文雄君の父上と知って、人の縁に驚いた。

鳥の目の俯瞰をすれば、飛鳥から奈良時代にかけては、唐や韓半島から仏教や漢詩漢文、様々な渡来人や仏教などが滔々《とうとう》と流れ込んでいた。万葉の和歌も、トインビー流に観れば、発生、成長、衰退を繰り返し、百年衰退して古今の発展期につながっている。戦後、和歌や俳句は隆盛しているが、日本経済と同様に、いずれ衰退期を迎え、また発展する長期的な循環を繰り返すであろう。

英国勤務の時代は、ＩＲＡがシティーに、爆弾テロを仕掛けていた時であった。何度か仕事を中断して、部下を引率して、ビルの外に避難した。否応なしに民族と宗教の抗争という、西欧社会の根元的な問題に身近に直面した。私の心の視野が拓《ひら》けた。

日本では百済の滅亡や白村江の惨敗の後、多数の難民が渡来してきた。太宰府の大野城に登り、水城の堤に立ち、対馬に渡って東国の防人たちの悲壮感を追懐し、フェリーに乗船して、小舟で食料を運んだ宗像海人の苦労を推察した。当時、百済を滅亡させ、日本水軍を壊滅させた唐・新羅連合軍による日本侵略の恐怖は、現代のロシア・ウクライナ問題と重なる。

世界や日本を鳥の目線で巨視的・動態的に俯瞰する指導をしてくださった恩師や、海外勤務の機会を与えてくれた勤務先に、深く感謝したい。

最後になったが、「万葉と古代史の謎解き」に挑戦した素人作家もどきの私の六冊のシリーズ（なかでも最終冊は二冊分の分量と費用にもかかわらず）を、支援してくださった友人や読者の方々に、心からお礼を申し上げたい。

令和元年から四年にかけて、コロナ流行の中、終始激励をしてくれた学友、渡部展夫君、文法やルビなど私の不得意な点をカバーしてくださった知友、小林紀久子さんと茂木馨子さんに、心から感謝したい。素人の長編歴史浪漫小説が無事出版できたのは、ご快諾いただいた郁朋社佐藤聡社長、営業担当の猪越美樹氏、私の要望通りの装丁をしてくださった宮田麻希氏のお陰である。

言霊《ことだま》と篤《あつ》き師友の情《こころ》ありて解き明かしたり万葉の謎

令和四年七月

游翁《ゆうおう》　大杉耕一

令和万葉秘帖シリーズ　参考文献一覧

引用文献

万葉の歌は佐々木信綱編「万葉集」を引用しました。そのためルビは旧仮名遣いです。文中に部分使用している時は、新仮名遣いに統一しています。

佐々木信綱編『新訂新訓　万葉集　上巻、下巻』岩波書店
折口信夫『口訳万葉集（上）（中）（下）』岩波現代文庫
宇治谷孟『日本書紀　全現代語訳（上）（下）』講談社学術文庫
宇治谷孟『続日本紀　全現代語訳（上）（中）（下）』講談社学術文庫
森田悌『日本後記　全現代語訳（上）（中）』講談社学術文庫

参考文献

斎藤茂吉著『万葉秀歌　上巻　下巻』岩波新書
中西進『万葉の秀歌』ちくま学芸文庫
佐々木信綱編『新訂新訓　万葉集　上巻、下巻』岩波書店
折口信夫『口訳万葉集（上）（中）（下）』岩波現代文庫
犬養孝『万葉の人びと』新潮文庫

西郷信綱『萬葉私記』未来社
北山茂夫著『万葉群像』岩波新書
直木孝次郎『万葉集と古代史』吉川弘文館
森浩一『万葉集に歴史を読む』ちくま学芸文庫
小林恵子『本当は怖ろしい万葉集』祥伝社黄金文庫
山本健吉『万葉の歌』淡交社
昭文社地図編集部『地図で巡る万葉集』旺文社
篠﨑紘一『言霊』角川書店
﨑山祐宏『山の辺の道　文学散歩』綜文館
季刊明日香風1『万葉のロマンと歴史の謎』飛鳥保存財団
季刊明日香風2『古代の見える風景』飛鳥保存財団
季刊明日香風4『甦る古代のかけ橋』飛鳥保存財団
季刊明日香風6『女帝の時代①』飛鳥保存財団
季刊明日香風7『女帝の時代②』飛鳥保存財団
季刊明日香風9『「興事を好む」女帝―斉明紀の謎』飛鳥保存財団
季刊明日香風10『キトラ古墳・十一面観音と一輪の蓮華』飛鳥保存財団
季刊明日香風11『東明神古墳・古代の日中交流・万葉の薬草』飛鳥保存財団
奈良国立文化財研究所『飛鳥資料館案内』奈良国立文化財研究所

東京国立博物館・読売新聞社・NHKほか『正倉院の世界』読売新聞社
奈良国立博物館第七十一回『正倉院展』目録　仏教美術協会
椎野禎文『日本古代の神話的観想』かもがわ出版
林順治『日本書紀集中講義』えにし書房
宇治谷孟『日本書紀　全現代語訳（上）（下）』講談社学術文庫
歴史読本『日本書紀と古代天皇』2013年4月号　新人物往来社
宇治谷孟『続日本紀　全現代語訳（上）（中）（下）』講談社学術文庫
森田悌『日本後記　全現代語訳（上）（中）』講談社学術文庫
関裕二『新史論4　天智と天武　日本書紀の真相』小学館新書
森公章『天智天皇（人物叢書）』吉川弘文館
川崎庸之著『天武天皇』岩波新書
渡辺康則『万葉集があばく捏造された天皇・天智　上　下』大空出版
立美洋『天智・天武　死の秘密』三一書房
中村修也『天智朝と東アジア』NHKブックス
別冊歴史読本『壬申の乱・大海人皇子の野望』新人物往来社
井沢元彦『誰が歴史を歪めたか』祥伝社黄金文庫
井沢元彦『猿丸幻視行』講談社
宮崎幹男『万葉集「春過ぎて…」の一考察』新・八早会誌・第12号

別冊歴史読本『歴史常識のウソ３００』新人物往来社
別冊宝島『古代史15の新説』宝島社
洋泉社『歴史ＲＥＡＬ　敗者の日本史』洋泉社
浜島書店『解明日本史資料集』浜島書店
江口孝夫『懐風藻　全訳注』講談社学術文庫

尾田栄章『行基と長屋王の時代』現代企画室
安永明子『井上皇后悲歌　平城京の終焉』新人物往来社
仁藤敦史『藤原仲麻呂』中公新書
土橋寛『持統天皇と藤原不比等』中公文庫
別冊宝島『持統天皇とは何か』宝島社
武光誠『古代女帝のすべて』新人物往来社

古都太宰府を守る会　都府楼11号『梅花の宴』古都太宰府を守る会
山上憶良の会『因幡の家持　伯耆の憶良』山上憶良の会
山上憶良の会『今　倉吉でよみがえる山上憶良』山上憶良の会
星野秀水『天の眼　山上憶良』日本文学館
藤井清『旅人と憶良―東洋文化の流れのなかで』短歌新聞社

九州国立博物館・太宰府市教育委員会『新羅王子が見た大宰府』九州国立博物館
㈱ジーエータップ『宗像大社』宗像大社社務所
三谷陽子『琴楽の歴史的変遷』「東洋音楽研究」第38号1・2
小野寛『大伴家持』笠間書院
小野寛『孤愁の人　大伴家持』新典社
藤井一二『大伴家持』中公新書
植木久一『防人歌』作歌者たちの天上同窓会　海鳥社
近藤信義『東歌・防人歌』笠間書院
高岡市万葉歴史館『越中万葉をたどる』笠間書院
高岡市万葉歴史館『大伴家持』高岡市万葉歴史館
中村順昭『橘諸兄（人物叢書）』吉川弘文館
西本昌弘『早良親王（人物叢書）』吉川弘文館
多田一臣『柿本人麻呂（人物叢書）』吉川弘文館
梅原猛『水底の歌　柿本人麻呂論』上巻・下巻新潮社
梅原猛『隠された十字架　法隆寺論』新潮文庫
江馬務・谷山茂・猪野謙二『新修国語総覧』京都書房
小学館『ＪＡＰＯＮＩＣＡ大日本百科事典』小学館

【著者紹介】

大杉　耕一（おおすぎ　こういち）

大分県津久見市出身　1935年（昭和10年）生
臼杵高　京都大学経済学部卒　住友銀行入行
研修所講師、ロンドン勤務、国内支店長、関係会社役員
61歳より晴耕雨読の游翁

著書　「見よ、あの彗星を」（ノルマン征服記）日経事業出版社
　　　「ロンドン憶良見聞録」日経事業出版社
　　　「艇差一尺」文藝春秋社（第15回自費出版文化賞の小説部門入選）
　　　「令和万葉秘帖―隠流し―」郁朋社
　　　「令和万葉秘帖―まほろばの陰翳　上巻―」郁朋社
　　　「令和万葉秘帖―まほろばの陰翳　下巻―」郁朋社
　　　「令和万葉秘帖―長屋王の変―」郁朋社
　　　「令和万葉秘帖―落日の光芒―」郁朋社
編集　京都大学ボート部百年史上巻　編集委員
　　　京都大学ボート部百年史下巻　編集委員長
趣味　短歌鑑賞（ロンドン時代短歌を詠み、朝日歌壇秀歌選に2首採録）
　　　史跡探訪
運動　70歳より京大濃青会鶴見川最シニアクルーの舵手
　　　世界マスターズの優勝メダル2及びOAR（80代現役漕手賞）

令和万葉秘帖《れいわまんようひちょう》　――いや重《し》け吉事《よごと》――

2022年9月5日　第1刷発行

著　者 ― 大杉《おおすぎ》　耕一《こういち》

発行者 ― 佐藤　聡

発行所 ― 株式会社 郁朋社《いくほうしゃ》

〒101-0061　東京都千代田区神田三崎町2-20-4
電　話　03（3234）8923（代表）
ＦＡＸ　03（3234）3948
振　替　00160-5-100328

印刷·製本 ― 日本ハイコム株式会社

装　丁 ― 宮田麻希

 ISBN978-4-87302-774-6 C0093